思想觀念的帶動者

文化現象的觀察者

本土經驗的整理者

生命故事的關懷者

Living

直探宇宙隱藏的跳動

承受如夢召喚的牽引

走過遠方驚喜的記憶

迎向生命更深的信息

王一梁

Yiliang Wang

1962-2021

王一梁作品集

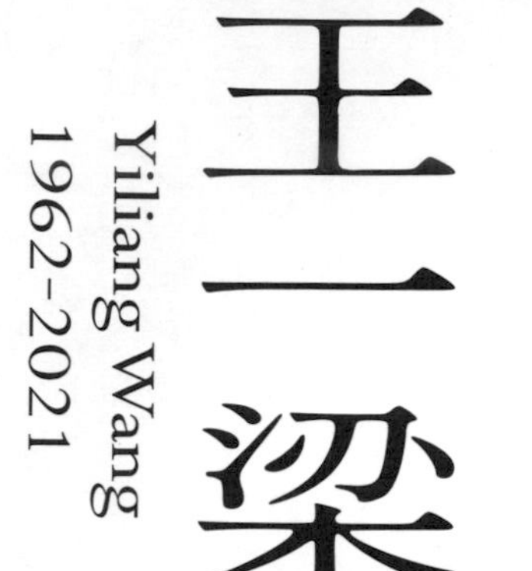

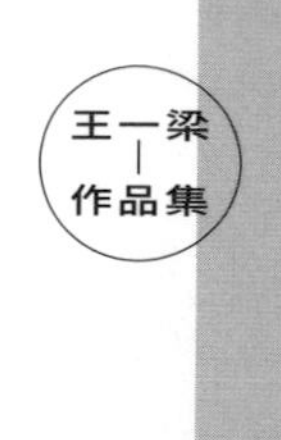

Subculture

中國審查制度拒出已久的作品終於問世！

來自中國流亡作家於薩波卡秋路上的文字記

不自由筆記

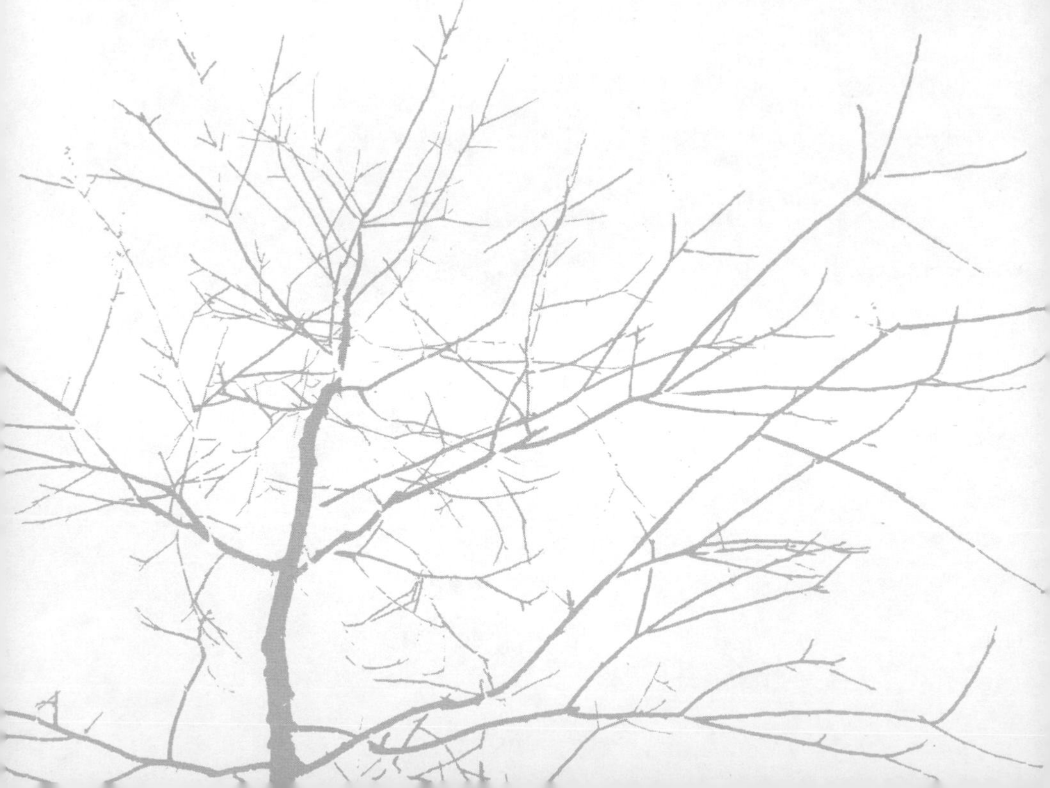

目錄
CONTENTS

輯二 亞文化的一直存在就是一種壯舉

導讀

湍流之上

貝嶺（作家）

作家、翻譯家、榮格學說研究者王一梁（王一樑）因食道癌晚期引發肺炎，於二〇二一年一月四日凌晨晨三時三十分在泰國北部邊城美賽（Maesai）醫院過世，終年五十八歲。

王一梁是典型意義上的地下作家，更是經典意義上的流亡作家。王一梁的性格粗獷又細膩，其人生充滿張力。他那顛沛流離的流亡路徑，處處呈現著生命的強韌和脆弱。作為早逝的文學天才，他寫下的文字富饒，不拘於任何文體。

作為上海人，王一梁不屬於上海；作為美籍公民，王一梁亦不屬於美國。他的人生是自由對制式世界的反抗和不屑。王一梁生前未能出版的隨筆與文集有《亞文化啟示錄》、《朋友的智慧》、《薩波卡秋的道路》、《斯德哥爾摩裸奔記》、《我們到世界上是來玩的》等。他是文學中的思想家，其作品既築構了官方文化之外的亞文化世界、也築構了主流文學外的地下文學世界。在他最後逾十五年的流亡生涯中，王一梁更以唐吉訶德式的文字之矛，築構著同時代人的流亡文學世界。

作為翻譯家，王一梁敏感於英文的細微末節，對隱藏在文字下作品真實意圖的把握少人能及。王一梁是哈維爾著作以及有關榮格的回憶和探討著述的譯者，其主要譯著有：哈維爾的《獄中書：致妻子奧爾嘉》（*Letters to Olga*，傾向出版社，2004）、《城堡來回：哈維爾總統回憶錄》（*To the Castle and Back*，傾向出版社，待出），榮格研究著作《遇見榮格：1946-1961 談話記錄》（愛德華．貝納特著，王一梁、李毓譯，心靈工坊出版，2019）、《榮格的最後歲月：心靈煉金之旅》（安妮拉．亞菲著，王一梁、李毓譯，心靈工坊出版，2020）。

王一梁也是傑出的文學編輯，作為獨立筆會的早期會員，他和獨立筆會創會人之一的孟浪（已故）共同編輯了一百期《自由寫作》網刊，作為該刊二〇〇五～二〇一三年間的執行編輯，他為《自由寫作》網刊累積了中國地下文學和流亡文學數百萬字的作品。

王一梁的晚年，沉浸在榮格學說的探究裡。他是榮格信徒、榮格學說研究者、榮格生平的挖掘者。因為他，華文世界對榮格的認識被擴大著。王一梁的伯樂是心靈工坊發行人、著名心理學家王浩威醫師，經由譯書合約，王一梁和妻子李毓（白夜）在他們流亡生涯的最後數年中，度過了最安穩也最高產的工作時刻，他們在泰國清邁安身立命，合作翻譯出了兩本榮格研究著作，並由心靈工坊出版。

英籍哲學家維根斯坦（Ludwig Wittgenstein）對大學電氣工程系畢業的王一梁走上文學和思想之路產生了潛在的影響。作為官方意識形態的反抗者，王一梁是與官方文化及主流文學格格不入的地下作家。王一梁在中國共產黨稱之為「思想解放」的一九八〇～一九九〇年代，以上海地下文化中的人與事為素材，寫下隨筆集《朋友的智慧》等，在審查制度下的官方出版世界中，他雖刪選篇目，卻始終無法出版。該書在四家中國官方出版社的「奇妙旅程」，突顯了一黨專制下，官方出版社對自由思想的恐懼。若這本書當時能以審查制度過濾的刪節本在大陸出版，到底能呈現多少原貌？恰是不能出版，拯救了作家書稿的命運。所以，以《不自由筆記》書名呈現，正是地下文學、異端文化該有的命名。

歷史的弔詭在於，正是王一梁窮盡一切努力仍未在生前面世的書，曾於一九九六年以手工裝訂本被人攜至美國，並使王一梁成為在美國創刊的《傾向》文學人文雜誌頒發的「傾向文學獎」首屆得主。二十五年後，重讀首屆傾向文學獎的授獎理由：「十多年來，王一梁以罕有的堅持與努力，寫下了相當數量的與我們所處的嚴酷時代息息相關的文學與文化批評作品；作為一個從美學趣味到文化到文學理念均迥異於中國大陸主流文化的個人作家，他的作品極大地豐富了中國地下文學的傳統，並彰顯了寫作自由與獨立思考的價值力量。」不僅句精準，王一梁其後的生命旅程，亦是踐行與見證。

或許，這一切確定或成就了王一梁在意識形態禁錮下的中國成為活躍的異端。由於書的命運，等同王一梁告訴讀者，他為什麼會義無反顧地在本世紀初流亡。

我們也可以從這本書看到青年王一梁在上海的人生軌跡，包括那份曾經成為亞文化反抗象徵的〈阿修羅：極端青年反抗文獻〉，它呈現了亞文化——也就是異議文化、地下文學在中國，也在上海的命運。

如果仔細地閱讀，「Subculture」這個「亞文化」的英文原型，在王一梁的筆下變成了極具詩意的中譯諧音「薩波卡秋」。同樣，我們也可以從王一梁的文集《我們到這個世界上是來玩的》中看到一九八〇年代後的中國，在西化、殖民地歷史遺址下的巨型都市上海，西方文化譯著對那年代中國讀書人產生的震撼，這是王一梁筆下的「極端青年」們面對黨國意識形態必經的反抗旅程。

王一梁在地下文化圈以離經叛道的散文著稱。他生於一九六二年十二月十八日，是射手座時辰出生的寫作者（絕無摩羯座型寫作者的凝滯緩慢），書寫因創作力勃發具即時性和即興感。他是才子，其文風恣意揮灑、一氣呵成。

我們也可以從他的文集中讀到詩。詩於他不是散文的點綴，而是揚灑文章前的鋪墊。嚴格上講，他把詩的元素放入了散文中，而他的散文更近隨筆。他離開故土之後寫出的散文，帶有回憶性質。他的人生、生命，那上海地下文化圈的人與事，地下詩、地下文學在在成了他的回憶，其中最令人難忘的回憶，是對已故文學友人的回憶。

王一梁以白描般的悼辭寫馬驊——一位在雲南任教時不幸墜河去世的青年詩人，他哀痛、傾注深情。他筆下那些地下文學同道們，風骨個個：默默、孟浪、京不特、阿鍾、劉漫流、張桂華……，這些活著或已逝的身影，構成了上海地下文化中再現的文人風景。

還有悲傷嗎？有！還有愛嗎？有！在王一梁所有的書中，這構成了他寫作的潛背景。這背景讓我們閱讀一位流亡作家的人生。是書延續了逝者的生命，在文學的河流裡，地下文學、流亡文學是時間外的湍流，這湍流不與主流文學交匯，可中國地下文學與流亡文學因王一梁的書而傲！

王一梁最初的流亡生涯寫作，大部分聚焦於他在美國北加州三藩市即舊金山灣區對面的阿拉米達島（Alameda）上和詩人井蛙的定居人生。二〇〇四～二〇〇五年，我有幸在該島嶼和他們短暫毗鄰而居。當時，他們在那世外之島找到了某種生活的重心和質量，除了相依為命的家庭，那重心亦來自獨立筆會新創的《自由寫作》網刊，而王一梁恰好因受任責任編輯而有了一份薄薪。我還記得我和他倆散步到海邊的黃昏時刻，作為筆會創辦人，我望著他們租下的那套面海小公寓，有感而發：流亡作家的最好職業，不就是有一份可糊口的文學編輯工作嗎？

王一梁寫作生涯中最為獨特的敘述文體，是他根據京不特的丹麥文回憶錄改寫的《京不特出國記》。經由王一梁譯寫的這部流亡／逃亡記，我們看到了一個曾經的數學家、地下詩人、出家人、作家、哲學翻譯家、瑞典筆會圖霍爾斯基獎（Tucholskypriset）得主京不特傳奇般的越獄、越境、入獄、出獄及最後抵達丹麥的經歷。

在王一梁的書寫裡面，他的姑父、家人，他的前妻——詩人井蛙，以及二〇〇〇～二〇〇二兩年勞動教養的監獄經歷，以人生及回憶不斷呈現；而在美國西岸的生活書寫，最重要的部分是他寫下的社區大學讀書生活，社區大學給了一個不需文憑的老學生應有的英文訓練。

王一梁文集中最畫龍點睛，或者說最具有可讀性的是《我們到這個世界上是來玩的》，這是一部摻雜著家族回憶、地下文化演進、文學同行側寫、地下詩人的出家出逃，乃至王一梁一生中最為持久的工作，《自由寫作》網刊八年編輯的工作回憶——這些回憶也是獻給比他早逝兩年的好友兼編輯同事孟浪的。

在王一梁早期書寫中，甚少大學四年讀書生涯的描述，和所有在一個錯誤的年代考入一所錯誤的大學的人一樣，他在合肥的四年，也是他跟那些毫無關聯人生的大學同學相互遺忘的四年。念工科大學不僅無聊，甚至乏善可陳。可在王一梁的筆下，童年回憶是難忘的，他幾乎用隨想式的筆觸描述了他的出身、帶有傳奇色彩的誕生、父母親……乃至他在江南常州戚墅堰的少年人生。

南人北相。王一梁虎背熊腰、身形壯碩，好大口喝酒大碗吃肉。他是一個特別的上海人，除了一口上海話、或濃重的上海腔普通話，在任何意義上，他看著都不像上海人，或南方作家。他貌似粗獷，實則細膩敏感，他的筆觸和敘述，始終有著上海的氛圍和底色。

在栩栩如生般對上海地下文學同行的描寫中，人們可以感受一九八〇～一九九〇年代上海亞文化和地下詩壇中，詩人與作家如何互動與應對政治危險，如果沒有王一梁寫下的這些回憶與描述，上海地下文化的這部份歷史將被淹沒在中國主流文化的宏大敘述里。

白夜作為王一梁最後的人生伴侶，最後、最重要、也是助他最多的妻子，唯有她可描述食道癌晚期與死神搏鬥的王一梁，我們通過白夜的追記，閱讀生命末期的翻譯家王一梁，如摟著他偕行。

生命或有它自身的輪迴，王一梁人生的最後數年（他們在泰國清邁購房定居）有過相對穩定、充實的作家生活。最後歲月中的他，帶著迴光返照般的工作爆發力，以驚人的翻譯能量，為中文世界留下了重要的榮格生平及學說譯本。

定居、移居、再定居，它鄉已成為故鄉。當流亡已成名詞，而非動詞或「不幸」的代名詞。我似看到最後歲月裡的一梁，形銷骨立也絕不言敗的一梁。

一梁有幸，因為妻子白夜和摯友蘇利文使命般的搜集和編選，終於，以書置身於流亡文學的湍流中。

輯一

處於危機之中的意識形態

處於危機之中的意識形態

《電影手冊》起源於一群熱愛電影的人自發地對電影進行一系列的探討活動。電影，作為現代社會的重要文化傳播媒介，可以為我們提供從事文化批判活動所需要的文本。討論電影的意義並不僅僅在於電影，這是作者撰寫本文時的想法。更詳盡地說，本文的產生基於這三種觀點：第一，現代電影是意識形態的一種充分表達；第二，中國電影正處於危機之中；第三，電影的危機是由意識形態的危機決定的，而意識形態的危機即大眾輿論取代意識形態的時期。

要完成對第一種觀點的闡述，我認為這比較容易，但它需要花費較多的時間，因為它更多地傾向於學術研究，因此，本文暫時將它作為一種不加闡述的基本觀念而直接使用了。對於第二種觀念，本文也不想加以詳盡的闡述，這不僅在於篇幅有限，主要的原因還是在於，目前的中國電影還沒有成為一個體系，因此，針對這個主題進行探討，與其在一種體系背景中展開批評，還不如去寫那些建立在批判者的直覺基礎上、自發地產生出來的、直截了當的簡短評論。在實際效果上，這樣的文章不僅勝任有餘，並且，也更加清晰易懂。因此，本文儘管作為《電影手冊》中的一文，我最後還是將它寫成了一篇屬於一般文化議論的文章，即主要地討論第三個觀點，並且，重在探討我們的意識形態是如何進入危機的。

而與此同時，作者並不敢期望本文具有哲學質量。如果通過本文的存在，能夠將我現在所想的東西都說了出來，並且，還能使我的一些想法、觀點使讀者留有印象，提供一些啟示，事實上，我已感到十分滿意了。因此，也可以說，本文是一篇連一幅哲學草圖的資格都談不上的文章，我僅僅是對中國的文化走向做了一些必要的觀察與展望。

我認為，在今天，不僅從事創作是一項非常艱難的事業，而且，從事評論、批判活動也是極其艱難的。我當然是堅持認為我們的文化在今天已經到了評論的時代。不過，我們的這種評論時代的到來，並不直接起因於我們的創作事業過份發達，已經到了需要對這些作品進行一般價值評論的時候。但創作的貧乏只能導致評論的貧乏，既然如此，為什麼還會有一種評論時代已經到來的說法呢？這是因為從另一方面看，也可以說我們的創作已經十分的豐饒與發達了，這就是外國文學翻譯的發達。藝術是沒有國界的，凡是被心靈讀懂的東西，它就是一種創作。

我們能夠評論，或許這也正是我們的不幸。由此想到全盤西化論者在中國的命運。考利在《流放者的歸來》（Malcolm Cowley's *Exile's Return*）中談到一群嚮往巴黎的美國作家，結果他們真的都跑去了巴黎。可過後他們又全都「歸來」了。

那麼，中國文化是不是也會去經歷這樣一場流放的過程呢？

這些年來，我所厭煩的思想，總是諸如此類的說法：我們是一種過渡時期的文化；我們已經到了接受懷疑主義、相對主義的時代；我們並不知道未來，真正的評論是沒有的，等等。

長期以來，使我感到苦惱的始終就是：該怎樣給予這些輿論以堅決的回擊。海德格、尼采、羅素都是些關注虛無、危機、懷疑論調，並且能夠提供實証給予這些思想疾病以致命一擊的思想大師。而在我們今天的知識界中，良莠不分，美醜混淆，比比皆是。在這種現實的意義上，本文也可以說就是一次爆發。魯迅在一九三四年對史沫特萊（Agnes Smedley）說：中國總得有人出來說話。

本文開始撰寫的時候，所堅持的便正是這種精神。為此，我樂意引用費耶阿本德（Paul Feyerabend）的名言：「並沒有什麼方法可言，從最後的效果看，什麼方法都行！」以此來表達我對說話、對文學批評的看法。

政治化意識形態話語的破產

長期以來，我們的文學是用意識形態話語來描述人性的。例如，地主皆壞，農民受苦，壓迫與鬥爭是兩者的關係，最後農民勝利。這就是當時的階級鬥爭學說。現在，我們聽起來這就像是在講一個情節、人物完整的故事。而事實也是這樣，一個生活在那個年代的人，只要掌握了這一套意識形態話語，他便能編故事，成為暢銷作家。像《決裂》、《春苗》、《第二個春天》，幾乎差不多二代文學都是依靠了這種意識形態話語來編造故事、文學的。

後來，到了一九七六年底，摧毀這種意識形態就成了歷史的潮流。於是，故事便漸漸地被改造成了凡人皆有人性，儘管人所屬的階級、階層沒有變，發生的事件仍然是一模一樣的，但是，只要在故事中表達了自然人性，選擇的人物是長期處於意識形態禁忌中的，那麼，這種故事便能成為新故事。像當時引起轟動的作品：《天雲山傳奇》、《牧馬人》，就是寫了有人性的右派，從而改變了人們對於由意識形態話語所塑造出來的右派的看法。使人耳目一新，獲得一種解放感。

所謂的新時期文學便是這樣開始了。也即是以一種自然人性話語摧毀、改寫由政治-經濟決定論提供的意識形態話語的歷史。

而「四人幫」時期的意識形態，由於它只是一種建立在集權統治上的粗暴的、強制性的產物，因此，只要依靠著自然人性——這種幾千年來只要有男人、有女人、有年輕人，即使是在最壓抑、最黑暗的年代中也會生生不息的原始人性——只要拿起這件武器，動搖、摧毀這種依靠不真實的謊言所建立起來的意識形態話語，就不僅是一件非常容易的事情，而且，也是具有非常重大意義的事情。許多人在那個年代裡就這樣成為了作家，我們的文學也隨之開始繁榮。新時期文學的「鼻祖」盧新華即是一例，這個本身並無藝術才華的文學青年，憑著說出自然人性存在的勇氣，便名譟一時，蜚聲文壇。

新時期文學開始時的作家素質、文學水平由此可見一斑。在當時，哪怕是最庸俗的愛情，但只要它涉及了男女之情，影片中一個很虛假的接吻動作，都是能夠引起觀眾感情波瀾的具有革命性的壯舉。而作品事實上是不是具有文學性、藝術性，這在當時都還是不能得到正視的東西。

結果，故事依然是一個破舊的故事。

新時期文學繁榮的祕密：用自然人性話語修改、編寫故事

為什麼會這樣呢？我認為有二個原因。

一，文學是一樁需要激情的事業，而打破禁忌本身的激情、所需要付出的勇氣在當時已經遠遠超過了對於其他東西的興趣，這就使作者很容易在寫作過程中無遐顧及其他。另外，

打破禁忌也有個時效問題，因此，最好莫過於類似新聞報導的東西。與此同時，這種激情的強烈程度，也使作者、讀者在心中成功地躲過了種種藝術上的監督，從而使他們在美學上、藝術上變得遲鈍起來。

二，由於我們的作者與讀者都是長期生活在那種意識形態思維與話語的控制下，希望他們在一個非常短的時期內便能徹底地從這個意識形態世界中解放、超越出來，也是不可能的事。

而我們文學中故事的陳舊性，則是在於「四人幫」時期的意識形態是一個無所不包的世界，由它塑造出來的關於人的故事、世界的故事，幾乎差不多講完了我們所有人的故事。因此，選擇題材、打破禁忌，就成了每一個都要重新改寫的故事。例如，右派是人，地主也具有人性，對蔣介石也要作如此觀。於是，作家們只要依靠掌握了一套自然人性的話語，就可以一個個地改寫由意識形態所歪曲的故事了。

這也是新時期文學之所以牢牢抓住題材不放，在新時期作家中曾發生許多搶題材醜聞的原因與內幕。

衰退的開始：自然人性墮落為大眾人性

以後，這種由自然人性所講述的故事我們見得多了，若干年後，「四人幫」時期，意識形態所編造出來的故事也已經差不多改寫完了，這時，由「改寫」中產生出來的自然人性話語所講述出來的故事，其革命性的意義也就日益削弱、無力。禁忌已經消除，這種作品的解放力量隨之也就失去。今天，如果我們重讀這些作品，必然會為當時它們怎麼會感動我們覺得非常奇怪。

儘管如此，新時期文學的製作法、靈感尋找法還是在文藝界中繼承、積澱了下來。這種貫穿於新時期文學的「主流寫作法」可簡單地歸結為二點：

其一，以自然人性、自然主義的構思、話語製造文學。

其二，繼續培養尋找突破禁忌的激情，以自然人性的話語或意識形態思維製造文學。

對於第一點，當我們的歷史已經發展到舊式意識形態話語被日益削弱的今天，這種作品所具有的庸俗性、小市民式的卑微下流性，也就必然暴露了出來。因此，當我們見到今天的許多庸俗電影，也就一點不用感到奇怪了。因為，主宰了今天文壇的作家們，他們的文學搖籃便是這樣的。而歷史的進步，又使他們已經掌握了的「寫作法」失去了當初所具有的革命性（請想一想，在他們寫「處女作」的年代裡，即使是他們所寫的最庸俗的愛情故事也是具有人性解放意義的）。

至於第二點，則可以從目前許多作品中尋到。

例如，突破古老的禁忌，描寫性本身，描寫邊緣地區、少數民族野蠻落後的風情與故事，重新改寫「老莊」的故事。這些作品大多不是以一種自然人性話語出現，就是以一種意識形態思維話語出現。前者比較簡單，例如，《橡皮人》的開始即是：事情的一切都是從我第一次遺精的那天開始的。而整個故事即圍繞著人有性便會產生煩惱這個事實發展起來。其他作品，如《無主題變奏曲》、《你別無選擇》，都是以自然人性話語來陳述人們實際生活狀況的作品。這種作品的出現，可以說是「以自然人性話語改寫意識形態話語」的一種自然演變的結果。而後者，即以意識形態思維製造文學則比較複雜。所謂的意識形態思維，簡單地說，就是人的思維具有了消費性。例如，你碰巧從書本裡看到一種觀念、一種思想，便採取了一種想當然的聯想進行了推理。如，一個文學青年見到佛洛伊德的「精神分析」之後，便開始根據「想當然的推理」（這種「想當然的推理」是我們接受新知識前的一貫意識）運用起它的思想和原理來，而根本不知道，事實上，當我們接受一種屬於最根本的人生觀的時候，總是要以拋棄我們思想中那些與此種人生觀相背離的觀點為重大代價的（而所謂的「新知識」必然具有這種特點。這是因為人類知識的進步通過的是「革命」，而不像很多人所想的那樣通過的是一種「自然的累積」）。例如，一旦你承認了「人是非理性的」這種觀點，那麼，你以前通過「理性」所獲得的知識，也就必然要受到懷疑，至少你再也不能採取一種「想當然的方式」，讓它成為你說話的前提與立論的根據了。

因此，選擇、接受一種新思想總是一場異常痛苦的再生過程。當承認了「人是激情的動物」，同時也就得承認理性是激情的奴隸。然而，那些具有意識形態思維的人，卻不必經歷這種內心的激烈變化。他們就像傳說中那些匆匆忙忙奔跑著的魔鬼一樣，並不需要面對非此及彼的選擇痛苦，就可以輕鬆愉快地在各種主義中滑來滑去，在各種思潮、觀念中處之泰然。隨時隨地都可以打出各種新主義旗幟，在社會、人群中以新人的面孔出現。在今天，正是由於這種意識形態思維的表面邏輯性，掩蓋了思維與存在、作品與人格的脫節與分裂，使新時期文學中的作家們仍然保持了一種不真實的激情，從事了許多所謂的「新觀念」的寫作——這是打破禁忌的激情的一種新變種。

新派評論家及其作家在意識形態思維中走向虛假

其他的所謂現代派作品，差不多都可以從作者的意識形態思維這一層面上進行我們的文學批評。一個具體的例子是，為什麼我們常常會感到一些作品，好像並不是由作者本人親自寫就。一個作家只能寫出屬於他氣質範圍內的作品。風格即人格，道理常常就是這麼簡單。像我們現在的所謂「城市詩」、「城市文化」，事實上，就大多是由鄉下人根據消費原理寫下的。因此，當我們見到那些喜歡以什麼「反饋」、「微-宏觀層次」這種科學消費性術語來形成自己文學批判活動的「偽範疇」的新派評論家，也就一點不覺得奇怪了。事實上，他們的思維水平也就只具備這種意識形態思維水平。

這種現象反映在電影中，則是出現了一批不具有精神內涵的精心之作。例如《青春祭》，就是由一幅幅精製的照片聯接而成，它最後以一場粗暴的泥石流毀滅美麗的山村而告終。如果作者意圖反映的是自然的無情、人的命運的無常這種觀念，那麼由攝影機展現給我們的這個世界本身，就應該是一個美麗的、充滿了生機、生命活力的世界。導演的意圖也正是這樣。然而，它在這方面卻是完全失敗的。這是因為整部影片在意識形態思維的支配下，已被構思、被表現的過於精緻、唯美了，以至於從整部影片中，我們所能感受到的只是一種美得發膩的物自體。因而，影片的最後，那個女人的眼淚就顯得不真實、無法喚起觀眾的情感共鳴。

這種過度的美、精緻的美，也是許多探索片中存在著的問題，它們大都缺少精神內涵也就成了必然的結果。這種唯美主義的作品，其誕生的根源同樣起源於作者精神世界中的意識形態性思維。

要推翻一種意識形態的話語是簡單的，但要推翻人們頭腦中的意識形態思維就困難得多。因為要發現這種思維形態的存在本身就是一條艱難的歷程。從經典作家馬克思到現代的海德格，他們對此都做了精闢深入的探討。馬克思的主題圍繞的是「唯心主義的形而上學思維」這一話題展開，有作品《德意志意識形態》問世。而海德格則從批判「不真實人格」著手，著有《存在與時間》。當前，這種不真實思維普遍地表現在電影界中，則以諸如「大師意識」、「探索意識」、「超前意識」、「獲獎意識」等等為代表。事實上這些東西只能成為給予的動機與自我意識的呈現，但是結果呢？卻正以一種工作意識大量地存在於我們的電影工作者之間，其毀壞作者的工作狀態、損壞作者人格的完整性也就成為必然。一個僅僅知道自己在公眾面前是什麼的人，他的工作對於自己只能成為一種不真實的表演。這種以觀眾的意見為自信，以評論界的意識為意義繁殖出來的作品，看上去像是由一群被寵壞的孩子所製造的擺噱頭作品。

當代中國作品大都不值一讀，不值得進行文學批評，道理也就在這裡。因為根基已經毀壞（由意識形態思維所表現出來的東西就是人、世界的無根源性），你就再也找不到批判的支點與歸宿了。

謾罵風格的由來

我總是在想這樣一些問題：為什麼有些擁有良知、洞見的作家，當他們在從事中國文學批評時，便會呈現出一種近似於謾罵的風格。我想，這或許是由於作者認真地閱讀了這些缺少精神統一性的作品，結果反遭及損害的緣故吧。魯迅提出「不讀中國書」的主張，原因可能就在這裡（其他還有「對於中國的事情不必過於認真」的論述）。還有一個問題是：為什麼像胡適這樣淺薄的人，會在中國新文化史上佔有如此重要的思想地位？為什麼中國最深奧的問題，其實必須從常識開始談起呢？自然，這種現象在西方也有。像七十年代科學哲學界的風雲人物費耶阿本德（Paul Feyerabend），他在談論馬赫（Ernst Mach）與愛因斯坦思想關係這段公案時，便提出閱讀原著的主張，從而揭露學術界中大量的所謂學者，其實都沒有看過原著，便開始了人云亦云的關於馬赫與愛因斯坦思想關係的「學術」。魯迅晚年在對中國有了更加成熟的思想時，也正是從常識開始著手的。魯迅有一句給人印象深刻的論斷是：你們至少也要區別得清楚裸體畫與春宮畫的不同！還有一個例子，當代學術界的大師（這或許是唯一的一個）錢鐘書，就是一個只做讀書筆記的人。

事實上，這一切都說明了一個非常簡單的道理：當我們的舊根基已經毀壞，而又沒有找到新的根基的時候，任何形而上體系都只可能是一座由虛假的意識形態思維所建造起來的垃圾之塔（現在，偽學術著作正以成噸成噸的數量出現）。可以有一部恢宏的長篇巨作，但它必須是建立在作者自身的根基、人格、精神之上的。寧可做一次喋喋不休的類似於誠實的鄉巴佬式的談話，也不要學做什麼偽大師，幻想通過表演大師的智慧以掩蓋自己的無聊與愚蠢。而誠實的鄉巴佬卻總是從土地、糧食、從陽光、四季開始談論起世界以及自己的，因此，他不僅是可靠的，也是可供我們提出確實的批判意見的。而後者呢？他們總是幻想他們自身並不具有的人性、能在語言符號中找到一種寄生性的存在。他們一切文學上的努力，差不多都可做如是觀。這種虛假的自我欺騙，正是意識形態思維的本質。這正如費爾巴哈（Ludwig Andreas von Feuerbach）在論述宗教的本質時指出的那樣：一個自身虛弱的人，他便在其對上帝的幻影中，找到自身強大的證據。現在，關於一個上帝的宗教是沒有了，但是，對於符號的迷信又成為了他們的宗教。「我多思則少在」，這是齊克果對於這些患有意識形態思維疾病者的警告。

當一個鄉巴佬還在笨拙地模仿著城裡人的時候，他儘管可能是滑稽可笑的，然而與此同時，不妨還是可愛的。但是，一旦這個鄉巴佬自己也被他的模仿行為所迷惑，以為只有他自己才真正擁有城裡人的本質時，他對自己的不誠實就開始了，而不誠實的意識則會使他獲得自圓其說的能力，從而使他的表演反過來迷惑了城裡人，這時候，情況就不是可笑而是可怕的了。今天，當舊式意識形態已經崩潰，我們走進了一個開放的時代，中國文化也已經開始有了一種屬於第三世界文化所特有的格局、屬性（也就是我們已經成了西方世界的鄉巴佬），那些所謂的新派評論家，這些事實上的假城裡人式的評論家，他們的言語就顯得更為有害了。

如果說，「尋根文學」還是在意識形態思維中表現出了對於自身存在的一種誠實性，至少在沒有根基的今天，他們還在努力創造出一種與此相應的意識形態，一個關於中華民族的新神話。那麼這類新派評論家，卻是除了製造噪音，迷惑天真好學的讀者，形成一批蠱惑人心的大眾輿論之外，就只能提供毒汁了。他們的工作只會更加削弱、損害人的思維與批判能力，使他們的人格變得更加的不真實、不可靠。

一個被剝奪了個體思維的人，只能成為一個野蠻的人。而一個脫離了自己家園的人，在面對自己、面對世界的時候，剩下的也就只有一些空洞的姿態。內心是一片無盡的閒愁與無聊，在暗淡的懷舊中聊以自慰。

這樣，通過一種「個體思維」的喪失，「尋根文學」與「新派評論家」又成為了當前寄生於文壇一對感性與理性世界的孿生子。

大眾輿論時期

「四人幫」時期，我們有意識形態，有一個關於人與世界的故事，但它是建立在簡單的經濟劃分、階級鬥爭學說上的，因此，它是不完整的，不能發揮意識形態作為產生文明世界的一個強大的武器。

意識形態總是以必須正視並且超越自然人性為自己的存在前提。一個不包含人本身形像的意識形態，僅僅是一種控制社會、人管理人的統治手段。而「四人幫」時期的意識形態，由於在它那裡，並不存在著人的本身形像，因此，這種意識形態除了片面之外，事實上由它所帶來的統治是反動、野蠻的。

這樣，意識形態所要做的三件事情——建立一個價值的世界；產生按照價值判斷生活、行動的人生觀；提供社會理想世界觀——在那個時期，在實踐上自然也就成為了不可能。

今天，這種舊式的意識形態已經告終，而新的意識形態還沒有誕生，於是，由人們的自發生活實踐所帶來的建立在自然人性基礎上的大眾輿論，來取代這種意識形態真空也就成為了必然。這便是一個信仰危機的時代、一個道德淪喪、文化虛無時代。在這樣的年代裡，無論是經濟神話、還是現代化神話、外國神話，事實上，它們都不過是建立在大眾思維、大眾感情、空洞的意識形態思維上的大眾神話。

「尋根文學」是在大眾思維、情感基礎上建立起來的，因此，當種種醜陋的中國人形像被暴露在銀幕上時，觀眾便束手無策，對自身的醜陋反倒變得麻木不仁了。在一個只有大眾思維水平的觀眾面前，對於他們的批評，往往就是這樣地走到了反面，結果，所謂的「批判」反倒成了放縱與姑息的同義詞。那部以大眾思維寫成的書《醜陋的中國人》（柏楊著）就是一本很壞的書，大眾事實上所需要的、能夠接受的只是啟蒙與教育，而不是什麼謾罵。真正的批判總是建立在意識形態的力量與魅力的表達之上的，而失去了精神內涵的意識形態思維，便是一種大眾輿論。沒有精神的大眾便是愚眾，時代就會成為一個喪失精神的平庸時代，而這樣的時代就需要一個暴君前來統治，中國歷史顛來倒去了幾千年，意識形態總是由統治階級建立起來。即使歷史真的讓民眾自己站起來，那麼他們也沒有自己管理自己的精神能力。

啟蒙或者反啟蒙，這始終都是擺在中國知識分子面前一個尖銳、嚴重的問題。魯迅最後走上了一條啟蒙者的道路，反叛虛無與隱士。

而一切屬於人民的意識形態對於大眾的意義，便正是一種啟蒙的意義。只要我們民族是一個需要啟蒙的民族，我們的時代需要啟蒙，我們便是一個需要意識形態的時代。

從意識形態瓦解之後我們所走過的道路看，必須清醒地認識到，這還僅僅是一條將那個時期的意識形態話語進行摧毀的道路。作為我們頭腦中的思維習慣，它所具有的舊式意識形態思維性，是不是已經發生了轉變、與那個時期的思維習慣實現了徹底的決裂呢？沒有。通過一種自然人性進行抵制、摧毀舊式的意識形態，它的最終意義充其量只能是一種對於舊式意識形態的改寫與瓦解。矛必須以矛相對，要實現對於舊式意識形態這種通過奴役人心而建立起來的意識形態的最終背離，僅僅有大眾輿論、大眾思想、感情是永遠不可能的。大眾輿論、大眾的覺悟如果不能及早地上升為人的一種精神、成為一種新型的意識形態，那麼，大眾思想、感情就有可能成為一種新的墮落的人性，而一個經歷了失望與絕望階段的人性，其墮落、庸俗、以及窮凶極惡是只可能比覺醒之前有過之而無不及的。這種對於在中國實現啟蒙後果的悲哀也正是魯迅的悲哀（見魯迅與錢玄同的一次談話，那個關於鐵房子的寓言）。阿Q就是一個能夠掌握革命之後話語能力的人，但是他的思維只停留在革命之前。阿Q在革命前後的思維與話語能力還仍然是我們這個時代裡，許多中國人的臉譜與靈魂。

時代的新人從哪裡誕生

作為時代新人的標誌，是他們的意識形態。沒有新人的誕生，便也沒有新型的意識形態的出現。在當代中國文學、社會批判活動中，仍然只有一種建立在大眾輿論上的批判，這是以報告文學為代表的。仍然只有一種建立在個人人格、良知上的批判。

這個時代尚缺意識形態的批判！

長期以來，我悲哀地看到我們這一代最優秀的精英，他們在各自的自我流放之中，毀於平靜、毀於孤獨。舞榭歌臺，風流總被雨打風吹去。這些擁有個人良知的個人主義者，在這個落後、貧窮的第三世界國家裡，既不能做一個徹底放任自己的情感、思想的嬉皮士；也不能在這個需要個人尊嚴、獨立的社會裡，做一個正直的，以探索世界、人生意義為己任、為自己生活行動唯一準則的知識分子。

懷疑啟蒙，憂慮定罪。

太陽升起來了，又降落。自生自滅的道理，這麼簡單。

在中國曾經誕生過新人，這就是我們的農民。在一種上升的、健康的意識形態中，出現過反映這種新人的影片，像《英雄兒女》、《紅色娘子軍》、《董存瑞》等等。儘管電影語言是落後、陳舊的，但對於反映新人的作品來說，因為他們的生活總是高於藝術的，因此，這都不妨礙它們的成功。

在我們這個今天的社會裡，偉大的個人主義者或許是誕生了，但是，作為時代中的新人，他們又在哪裡呢？

我們的時代需要新型的意識形態

毫無疑問，偉大作品總是抽象的。而如果沒有意識形態，那麼，大眾就將與抽象無緣，與抽象的精神世界無緣，他們便不會認出真正的新人。

謝晉是一個深知英雄模式在大眾心目中作為一種抽象物存在的意識形態電影製作行家，因此，他的電影便幾乎每部都能獲得成功。從《紅色娘子軍》、《春苗》、《盛大的節目》，到今天的《高山下的花環》、《芙蓉鎮》，無不都是他作為這樣一種電影工作者的見證。因此，如果我們要從事對於謝晉導演作品的文學批評，首先必須從作品的意識形態，而不是從它的藝術性著手。作為一個藝術家的謝晉，他的電影語言之蹩腳、單調，是顯而易見的，他的成功事實上也並不在此。大眾需要價值判斷，渴望見到懷著理想、依靠價值判斷而生活行動著的人，謝晉的成功正是依靠了這種潛藏在現代大眾內心裡的對於意識形態世界之存在的祕密渴望。如果沒有好的價值判斷，壞的價值判斷就會取而代之。人生需要意義，需要有抵制世俗人性之厭倦、無聊與空虛的精神武器。在一個沒有信仰的年代裡，意識形態已經崩潰的世界上，齊克果，以一種荒誕的存在為自己信仰，從而使他度過了一種名符其實的有信仰者的一生。信仰的東西即使荒誕也好，只要有信仰便能拯救自己，這是齊克果以一生的實踐所證明的人生真諦。人就是這樣一個需要信仰的族類，正是在這一點上，偉大的人與大眾走到了一起。我在這裡之所以舉齊克果為事例，這是因為齊克果是與存在主義的名字緊密地聯繫在一起的人，而存在主義又是與現代派和現代思潮密不可分的一個極其重要的思想精神源泉。

然而，我們的許多現代思潮卻又總是以曲解、庸俗化他們的精神品質、思想為能事，用以作為自己所謂的學術活動的口舌與根據。這使我想到斯賓諾莎的一句話：我希望那些懷有大眾思想感情的讀者不要讀我的作品。

但是，他們還是閱讀了。並且，還自以為是地為自己貼上了什麼「現代派」的標籤，這是另一種假城裡人式的新派作家。

人的品質、理性、信仰這些屬於人性中最最基本的存在領域，就這樣在新派作家手中，在他們以大眾思想感情為基礎的解讀中歪曲了，人的真正形像被他們的變形手法再一次連根拔起，從而使人們在稀里糊塗的迷宮中喪失了做人的資格。

在我們這個時代裡，建立一種道德判斷，是首要的精神批判活動內容。人必須是有品質、有理性、有信仰的。佛洛伊德目睹了人性潛意識世界中的黑暗與非理性，創立精神分析，以求人類在一種新的理性統轄之下，將其從本身所具有的黑暗性中拯救、解放出來。卡繆目睹了世界之荒誕、人性之冷漠，祈求、提倡人類去反抗這個荒誕的世界，在一種古老的地中海式的克制精神中，重新恢復人性的尊嚴與勇氣。

偉大作家總是一個偉大的道德學家。

文字或許是蹩腳的，文體或許也是破舊的，但是，這又有什麼關係呢？還有比杜斯妥也夫斯基的文體更為蹩腳的作家嗎？一個作家之所以被認為是一個偉大的作家，從來不會僅僅因為他能將文章寫得特別的優美。

而「文學青年」則是一種可笑的名字，因為，它把文學與人生分成了兩樁事情，將文學變成了一種工藝。尤其是當這種發生在文學青年頭腦裡的文學形象，已經成為了一種文學主流的精神現象時，這種可笑性便以更為荒誕的面貌出現了。

我們的文壇是由文學青年建立起來的，這是一個事實。長期以來，將作品寫得美、寫得新、寫得符合時尚，這已經成為了我們的文學慣例。然而，當你還不是一個真正的人的時候，你能夠成為一個真正的作家嗎？這樣的寫作對於你的精神生活又有什麼意義？在這個世界上，做一個人是需要付出代價的，需要經歷無數個反抗孤獨、痛苦的時刻，這才能誕生出來一個精神上的奇蹟。而偉大作品在最終意義上也總是對於世界、人性混亂的一種澄清，一次對於人性墮落的拯救，一種在由自身力量所釋放出來的光明朗照中，歡呼人性最終勝利的一次次喊叫。

宇宙或許是荒誕的，人生也可以是荒誕的，但是，發現這種荒誕性存在的人，卻不可能是荒誕的。荒誕只不過是人性的一個面具。一個從來也沒有體驗過幸福的人，能感受到痛苦嗎？沒有體驗過愛情的人，能察知人性的冷漠嗎？只有解放了的人，才會知道什麼才是對人的奴役，什麼才是這個世界上的荒誕。

藝術必須是高於生活的，否則，也就沒有藝術存在的必要了。美就是生活，這是車爾尼雪夫斯基用一種意識形態話語說的話。當我們的生活已經意識形態化，生活本身也就變得抽象了。

自然人性知道理想、自由、平等、博愛嗎？他不知道！他只知道幻想、慾望、逃避、放縱、自大或者自卑。一個只有自然人性的人，他的內心抽象世界是不可交流的，可供交流的只是他的物質形態而已：表情、陳述、或者表演，等等。我們現在的文學，因為只是以自然人性為話語的，其精神、抽象性自然也就失去了。在我們的評論界中，流行的說法是：這部作品洋溢著濃郁的生活氣息，好像這就是對於作品的最高的評價了。可是，什麼又是生活呢？將會有一千種、一萬種對於生活的說法，那麼，你究竟又在說什麼呢？

卡門將人的自由，看作勝過一個人的性命，這就是卡門。唐吉訶德將人的理想，理解為比現實真相更為重要的東西，他不求實踐的證明，這就是唐吉訶德的精神。浮士德的一生，只是為了在最後，使自己心悅誠服地喊出一句：美啊，生活！美啊，世界！一個在世人眼裡活得悲慘的維根斯坦，臨終之前說的卻是：告訴他們，我一生活得很幸福！他的幸福在哪裡？蘇格拉底說：我要到那裡去（指死亡）。因為在那裡我就可以永遠地都在說話了，因為在那裡我已經死過一次了，也就再也沒有人因為我從事哲學而殺死我了。

這些就是精神。抽象嗎？自由、理想、美、幸福、哲學。是的，非常抽象，但只是我們心中的抽象。那個愛幻想的卡夫卡說：虛構也是本質。人們彷彿是為了某種抽象的東西活著的，最後，又以自己的一生、以自己的作品向這個世界、向全人類宣佈道：它們是存在的！

偉人是罕見的，真正的藝術家也是罕見的。基督，這個西方世界第一個人類的教育家，他和他的弟子們一起用意識形態話語寫下了《聖經》，從而使一個抽象的上帝，變成了大眾面前一個有血有肉的存在。

一種極端的個人精神姿態，最終導致的結果還是一條通向全人類的道路。認識自己，便也認識了人類。大思想家想的都是同一樣東西。而只有意識形態的歷史，才是一部人類現實的歷史。

歷史永遠都在拋棄著在大眾輿論中產生的，那些自以為進入了偉大時代的歷史時期。而生活在大眾思想、感情中的人，始終都是生活在歷史相互隔絕狀態中的。因為，大眾輿論歸根結柢就是一種自身缺乏歷史感的東西，同時，它也是缺乏自我意識的。它不能實現自我的否定與揚棄。

從大眾輿論中，我們能夠找到一部真正的歷史嗎？

歷史總是以哲學的誕生，才開始有了屬於它自己的真正的聲音。懷疑一切哲學，這是不可能的，也是極為膚淺與可笑的。而人類歷史文明的進步，事實上，就是由這樣一批不僅能夠頑強地掌握著自己的思想觀點，而且，還能清楚地將它們表達出來的人所締造、完成的。懷疑一切的人，這是一種意志癱瘓的表現。

我們不從語義學上定義哲學，而是從意識形態的角度出發使用哲學這一術語。

在今天，我們研究一種意識形態，便是要去研究一種能夠使我們的時代產生一種屬於人的哲學。中國誕生過哲學家，例如，老子，但是他的哲學是以一種非人的形像出現的，而莊子的哲學則教人以反人的形象活在這個世界上。

誕生一種使人不僅願意為它死，並且，更高的是願意為它生的思想，世界上，是唯有這種思想才是真正屬於人的。而其他屬於非人、反人的思想，導致的乃是我們對於今生受苦的忍耐與逃避，直接的後果就是我們在思想感官上對於美、自由、愛、社會正義、人的尊嚴的種種遲鈍與畏懼。而一個在今生不擁有這些存在的人，他便是一個心靈死亡的人。

總是有兩種不同涵義的人道主義歸屬於知識分子。而從人道主義的立場看，只要在從事寫作，便是在從事人道主義的義務。因此，寫作就是人道主義！無論是為自己，還是為他人。

然而，那些宣稱只為自己寫作，可仍然還去發表作品的人，這是商品社會中的一種人格分裂。它現在正成為一種作家的姿態，這是人道主義思想的墮落。沙特晚年，目睹越南難民的悲慘，懺悔他早年寫作了《厭惡》。當全世界大多數人還仍然生活在得不到尊嚴、社會正義的社會之中，對於少數人，對於後代人實現人道主義，就顯得虛假了。沙特的懺悔，這總是知識分子最高的良心、崇高的原罪。

為時代寫作，為活著的人寫作，就是為一種意識形態寫作。為自己寫作，或者為全人類寫作，這就是為宗教而寫作。

一九八八年四月二十三日～二十五日 上海

切斯

我執著於語言，卻沒有學會很好地說話，這使我的語言經常成為一種暴力，從而侵犯了生活中那些無辜的、沉默中的人，這種起源於無知的傷害能夠構成我的一種原罪。

切斯（Stuart Chase）說：詞語的暴政。

因為你憎恨黑人甲，結果你說了你「憎恨黑人」，而黑人作為一個類，還包含著黑人乙、黑人丙、黑人丁……在這句話裡，你侵犯了黑人乙、黑人丙、黑人丁……的純潔。你有罪。

我們都生活在詞語的暴政之中。

柏楊所著的《醜陋的中國人》，他對每一個中國人都施加了暴力。但是，他不知罪。後來，一群同樣沒有罪惡感的人，又一起合謀了一場詞語的暴政史。這種暴力蠻橫地掠奪了中國人的精神財富，使人民更陷入於語言的貧困之中。

那麼，我們是不是因此就只有去選擇沉默？這樣，既不傷害無辜，也可以擺脫原罪。

巴斯卡（Blaise Pascal）通過敬神，托爾斯泰通過崇拜農民，維根斯坦轉向肯定日常語言，蘭波（Arthur Rimband）成為了普通的人。這是一批痛苦地祈禱著，從而放棄了詞語暴政的人。

但是，我卻不會做出這樣的選擇。

我不喜歡暴力，反對暴力。但是，我並不摒棄權力，相反，我需要權力。我仇視一切企圖或者已經掠奪了天賦我的權利的人。在我想清楚的地方，我能夠說清楚的地方，就是我擁有權力的地方。知識即權力。暴力無法使我沉默，更無法使我屈服。任何企圖使我停止說出我已經想清楚的思想和說話的念頭或者行動，都是一種暴君的圖謀。

在一個詞語經常成為暴政的世界上，每一個具備說話能力的人，他都有可能成為一個這樣的暴君。因此，我們只有想清楚了，才會警惕起來。只有說清楚了，才能防止詞語的暴政，從而真正懂得了自己作為人的權力。

這些年來，我始終都在為著說話奮鬥。今後，也必將如此。

一九八八年十二月四日　上海

傅柯

神明並沒有保護弱小者。

弱小者的產生卻正是在於他的被拋棄，不是被神明拋棄，而是被權力拋棄。無政府是人類文明的無秩序，表現出權力分配的絕對混亂。這時候，自然的秩序便出現了。然而，對一個已經文明化的人來說，這卻是一場由暴力取代權力的過程。

只有一個社會決意放棄自己已取得的文明，權力體系才會整個地蛻變為暴力體系。不過，一般說來，這樣的一個階段總是短暫的。暴力革命常常被詩人形容為從黑夜到黎明的那個瞬間，喻意十分短暫的意思。

社會秩序表現出不是暴力下的秩序，就是權力下的秩序。由後者產生出人類的文明化。只要有文明就會有權力，過去是，今後也將是，而且，永遠如此。所有嚮往革命的人，如果以為革命的結果就是人類對於權力的放棄，那麼這種無政府主義的天真，結果只會使他們置身於暴力的統治下而無意識。最後暴君只能被暴君消滅。而權力為何物？則成了完全陌生的東西。

知識即權力。傅柯的這句名言表達了人們對於權力的渴望。從傅柯的這種光輝思想中，我們還將獲得另一個有意義的樂觀的命題：人類將不會死於自己創造出來的文明之手，除非人類自願屈從於自己的無意識，從而聽任了野蠻的暴力統治，這才是人類的真正死亡。

當熱忱的無政府主義思潮不復僅僅以一種詩意的激情，一種理想出現，而是作為一種社會知識，一種現實秩序出現在我們面前的時候，人們就能看清楚，其實質不過是文明社會中的無意識暴力。只有失敗的無政府主義才會被人理解、接受，才會成為我們生活中一門偉大的藝術。這正如盧梭的純潔的野蠻人，它作為一種工具性的概念，作為一種藝術的東西而具有價值。

藝術家越是渴望在社會上取得成功，那麼，他就越會與無政府主義密切結合。這是因為生活中的大多數人，他們對於權力儘管有意識，然而，事實上，在現實生活中又是毫無權力感的。這是一種「苦惱的意識」（黑格爾），這種苦惱的意識只有通過暴力的無意識釋放，才會使「苦惱的意識」擁有者，暫時地獲得解放。

這正是無意識暴力的偉大和恐懼。它經常被為擺脫壓迫，實現自身解放的反抗者利用。從希特勒的納粹運動，到史達林的恐怖共產主義，毛主義的文化大革命，這種無意識的暴力統治，經常成為取代人類權力的統治秩序。它閃爍著人類力量藝術的偉大的美，然而，是恐懼、戰慄、毀滅的美。

因此，不要去激怒群眾，更不要以主人的地位去許諾群眾，從而自命為群眾暴力的導師（但反對群眾的人，最後的下場，也只會被激怒的群眾在運動中撕成碎片）。群眾之為群眾，就在於他們對自身權力的擁有感，永遠都處於一種苦惱的意識之中。而這種苦惱意識一旦與絕對的主人意識相結合，那麼，這種力量就將完全變成一種無意識的暴力。

回顧我的童年時代，中國就有一類被稱之為地、富、反、壞、右的人，他們是一群與我們不同的「其他的中國人」。從這種稱呼中，我們能看到他們在社會中所擁有的權力界限。

無產階級這個詞，意味著你作為其中的一員，就有自由出售自己勞動的權力，而不會像奴隸如果使用這種權力，那麼就有被奴隸主處死的危險。而在當時的中國，這五類──「其他中國人」在我們社會中又擁有什麼樣的權力呢!?

傅柯說：要理解理性，就需要瘋狂這個概念。為了人統治人，人管理人，便需要一系列關於非人的概念。在亞里斯多德時代的民主社會中，女人與奴隸是被划進「非人」之中的，因此，這個民主社會只被「人」所享用。奴隸和女人並不在這種「人的知識」中擁有任何的位置，因此，即使在這個社會的權力蛻變為暴政的時候，奴隸和女人也不會有反抗這種暴力的絲毫權力。

然而，這種關於「人的知識」一旦被奴隸、受壓迫者所掌握，那麼，奴隸們也會以「人」的名義起來反抗，要求分享一切屬於「人的權力」。他們同樣會通過把被反抗者划進「非人」類中，他們同樣會殺人，以「人」對「非人」的管理知識統治天下。從歷史上看，這一套「人管理非人的知識」基本上是因循守舊的。表面上看是一個階級與另一個階級的鬥爭，其實質同樣還是「人與非人」的暴力鬥爭。只要我們對人的知識格局沒有從根本上改變，那麼，歷史上的鬥來鬥去，最後的結果總是一樣的「人壓迫人」，「人管理人」，並不會有一個美妙的人性社會的到來。

在這裡，關鍵總是在於我們對於「非人」這種知識的創造與佔有。三〇年代末期，日本士兵在南京兇殘地屠殺中國人而根本問心無愧。這是因為這場戰爭已經教會了日本士兵擁有這樣的知識：中國人不是人，而最好的士兵就是最優秀的人。「人」怎樣對待、處置畜生，那就怎樣對待「非人」的中國人。

暴力之下無意識。魯迅認為中國幾千年的真相就是人吃人，其實就是「人」吃「非人」的歷史，所以，吃的人是從來也不會意識到，事實上，他們吃的正是像他們一模一樣的人。而西方這個誕生了偉大的「人權宣言」的故鄉，在對「非人的知識」的佔有中，它同樣也能醞釀出連綿的野蠻史，最近的就有本世紀的兩次世界大戰。

有意識的世界在這個時候哭泣了，而無意識的王國在各種幻想的支配中，在喜劇的格式中，演出著一次又一次的開幕與閉幕。這其中，最大的幻想總是一個沒有權力統治的世界的出現——而這種幻想的代價、最後迎來的卻只有暴力的統治。

這正是無政府主義幻想的悲劇，「知識即權力」這個規律的一齣喜劇。

那麼，人道主義作為一門偉大的關於人的知識的學說，最後，真的能夠成為世界的權力嗎？

一九八八年十二月四日～七日 上海

沙特

我們不批判自然，因為，自然是不自由的。

我們承認人會犯錯誤，我們就肯定了人是自由的。人會犯錯誤，會犯許多錯誤，並且，他的自由越多，犯錯誤的機會就越多。天才犯下的錯誤總是很多。

只有大自然不犯錯誤。對著上帝的筆誤，洪水、猛獸、泥石流、太陽黑子、地震而咆哮，憤怒訓斥，這太人道、太不開化、太寓言了。

在大自然面前，祈禱膜拜，這也太原始、太無用了。因為，大自然並不聽得懂人的讚美與批評。

因此，我是寧願用腳去踢燒得太燙的火爐，抱怨它散熱太快，不惜腳被燙傷，也不會去踢路旁的一塊小石子的。因為，火爐是我們人造，而石頭卻是自然的造化。

在人類的批評史上，大錯莫過於人類總喜歡將崇高的價值賦予天上的星斗，卻把地上的沙子貶得極其渺小。

萬物皆平等，各有各自的用途。

然而，人卻不如此。這是因為他太自由了，他天生所具有的自由，使得我們一旦放鬆了對於這種自由的警惕，人就有可能變成撒旦、變成猶大、變成人妖、變成無用。

人類需要批評，這是由人的自由判給他的命運。除非一個人自願放棄了他的自由，他才不需要批評。那些拒絕批評同時又自認自己是自由的人，以他們對於自由的堅持，使我無法理解在他們的內心裡，又是怎麼能夠在這種分裂面前獲得自尊的。

這麼多年來，我一直都沒有批評過猴子。人們一般也是不去批評鄉下姑娘衣著的：「鄉下人就是鄉下人」。在這句謾罵的話中，表現出了批評者願意放棄他的批評，而這正是以肯定鄉下人在衣著美學上不自由這種思想為前提的。

現在，我終於也決心去批評那些從前使我感到麻木的人了。這些人也許活得非常痛苦、非常愚蠢、非常無聊、非常兇惡。然而，只要他們還能表明自己還作為一個自由未死絕的人活著，他們最後還沒有完全變成人吃人的生番，那麼我就會相信，通過批評，重新創造人性的奇蹟，這還是可能的！

一九八八年十二月五日～七日 上海

榮格

一個人總在尋找另一個人的上帝，這另一個人是他的兄弟。

榮格[1]說：作家是集體無意識的代言人。

我不能想像二十世紀的人，還有誰說得出比榮格這句話更有份量、更有氣派的話。十九世紀有尼采，因為他說了，如果有一個神明，而這個神明又不是我，那讓我怎麼受得了!?

風格即人格，這不是祕密。上帝死了，作家就將是上帝。

上帝死了，赫密士[2]也就只能隨風飄蕩。因為上帝死了，從大自然中，從嬰兒的胎記上，也就不再能夠找出上帝的印記。這就需要赫密士之神引導芸芸眾生，更加頑強地到世界上的每一個角落裡去尋找上帝的足跡。

現代的赫密士之神成了解釋學[3]，成了我們的一切批評活動。通過釋義，尼采、沙特成為了我們這個世界上苦難眾生的上帝，使卡夫卡的寫作成為了一條通往天堂的解脫之路。然而，一個把我們引向釋義活動之中而發現了上帝的人，這個發現者本身也要赫密士之神向我們做出保證和解釋：什麼才是其釋義的合法性？

這正是赫密士的狡猾。

集體無意識，過去只是神的專利和財富，現在，卻要由作家通過寫作將它催發出來，使它成為我們的現實力量。那麼，能夠做出這樣判斷的人，榮格又是什麼人呢？榮格的赫密士必須回答：是什麼保證了榮格從作家的背影中見到的東西，正是上帝的投射，而不是他自己的幻覺。並且，榮格的著作之根源，其出處又從哪裡獲得？榮格的作品正是集體無意識的代言人嗎？

赫密士無法回答，然而，榮格卻能對著他的著作、他的弟子們做出肯定性的回答。當歌德說：面對偉大作家的作品，你只能像對待上帝一樣，沉默無語。在這裡，歌德其實就是宣判了赫密士的無效，然後又承認了上帝的存在。同樣，我們只要宣佈現代赫密士的有效，我們也就要拒絕上帝。

這正是現代批評家的無窮困惑和困境。只要評論家認為他的評論是絕對的正確，那麼，它同時就會是沒有意義的。因為，這種正確的自明性，它只可能早就由作家通過作品向我們表明。

也因此，現代評論家成了一個對於作家的呼籲，進行關注以及一再強調的人。在這樣的一個世界上，重複可能就是我們唯一的一幅最接近上帝的畫面。

一九二〇年，榮格坐在一棵百年梨樹下，他常常一坐就是一天。他砍下一捆蘆葦，突然

注釋——

1 卡爾・古斯塔夫・榮格（Carl Gustav Jung，一八七五年七月二十六日～一九六一年六月六日），瑞士心理學家、精神科醫師，分析心理學的創始者。

2 赫密士原文為 Hermes。根據希臘神話：赫密士作為在諸神和人類間的信使，對於人類，就是眾神旨意轉達者。

3 解釋學原文為 hermeneutics。其詞根源自希臘語 Hermaios，意為：赫密士神的追隨者。

間，他隨意將它們撒開。

「持蘆葦的人」，他寫道：「不知道每一捆蘆葦有多少根，其結果取決於這一捆蘆葦本身的數量關係。」

榮格用這樣的方式，對《易經》進行闡述。

斯特林堡（August Strindberg）則望著路上隨意堆放著的石頭冥想。我忽然悟到了這兩種方式的一致性，榮格手上多出的只是一本解碼。

一九八八年十二月五日〜八日上海

齊克果

齊克果為什麼我要寫作？我和同時代寫作的人有什麼不同？我究竟是什麼樣的作家？一個星期天的下午，齊克果像往常一樣，坐在公園裡咖啡館的外面，抽著他的雪茄，像一個夢遊患者一樣，又開始不著邊際地沉思起來。他年輕、多病、發達的想像力，更增加了他失戀的痛苦。然而此時，他卻已經叫喊不出聲來，但同時他又清楚，儘管自己已不可能再像往昔那些成為人類恩人的傳統作家一樣工作，但是，他還有著自己的使命。

這是一些什麼樣的使命呢？

稱之為沉思者的形像，在我的腦海裡漫遊著，我現在也真是太熟悉他們了。這是另一種形象：坐在公園裡的洛根丁[1]，他的眼睛正呆呆地望著那些被波特萊爾稱之為只會使人越望越發呆的東西。漸漸地，他的整個思想、注意力開始被不遠處的一株樹根吸引，被它牢牢地黏住了，最後，他自己再也無法從被樹根激起的厭惡中逃脫。

現在，只有噁心、厭煩糾纏著這個沉思者洛根丁。

然而，在弗烈堡公園裡的沉思者齊克果，卻在這樣一個下午，隨著關於自己是什麼人，

注釋——

1　沙特小說《厭惡》的主角。

是什麼樣的作家的思想出現，他獲救了。

而洛根丁這樣的沉思者，卻在向物質世界詢問人是什麼的苦惱中，進入了越來越深的厭惡的地獄之中。

巴斯卡（Blaise Pascal）是這樣的一個人：他在向大自然的發問中，數學使他擺脫了洛根丁對於單純物質的厭惡，這是他的第一次獲救。青年維根斯坦則通過建立一個邏輯的語言世界，也成功地擺脫了物質世界的瑣碎與混亂。但是，最後他們卻都放棄了這些拯救之路，走向齊克果式的道路。

齊克果的道路，即：如果我們過多地去觀察研究自然，那麼我們還有什麼機會研究我們自己？如果我們自己是不符合科學的，那麼我們對於人進行科學式的研究，也就必然無效，而且有害。如果日常生活是拒絕形而上學的，那麼理性也就不可能成為拯救生活的力量。如果我們人只能生活在現世，那麼追問「人的永恆形像是什麼」便毫無意義。如果一個人的最後獲救是可能的，那麼這個人就必須肯定上帝的存在，而這也就意味著承認並接受現實中的一切。

因而，這樣的一條道路，對於今天的人來說，就是：如果一個人立志要想使自己獲得拯救，那麼他就必須放棄廣闊、放棄遙遠的東西，在這個世界選擇一條驚人的狹窄之路，這樣他就會發現，生活不再成為問題，不再需要理由，天國就在日常生活之中。而對於一個從來都不認為自己需要獲得拯救的人說來，這樣更好，看風景與勞動將使天國長久地駐留在他們的心中！

一九八八年十二月八日 上海

魯迅

青年魯迅也做過許多文學夢，然而，非常短暫，不久以後，他便消沉了。新的戰友在哪裡？苦悶中的魯迅也曾經這樣發問過，但是，也非常短暫。最後，他連這樣的念頭也消失了。

我們現在只知道這個時期的魯迅，他的「文學生涯」是在抄錄碑帖中度過的。

下面是一個眾所周知的故事——

七十多年前，有一個人立下宏願，發誓要創辦一份刊物，使它在十年之後成為新文化的發源地，或者說是一種新文化的母體，這個人就是陳獨秀。

於是，有了這麼一天，他的戰友錢玄同，跑去看望了魯迅。結果，一切聽上去就像是一個神話，等錢玄同走後，新文化史上的第一部白話文小說跟著就誕生了。

「今天晚上，很好的月光。」

「我不見他，已足三十年了；今天見了，精神份外爽快，方知以前的三十年，全是發昏。然而需十分小心……」

這是《狂人日記》的開場。

讀過這部小說的都知道，小說以瘋子的自述寫成。這個人的發瘋起源於他的一個假定：他所生活的社會中，所有的人都是吃人的，從前這樣，今天這樣，人總是吃來吃去，因此他十分害怕自己也會被人吃掉。然而，可喜的是，他現在已然發現了這個祕密，因此，這就使他產生了一線希望。這一線希望最後讓他喊出「救救孩子」的吶喊。

小說就以這一聲吶喊結束。並且，魯迅還將他的第一部小說集命名為《吶喊》。

魯迅像現代許多真正的作家一樣，他們全都以完全成熟的處女作震驚文壇，從此開始了一發不可收拾的創作生涯。作品是新的，人是新的，而且，一切又都是那麼的成熟，幾乎使人產生幻覺，彷彿這樣的作家是從地底下突然鑽出來的，從來沒有經歷過什麼文學青年階段。

我稱這樣的作家為個人作家。

從這樣的作家那裡，我們至少可以看到存在的三種情態。

第一、文學創造首先與他們的生存情態相連，而不由文學史上的其他作家決定。對他們說來，首先成為問題的總是他們個人的生存情態，而不是因他們對文學的關注而引發出問題。

第二、儘管他們事實上也要經歷文學青年時期，但是，他們卻不會因此染上文人團體所特有的心態。這個階段對他們之所以重要，僅僅因為他們需要熟練掌握文字技巧，而不在於它能形成他們的生活方式，決定他們思考人生的方法。

第三、他們長期生活在可有可無的創作狀態之中，他們的創作活動一經爆發，從此永無止盡，只有死才能使它停止。

我們可以稱這樣一部作為命運轉折的作品為個人作家的關鍵作品，而事實上，這也是他的第一部作品，因為，在這部作品之後，以前所謂的創作現在不過成了這部作品的碎片，非獨立的偶然塗鴉而已。

因此，我們批評的眼睛，盯住這類作家的關鍵作品，也就特別的有意義。

卡夫卡的關鍵作品是《審判》，它同樣具有這樣三種特徵：

第一、這部作品是在一夜之間完成的，並達到了無需修改的完美程度。這種爆發性的完美創作狀態，幾乎也為其他個人作家的關鍵作品所共有。

第二、這部作品產生的外部條件，是由一個可以作為作家今後生活情態的外部象徵的人（或者其他象徵性事件）的突然闖入而引發。對卡夫卡說來，這個人是他的戀人費米斯，而對魯迅說來，這個人就是來自《新青年》的錢玄同（我認為在魯迅的最後十年裡，他所提倡的「遵命文學」的口號，是和這次經驗極有關係的，因為「遵命文學」事實上就是他的文學的開端。而對卡夫卡說來，對一個女性表達自己的態度，並且行動，這是他今後文學活動的主要方面）。

第三、在《審判》中，卡夫卡幾乎表達了他今後文學活動的全部主題：父與子、人與法。而魯迅在《狂人日記》中則表達了關於人吃人的社會思想、關於人與真理的關係，這是魯迅畢生追求的主題。

《審判》的結尾，小說主人公格奧爾格被父親以一種荒誕的方式判處死亡，絕望之餘，格奧爾格喊出了：爸爸，我是愛著你的。隨後跳河自盡。反抗的意義，英雄的意義，最終全都成為荒誕，隨著垃圾一起死去。卡夫卡所特有的對於人生、文學意義的理解，已經完全包容在了這部小說中。聯繫卡夫卡臨終要求焚稿，不能不認為這種自我否定，其實正是卡夫卡創作生涯與生俱來的東西。

再看看《狂人日記》的結尾：

「沒有吃過人的孩子，或許也有？

救救孩子……」

終其魯迅一生，就是絕望之中搖旗吶喊的一生，也就是肯定微弱的希望，隨後以更加韌性的精神搏鬥的一生。而他一生的縮影，其實在他的《狂人日記》中早已向我們作了預示。因此，我們可以說，個人作家的關鍵作品，既是他們生活情態的模狀，也是他們今後生活的預言。

另外，還有一個問題是：個人作家怎樣看待他們自己的關鍵作品。其實，由於認識論與本體論在個人作家那裡總是同一的，他們怎樣認識世界、認識人類，那麼世界、人類對他們說來也就意味著什麼，他們自己事實上也就是什麼。因此這個問題也可以轉換為：個人作家怎樣創造出他們的關鍵作品。他們從前沒有寫出關鍵作品是因為他們的人性中缺少了點什麼，他們的意識中缺了點什麼，只有增加了這麼一點東西，寫出關鍵作品才變成可能。

對卡夫卡，長期使他苦惱、壓垮他整個存在的是他和父親的關係。但隨著費米斯的突然闖入（卡夫卡稱費米斯為他的「不可動搖的判決」），這另一種不可動搖的判決的到來，反抗父親的審判也就成為了可能，重新生活的願望——這個卡夫卡夢寐以求的天堂，也就變得不再僅僅是一種奢望。

然而，事實上卡夫卡又不充分具備這種力量，這表現在他對這部以渴望新生活為主題的《審判》的寫作意義不清晰。我們可以看到，在這部表面嚴謹、清晰的文本下面，隱藏著的則是卡夫卡混亂的、相互衝突的慾望，最後，竟然還是父親贏得了這場審判的勝利。為此，需要卡夫卡付出終生的力量，去打贏這場事實上永遠也打不贏的訴訟。如果說，如卡夫卡日記上所記載，他自稱幾個月後便讀懂了《審判》，那麼，針對卡夫卡是否真的讀懂了《審判》的懷疑是有理由的。然而，懷疑魯迅是否理解了他的《狂人日記》卻毫無理由。

提供證據的，正是《狂人日記》的那個狂人。

注意到這一點，對我們理解個人作家與他關鍵作品的關係極為有用。而且，對於探討魯迅是否始終都是一個個人作家也極有幫助。在魯迅的整個文學生涯中，有一個鮮明的特點：他自稱為「遵命文學」。我們能否據此否認魯迅是一個個人作家呢？其實，通過這種口號，魯迅常常表達出的不過是他在社會面前的一種姿態（他自稱是遵全體人民的命，而不是什麼主義、什麼思想）。我認為魯迅「遵命文學」的口號，多少有些類似於卡夫卡決心創立一門新宗教的念頭。儘管如此，卡夫卡卻還是一名最徹底的個人作家。

作為一個偉大的個人作家的卡夫卡，他對於塵世生活、彼岸世界的探索，其思想、感覺的觸鬚，伸展的如此之深，以至於完全不顧及自己在這個世界上的「社會身份」，從而，也就不會像魯迅這樣的個人作家，在一個危機四伏的時代，會以一種高度清醒的社會意識，為自己確認一種諸如「遵命文學作家」之類的社會身份。

這種高度的自覺意識，也正表現在魯迅創作關鍵作品《狂人日記》中。體裁是借來的，甚至連題目都是別人的（俄羅斯作家果戈里的《狂人日記》），整個寫作過程完全處於清醒的狀態。像這樣的創作狀態即便是另一個個人作家尼采，在他的關鍵作品〈悲劇的誕生〉（一篇哲學論文）中也望塵莫及。

魯迅的這種清晰意識，表現在他選擇了一個瘋子（還有比知道什麼是瘋狂更加清醒的意識嗎!?）作為自己的代言人。

「語頗錯雜無倫次，又多荒唐之言，今撮錄一篇，以供醫家研究。……至於書名，則本人愈後所提，不多改也。」

在序言中如此夫子自道，而以「狂人日記」自題，表明所謂的荒唐之言，是純粹修辭意義上的，從而，使這個「狂人」成為解剖中國社會痼疾的工具。

但是，這裡還有一個沒有解決的問題：在這個世界上，可以成為認識論工具的東西，事實上有成千上萬種，為什麼魯迅先生在他的關鍵作品中，偏偏選擇了這一種？是因為它是最好、最深刻的一種嗎？作家當然總是選擇最好的工具，讓它成為自己的代言。然而，什麼才是最好的方法，從外部條件上看總是一種相對的東西。因此，我們不能僅以「一種相對來說是最好的東西」來回答魯迅對於這種工具的選擇。更為重要的，我們不要忘記，個人作家在創作自己關鍵作品的時候，它作為一部開山之篇，不僅沒有自身的傳統可言，而且，如前所述，個人作家也不以前輩作家作品存在為自己文學創造的母題。因此，在一個從來就沒有將

「比較的問題」看成一個重要問題的地方，我們也可以說，個人作家是最不知道「何為一種相對來說是最好的東西」的。

那些非個人作家卻似乎總能清楚地從外部條件上，知道「何為一種相對來說是最好的東西」，所以，他們也總是為文學史上的作品存在，一種「真實」的「影響的焦慮」而存在——而事實上，這種文學性的焦慮，也成為了他們文學創作的主要源泉。但有趣的是，文學史上，又恰恰是那些最不關心「文學上的陳腐與創新」問題的個人作家，為我們帶來了「最新的作品」。例如，卡夫卡的作品風格是嶄新的，魯迅並不忌憚模仿，結果，卻使《狂人日記》成為了我們新文學史上的第一部白話文小說。

既然，我們不能從外部條件上，找到魯迅為什麼會以「狂人」作為自己敘述方式的答案，我們就只能到他當時的主觀性中尋找。什麼是寫作《狂人日記》時魯迅的精神狀態？如前所述，錢玄同留下一個託付走的。現在，這個託付讓魯迅一個人獨自品嘗、消受。

「是的，我雖然自有我的確信，然而，說到希望，卻是不能抹殺的，因為希望是在將來，決不能以我之無的證明，來折服他之所謂可有。」

在這裡，魯迅談到了希望，也談到了自己對希望的理解。可這又是怎樣的一種希望？一種魯迅從前認為能夠證明它謂之無的希望。

長夜是這樣的漫長，從這裡根本不可能孕育出一線希望來，這純粹就是絕望。那麼，所謂的希望在哪裡？希望就在於現在已經有了「新青年」出來吶喊了，這是魯迅剛剛開始發現的東西。

「我懂得他的意思了，他們正辦《新青年》，然而，那時彷彿不僅沒有人來贊同，並且也沒有人來反對，我想，他們許是感到寂寞了。」

世界上有一種意義，也可以說就是一種希望。然而，對這個意義的持有者說來，最初時卻是絕對的虛無，沒有任何的意義。依靠這種意義的持有，既不會帶給沉思中的你看待事物以新的目光，也不會幫助你明確一些自己尚不能明白的東西。但它卻能使你立即行動起來，把你已經持有的東西明確地表達出來。

這種意義就是吶喊，也就是使你會去發聲的意義。儘管，語言並不能為思想增添更多的東西，但是，一旦你真正行動起來，你便獲得了希望。

因此，文學就是去吶喊，就是去呼籲。文學正是吶喊的藝術。

現在，可以寫了。至於為什麼寫，已經不再構成問題。儘管，希望已經被證明為虛無，然而，說出今日是怎樣的絕望本身就能引起人們對希望的關注。因此，問題便成了該怎樣寫，該怎樣寫出此時此刻的生存狀態。

一個文學的魯迅，正是隨著這個決心的到來，跟著誕生了：他將研究吶喊的藝術。

然而，最有意思的卻是此時此刻，這個吶喊的持有者，卻必須是一個瘋子，是一個對社會說來完全無用的人。這個人為什麼發瘋呢？他是因為發現了真理而發瘋，因為，這些真理已經使他變成了一個社會中無用的人。而對這種人的認同，卻正是魯迅當時的生存情態所需要的。因為認同這個瘋子以及他的處境，恰能說服魯迅自己，使他能對自己這十幾年來的沉默，做出一個合乎邏輯的解釋與辯護。魯迅為什麼沉默呢？為什麼不寫作呢？這個瘋子的真理，也正是魯迅的真理。

現在，這個筆下的瘋子，必須承擔、完成對於解釋、辯護魯迅這十幾年來生存情態的使命。

所以，我們可以說，錢玄同的出現，僅僅使魯迅關注起了吶喊本身，從而肯定了吶喊也是一種意義，一條出路。而對這個狂人的認同，則能使魯迅進一步肯定（而不是否定）他這十幾年來的生存情態。因而，隨著這種新的雙重肯定的到來，使魯迅的人生階段走到了一個嶄新的起點。在這樣的時候，他的寫作，由於只是對自己這些年來已經擁有的真實狀態的更加肯定，因此，他只需及時地研究吶喊的藝術，那麼，一切筆下的東西，就會自動地跑出來，俯首貼耳地替他效命。

因此，《狂人日記》的寫作，寫得從容不迫，異常冷靜。因為由它轉向的不過就是魯迅這些年來一直熟悉的事物的本來狀態，而不是什麼人為的、外來的、他人的意義。像這樣的寫作，自然將他引向創造關鍵作品中去了。

而《狂人日記》正是魯迅在這個時刻的一部傑作。

這樣的關鍵作品一經寫出，對魯迅來說，只要他還活著，他的創作生涯必定永無止境。因為，他已經知道，及時地研究一下吶喊的藝術，希望的意義也就近在眼前！

一九八八年十二月八日～十日 上海

維根斯坦

第一部分

引言一：當我們隨意閱讀時，所讀的材料，可以是一本讀熟了的書，例如，一本格言錄。我現在手頭上就有這樣一本，原先它沒有標題，現在的標題是編輯者按照自己認為的某種分類制定的，它就是維根斯坦的《文化與價值》。在我隨意閱讀的時候，我又想起了從前經常想到的一個問題——那些一下子就能吸引你的注意力，能夠緊緊捉住你心的語言，這些看上去一點不像是你在讀書狀態中所遇到的思想、觀點，而更像是你自己寫出來的句子。

這說明了什麼？這是不是反映出隨意閱讀的實質？這種閱讀方式能夠作為我們檢驗自己思想、存在的一種量度。

評論自己最熟悉的東西，意思就是說，評論他隨意閱讀的讀物，而不是那些他還正在費神地鑽研著的著作。評論家評論的應該是「讀物」，而不是「著作」。

其實，這本來是非常簡單的道理，然而，如果不加強調，卻常常使人疑惑。像當代「新派評論家」就不大懂得這個道理，反映在寫作中他們對司空見慣的東西的嚴重遺忘。也可以說，他們的文藝批評經常源自於記憶。事實上在人的記憶中，能記住的往往是些稀奇古怪的東西。新派評論家抓住的是觀念、而不是範疇。與此相對，一個依靠心靈力量從事寫作的人，所遇到、所抓住的是一些司空見慣的東西。因此，這樣的作家重視根源，而不是起源；

是範疇，而不是觀念；是事物的本身，而不是事物的形象；是我們真實的生活，而不是想像的生活。

這種現象並不僅僅表現在新派評論家身上，它也深刻地體現在當代文化生活中。在我們的文化輿論中，人們一般不太尊重那些字典編輯者，那些文選、作品的編注者。然而，實際上，在讀者的無意識中，真正不朽的評論者正是這樣的人：編輯了《古文觀止》、《唐詩三百首》的人；對我們闡述了詞義、語法的人。事實上，一般讀者的視野、鑑賞力、審美趣味正是由這些人規劃的。這也是作家童年的情景。

這些真正的民眾啟蒙家，教育家，卻不為我們這一代輿論注意到，正如現代思潮中的新一代人，常要從價值觀中去反對他們的真理施惠者——傳統作家一樣。

為什麼要去反對古人呢？為什麼要用書本去反對我們的生活呢？評論家掌握的是反對活人的武器，是去發現、超越古代、探尋生活中的美的範疇。我們樂意反覆去主動閱讀的總是美的、是善的；我們想逃避而又無法主動逃避的是生活中司空見慣的醜和惡，這是一本早已向我們敞開著的書。

為批判而去閱讀一本已經死了的著作，例如一本被認為是啟蒙了儒家學說創立的著作，這是極有意思的。但要有一個前提，不是為了批判而批判，是為了發現真正能夠抓注我們心靈的東西，為此我們才要做一些必要的清理工作。只有以此為起點，批判才有意義。更重要的是，這份意義總是首先施惠給批判者。

魯迅說，不要去讀中國的書了，這是一個極好的寓言。中國問題之癥結是一個屬於文化的問題，因此，它首先是一個事實的問題。於是，這個問題也可以成為：現在人們究竟在讀什麼書？不要去談它們了，如果你對此從來就不感興趣。如果儒家思想從來就不曾成為你的讀物，為什麼要去費神地批判一本你還在鑽研著的書呢？你應該去批判生活中的孔孟之道，儘管你並不知道它就是孔孟之道。

五四時期，儒家學說還是魯迅一代人的讀物。因此，為了發現美，就必須清理垃圾，從事批判。第二代新儒家，在台灣這個孤島上，能夠成為他們與中國大陸保持著精神聯繫的讀物只有儒家著作。第三代新儒家僑居在美國，來自華語世界的讀物更只有孔孟之道了。他們從這裡發現了美，同時也遭遇到了辛酸與破碎。

但是，我們這一代人的讀物呢？我們今天的讀物呢？我們經常隨意閱讀的讀物是什麼？

引言二：喜歡摘句引言的人，這些摘句引言是他們的讀物。但在一個文化專制的社會裡，摘句引言也可能起因於害怕。一個文化專制的社會是不需要差異的文化同時並存的，有少數共同的讀物為大家共有，這是專制社會能夠存在的前提之一，標新立異本身就是一種罪。整個社會只擁有幾本為數甚少的讀物，這就可能造成某些人，他們在這樣的文化共同體中顯得語言貧乏，但在實際的言語能力上又極其豐富，比如錢鐘書：他將自己的言語淹沒在無數的摘句引言中，從而在主流文化中，自己的話語權看上去幾乎為零。

我們的祖國語言，從前被政治意識形態壟斷，今天，又開始被大眾語言、翻譯語言所控制。歷史的前提決定了錢鐘書只能從他的讀物中，摘句引言，參與這個文化共同體，這是文化專制下的又一種悲劇。為此，我們只有清醒地意識到這種語言的困境，才有可能在中國誕生出真正的作家，而不再是一個寫作者，一個僅僅是操作大眾語言、意識形態話語的人。

新文化運動中提出來的語言的問題，最終總是需要有偉大作家的出現，才能找到確切的答案。

引言三：下面的「摘句引言」引自維根斯坦的《文化與價值》一書。對有些句子我加上了一些注釋，記下了一些隨想，目的是為了使它在我們這個時代發揮作用；那些不加註釋的句子，其目的是同樣的。之所以不加註釋，是因為它們本身就已經像屬於我們這個時代的警句與格言了。

一

一個時代誤解另一個時代。一個小小的時代以自己的可惡方式誤解其他一切時代。

二

比起構造虛構的觀念來，沒有任何東西比教育我們理解我們具有的概念更為重要。

這句話很好地解釋了哲學家的工作和意義。

而我不能成為一個有系統的哲學家，至多只算得上是一個已經在從事哲學活動的思想家。原因在於，我還不能從自己的文化背景出發，透徹地理解任何一個哲學家所構造出來的體系。實際上，像維根斯坦這樣的哲學家也是有體系的，至少在早期，他還為自己留下了

「有不可說的存在」的地盤。而在這個地盤上，積澱著西方的傳統文化：那些被維根斯坦稱做語言界限之外的倫理學。

我將我們的形而上缺乏，歸咎於這個社會的傳統（我幾乎沒有從這個時代文化的主流中，從我們的傳統文化中獲取過任何的精神養料）——哲學已經從我們這個民族死去二千多年了。

三

如果你對範疇不是很通曉的話，那麼，你就不能確切地評價自己。

這句話使我想到黑格爾對哲學的歷史性理解。而齊克果以「存在」這個範疇來理解世界與自己，給了我明確的啟示。據說「存在」這個範疇來自德國哲學家謝林，當時，齊克果在課堂上聽到謝林如此說，他的心靈受到了巨大的震憾。

四

人不應該使自己被一般流行術語所誘惑。不要比較，因為不比較更自然一些。

五

某人所規定的精神範圍，通常不可能或將不會為其他人所延伸。這些將使新耕的土地自己肥沃起來。青年雅斯貝爾斯決心做一個不能被人效仿的人。斯賓諾莎希望懷有大眾情緒的人不要讀他的作品。

在我的生活中，我常常發現，有時候不說比說要更好；我說得越多，別人對我的誤解也就越深。根據自己的精神狀態，將對方的片言隻語採取有系統的誤解，這種情況比比皆是。當個人、群體處於上升的時期，土地會因這種「誤解」而變得肥沃起來，然而，在下降時期，土地也會因此變得更加的貧脊。

六

讀者所讀的東西可能都是他留給自己的東西。

維根斯坦終生都害怕自己的思想被人誤解，所以，他對這方面的論述很多。但維根斯坦在本書中還是從好的方面來思考「誤解」，這給我留下了深刻的影響。

據說，他曾對他班上的學生說，你們思考過的東西，我都思考過。所以，他能對他的學生指點迷津。

海德格一詩〈林中路〉：「只有伐木工人，才懂得什麼是真正的林中路」。

維根斯坦說過，他不相信人們能讀懂他的作品，除非這個人已經像他一樣，在這方面做了長期的思考，並得出了相同的結論，從而在讀他的作品時，因發現了這相同性而感到歡欣鼓舞。

說起來令人感到奇怪，我喜歡的作家都是對「誤解」發表過大量見解的人。

長期以來，我只閱讀極其有限的幾本書，但這幾本書的價值，可以從一個正瘋狂地閱讀大量書籍，最後，卻又學無所獲的人的比較中得出肯定的答案。

我喜歡反覆閱讀同一本書，這就使我的讀書活動變得很像是重新生活一次。一本書會散發出氣味，洋溢出歲月所不能帶走的情調與生氣。因此，即使是長期的讀書生涯也不會使我變成學究。而一個沒有哲學頭腦的人，大量的閱讀則可能使他感覺混亂，語無倫次。但一個即使沒有哲學頭腦的人，他卻可能通過閱讀幾本書，便思想敏捷、行動有力、感覺清晰，不會像上述那種人，理性疲沓、精神不全。

維根斯坦本人不喜歡閱讀哲學著作，生活中，他更喜歡看美國西部電影、偵探小說。這種閱讀生活，決定了維根斯坦不會犯學者的通病——考察起源癖。

現在，中國學者喜歡寫「西方哲學概觀」，總是從歷史上講，從起源上、演變上講。這說明他們還沒有能力抓住哲學的根源，便只能以「起源」為一種代用品了。

「尋根學」與「儒學」糾纏不清，學者的情況也是一樣的。因為他們不能自己思考問題，便只好通過大量的閱讀來取代思考。

從你的讀物中，看看你是什麼人，這是評價某個人的一種較為可靠的方法。

七

我相信，如果一個人喜歡一位作家，那他一定也會喜愛作家所屬的文化。

反過來，這句話便成了對「為什麼作家是屬於時代的」這種觀點的一個很好的延伸與闡述。他完全生活在古希臘文化中，對一個二十世紀作家來說，這可能嗎？他完全屬於西方文化，對中國作家說來，這是真實的嗎？當然是不真實的。

我看古典芭蕾想到波特萊爾，這正是波特萊爾文化生活的一部分。可以設想他在劇場中此時此刻的心情。

因為，我們不喜歡當代文化（「阿修羅」就是我們厭惡當代主流作家的一個寓言），我們能夠成為一個受人愛戴的作家嗎？但是我們能。正是在這裡，一種「亞文化」有了事實上的價值。作為我，實際生活中，我非常喜歡朋友們的談話與作品，事實上，他們早已經作為一種文化（亞文化）進入了我的生活，而不再僅僅是一種友情。波特萊爾在《巴黎的憂鬱》序言中說：貝特蘭的作品已經被我，還有幾位朋友知曉，成為讀物了，難道還不能說得上是名著嗎？

同樣，亞文化生活中，也有自己的名著。

其實，任何一個群體中的個人作品，它一旦偶然被世人知曉，成為一部名著，那麼這時候，他所屬的亞文化，他朋友們的作品，同樣也一定會被人加以關注，受到廣泛的討論。事實上，也只有到了這個時候，人們通過一本名著的出現，注意到了在它身旁還有另外一大批名著；只有在這個時候，這一本名著才能受到正確的評價，開始有了自己的真實生命。

八

聽起來很奇怪，從歷史角度看，可以證明《福音書》中的歷史記載是虛假的，可是信仰者並不因此失掉了什麼：不，因為它涉及「普遍的理性真理」；再則，因為歷史證明（歷史證明的把戲）與信仰沒有關係。人們虔誠地（熱愛地）抓住這種啓示（福音書）。這理所當然的刻劃了「奉為真理，而非別物」的特徵。

這是對「起源」與「根源」之不同的一個很好的表達。

實際生活中，我有時聽到某些人說出和我思想一致的見解，我總希望自己能夠敏銳地區分出這些見解是一種「起源」的結果，還是一種「根源」的結果。前者要求我博學，後者要求我對人的觀察能夠達到更深一層的理解與把握。那些從「起源」中獲得思想的人，他們與我保持共同的見解，常常只有三句半。然而，那些從「根源」中獲得思想的人，則能與我始終保持著一種持久的對話關係。

據維根斯坦的學生馬爾康姆回憶，有一次，他在維根斯坦面前引述了齊克果的話：「既然我知道基督拯救了我，那麼基督怎麼會不存在！」維根斯坦聽後非常感慨地說道：「你瞧，這不是一個證明什麼的問題。」

成為根源的東西，總有這種根本不需要證明的特點。相反，是其他東西需要它證明其存在。

九

當你進行哲學活動時，你必須進入到早期的混亂之中而在那裡無拘無束。甚至一種被大膽地、清楚地表達的錯誤思想就是一種已經獲得了很多很好的東西的思想。

與仍然只有較小才能的我相比，作家遠遠有著更大的才能。

成為革命者的人能對他自己進行革命。

無論怎樣小的思想都能貫穿於人的一生。

思想活動，它的道路通向希望。

我要給我的學生講述一派風光的細節，他們不可能合理地熟諳它。

許多概念能夠減輕或者加深危害，滋長危害或者制止危害。

幽默不是一種心情，而是一種觀察世界的方式。

繼續信仰吧！這毫無害處。

一九八八年九月五日～十月二十九日 上海

第二部分

他和歷史上的兩個偉人有些相像。一個是巴斯卡，另一個是托爾斯泰。巴斯卡是一個有天才的數學家，但是他因為敬神，放棄了數學。托爾斯泰犧牲了他寫作的才能，而採取一種虛假的謙虛，以為農民勝於受過教育的人，《湯姆叔叔的小屋》勝於一切別的小說。維根斯坦玩弄一些玄學上的錯綜問題，本是和巴斯卡玩弄六邊形、托爾斯泰玩弄皇帝們一樣地擅長。他拋棄了他的才能屈就於常識，在托爾斯泰是屈就農民，兩人都是出自一種自傲的衝動……他們儘管背棄了他們自己的偉大所在，但他們在精神上所受的痛苦，使人認為他們還是情有可原的。

說上述話的人，是一個在本世紀被認為是發展的十分完美的人。羅素本人的經歷與學術成就，看上去也的確像是二十世紀人類素質上的一部傑作。作為一個大數學家，同時又獲得了諾貝爾文學獎。像羅素這樣到處都有非凡建樹的人，在人類歷史上，還可以找出來的一個人或許也就只有亞里斯多德了。由於羅素是二十世紀的人，關於他的人性、精神靈性還留存於我們的生活之中，因此，即使他作為個人的魅力，還不至於被推崇為詩人，然而，像亞里斯多德一樣，被認為是一個鐵石心腸的凡夫俗子，那還是不會發生的事情。

但是，二十一世紀的人們呢？當他們願意將柏拉圖之於亞里斯多德，與維根斯坦之於羅素這兩者的關係做出類比，到那時候，我將不會感到驚訝。

一

維根斯坦在弟子們的眼裡有兩個，一個是信奉數理邏輯的早期維根斯坦，一個是信奉日常語言的晚期維根斯坦。因此，有關他的思想傳記，談論它們的本身就成了一樁激動人心的事情。在這裡，任何一個想保持理智態度的人，都將難以使自己能夠同時在這兩個根本不同的世界裡做到呼吸自由。

「上帝也許有一天對我說：『由於你自己的嘴，我要來審判你。當你看到其他人的模仿行為時，你自己的行為會使你厭惡得發抖。』」

這句話維根斯坦寫於一九五一年，幾個月後，他就去世了。臨終之前，他叫喊道：「好！」「告訴他們，我度過了極為美好的一生。」

現在，三十多年過去了，人世間再沒有一個因為人們在評價他、談論他、追隨他、模仿他而被這類行為厭惡得發抖的維根斯坦了。

他的學生馬爾康姆在回憶錄裡寫道：「當我想到他的悲觀主義，想到他精神上和道義上遭受的強烈痛苦，想到他無情地驅使自己的心智，想到他需要愛而他的苛刻生硬又排斥了愛，我總以為他的一生是非常不幸的。然而在臨終時他自己竟呼喊說它是『極為美好的』，對我來說這是神祕莫測而感人至深的言語。」

今天的人們已經為維根斯坦做了無數的評價與傳記。一九七八年的英國《哲學》十月號中，有人評價維根斯坦說「他是他這個人。」

「像樣子」或者「像一個人」，據說這是維根斯坦對作品、對人的最大恭維。

年輕時候，維根斯坦便喜歡對人說：「如果我還不算是一個人，我還能作為一個邏輯學家嗎？」

生活中，維根斯坦本人經常會以一種輕蔑的口氣，對人談論起他心愛的數學、邏輯、哲學。在這點上，羅素也持有相同的態度，但是，這種態度只影響了羅素對某些事物的見解，而對維根斯坦說來，這種感情卻可怕地決定了他一生的道路。

只要想到維根斯坦一生中所經歷的那麼多的平凡生涯：花園園丁、醫生助手、看門人、軍官、小學教師，某一段時間裡的機械師、建築師、字典撰寫者，而這些職業又是在他成名之後，在他自願放棄了百萬家財之後所選擇的生活道路（他的錢財中有一筆以匿名的形式饋贈給了窮苦藝術家，詩人里爾克曾獲得資助），我們便可知「做一個人」對於維根斯坦說來意味著什麼。

有一個時期，當維根斯坦發現自己的才能已陷入枯竭狀態，於是，他便想到了自殺。而他幾個同樣有才華的哥哥，最後都自殺了。因此，在當時，朋友們完全有理由為維根斯坦在考慮這個問題時的嚴肅與痛苦的程度感到擔心。

「我的心靈已經完全枯萎了，這並非訴苦，但我並不為此真正感覺痛苦。我知道生命總有一天要結束，而精神的生命可能在其餘的生命停止之前就停止了。」

晚年，當他獲知自己已得了不治之症時，他又能以如此平靜、達觀的心情使自己在最後的死亡面前處之泰然。

這就是維根斯坦！

二

作為一個學工程技術的大學生，維根斯坦度過了七、八年的內心痛苦時期。青年時期的內心徬徨，多變短暫的興趣轉移，孑然一人的沒有友情的生活（小時候，維根斯坦被算命人預言將終生沒有朋友），最後，由於弗萊格的引薦成為了羅素的學生，從而在數理邏輯中找到了能夠使自己暫時忘掉痛苦與失落的世界。

可以說，維根斯坦最初吸引我的正是他年輕時代的這種內心經歷，因此，當我在安徽省圖書館裡偶然發現維根斯坦時，我的整個心靈頓時被這種火焰擊中，然後，便熊熊燃燒了起來。那時，我也正是一個學工程的大學生，自學數學及數理邏輯已經有一年多，康托爾關於無限的數學思想，尤其使我神往和心醉。當時，我正在為研究與解決「連續統假設」[1]做著數學上的準備。然而，由文學與哲學的愛好，以及個人感情上的困惑所引發出來的對於探索人生的強烈渴望，又無法使我真正地做到忘我地從事數學的學習。

恰是那時候，維根斯坦在我的精神世界中出現了。直到現在，只要我一想起維根斯坦為什麼會偏偏出現在我那個時候，我確實心悅誠服地感到有一種奇蹟會在我們身上發生。

對此，維根斯坦是這樣說的：

——奇蹟並不在於事情怎樣，而是這件事確實已經發生了。它的本身出現就是一樁奇蹟。

——神祕的是在這個世界上有一些事情發生了，而有些事情並未出現。因此，藝術

注釋——

1 在數學中，連續統假設（Continuum hypothesis，簡稱 CH）是一個猜想，也是希爾伯特的二十三個問題的第一題，由康托爾提出，關於無窮集的可能大小。

家得以驚喜的目光打量著這個世界，於是，便有了藝術品的出現。

——僅僅關注這個已經發生了事情的世界本身，便能帶來喜悅，它本身就是幸福。

因此，清靜無為便能保持幸福，像杜斯妥也夫斯基說的那樣，這時生活本身便不再需要理由，僅僅是活著就是幸福。

「清靜無為，僅僅是活著便是幸福。」

很難設想，這個世界上還會再有什麼別的言語，能夠像維根斯坦所描述的圖景這樣感人至深，對於一個年輕人具有如此的魅力與吸引力了。

我當時研究數學，不正是希求這種清靜無為、僅僅是活著就是幸福的遠景嗎？而維根斯坦本人又是這麼一個處處都感到生活得艱難與悲傷的人。

能夠直視痛苦，而又不必採取逃避，僅僅是瞪大眼睛便能導致幸福。類似於上帝的福音書，便在這個時候，降臨到我的心上。

安徽省圖書館是一幢高大的有著古典風格的建築物，背臨包河，包河的兩岸是一片開闊地，上面栽著挺拔的水杉樹，高高隆起的土坡隔開了外面的世界。河心間是一座狹長的島嶼，視線中的景象，使人有一種彷彿正置身於加拿大北部風景的幻覺。

整個白天，我都在這座圖書館裡，為了避開其他讀者，我爬到圖書館頂樓上的一個樓梯口，坐在磚頭上讀完了維根斯坦這本書。等我從圖書館走出來，發現外面已經是黑夜了。西北風吹得臉頰發疼，河岸上正圍著一群打鐵的人，爐膛內的火焰，映照得那邊的天空通紅通紅。也許做一個打鐵的人，維根斯坦會喜歡吧？

望著眼前的情景，我這樣想道，內心裡忽然興奮得不能自已。

三

維根斯坦創立晚年哲學的時候，曾經在劍橋大學接替穆爾的位置做過哲學教授，但是，他卻厭惡這份行當。「找一個體力活幹吧！」他常常這樣勸說他的學生們。他堅持認為，做一個哲學教授而又能阻止自己不被誘惑、變得不誠實，這幾乎是不可能的事情。

毫無疑問，維根斯坦認為自己正生活在一個內心黑暗的時代。人心的冷漠與自負，深深地傷害了他。他是一隻不受別人保護的鳥。

他說過，年輕時候，由於他放棄了財產，所以他不會有貪圖他錢財的朋友了。但是，當他發現自己在這個世界上，正日益被看成是某一種新哲學的誕生地的時候，他便害怕起他的生活中，會有一些僅僅想從他那裡獲取哲學的人。

「我只能握著朋友的手，與他們交談。」

有一段逸事很能說明維根斯坦對這個世界的看法，這是他親口對別人說的。一次，在一個傳教士家中寄宿。當維根斯坦第一次見到這家人時，這家的主婦問他是否喜歡喝點茶，是否喜歡吃點別的什麼，這時候，她丈夫在裡屋對她喊：「別問了，給就是了。」

這使維根斯坦極為感動。事後他評價道：「他是一個通人情的人！」

「通人情的人」是維根斯坦在談到某個特別大方、善良或者誠實的人時所做的典型評語。而大多數人，維根斯坦則認為他們不能算是通人情的。

四

回憶研究維根斯坦的經歷，我發現這已經是七、八年前的往事了，而我手抄維根斯坦的《邏輯哲學論》全書，並將另一份複寫紙上的部份章節寄給我的老同學，這也已經是六年前的一段記憶了。

自從我涉足亞文化，結交了很多正直、善良，同時也是有才華的朋友之後，儘管，一個人活著的意義？什麼才算是人諸如此類的問題，由於友情、事業的出現，在我的心靈深處再也不像從前那麼的激擾、困惑、矛盾了。但是，說到它們已經根本消失，毋寧說只是減輕了而已。

在這一點上，維根斯坦是對的：「生活的意義這個問題，最終的答案就是這個問題本身的消失」。而一個正在尋問這些問題的人，這個人正在患病。

因為，歸根結柢，當我們發出這些疑問的時候，我們正是在尋求解決我們自身痛苦的一些方法，而不是為了尋求某種客觀的答案。這正如維根斯坦認為幸福是不可能有客觀的標記一樣。人們提出這些問題來，只不過是表明他們正生活在不幸之中，正生活在某種匱乏之中。

那麼友情是什麼？

人生是什麼？

孤獨是什麼？

一個人能夠真正地懂得孤獨嗎？

五

現在，我手上的這一張紙，它已經變成了一張有著白面孔、黑面孔的紙。它現在確實已經有兩張面孔了，而此時此刻，這兩張面孔也已經確實無法相互替換了。

「許多憂慮如同疾病。你必須承受它們，而你可能做的最壞的事情，就是去反抗它們。你還會受到它們的侵襲，由於內在或外在的原因而支撐不住。然後你就必須告訴自己：『又一次侵襲。』」

望著這樣兩張由我或其他人製造出來的面孔，這一切都使我感到生活就是一念之差，便會翻天覆地，從而內心難以平靜。

一九八八年十一月一日～二日上海

卡繆

薛西弗斯神話和坦塔羅斯河水

薛西弗斯把一塊巨石不斷地推向山頂，石頭因自身的重量又從山頂上滾落下來。年復一年，薛西弗斯必須每天都做著這樣無用、沒有希望的勞動。

這就是命運對薛西弗斯的懲罰。

呂底亞國王被罰永世站在坦塔羅斯河裡，只要他想喝水，水就退下；只要他想吃果子，樹枝就升高。這是又一種命運的懲罰。

我不知道卡繆怎樣獲得了靈感，決定把這個置身於荒誕境遇中的古代罪人改造成為一個現代「薛西弗斯神話」，就在這個同名的小冊子裡，卡繆宣佈了薛西弗斯的命運不是懲罰。「應該設想，薛西弗斯是幸福的」。這是結論。同樣，我們也在一種相同的幸福心情中合上了書本。

然而，當我們經歷了思想的誘惑，隨著又一個黎明的到來，我們重新投身到了真實的「薛西弗斯境遇」。夜幕再次降落了，而關於書本中的幸福的記憶早已消褪，這時，一種來自命運的自我懲罰之感，便又源源不斷地滾滾而來。這時候，我們或許就會拒絕那個草率的結論：「不，這樣想是不對的，薛西弗斯的境遇是一種真正的懲罰。」

那麼，錯在哪兒？是卡繆的推論嗎？如果你這樣想的話，卡繆的論證是無法反駁的。

「畢竟一切皆善。」

這是薛西弗斯神話的前提。那麼，你可以取消這個前提嗎？

坦塔羅斯河水暴漲起來了……

薛西弗斯神話其實是一則關於我們理性境遇的神話。當我們想去反駁一種哲學的時候，我們發現此刻它卻已經變成了真理。而當我們準備去接受的時候，它又立刻變成了謬誤。於是，我也明白了，實際上，在一個需要神話的世界上，沒有一種哲學是可以真正反駁的，也沒有一種哲學是可以真正接受的。我們要麼全盤接受一則神話，同時也就接受了它的哲學。要麼我們根本就沒有看見這則神話，從而也就全盤拒絕了它的哲學。

啊，原來如此！

親愛的卡繆，你真是太聰明、太有直覺了。你為什麼不把另一個可憐的人，也在經歷著永世懲罰中的人——呂底亞國王改造成為一個「幸福的荒誕者」呢？要知道，其實，正是這個可憐的人才有真正的渴望，而不是薛西弗斯才遇到了人生的真正問題啊。

但是，親愛的卡繆先生，你沒有！

這是因為，你的藝術家直覺已經告訴了你，人們喜歡「薛西弗斯」這則神話更甚於「呂底亞國王」的神話。

哦，可憐的國王！

於是，我也終於明白了，卡繆以為他通過重新講述「薛西弗斯神話」闡述了一則生命的神話，實際上，他為我們講述的不過是一則關於人類理性的神話。

哲學是現代存在主義者的奢侈

思想是人的奢侈。當東方古代的智者們，盤腿坐在地上的時候，人的這種品質對於幸福的有害性就變得一目了然了。

但是，我們這些奔波於生活、人間瑣碎事情的人，又怎麼能夠通過大量的一呼一吸，使我們的思想活動降低到零度呢？

我們不能。於是，我們這些可憐的人，也就只好一步一步從山下推動起理性這塊巨大的石頭。

如果我們沒有遭受到懲罰，今生注定必須始終與理性為伴，同樣的「薛西弗斯命運」或許也就不會發生。但是，不聽話的亞當、夏娃還是吃了智慧之果，我們也就只好與這塊懲罰著我們的石頭終日束縛在一起了。

當我們的這塊石頭對我們說：「一切皆惡」，這是在下山的路上。然而，與此同時，我們也知道，下山的路和上山的路畢竟是同一條路。因此，在這條相同的路上，很快就會有嘹亮的充滿著豪情的聲音傳來：一切皆善。這是薛西弗斯在上山的路上。

也因此，在這一條相同的路上，使我看到了理性的幸福。

「自由就是荒誕」，這是現代存在主義的發現。可是，當他們宣佈自由的荒誕性是因為源自於人性的虛無，這就使這種「發現」變得毫無用處了。

就在這同一篇論文中，卡繆談到伽利略在掌握了一個重要的科學真理之後寫道：「但當這個真理使他有生之餘的時候，他就最輕鬆不過地放棄了它。在某種意義上，做對了。這個真理能值幾文？連火刑使用的柴堆都不如。地球和太陽誰圍繞著誰轉，從根本上說是無關緊要的。說到底，這是一個微不足道的問題。」

說得完全正確。那麼，說到底，薛西弗斯的命運比起呂底亞國王的命運，其懲罰性又值幾文呢？要知道，在這條路上，推石頭這種簡單不過的勞動，畢竟還能使薛西弗斯繼續有暇去想他的妻子的愛情，是否對他忠貞？埃索波斯是否在向科林斯堡供水？

這些純淨的水，還有記憶中的陽光和大海。而他之所以遭受懲罰，也不過就是因為妒性太重、玩忽職守，不謹慎地犯下了這麼幾個微不足道的錯誤。

而呂底亞國王呢？他的過去，是多麼罪孽深重（他把自己的兒子剁成肉漿宴請眾神）！其實，不用懲罰，這種記憶本身就會把他的心靈撕成碎片，而對一個已經沒有了後代的人說來，這種渴望，也就成為了一種真正的永生永世也無法獲得解脫的懲罰。

哦，可憐的呂底亞國王，你站在坦塔羅斯河裡，只要想喝水，水就退下，只要想吃果子，樹枝就升高……

死去的英雄

我之所以寫出這些，是因為通過一場轟轟烈烈的運動，在那些偉大的存在主義者，像巴斯卡、蒙田、叔本華、齊克果、卡夫卡被我們認識之後（沒有這場存在主義運動，這些人是很難引起世人注意的，他們的著作也不會大量流傳）。

存在主義哲學作為存在主義者們的一種奢侈，它的無用性以及有害性也就暴露了出來。實際上，由它所代表的意識形態，已經使我們中的許多人，深深地陷入了「自由神話」、

「白板-虛無說」這些現代人最大的無知的迷信中去了。結果，就使他們忘記了這個最基本的人性前提：人是有命運的。

自由是人的思想的命運。而這種思想的自由的荒誕性，事實上也是在一個人的命運中，早晚都會體現出來的。譬如，當一個思想自由者，由於他的思想自由，從而導致出他對超越時代的真理的發現。那麼，在一個可怕的時代裡，或許他會因此而被綁送鮮花廣場去接受示眾與火刑。

這時候，荒誕便到來了。

因為，說到底，這種超越時代的真理是早晚會被時代承認的。說到底，紀念碑也是遲早會聳立起來的。

因此，也就難怪那些只願分享其思想的看客們，會在思想中體會到英雄命運的荒誕性。他們這樣做，從邏輯上說並沒錯。思想自懂得其荒誕。

然而，那些「荒誕的英雄」們還是義無反顧地甘願為這些「可憐的真理」去赴死。

那麼，這是一種意志的結果嗎？可是，意志又是自由的。說到底，比起「我們自己將會死去」這個事實來，「為了千百年之後」、「為了無數人」這種荒誕的意志，又怎麼能相比於「我們繼續活在這個美好的世界上」的生存意志呢？

其實，只要有一絲飄忽的微笑傳來，一張充滿柔情的面孔升起，一束鮮花、一縷陽光，不管它們來自於遙遠的記憶，還是近在眼前，這種感覺的豐盈性便會重新使英雄的意志發生擺動、重新定向。

然而，英雄還是勇敢地死去了。沒有妥協，也沒有猶豫。因為是直覺，也只有直覺已經告訴了他，他的命運是什麼，什麼才是他的真正歸宿，因此不容選擇。因為是感情，也只有感情已經告訴了他，什麼才是他的愛與恨，因此不容選擇。

而在這個時候，思想冷靜的看客們的血液，也一起沸騰起來了。

他們什麼都做對了。

上面所述，我不指布魯諾（Giordano Bruno），我指的是蘇格拉底。而一種所謂的反思，不過就是一種古老哲學的翻版：人是有命運的。人的自由只是人的思想、人的意志。而人的感情、人的直覺從來就不是自由的。然而，正是這些不自由的感情與直覺，卻承擔了人的真正命運。而思想、意志，正因為它們是自由的，也就只能充當人實現自己命運的工具。

如此而已。

一九九一年一月七日 上海

蘇格拉底

我們確實懂得很多。然而，當我們開始著手對這一種懂，作出哲學探究的時候，我們時常會感覺，其實我們並不懂。這是怎麼一回事？難道存在著兩種懂——它們是自身分裂的，甚至是對立的？

作為一個市場哲學家，蘇格拉底喜歡通過哲學提問，如什麼是知識？什麼是美？什麼是正義？從而使對話者在論辯的最後階段承認或發現，事實上，他們並不懂之前自以為懂的東西。

蘇格拉底的這種辯證法，對西方產生了深遠的影響，即西方所獨有的哲學的衍生產物：一系列著名的二分法。如「真理與意見」的對立，「本質與現象」的對立，等等。

然而，對一個僅僅生活在日常生活中的人，即一個不從事哲學活動的普通人來說，有什麼影響呢？無疑，蘇格拉底的對話者，在論辯的最後一刻，蘇格拉底的辯證法的的確確對他產生了影響，即承認自己其實是無知的。但是，知識的影響，也就僅僅侷限於此了。因為，很清楚，蘇格拉底的對話者在離開蘇格拉底之後，如果實際生活需要他運用他所認為的「懂」來為現實服務的時候，他還會認為自己是「無知」的嗎？他所懂的東西是不可靠的，因而必須拒斥的嗎？不，他不會！

這的確是非常奇怪的，任何一個聽過西方哲學家的訓誡、但並不從事哲學研究的人，都會有蘇格拉底式影響——他們會突然發現自己在這個世界上似乎已擁有了兩種懂的體驗。

我把前一種懂叫第一種懂，這是告訴人們他是「有知」的懂，而這種懂的來源、性質，他卻是不知道的。後一種懂，我叫做第二種懂，這第二種懂則告訴人們，他其實並不擁有第一種懂，實際上他是「無知」的。而第二種懂的來源、性質，他卻是知道的，它們來自於形而上學的構造，是向形而上學學習的結果。

西方哲學家喜歡將前一種懂稱之為「前哲學狀態」的懂，後一種懂則稱為「哲學狀態」的懂，如胡塞爾。而對那些傾向於同情、贊同前一種懂的人如摩爾來說，則喜歡將前一種懂稱之為「日常生活」中的懂，認為這一種懂比後一種懂——形而上學的懂更加重要、更具有優先的審判權。或許，它也就是這個世界上存在著的唯一的一種懂，一種真正的懂。與之相對，黑格爾則認為只有他的那一個由絕對理念世界創造出來的懂，才是唯一的真正的懂。它在知識上擁有最高、最終的審判權。

但無論如何，作為一個西方哲學家，使其成為哲學家的先決條件就是：他必須同時擁有這兩種懂，並且依據他自己所認為的理由，對這兩種懂的取捨作出明確的回答。

二十世紀是兩種懂的界線變得越來越模糊的世紀。事實上，整個西方哲學的發展面貌，取決於這兩種懂之間的張力如何配置。整個西方哲學史，就像文學史、社會史一樣，也有以進化行形式表現出來的周而復始的週期性變化。

很清楚，未來西方哲學的發展方向、面貌將仍然取決於這種週期性張力。而造成這種獨特性質及面貌的，在我看來，其源頭就在於蘇格拉底——這個西方文化的第一哲人。

那麼，對於那些並不從事哲學活動的人，那些僅僅生活在日常生活中的人來說，蘇格拉底式的智慧，或發現「自己其實是無知的」智慧，對他們來說究竟有何意義呢？我認為這種意義主要是心理、精神上的，並且通過這一途徑曲折地影響了他們的知識面貌。

很清楚，一個人如果接受了蘇格拉底式哲學家的教誨、訓誡，從而承認自己的無知，也即發現了這個世界上還存在著另一種真知（第二種懂）的可能性，或者說是一種絕對理念的真實性（形而上學），那麼，這個人的整個精神世界就會發生深刻的變化，或者，他在承認自己無知之後，立志成為一個哲學家；或者，他感到自己必須在精神人格方面學會一種知識論上的真正謙卑，這也就為他走上一條信仰之路打開了一扇大門，換言之，他變得需要信仰。

因為，一個人只有承認在這個世界上存在著他真正不懂得的東西（這一種懂，從他唯一擁有的「第一種懂」之中是永遠無法獲得的），這個不想成為哲學家的人，才會真正去成為一個有信仰或需要信仰的人。

從另一方面說，人們由於在精神上、心理上承認了自己的無知，從而將自己的一部份知識權力交付給了那些被社會公認擁有真知的人：一個階級或某種學科。

這的確是人類知識史上的一部真正的悲喜劇。人們一旦承認、宣佈了自己的無知，那麼各種奇奇怪怪的學說，無論是以未來理想王國的名義，還是以絕對真理的名義宣佈的人類知識，在這個世界上就都有獲得統治地位的可能。

在西方世界，幾千年的人類歷史也已表明了這種「知識即權力」的歷史演變。因為「知識即權力」已成為整個西方社會變革的最持久的生產力，已成為打破舊有的「知識即權力」所造就的社會的一種永久的革命動力。

這種蘇格拉底式的影響，即誕生中包含著毀滅的種子精神，通過中西方文化比較，也能清楚地體現出來。

一、中國不像西方那樣——在哲學史上存在著一種不可知論或懷疑論的傳統。中國哲學家一向不怎麼關懷認識工具，這種認識論上的自信，在那個著名的公式「天人合一」中獲得了經典、完美的表達。

二、相應地，在中國從來就沒有一種真正的宗教傳統。因為，中國人幾乎人人都是「生而知之」者，並不需要天上的一個什麼神、上帝來調解、審定人間的萬事萬物。

三、中國人由於堅信世間只存在著一個人人「生而知之」的「道」，因此，調和、折中也就成為了理性的最高審判。在那裡，一切衝突原則上都是可以解決的。這種理性的信念在「中庸哲學」中獲得了表達。

整個中國思想史，千百年來似乎都不曾有過改變。入定，也就成了中國文化最生動的特徵。

蘇格拉底把心靈的不安寧，永久地帶給了西方人。失去對日常生活中知識確定性的信念，對任何人來說都是一場深刻的災難。而對另一個絕對理念世界的無情追逐的科學（這一門造福人類的偉大學科）是一個福音。同時，也把一種神聖的愚蠢帶進了西方智慧史中，相應地產生了一部殘酷的西方人類知識鬥爭史。我們可以說，沒有一個中國哲學家是絕對錯的，但一個西方哲學家卻有可能經常是荒謬的。西方社會常常是某種主義的無情的犧牲品，然而，西方思想史的偉大也正在於此：從神聖的愚蠢中，一點一點地通過嘗試錯誤，盡可能多地犯下錯誤，從而使人類最終有可能獲得最可能多的知識確定性，在可能有的幸福世界中找到一個最佳歸宿。

這種西方哲學家的智慧、精神和風貌，在我看來，蘇格拉底就是開此先例的偉大的西方第一人；而一部西方哲學、思想史，就是一部繼承了蘇格拉底式的「承認自己是無知的」精神史。

相比之下，中國的孔子，這個中庸哲學的代表人物、以其著名格言「未知生，焉知死？」「子不語怪、力、亂、神」而聞名於世的中國哲學家，就像一個因為畏懼「無知」而把自己的知識確定性只侷限於日常生活中的「第一種」懂的凡夫俗子了。

究竟哪一個哲學家更好，蘇格拉底？還是孔子？歷史已經作出了回答。

而未來的哲學之路又將通向何方呢？

一九九二年四月 上海

朋友的智慧

薩波卡秋（subculture）：亞文化，是我年輕時代擁有的一個神話。在這個神話裡，我的一群朋友都變成了一個個特殊的人物：他們是如此充滿個性、具有獨特的魅力；如此的嶄新，是人類史上從未有過的、任何一本文學史中都不曾出現過的新人。

所以，要想真實地思考他們、描述他們，就只能從一種獨特的文化眼界中獲得。那麼，這是一種什麼樣的文化呢？它能從傳統文化、主流文化中獲得嗎？能從科學文化、西方文化中獲得嗎？

「亞文化」是西方六十年代產生的一種文化觀、一種看待人類文化的新眼界。在那些日子裡，它成為了我思考問題的一種工具，從中使我看到了一線曙光。

當這種思想出現了，事實上，立即就有了一個人，他接受了這種思想並且採用了這個稱呼，在人群中，用一種最大的傳播熱情、一次又一次地喊出了：「我們是一種亞文化。」「評判吧，非議吧，定罪吧！但這和『這一群其他的中國人』又有什麼關係？」這個人就是卡欣。

因此，當我講述卡欣的故事，使用「亞文化是什麼」這個題目，可以說正是適得其所。事實上，也正是通過卡欣，這個人群中的熱情洋溢的傳播者，使我們看到了「亞文化」——這個出生卑微的詞（亞，就是次一等、不重要的東西。因此，亞文化在字面上的直接意思就是：一種不重要的文化）是如何以一種卑微者的財富為自己贏得自由、笑傲人世的。

原先，該文的題目是〈唱給亞文化的一首歌：一個卑微者的財富〉，從感情上說，我更喜歡這個題目，正如我喜歡〈浪漫主義是什麼〉的原名〈唱給浪漫主義的一首歌：一個無知者的財富〉一樣。最後我之所以還是選定了目前的題目，這是因為現在看來，它們更加符合於我的思想的歷程。

當突然意識到一個現在的我，重視思想歷程更甚於重視感情歷程，這時候，我才發現我和我的朋友們，在這個世界上都已歷經人生的滄桑。

和許多人一樣，我的早期生活是在崇拜中度過的。

少年時代，因為我遇到了一個我心目中的哲學家，便開始研究起了哲學。後來，又遇到了一個我心目中的數學家，我便研究起了數學。以後，我又遇到了一個詩人，那是在我的青春後期。這是一段生活得最快樂的日子！以後，我又遇到了一個處於神祕主義萌芽狀態中的詩人，因為他同時還是一個學者，他這兩方面的才華引起了我內心的共鳴。於是，也就有了我和他共同自發地沉浸於瑜伽、釋夢、神話創造的日子！

現在想來，我青春的朋友，他們不僅為我帶來了異常豐富的生活、創造靈感，而且，他們還都在不同的時期，用他們各自的異彩、獨具的精神為我帶來了哲學、數學、美學、詩、神祕主義這一筆人世間最美好的財富。當然，還有浪漫主義與亞文化！

可以這麼說，我之所以曾試圖去擁有知識，正是因為我的朋友，他們首先在我的心中成為了這種知識的化身。在我的青春時代，我總是會這麼想：「這個朋友之所以這麼神采飛揚、超凡絕俗，正是因為他擁有了這一種知識。」因此，對我說來，追求知識，也就是為了去接近、擁抱這樣的一顆顆心靈。

如果沒有陳耳、卡欣這樣的「這一個」朋友，那麼，我想我就不會去思考「浪漫主義是什麼」、「亞文化是什麼」這樣一類問題的了。同樣，生活中，如果沒有這樣一群朋友，那麼，我也是絕不可能讀懂《羅亭》[1]，從而寫下「現實主義是什麼」的。

浪漫主義是什麼？我們當然可以通過研究雨果，從歷史上那些鼎鼎大名的浪漫主義者的身上獲取答案。但是，這樣的一個答案，如果不是為了活人去尋找，又是為了誰呢？

在這個世界上，死人是不再需要知道答案了。雨果在他活著的時候，一定迫切地想知道「浪漫主義是什麼」。但是，他現在卻不再需要這個答案了，實際上，通過他的死，他也已經完成了這個答案。

現在，這種答案就叫知識。而在我們的現實生活中，這樣的一種知識既可以拯救人性，也可以敗壞人性。

事實上，知識只有在它通過我們的人格的存在，從而重新獲得了一種生命之後，這種知識這才可能成為我們所擁有的一種智慧。

這些年來，為了接近朋友的靈魂，我曾追求過知識；只有到了現在，當我發現朋友每天都在活生生地成長著的人格之後，我才知道，原來這些年來，我所追求著的正是智慧。哲學在希臘的本意中，據羅素的引證，也就是朋友的智慧！

注釋——

1 《羅亭》是一八五六年出版的俄國小說，為伊凡．屠格涅夫所著。

一個研究哲學的人，即是一個關注著朋友的智慧的人，像這樣的人，他們在這個世界上，也是會自願放棄他們在這個世界上任何權力的。

知識即權力。而哲學在這個世界上，瓦解的正是這樣一種由知識所帶來的權力！早期，亞文化之所以成為了我們真實的生活，就在於我們一起放棄了我們在這個世界上的權力——這種權力曾經可以通過知識、主流文化為我們獲得。但是，在各自真實的內心呼喚下，我們還是放棄了這種權力。

放棄了權力，同時也就意味著放棄了知識。因此，儘管我們生活著，但是，關於我們活著為什麼的答案，卻再也沒有什麼現存的答案可尋了。然而，沒有現存答案的生活，並不就一定是地獄般的生活。雖然，我們迷惘了，但一群迷惘的朋友，共同在一起生活卻是美的，是充滿友情與關懷的。一個迷惘的人，也就是一個在世界上放棄了任何權力的人。

當知識和權力已經將人的創造力與我們的人性束縛住了，這時候，風吹來，把一朵朵擺脫了任何束縛的、自在地飄蕩著的雲聚集在了一起。從雲朵的迷惘中，我們曾經從中找到了我們青年時代的群體的象徵。當時，我們正是以這樣一句簡單的口號來表達我們自己的：「我們是迷惘的一代，在這個世界上，我們已經放棄了我們所有的權力。」也正是在這種亞文化裡，我們開始充份地體驗到了不存在任何權力的文化是怎樣的一種形態、充份地體驗到了人與人不再相互管理與統治的文化是怎樣的一種形態，從而開始了我們每一個人自由地沿著我們自己的命運的軌跡，走向了一條實現我們自身的人格的道路。

我相信，依靠著朋友的智慧，那一朵朵同樣也是束縛了飛鳥自由飛行的雲朵，我們最後也都能夠將它們全都吹散掉，就像當初，依靠著朋友的智慧，我們把這一朵朵雲聚攏過來一樣。

雲朵是不可能永遠成為我們自由、解放的象徵的，只有飛鳥，才是自由與解放的象徵。而到了這個時候，也就是朋友的智慧，自由地結出了花朵與果實的時候。

一九九二年十二月十七日 上海

亞文化是什麼

一

你沒有名和姓，是一個青年女子，你生活在城堡裡，其實是一幢花園洋房。住在一起的還有父親、父親的保健醫生，一個兼做女傭的女人。父親是本城有名望的物理學家。一些被認為有才華的青年科學家、藝術家等形形色色的社會名流喜歡在這座城堡裡聚會。但是，你卻憎恨聚會，聚會在你眼裡被認為是一個顯示父親威嚴與權力，並且還在進一步鞏固與滋養它們繼續存在的物質場所。於是，你便利用你作為女性所特有的魅力，將原本屬於人性中美好的東西——愛情改造成為一件用來報復的工具、一個誘餌、一顆用來炸毀聚會存在、父親權威的定時炸彈。最後，你的計劃得逞了。但是，在體驗了許多凶險的愛情遊戲、發現了許多人面禽獸之後，昔日的小姑娘，你的天真和熱情卻永遠一去不復返了，昔日屬於城堡的寧靜與歡樂也一去不復存在，現在只有空虛和孤獨伴隨著你，籠罩著城堡。

——《花園的心臟》故事梗概

這個故事的長度只有二個小時，出場人物僅三個人，看上去很像一部心理劇。而作者又摒棄了一般被中國讀者視為不真實、事實上又被證明為非常實用的意識流，代之以十分接近於我們心理世界的結構轉換來作為它的敘述方式。這就為作者如何以小說體進行敘事、展開分析提供了難度。應該認為這是一次成功的實驗，它既符合作品的內在涵義，又使讀者覺得自然，感到旋律的存在，總體上使人留下一種堅實、透明的層次感。而且，由於作者使用了這種結構轉換敘事型，也就使得層次與層次之間的關係、層次的主次關係成為了十分鮮明的東西。這樣，作品的意義賦予便自動地變成了作者的特權，而不由讀者隨意提供。

因此，儘管這部小說的涵義十分廣泛，既有社會意義，也有認識論意義，但它首先是並且主要是屬於心理學的。就這種意義說，我們也可說這部小說是一義的，它很像是古典文學與現代文學形式究竟應該怎樣完美地結合的一次實驗。

二

這種實驗，在我看來是極其重要、也是極為迫切的。

因為，只要我們還在堅持亞文化的中心問題，也就是啟蒙的問題、人性解放的問題（這事實上也是整個中國文化所面臨的根本問題），那麼，尋找一種能夠促使人性解放、使中國的啟蒙成為現實的藝術形式，勢必成為我們的主要美學課題。

在一個後工業社會的文化空間中，馬庫色[1]認為「藝術就是解放」、「藝術即形式」，

注釋——

1　赫伯特・馬庫色（德語：Herbert Marcuse，一八九八年七月十九日～一九七九年七月二十九日），德裔美國哲學家、社會學家和政治理論家，法蘭克福學派一員。他主要研究資本主義和科學技術對人的異化。在法國五月風暴中，馬庫色與馬克思、毛澤東並稱為「3M」。

並且，將藝術積極改造成為一種純感性的實踐活動。但是，在我們中國呢？如果亞文化確實已經將存在主義、現代派的實驗活動、現代主流哲學作為自己一筆真實的精神遺產，那麼，顯而易見，我就只能堅持作為一個中國人而獨立地屹立在這塊大地上，將「世界公民」視為我們心靈的烏托邦，將西方的種種文化視為一場正在改造我們的思想、改造我們觀察世界方式的智力活動，而不是我們真實的生活、真實的體驗，更不是我們的文學。

目前，由讀書活動引起的智力癱瘓是嚴重的。事實上，你只要還是一個中國人，我們基本的生存境遇、基本的情感形式還未改變，你就不能忽而是黑格爾，忽而是佛洛伊德、現代派、現代主義，忽而又是馬庫色了，這種消費型的思維、意識形態思維，除了證明你是一個根本無知的野蠻人、一個智力上的蠱惑者，還能證明什麼呢？

我們只有首先實現啟蒙，隨後才談得上解放。屬於我們這個時代的哲學命題是：「藝術就是啟蒙」、「藝術就是內容」，而不是其他。這也就是為什麼我們是批判現實主義而不再喜歡其他標籤的原因。那麼做一個批判現實主義者，什麼才是他的基本藝術觀呢？

自解釋學成為一種哲學以後，讀者、作者、作品的關係、意義問題已經獲得了廣泛的重視與討論。但是，應當承認的是，我們至今對它的看法還沉浸在非常混亂與無聊的見解之中。其實，只要我們認清這種學術得以生存的文化前題，那麼，認清這三者之間的真實關係，也就不會顯得那樣的繁復與艱難了。正如反啟蒙只有出現在具有高度文化積累的西方現代社會，才會成為一項真實的「人性解放」的口號一樣，現代派將作品的意義交給讀者決定，這也是由於高度的文化積累才會產生具有解放力量的消費型文化，產生「藝術即遊戲」這類理論的。

而我們的現狀是什麼？據說野蠻人每一次遊戲之後，便將為他自己套上一具新的枷鎖，例如巫術、祈禱之類的危險遊戲。有時，我從電視機裡看到我們的搖滾歌手，他或她正在拼命地扭動、嘶吼，我就擔心，從他脆弱、先天不良的體質中怎麼還會有力氣、精力再來支配他下一次的扭動和嘶吼？當我們的男性普遍地患有陽痿、女性患有陰冷的時候，發洩將使病情進一步惡化，消費便成為進一步的掠奪。

我們能夠成為現代派嗎？我們是這樣想的，因為它確實感動過我們。可事實上我們卻做不到，這就是問題的實質。

只要普遍貧困的文化積累還是我們的生存現實，我們便需要創造而不是消費；便需要積累而不是掠奪、發洩或遊戲。因此，需要我們今天去捍衛的東西還仍然是啟蒙的口號，是去承認作家作為啟蒙實踐者的合法地位，並由此捍衛作家的純潔與崇高。

作家必須是而且也應該是作品意義的賦予者，他就是讀者的上帝。我們以這樣的態度看待讀者、作品和作者這三者之間的關係。因此，我們首先要探討的是具有啟蒙涵義的藝術形式。在這裡，古典作家的精神主體性對於統率作品涵義絕對優先的地位，已經為我們提供了一個古老的典範。而巴贊（André Bazin）的「長鏡頭」理論，非蒙太奇式的「切進」、「切入」，似乎又提供了一種形式上的完美參照。

三

就像新小說作家喜歡將一雙不動真情的眼睛始終緊盯著眼前一樣，卡欣在《花園的心臟》裡也選擇了這種觀察方式，而小說開頭恰恰就是一個「你」。

但這個「你」已不復再是新小說中的「你」，它已經變成了一個自身需加以分析、加以引導的「存在」。這種來自於外界的咄咄逼人的力量也不再是新小說中那些毫無人性涵義的存在物，而是一個充滿了理性、具有穿透人性力量的目光。

小說作者在這裡已經完全將自己裝扮成了一個精神分析學家。而這個「你」正是一個長期生活在野蠻的潛意識折磨中的病人，你以為知道其實並不知道事物存在的真正意義。因此，他要採取攻勢，強迫你認同意義真相，其實，你是你，而不是他，你只能站在這裡而不能企圖鑽進事物的外殼內去尋找避難場所，例如借用你的名字，因此，你不許有名字，以你的社會價值作為你存在的涵義。但你並非就是赤身裸體，你還有你的病症，這些始終在逼迫著你、鞭打著你的孤獨與空虛。現在，你的「存在」暫時就只有這些，因此，你首先需要獲得理性的啟蒙，爾後才有你的解放。

現在，你在想，再過二個小時瘸子就要來了，瘸子正是你為愛情的遊戲所付出的代價，他是你精神空虛的產物，一個曾經為反抗父親充當過道具的東西，再過二個小時，這個怪誕咖啡館的經營者，這個早年的囚犯，這個長著一對木石魚眼睛的鐵石心腸的人就要來了。他是來正式求婚的，是來向你索取人性，並且，同時也證明他是有人性的。但是你卻發現自己已經再不能承受他的出現，他的畸形、他的冷漠與謊言，你現在只能選擇逃跑。

當你幾歲的時候，你曾逃出過城堡，卻發現外面的世界只是一座更大、更凶險恐怖的城堡。因此，這就使你的有關逃跑的想法一點都不浪漫了，也決無任何的解放意義了。你現在只能欺騙自己說你要逃跑，打裝起行李，可很快你就只能選擇睡眠，從睡眠中去尋找一點夢。

女傭人聰明漂亮且與你同歲，不過，你只是口頭上稱她為醫生，心裡卻一直叫她是傭人，就像你在心裡從不叫瘸子的名字一樣。這些年來，你始終在暗中和她競爭，你知道她是為了獻身於科學而自願來這裡做下人的，可你更清楚，她認為你是一個病人因而才來的。因此，你需要和她做一場遊戲，假裝出初戀女孩的模樣，或者在性慾滿足後顯得生氣勃勃，渾身充滿了活力。因為，你認為你也懂得心理分析，用來誘惑她激起瘋狂的科學研究熱情的材料有的是。你儘管是一個風月場老手，卻只與瘸子一人發生性關係，可當你想起瘸子在奪取了你初夜的第一個早晨，就把你一個人孤零零扔在海邊時，你遊戲的熱情也就很難再被激發起來，遊戲似乎已經很難繼續。此外，更可悲的是，你發現在這場被你認為的「科學遊戲」中，這位保健醫生似乎比你更有耐心、更加百折不撓，你付出的代價是越來越對這個世界產生的厭惡，而醫生得到的卻是你一直嚮往著的內心寧靜。而且，一件將要摧毀你精神支柱的事件，在瘸子將要到達的時候被你發現了，這對你來說真是驚人的可怕：你發現醫生其實從來不把你當作她的競爭者，她從來不曾與你合作過這場「科學遊戲」。

所謂競爭，其實只是你瘋狂的嫉妒，只是你在你的修養掩蓋下的一場你欲置她於死地的蓄意謀殺。你想方設法要使她科學觀察落空的種種詭計，實質都只是你用來摧毀她整個存在的殺人武器。只要她在城堡裡存在一天，你就不能容忍。這就是你的問題的實質。

現在，噁心已經從你身上神氣地消失了，你發現自己再不恐懼、厭惡。瘸子出現了。像一種嬰兒般熟睡的狀態中，你睡醒之後便走到窗口，此時已經是夕陽西斜的時候。

一支熟悉的從孩提時就聽慣了的樂曲正從暮色裡徐徐飄來，這是《索爾維格之歌》，巴比松的油畫顯得甜美寧靜，父親和醫生正在花園裡認真地修剪樹枝，荒廢的後園也有了破土動工的跡象，這座古老的城堡顯出了無限生機。

鮮花已經開遍了花園，這是你以前一直未曾看到的，這時你才發現。其實在你那次浪跡天涯之後回到城堡時，父親已經是一個行將就木的老人了。為什麼這些年你就沒有看到死亡正在迅速地成為父親的「存在」呢？而以為父親還是和年輕時一樣好勝好鬥？這時你發現彷彿父親離死亡只有一步之遙了，於是你就輕聲地啜泣起來。在你的淚水裡，浮現出以前過節的日子，那時你還是一個孩子，你想要一件東西，父親不能滿足你，你就趴在床上大聲地哭，等你已經不想哭的時候，看到屋外已是華燈初上，鞭炮齊鳴。於是，你按亮了過道及樓梯上所有的電燈，走下樓去，經過……

客廳裡沒有人，你走出大門，穿過庭園，從路旁摘下了一束鮮花，再回過身時，你看到屋子裡燈光輝煌，你捧著鮮花回到客廳，當你和醫生重新相遇時，她看到了你的臉依然嫵媚動人，鮮花插在你身邊的大花瓶裡，在恬靜的音樂中，一切都是和諧的。

——《花園的心臟》故事梗概

這是不是在講伊賴克輟情結[2]呢？此時，我發現自己已經在想一件與《花園的心臟》無關的事情而開始進入文化評介活動之中了。

劉漫流有一次說過：其實，如果中國真地產生了可以被稱之為西方流派的作品，像存在主義、心理分析小說等等，我們的文學也就有了希望。可惜，從來沒有出現過一部，就連真正的模仿工作也不曾有過。

我認為，這可歸結到我們文人的自身存在、文化修養的普遍貧乏，因此從理論上講，我們現在就連這點模仿的可能性都不存在。自發性，則似乎成為我們爭取價值的唯一可能性。現在，既然已經產生了一部可以使我們發現西方文化在我們生存體驗中出現為可能的作品，我還是感到了萬分欣喜。

如果要對西方各種文化作一點評價，什麼才是真正屬於我們這個時代的文化、理論？那麼我肯定會回答，是佛洛伊德的精神分析，是卡夫卡的存在主義，它們才是真正的世界文化，它們才是對我們生存之境遇的涵義最為貼近的刻畫。

卡欣的《花園的心臟》好像已經成了這樣的一次實踐、一種證明與闡釋。而他與亞文化的關係則又好像是為我們提供了一部有關人的存在、存在的價值，在它們相脫離時會產生怎樣的悲劇以至最終覆沒的動人故事。

這一切都使我無法平靜。

四

或多或少經歷了一段文學青年時期，爾後投身到亞文化實踐中，但是，他們中的大部份成員卻從來不曾是一個標準的文學青年，因而，當受到以詩人北島為代表的「今天」派文學運動的直接感動而迅速成長起來的亞文化被他們發現時，他們中的大多數便自然而然地感到自己與亞文化合拍，感到了自己與亞文化的和諧一致，他們中的一部份人很快地成為亞文化

注釋——

2 佛洛伊德將女性的戀父情結稱為伊賴克輟情結（Electra complex）。

的中堅力量、亞文化的直接創造者。

然而，當卡欣極為偶然地闖進亞文化圈子的時候，他早已完全是一個熟透了的文學青年。作為「東升文學社」的社長、一個擁有幾百個標準文學青年的文學社社長，組織領導文學青年學習討論馮驥才、陸文夫、張賢亮的作品，將他們視為文學的楷模，刻意模仿，追隨各種各樣的潮流時尚，便是這位社長的主要文學實踐。

文學青年一般都具有的崇拜名人的心理，各種為文學而文學的怪誕想法，體驗與創作的嚴重脫節，視文學為一種職業選擇的市民習氣，這時便成為卡欣內心世界靠近亞文化靈魂的異化力量。

為什麼亞文化首先是一種生活方式？它在實際生活中為何採取不與現實社會合作的態度？在最初的日子裡，這是卡欣無法理解的。在亞文化拒絕了一切主流文化之後，它自己又會成為什麼呢？難道就一輩子在社會的荒野之中死亡？卡欣也許感到失望了，他發現自己走進了一個與他早期從這個社會灌輸中所接受的一切根本不同的新天地。

但是，文學青年的本性就是追隨，為了與亞文化早日合拍，卡欣迅速地模仿起亞文化中一切帶有刺激性的言談、行為、生活習慣，留長髮、說下流話、不修邊幅、危言聳聽、舉止誇張、閱讀異端、狂嚼現代派作品，這些都是他從前教養所禁止的。才不過幾個月時間，這位解放前大官商的後代、一個有遺產繼承的公子哥兒、一個正式入會的基督徒，就從菸酒不沾的規矩孩子變成了狂嗜成癮的酒鬼，成為亞文化中一個最放浪形駭的人物。

五

一九八五年一個深秋的日子裡，我和老同學郭吟一起去看望默默。當時只知道他正和一個文學青年同住，默默只簡單地告訴我們這人很好，一個人，有一間房，煤衛俱全，喝酒挺方便。這給我印象，卡欣是一個年紀很大的人，見了面才知道卡欣其實和我同歲。然而，在我們喝酒時他卻不見了，後來才知道，在我們來之前，默默關照過卡欣說今晚有重要客人來訪，他應該回避一下，這種回避方式以後一段日子裡竟成了一種慣例，直到我們成了好朋友，有時見到我們三人在一起時，卡欣還會習慣地問一聲：「我出去嗎？」

這次，也不知卡欣去了什麼地方，等他回來時，我們的酒早已喝光，其實，本來也就沒什麼東西好喝的，看得出他倆正過著十分貧寒的生活。卡欣的家裡什麼像樣的傢具都沒有，五、六隻破爛的木箱上堆放著幾條千瘡百孔的舊棉被，一張床，一隻五斗櫥，再加上一隻沒有靠背、彈簧的沙發。後來還加上一隻書櫥（是我和卡欣用木板、紙及漿糊搭起的）。當時他就連桌子都沒有，我們喝酒是用一隻舊式擱幾拼上一隻木箱湊合的，而木箱裡則堆放著卡欣的全部憧憬和事業——全國各地的亞文化刊物。

卡欣穿著一件洗得發白的灰「的卡」中山裝，理著平頭，沉默寡言地坐在一邊望著我們，神情裡流露出純真好學的表情，看上去就像一個健康的農民企業家，奮發而有為。那時，他菸還抽得很少。

《一個尷裡尷尬的男子漢》是我看到的卡欣的第一部小說，署名「卡欣」，我把它誤讀成「大欣」（「大興」是當時流行於上海的一句俚語，指那些做事不牢靠、沒有肩膀的人。在上海話讀音中，「欣」與「興」不分）了，我問他為什麼起這個筆名，他哈哈大笑起來，說不是大欣是卡欣。

卡欣？

這聽上去多麼像巴爾札克在整個巴黎城裡所能找到的最痛苦的名字——馬扎，只不過是古典悲劇變成了現代黑色幽默。

劉漫流是我們朋友中的一位文字遊戲大師，一天他對我說：「他起卡欣之名是為了追隨卡夫卡」。

「何以見得呢？」

「卡欣不是看上去像卡斤卡？他心裡是這樣默讀的，但是別人卻不會這樣讀，這就是卡欣的痛苦。」

後來有一天，我和卡欣談到筆名作為作家的命運，建議他改筆名，同時把劉漫流的見解告訴了他。

「這傢伙！但是也可以，那就叫卡斤卡吧！」

卡斤卡？

一個多麼渺小的名字。

看來「卡欣」就會像他的命運一樣，將始終糾纏他的一生，而從不放棄它本身所包含的意味。

六

據說，卡欣每次約會亞文化朋友來的十五分鐘之前，便在窗前拉起小提琴。但我沒碰到這種情況，只是我們有時候談得疲倦了，我才請他拉一會小提琴。我總感到他是一個極孤獨的人，而孤獨卻不是他喜歡的。有一段時間，他養了一隻兔子，後來兔子死了，他又養了一隻貓。那時卡欣已經辭職了，沒有任何收入，靠著一群還在崇拜他的文學青年或是他還有錢的時候所結交的朋友維持著生計。因此，想到他那裡已經餓得精瘦的小動物，我們常會開玩笑地談起卡欣會不會餓死之類的話題。

自從默默因自費出版長詩《在中國長大》在卡欣家裡遭到拘捕之後，卡欣本人在這段時間裡也連連被傳訊，這時卡欣的家，這個一度扮演了亞文化俱樂部的地方，看上去就像一座凶宅了。

朋友們漸漸開始去得少了。

這時，亞文化運動的高潮也正在逐漸地走向低潮，它早期出現時所具有的那種宗教狂想、興高采烈的盲目樂觀氣氛、幾乎每次聚會都會有新人出現的充實感，也日益成為歷史。

原因一方面自然可歸結到任何新事物在一段時間裡都會出現它表面上的衰敗現象，另一方面則可歸結於亞文化本身。因為，亞文化運動首先是從寫作「現代詩」開始的，而寫詩的人一旦成為某一種文化現象的核心、成為一些社團的中心人物，那麼這種文化、這些社團一般所具有的脆弱、任性、虛浮等等便暴露了出來，從而使這種文化現象、這些社團的繼續生存成為不可能。另一方面則在於，六十年代出生的人，儘管他們在中國具有了亞文化存在的各種各樣的先天條件，但是他們的後天教育，尤其他們小時候是在一種荒蕪的文化沙漠中成長起來的，這就使他們具有了以往任何一代人都不具有的特殊性。

他們就是天生喜歡合群、集體做夢的，這當然可歸結到當時毛文化的影響。人們以前管他們叫紅小兵，紅小兵的現象也不過存在了六、七年時間，然而這恰好是他們的少年時代。儘管他們不像上一代紅衛兵在實際生活中那麼好鬥、殘忍、野蠻，但他們都是一群在集體文化中成長起來的，在這點上是相同的，都是這一段歷史的產物。唯一不同的是身體行為在他們已經變成了一種思想行為，叫做口誅筆伐，不再是文攻武衛了。而他們小時候的英雄也已經變成了思想上的反潮流人物，例如黃帥、張鐵生這些拒絕教育的人。因此，當尼采的作品在八十年代的中國出版，尼采關於「自我教育」的見解便能深刻影響到他們的思想模式，這也就為他們擺脫時代的群眾文化提供了智力上的可能性。

看來群眾文化最能深刻影響他們心靈的是那種類宗教文化現象，像董存瑞、黃繼光、邱少雲這些他們兒時心目中的英雄就都是為了崇高事業而富有犧牲精神的人。

這一代人可簡單概括成這樣一些特徵：

一、他們在感情行為、烏托邦境界的形成上，特別容易受到他人、種種大眾文化的暗示和控制，在這方面，他們都是一些極其單純、幼稚的人。

二、儘管，在他們青年時代，受到了各種現代文明、西方高度文化的啟蒙，並且，也感受到了這些極配胃口的東西，但是，由於他們從小受到的「愚昧文化」的教育，使得他們在學識、哲學見解上顯得極其無知和粗俗。各種各樣的智力混亂，理性世界的無能為力，特別使他們感到了自己的侷限，結果，最後，反倒在各種非理性的力量面前，無意識地成為了新愚昧主義的奴隸。

「現代詩」從它誕生那天，便深刻地烙上了這些烙印。由於亞文化最先從詩歌寫作開始，這就使得這種文化有了一般詩歌運動都具有的共性。從另一方面看，這也更好地確證了這些非理性的力量是怎樣無意識地主宰了這一代人的集體命運。

中國的「現代派」詩人一般有著這樣一些特點。

一、他們特別愛好自我辯解，而且，也感到這種辯解是極易形成的東西。因而，在這種表面化的理性形式同意下，任何生命中的騷動不安，都容易給他們以永恆的幻覺。從這方面來看，可以說，他們是「天生」擅長於從事「流派」的誕生的。

八十年代初起，全國單詩就有幾百種流派，這無疑反映出這一代人在從事文學中理性的癱瘓與崩潰。

二、在這種情況下，詩歌中的「文學青年」性也達到了空前的高度與廣度。

在亞文化的環境中，當詩歌這種文學樣式成為了一種越來越容易被那些文學修養缺乏、頭腦簡單、心靈野蠻的人所利用的形式之後，這就使得這種新的寄生於亞文化中的文學青年變得與以往由主流文學造就出來的文學青年不同了。這時，文學青年的自卑感讓位於狂妄自大；崇拜名人的市民心理，轉讓成了瘋狂的自愛、自我崇拜。

「現代詩」已經越來越變成文學青年速成「大師」的課堂與捷徑了，而這一階段的評論又特別的不景氣，除非它是在為那些文學青年所創造的流派辯護，否則，就連它自身的存在也會遭到攻擊，更不用說在亞文化環境中有誰還能宣傳「文學標準」的必要性，堅持理性活動對於藝術的有效性了。

「現代詩」已經越來越成為一種文字遊戲。而從一時之見中所獲得的洞見，又通過各種各樣的流派宣言，以種種形式主義的理性外貌，充斥於亞文化的各個角落。一個屬於我們這一代、一個已經反叛了主流文化的人；一個缺乏寫詩才能、思想還沒成熟、僅有宗教狂熱而沒有宗教文化的人，卡欣，在這個時候，便深深地陷入了危機，而且，感到了傷害。

亞文化並非就是天堂，就是樂園，現在它看上去簡直就像是一個布滿陷阱的泥潭。沒有前途、沒有許諾。而生活又是這樣動盪，政治氣氛又極度令人不安。自徐敬亞舉辦了「現代詩」大展之後，「現代詩」越來越貶值，幾乎成了文學中的廉價品。

據我所知，卡欣也是在這時候，開始在一本黑硬面抄中整頁整頁地寫起詩來。無疑，都是廢品。

七

同時，更加潛心研讀現代派作品的習慣，也日益在卡欣的身上形成。很快，他就讀完了辛格的幾乎全部中譯本小說，迪倫馬特的小說，尤薩、赫塞的小說，還有愛梅的小說，後者是因為他極其喜愛作者的《千里靴》，但是，等他讀完了作者的其他作品之後，卡欣便把愛梅從自己心愛的作家名單上划去了。

講故事的愛好與日俱增了。早在一九八五年，他便與默默創辦了小說雜誌《木偶》（油印打字版），但在當時，詩歌一統天下，「現代詩」成為文學青年的主要文學樣式的時期，小說的地位是次要的，第一期《木偶》裡便也登了詩。但小說這門藝術，由於它是必定要包容智力範疇、文學鑑賞力及觀察事物、人性能力的，因此，與詩歌比較起來，這種樣式就顯得更有理性，具有歷史感與文學標準性。任何一時的標新立意、蠱惑人心的口號，以及種種懶惰的工匠寄生術，與詩歌比較就難以在小說這門藝術中存在。而且，隨著大量的偽詩在亞文化中出現，檢驗真與偽的標準，在那時候的我們看來，似乎也就只有一條了：看誰在藝術中付的勞動大。勞動越大，這個人的藝術可靠性便也越大。

這時候，亞文化中的一些真正的詩人，也相繼地開始了長詩的創作，或者愛上了吟唱的道理。

看得出，經過了很長一段時間的顛狂、苦悶與徬徨，卡欣的自信力漸漸得到了恢復。於是，有一天，他便跑來向我索取小說稿，他告訴我說他想搞《木偶》第二期。

「錢呢？」

「我有辦法。」

其實，當時我根本不相信他有能力辦成第二期，不用說，這純指經濟上的擔憂，而卡欣在小說上的才能，我那時已不懷疑。

「我們可以大家一起湊點錢。」卡欣繼續說，他說得非常肯定。

這樣幾個月後，就有了《木偶》第二期的問世。以後，很長一段時間裡，怎樣創辦一本真正的小說刊物便常常成為我們的中心話題。

「卡欣，你要去寫長篇小說，你有這方面的才華與獨特的經歷。」

「可我們本來可以為亞文化多做一些的。」卡欣激動地談論著亞文化的前景，那是在一個深夜裡，我們走在曹家渡的路上。在一九八七年的冬天，幾乎我每次從他家離開，他都要乘車送我到曹家渡，他認為我喜歡吃那裡的雞鴨血湯。在有了更多一些錢時，我們還會吃一碗油豆腐線粉湯，或者豆腐乾之類的小吃，那時，我辭職已一年多了。

經濟上的窘迫，開始像一條瘋狗把我們逼上絕路。後來，卡欣經營起了生意，但總是失敗得很慘，有時，不過是百把元的資本，但已足夠置一個經營無方的人於死地了。

卡欣只能放棄經商念頭，他家裡開始出現了一些陌生人，他們許諾養活卡欣，每月供他錢，讓他安心從事寫作，這樣他們便住進了他的家裡。後來，卡欣又認識了同樓住的據說是暗娼的女孩，這個女孩也就成了他屋裡的各種身份不明的男人們爭風吃醋的對象。

我知道卡欣的初戀，最後是以女孩的自殺而結束。那時，他才不過二十歲。有一段時間裡，我很擔心卡欣會不會在這個暗娼手裡栽跟頭，這段日子，他那裡的環境已被搞得一塌糊塗。

「大家在傳說卡欣，會不會有一天朋友推門進來，發現你已經因為梅毒爛死了。」有一天，我對卡欣開玩笑說。

「赤佬，又是哪個造謠，你們不是以前也講過推門進來發現我已經餓死了嗎？」

不久，卡欣告訴我他是怎樣寫《花瓶與剪刀》的。

「有一天，一個朋友帶著女朋友來，當時，我口袋裡只有一毛二分錢了。我們一起吃了飯。我想到還有十幾天，我將不知道再從哪裡搞到錢，而可以賣的糧票、菸票都已賣光。所以，臨出門時，我便向這個朋友討了二元錢。那時，天上正下著毛毛細雨，我沒有打傘，我來到了菜場，想到屋內的人正在相親相愛。我開始想到了我的初戀。等我看到家裡燈亮了，我回到房間，在換了一件乾衣服之後，就立刻開始寫起了《花瓶與剪刀》。」

她的聲音也是冰涼的，給你的感覺就像剛才你用手指觸到窗上的冰花一樣，一直涼到心坎，當然，這雪要下多久對她說來是無所謂的。與此同時，她並不把你這位不速之客當一回事，你從她那雙憂鬱的眼睛裡可以看到你自己像是並不存在，或者等同於一件可以在窗內活動的傢具，你的一舉一動都無法影響到她，這一點使你很茫然。

這幾天你經常出入於這樣可怕的夢裡，以至在你睜開眼睛時無法確信眼前的事實，因為你身邊這幾張熟悉的臉經常出現在你的夢境中，扮演冷酷無情的角色。你被一種莫明奇妙的懺悔心理驅使著，嘴裡不住地嘮嘮叨叨想解釋自己的內疚，然而這內疚是不是一場誤會你又無法解釋，你很想知道那把獵槍是否被人動過，小絹子站在炕沿邊眼巴巴地望著你，恰好檔住了你的視線，這更使你感到忐忑不安，然而你看到她的目光對你並無惡意，只有同情，你從女主人的手中接過一碗姜湯，慢慢喝了下去，冰封的河流在你心中開始解凍了，你猜想也許春天已經到來。」

——《花瓶與剪刀》

八

「過幾天我想回廣東去。」

「這樣也好。」

卡欣跑到我借住的上海師大看望我的時候，不巧，我姑父全家人都外出了。我姑父也是卡欣的朋友，我當時就住在他家裡。我拿不出更多的東西招待卡欣，只有一條魚。喝酒的時候，他突然說：「我已經一星期沒吃到飯了。」

「那你吃什麼，不可能吧。」

「這一星期裡我都在寫小說。」

吃完飯，卡欣便說要走了。

「再坐一會吧，我已經有很長一段時間沒見到你了。」

「不了，我想趕回去再把小說看一遍，寫完後我還沒有看過呢。再說，你也知道我像一頭蝸牛一樣，頭一伸就想縮回去。」

一九八八年初，天氣特別寒冷，陽光極其慘白，我忘不了那天的情景。臨上四三路車時，卡欣堅持著要把他口袋裡的香菸塞給我。

「現在我差不多戒菸了，每天一般只抽四、五支。你拿去吧，再說，這是星湖（香菸牌名）。」

他知道我像他一樣喜歡抽高寶（香菸牌名），以前，也總是這樣，每次到我這裡來，臨走時總會留下一包給我，現在高寶已經很難見到了，而星湖牌香菸在當時的我們看來是一種非常高檔的烟。卡欣這人即使在他經濟非常窘迫的時候，可在朋友面前，他竟然還會拿出大白兔奶糖來招待你。這在我看來是一個缺點，可能是小時候做慣了少爺吧。以前朋友們常給他錢，可一轉身，他卻會把你給他的錢請你去咖啡館，這使朋友們感到木訥。

過了些日子，我見到了默默，這時，卡欣已經回到廣東去了。默默將他的小說稿交給我。

「你拿去看看吧。」

「寫得怎樣？」

「不行，糟透了，是模仿你的《阿修羅家族》的，卡欣現在已經崩潰了，其實，從他從事文學起，對他說來便是一個悲劇。」

這部小說就是《花園的心臟》（原名《空寂的歸宿》）。這部小說在我這裡一擱就是半年，如果真是模仿《阿修羅家族》的，那麼這部小說就根本不值一看了。

九

「現在，我唯一想見到的人就是卡欣。」

一九八八年七月份，京不特臨去廣化寺由小乘教改為大乘教前夕，他這樣對我說：「卡欣今後了不得，有可能成為一個大小說家。」

「說得具體些。」

「我聽過他小說的構思。」

哦，也許是這樣吧，也許在卡欣的內心裡已經構思了許多偉大的小說。但是，總是干擾，總是說不盡的干擾，使他的計劃難以實現。起先是亞文化生活中的藝術家放蕩習氣，但這並不可怕，也許，亞文化的開始也正由於這些，使得我們不僅在心靈上，而且在身體上也獲得了解放。像許多現代社會的人類解放者、勇敢的先驅者一樣，我們都喜歡生活在行動中的達達派、超現實主義、美國的嬉皮士之中。

後來，干擾卡欣身心健康的則是那些也存在於亞文化世界中的混亂的思想規範、粗俗浮淺的社會見解、庸俗的歷史觀、第三世界自暴自棄的自我價值觀。儘管這只是成長道路上的一股小小的暗流，但是，對於一個心靈單純、對亞文化狂熱崇拜著的人說來，在他世界觀、人生觀、藝術觀還沒成熟的時候，在他從主流中所帶來的烙印還沒褪盡的時候，這些表面具有反抗、破壞舊世界的虛假色彩的東西，就特別地容易使人喪失頭腦。況且，在我們這個國家裡，理性的歷史還非常短暫、脆弱，因此，這一切便足可以使這種干擾深化為一種置人以死地的疾病。

但最後，卡欣畢竟還是排除了各種誘惑與干擾，堅持留在了亞文化的陣地上。只要我們回顧一下我們的歷史，我們便能清楚地意識到，事實上，從一個純文學青年轉變為一個亞文化工作者，卡欣是唯一的一個。還有其他的人呢？他們的血液都流到哪裡去了？

這說明卡欣是一個極有韌性、自強不息、極有犧牲精神的人。同時，也說明了卡欣是一個有著理性辯解能力的人，是一個能區分美與醜、良與莠的人，而這種鑑賞力在我們這個時代中正是大量缺乏的。

因此，即使在亞文化最為艱難的日子裡，卡欣還是以最謙卑的姿態，成為了一個真正的工作者，默默地主編了上海亞文化中的唯一一本小說刊物《木偶》。

而在當時，他自己的溫飽還是極為艱苦的事情。卡欣從來也沒有說過要為誰負責，他只是談到了他的憧憬、他的理想。正當空談家陶醉於空談，預言家著魔於不著邊際的夢囈的時候，卡欣卻始終都在默默地閱讀著歷史上一切優秀作品，而不分什麼現代或古典。這就使他與許多盲目地反叛、否定歷史價值的偽先知劃清了界線，從而使得他的心靈在與一切人類文明中燦爛的東西相接觸時，顯得格外充實與奔放；使得他能夠博取眾長，從亞文化中學到真正的東西。那就是：關注自身，並且，無限地關懷自己的歷史，忠實於自己的靈魂，通過對自己的觀察與理解，從而走向一條通向全人類的道路。

從這點上說，《花園的心臟》其實就是卡欣自己的一部精神心理史自傳。在生活中，卡欣總是顯得特別的戀母，在他一顆柔情的心裡，鄉愁總是涓流不斷，而現實的障礙，又使他感到特別難與家裡和好。

以前我們想辦一份《亞文化周報》，首先想到要向卡欣約稿，題目是事先就定好的——「我的戀母情結」。

一星期後，卡欣把稿子送來了。使我感到奇怪的是，他將題目擅自改成了「戀母的歷程」，講述了一個十七歲的男孩，因與家人失和，一個人跑到廣州，在酒吧裡遇到一個暗娼的遭遇。

接著，卡欣便告訴了我他是怎樣與家庭破裂，發誓不再回廣東的經歷。因此，這裡面講的就是他自己的故事，而不是虛構的小說。

「我母親現在已經領養了一個兒子。我可以說是一個棄兒了。」這是他的原話。當我讀著他的《花園的心臟》時，這句話便不時地浮現在我的意識中間。

在這飢餓的一週裡，我能想像他是怎樣伏在黝暗的燈光下，屋內是整段整段時間的寂靜無聲，因為，在寫小說之前，他已經將一切外人都拒之門外了，因此，他們是再也不會來干擾他了。現在，他所面對的就只有飢餓了，而這卻是他這些年來，始終都沒有將它驅走的最後一個干擾他身心的惡魔。這一次寫作，對於他說來，或許也就是最後的一次機會了，這是他所能預感到的。通過寫作得到用以維持生計的稿費，這根本上就是一種絕望的衝動。從前，通過朋友的幫助，他以為能將自己的文章以五元錢的價格賣出，這已經是個實在太不像樣子的數字了，與他向遠方的親人所虛構的，他常常可以拿到三千元的稿費收入相差的數目已足夠讓他無地自容，可最後，他竟連這一筆五元錢的稿費都不能掙到。

看來，這已是最後的時刻了。

他從前患有乙型肝炎，已經復發過二次，再有一次，如果再有一次呢？浪漫主義時期窮藝術家的故事已經早就與他格格不入。

他朝你看了，正當你想為他擋駕時，他已經開始敘述一個破落家庭，一個令人羨慕的家庭。按照你的看法，「破落」純粹是為增加故事的色彩，以免遭人嫉妒。對於這樣一個家庭是否存在你並不關心，不過你很讚賞他那麼隨意就編出了一個傷感的故事，以掩飾他的孤癖。

一星期後，瘸子登門拜訪，你仍然推托生病，躲在樓上房間裡，由你父親去招待他，這使你感到高興，因為父親始終討厭這個人，你以為父親會代你了卻了此事。但事情恰恰相反，不知道瘸子下午在客廳裡又跟父親虛構了什麼動人的故事，以至在餐桌前父親完全站在了瘸子的方面，表示出對瘸子的極大讚賞，你看著女傭那張臉，你厭惡得已經一句話都說不出來了。

——《花園的心臟》

從前亞文化的理想與靈魂始終都在感召著他，當卡欣感到自己已經能和他所認為的亞文化中優秀的人，作為朋友而面對面談論著的時候，他感到多麼的光榮和自豪啊。但是，他所認為的優秀分子卻很快又無情地告訴他：亞文化是不存在的，這一切不過是青春期大騷動罷了。他們都已紛紛離散了。

卡欣也許想起了童年，想到了為他洗禮、講經的那位南京牧師，第一滴冷水是怎樣滴到了他的額間。那時候，他是多麼羡慕教堂裡的唱詩班，從那裡飄蕩出來的無限虔誠與感恩的詠唱，為此他想成為一名基督徒，只為了最後也能成為他們中的一員。

他也許想到了父親，想起了母親，還有現在已經越變越像他的妹妹。一九八七年的七月，他曾經回到了那個他發誓永遠都不再會回去的廣東家裡。但是，他仍然不能與那位做官的父親和解，長時間的冷漠，僵持不下，最後又莫名起妙地煽動起了無名怒火。最終，他只能又一次回到上海。

於是，他寫啊寫，他似乎已經找到了他的問題所在，找到了產生他們骨肉分離的癥結，找到了這些年來導致他感情生活顛沛流離的隱蔽物。啊，爸爸媽媽，難道這一切就是契機？難道這一切都是真的嗎？亞文化看上去又是多麼像那個可愛的醫生啊，我曾經將她作為一個對手，在暗中與她競爭。但實際上她又是多麼的冷靜、富於理性與慈祥啊。亞文化最終不能拯救一個無力拯救自己的人。一切都像貝多芬說的那樣：人類啊，你當自救！這就是亞文化的真相？

小提琴的琴弦在緩慢地振動著，這一件他屋裡唯一值錢的東西已經不見了，事實上，他現在已家徒四壁，一貧如洗。

於是，他寫啊寫，他彷彿已經看到了自己與那位沉默固執的父親，最終和解，握手言歡了。

是要回去了，是要回去了。

就這樣，卡欣在寫完了《花園的心臟》之後，便一去不回了。已經有半年多了，朋友們只收到他一封信，誰也不知道他已經怎樣，正在幹什麼。

十一

公正地說，默默認為《空寂的歸宿》（《花園的心臟》原名）寫得很糟，也可以說是一個事實，但這僅僅是指寫，然而，這個「極」字還是太誇張了。而且，它根本就不可能被認為是模仿「阿修羅」的。客觀上，卡欣在小說上的成就早已超過了許多自以為傑出小說家的人了，正確地說，這是指他在純小說方面的成就。

那麼，什麼地方可以讓我們認為卡欣將這部小說寫「糟」了呢？

我認為，這只是在這部小說中某些認識方面，例如，這部小說的最後，這個「你」是離開城堡的，而這種出走根本與小說的本身邏輯相背離，並且，在這部小說中也找不到任何可以提供「你」出走的支援意識與情感。因此，在這裡，我們只要稍加改動一些句子，使之與這部小說文本的內在邏輯相一致，便可獲得一個完美的整體。

另一方面，則是在於這部小說的全篇沒有區分段落，而這種全篇連成一體，卻又沒有明顯的有意味的文本形式的支持，事實上很容易引起讀者的反感。在這部小說中，主人公又選用了「你」，這也容易招惹起讀者內心不快。然而，這一切都很容易糾正、加以完美的。

使我真正感興趣的卻是：為什麼在這部小說中，作者會犯如此容易避免的錯誤？我認為討論這個問題是相當有意思的，同時，這對於我們認識卡欣的悲劇，也是一件極重要的材料。

一、小說原題目名為《空寂的歸宿》，那麼，這個「空寂」究竟要落實到哪兒呢？因為，在出走前夕，「你」事實上已經與女醫生和解，因此，還有什麼理由要出走呢？會感到歸宿的空寂麼？我認為小說中的這種矛盾，其起源正是在於卡欣在寫這篇小說時，內心情感的矛盾。這是一篇具有強烈感情認同的小說，其真正的主題就在於與父親的和解，從當時卡欣強烈地需要這種和解來看，我們可以認為，在卡欣的心裡，他已經在為他的「亞文化生涯」唱起自己的輓歌來了。

從亞文化誕生那天起，它似乎便立即成為了我們這一代人集體反叛家庭、反抗父權的象徵。然而，當亞文化自身也已陷入災難的危機時刻、分崩離析的境地，這就使得卡欣的生活變得四面楚歌。於是，對家庭、血緣的依戀也就成為了卡欣心中最現實感情。然而，又恰恰在這時候，卡欣的理性開始動搖了。儘管，他在感情上已決定離開上海亞文化，但同時，他的直覺又告訴了他，作為我們精神歸宿的亞文化，捨此之路，其他之路只是空寂，最後，他還是必然會再一次離家出走。

我想，正是這種游離於小說文本外的認識，同時，也是卡欣心中的深層意識，使得他必須以這種文本上的矛盾，來達到他心理的平衡。

二、這部小說全篇不分段落，連成一體，而使文本中的諸多主題、情感體驗呈現出一種表面上具有互相難以辯認、難以分離的感覺，我認為這種形式上的欺騙性，其實，正是卡欣在寫這部小說時內心所需要的東西。如果沒有了這種形式，或許，這部小說在那時候也就產生不出來了。

毫無疑問，在這肉體上飢餓的一星期裡，卡欣決定寫的就是一部具有總體性價值的小說，也即是說，他要將他這些年來的艱辛與嚮往全寫進一部小說裡，而這才是他當時心靈所需要的一部小說。在上海的日子裡，放逐在亞文化世界中的日子，對卡欣說來，看來都要成為一段歷史了，而他在具體的實踐中，所獲得的價值，卻似乎依然一無所有。許多小說原稿已經被毀掉了，僅僅留下了幾篇，但是，還從來沒有獲得過來自亞文化朋友們的首肯。周圍的人好像都在同情他、憐憫他。然而，他內心裡卻是清楚的，即使卑微者也有他的財富！儘管這種財富或許只屬於他一個人。

看來，現在是已經到了最後清點自己財富的時候了，但什麼才是他的財富呢？這是卡欣不懂的東西，但要寫一部帶有總結性的小說，對此，卡欣卻是一清二楚的，而一個不懂得自己價值的人是不會去寫一部自傳的，並且，撰寫自傳也是一個小說家自己所不懂的東西。卡欣只清楚自己的人生體驗，只清楚自己從經驗中學會的人生經驗，哲學還是他所不懂的東西。

你很想立刻起身回到自己的房間，別與父親在這種僵死的的氣氛中擁護著無法溝通的隔閡的痛苦，一同滾進無力自拔的悲涼的深淵。但是你很清楚當自己走出這間房廳時，鬆弛懶散的背影將給老人留下一種什麼樣的感覺。

你們一同走了很長一段路，對於他的一切你不想再去費神，因為你很清楚，即使對他的過去有所瞭解，也不會有什麼結局，相反倒是多添了一樁麻煩的事。

在這座擁擠的城市裡，每個人似乎都很懂得怎樣把自己的思想和表情完全分割開來，在人群中竭力表現出頭腦單純沒有任何慾望，寧可把自己的思想、慾望及喜怒哀樂統統歸縮到孤獨幻想的硬殼裡去付諸實現。

——《花園的心臟》

漸漸地，意圖上的迷霧開始驅除了，然而，此時此刻，寧靜卻仍然沒有降臨。形式是讀者眼睛裡的價值，但究竟什麼才是他們所需要的價值呢？作為作者的卡欣，這些年來他始終都只是一個作者，而且，也僅僅只是一個作者，這就妨礙了卡欣邁出更大的一步，從而使他最終也沒能逾越過存在與價值的結合——這一堵解脫悲劇之關鍵的牆，從而極易成為一個偶然性世界裡的奴隸。

十二

據說有一次卡欣在南京喝醉了酒，便對南京的朋友吐出了真情，他說他還是喜歡巴爾札克，喜歡雨果，還有許多古典作家，這是他進入亞文化圈之後唯一一次公開談論出來的名字。

卡欣真的喜歡馬奎斯、喬伊斯嗎？真的喜歡毛澤東嗎？當一個人無法公開說出他心目中的價值的時候，這總是一種痛苦，無論這種放棄談論的權力是由於愛，或由於敬仰某個可敬的人而自願遭到的禁止，事實上，壓抑總還是存在著的。儘管這種壓抑的後果可能會以承認自己的無知，從而更加敬仰那個可敬的人而宣告結束。但是，壓抑總是一種壓抑。或許，這種壓抑表面上能以鞭策人加倍地讀書、更加勤奮地工作而產生價值，但在這同時，為了這種價值的存在，事實上，也就把這個人真正的價值——人的本能感覺、真實的慾望、人的個性、人的獨立判斷力一起葬送了。

在這個世界上，有一種自卑，是因為喪失自我靈魂從而仰慕他人的存在而引起的，這種自卑是一種致命的疾病，這樣的人事實上也是無法自救的，這樣的人是大眾，他們始終需要著他們的導師。還有一種自卑的人，他們卻有相當的個性，也有創造力，引起他們產生自卑的原因，只是在於他們正生活在一個文化匱乏、喪失靈魂的時代，像這樣的一些人，事實上，他們也是能夠自救的，也應該去實施自我拯救的！只要他們能夠擺脫時代加在他們身上的非理性，只要他們能夠依靠心靈所產生的直接力量、理性的力量便能擺脫自卑所產生的悲劇，而真正的悲劇也正是屬於他們，由上述第一種所產生的自卑，不過是大眾的喜劇。

如果我們現在回憶一下俄國作家契訶夫，也許對卡欣的悲劇會有一種形象上的了解。當契訶夫事實上已成為一個舉世公認的偉大小說家時，他依然無法相信這是事實。起先托爾斯泰還以為這是契訶夫的謙虛，後來等發現契訶夫真的不知道自己的真正價值時，托爾斯泰被惹火了，開始大罵契訶夫這是在自我毀滅。

為什麼契訶夫會如此地不知道自己的價值呢？而一個不知道自己價值的人，這樣的人也是無法真正將他的價值提高到人性的最高度的。只要想一想契訶夫將他的偉大作品只說成是「為了反庸俗」而作，他最恨的就是「庸俗」這種蒼白的思想，從中我們便可知其受自卑之害之深了。而契訶夫的悲劇只能到他青年時期裡去尋找根源，因為他曾是「契苛昂泰」，一個只寫寫滑稽作品的人。

利用這個故事，我並不是在用一個隱喻評介卡欣的價值，我只是用它來說明當一個人的價值與他的存在相脫離時，便會產生怎樣一個悲劇性的命運。

如果說卡欣的悲劇性，在於他的存在與價值的脫離，在於他不知道自己的真正價值，然而，事實上，他的價值還是存在的，只不過這種存在由於無法獲得及時的肯定，從而成為了一種極其脆弱、空虛的東西，僅僅只成為了一個卑微者的財富，且極易在社會、時代的狂滔巨浪中毀滅。那麼，還有一種人的悲劇呢？這種人的悲劇也是在於他們的存在與價值的分離，即是說，那些始終都認為自己是極其偉大的人，總是許諾要為他人、要為時代、全人類負責，然而，事實上，他們又承擔不起！這樣的人的悲劇性又屬於哪一種呢？

一九八八年九月十二日～十五日 上海

浪漫主義是什麼

如果說，卡欣為我們唱出的是一首「薩波卡秋」的輓歌，那麼，作為我們亞文化多年的老朋友陳耳就是用一支古老的風笛——浪漫主義吹奏出它的一首讚歌了。

一

這綠島像一隻船在月夜裡搖呀搖
姑娘呀你也在我的心坎上飄呀飄

〈綠島小夜曲〉是流傳於七十年代末期的情歌，那時候，關於這首歌產生、流傳的背景，大陸一無所知，情形很像「今天」詩派的詩在當時主流文化中的處境。然而這些歌、這些詩在那時候的我們看來，已是相當完美了，因而，一旦獲得流傳，也就立刻成為了一種「歌謠」，成為看起來像是沒有作者，也無需去打聽作者是否存在的「民謠」。在當時，誰只要吟唱它們，誰就是我們的詩人、我們的歌手。

我就是在這樣的年代裡，從陳耳那裡第一次聽到了〈綠島小夜曲〉。

那時候，陳耳披著一頭長髮穿著一件花襯衫，在八十年代初期的校園裡，只有「當代英雄」或「小流氓」才這樣打扮自己。陳耳的嗓子沙啞，他從小吹笛子，中氣十足，音質渾厚。他的演唱很有特色，在認為需要強調的地方，喜歡隨心所欲地拖得很長，而由這種唱法產生出的間斷感，加之一種伴隨而來的持久的顫音，使得那些受到特別強調的中心詞，聽上去非常深沉令人憂傷。在抒發愛情的地方，他還會把歌詞故意唱得惡狠狠的，他認為只有這樣，才能充分表現出「憤怒的青年」的感情世界。

我認為這種演唱風格是陳耳的一種獨創，很多年後，我沒有聽到其他歌手這樣演唱過。其實，它正是我們七十年代的大陸搖滾——坐在弄堂口唱出來的天堂夢。

因此，當第一次聽到這樣一首來自華語世界的真正情歌，而它又出自於陳耳之口，我立刻被它深深地打動了。對陳耳這樣「憤怒的青年」式抒情歌手，更是佩服得五體投地。

「除了唱歌之外，你還喜歡什麼？」面對著陳耳這一張讓人幻想的英雄的臉，我這樣問道。

「知道《紅與黑》中的於連、傑克・倫敦的馬丁・伊登[1]嗎？他們都是我心目中的英雄。」陳耳真誠地笑著說。

我確實不知道，原來在這個世界上還可以有這些英雄的存在。當時，我崇拜的人只是郭沫若、雅克・盧梭、伯特蘭・羅素。像我年輕時代的幾個朋友，他們在不同時期為我打開了通向新世界的窗口一樣，那一天，陳耳也把一個新大陸向我敞開了。

注釋——

1 為美國現實主義作家傑克・倫敦的作品《馬丁・伊登》的主角。

我寂寞，我悲傷
沒有一個知心的人，
可以在我心靈痛苦的時候，一訴衷腸
希望，老是徒勞地希望，又有什麼用
而時光在消失，全是最美好的時光
愛，去愛誰呢？
短暫的愛情不值得
永久相愛又不可能
窺察自己的內心嗎？
往事沒有留下任何痕跡
歡樂，痛苦，全都那麼平淡
熱情又怎麼樣
熱情的甜蜜衝動
早晚會在理智的語言下
消失得乾乾淨淨
只要冷靜地觀察一下這個世界
人生的把戲是多麼的空虛和愚蠢

——萊蒙托夫《我寂寞，我悲傷》

這是陳耳最喜歡朗誦的一首詩，那一年，陳耳二十一歲。

我們每一個人的內心呼喚，最初總是借他人之口喊出的，從台灣校園歌曲、浪漫主義文學中，陳耳找到了抒發、發展內心世界的藝術工具。從陳耳那裡，我則找到了一條從生活中去窺視浪漫主義的通途。

正是從認識陳耳的那天開始起，他成了我心目中的一個浪漫主義者。

二

我們很快成了無話不談的好朋友，其實，在我們認識的第一天裡，他對我已經談得不少。我知道陳耳正在追求一個姑娘。原來，在大學新生開學的典禮上，他看到一個跳舞的姑娘，她有一雙非常輕盈、漂亮、活潑的腿，這個狂熱地崇拜浪漫主義的年輕人，嚮往著她，希望她也愛他。

「我叫陳耳，是那天和你在同一個舞台上，吹笛子的人，我吹的曲子是《姑蘇春》……」

他毫不猶豫，立即給這個陌生姑娘寫信，以後，整整寄去了二十九封信。

種在校園中
期待花開早
一日看三回
看得花時過

蘭花卻依然
苞也無一個

——台灣校園歌曲〈蘭花草〉

陳耳把這首歌一唱就是一年。盛夏的日子來到了，他和這個彷彿來自天國的女孩子，終於，腳踏實地走到了路面上。

這是一條亂糟糟的街道，納涼的男人們半裸著身體，女人們衣冠不整。不遠的地方，就是陳耳的家。

「他們怎麼這種樣子!?」

這個住在另一種街景上的女孩，臉上露出驚訝、慌張的表情。

「這人生的把戲是多麼的空虛和愚蠢。」

這就是他倆的結局。

關於人生的愚蠢與空虛，這是浪漫主義者陳耳，當時談論得最多的東西。也許，浪漫的東西之所以出現，就在於浪漫主義把一個完整的世界，人為地分成了極端的正與反來體驗的緣故。一種極端的體驗是浪漫的，但不可能走得太遠，出於心理平衡的需要，必然會走向另一個極端。這另一種極端體驗同樣也是浪漫的，但由於它是對前一種體驗的否定，結果，就使這兩種體驗都變成了悲劇性的體驗。

據我所知，就在陳耳苦苦地追求這個姑娘的同一年裡，他還向四、五個姑娘寄出了求愛信。從這裡，我們便能看到浪漫主義這條道路的脆弱性。

在他同一天寄走四、五封求愛信的日子裡，曾經有一個據說是校花的女孩，和他在外灘遊蕩了一個晚上，陳耳回來後，只簡單地說道：「有點俗氣，不高貴。我們自己可以是癟三，但女人是一定要高貴的。」

幾個月後，經歷了挫折的陳耳，設想自己很快就會變成「馬丁·伊登」了，彷彿要向我們證明人是有能力把美好的夢想變成現實似的，一天，陳耳把他新結識的「羅絲」（馬丁·伊登的情人）介紹給了我們：

「這是羅絲，像不像？」

陳耳把臉轉向了我。初秋的樹葉還沒有泛黃，正是天高雲淡的日子，望著陳耳一臉自信的笑容，我什麼都明白了，他受傷的心靈已經得到補償。陳耳還順便告訴我，那個跳舞的姑娘，儘管其父身居高位，家住洋樓，但骨子裡還是一個土八路，而「羅絲」呢？

「羅絲」是他同一個樂隊裡拉大提琴的女孩，父母都知書識禮，「羅絲」本人也是一個有教養的女孩，她正決心要將他這個野小子培養成為一個中國的馬丁·伊登呢。

三

陳耳，江蘇常熟人，一九六〇年十二月出生於一個普通工人家庭，父親是一個本分的技術工人，母親在一家小工廠裡任黨支部書記，勤快、能幹是他母親的主要品質。因為，將三個孩子都培養成了被社會公認為有教養的人，陳耳的家庭曾被評為上海市「五好家庭」。

事實上，這就是社會主義國家中，一個被輿論宣傳為「主人翁」的典型家庭。那個年代自然與我們現在相去甚遠了，可陳耳的少年卻與我們中的大多數人一樣，屬於那個年代。因而，當第一次聽陳耳說起他的挫折時，我感到不勝驚訝，幾乎難以想像，為什麼像他這樣家庭背景出生的人，在一個「當家作主人」的社會裡，同樣也會遭受到心靈的創傷。

一九八一年的夏天，富春江畔的一個晚上，陳耳和我們在一家有著「咸亨酒店」風味的小酒店裡，一邊啃著蘿蔔乾，喝著黃酒，一邊聽他嘴裡不停地大聲嘲笑著「英明領袖」。接下去，他就講述開了。

他說，他很小就懂得何為現實法則，那與報紙上、文章中寫的東西，根本就是兩碼事。如果一個人不能及時認識到這一點，那麼當他被現實刺痛時，或許還會為自己感到委屈、感到不公正，呼籲起什麼社會正義來呢，這才是真正瞎了眼。什麼工人階級當家作主、唯成分論，這都是偶然發生的，是為了輿論宣傳、為了對壞成分的人實行統治才發生的。其實，這裡的道理說起來也挺簡單，雖然我們已經是社會主義了，但執政的卻是一些還未被「社會主義思想」改造過來的人，或許是名不符實的「社會主義人」。

但是太偶然了。如果一個人的思想、行為法則僅寄託在這種偶然性上，那就太危險了，必然要常常被現實刺痛。

他說，他小時候在少年宮裡吹笛子，他相信自己的音樂天賦、才華肯定超過了他的同學，但這些人最後大多去了音樂附中、音樂學院，他卻不能，為什麼？

因為，像他這種家庭出身，沒有音樂遺傳細胞的。你怎麼辦？怎樣才能改變這種偏見、這種無形的歧視？除非你真的一鳴驚人、出類拔萃，遠遠地勝過他們，只有這樣，他們才肯低頭，這就叫「競爭法則」、「強者生存」。只有達爾文的生物進化論才是真正的社會法則，不是偶然的而是必然的東西。你只有信奉它，才不會受騙上當，才不會灑出無謂的淚，才不會使自己變得滑稽可笑。

在我們高談闊論時，酒桌旁，有一個年輕的旅遊者，長得十分猥瑣，也探頭探腦地想擠進來聽聽他的高論，惹得陳耳哈哈大笑，他朝我們眨眨眼睛，借著酒意大聲地說道：

「你看，我掐死他就像掐死一隻蚊子一樣容易。」

因此，為了立足這種弱肉強食的社會，最終也能像掐死一隻蚊子一樣容易地掐斷一把把插在人生道路上的刀子，他要自強不息，學做於連、皮巧林、馬丁·伊登——他們最後都是依靠個人奮鬥而把社會踩在腳底下實現自我價值的。

他決心也要成為像他們一樣的人。

然而，現實生活中自己究竟要成為一個什麼樣的人？什麼才是他的終生職業？他俄語很好，曾被老師竭力推薦，但那時候，外國語還不能成為人生的一種武器。「做一個對社會有用的人」，這是陳耳當時信奉的格言。那就去做一個工程師吧！社會上正在興起科學救國。

明天就要考大學了，他還在閣樓上用功。他家附近的學校教育質量都很差，幾乎沒有升學率。也許，經歷了太多的幻滅，母親在對待兒子前途的問題上，已變得自暴自棄。這時，已經是深夜十二點，從閣樓裡洩出的燈光把母親搞得心煩意亂。他家非常小，父母親住一間七、八平方米的房間，他和兩個哥哥就只能住一間抬不起頭來的閣樓上。突然，母親發起火來。

「你再用功也是考不取大學的！」

他母親從不發脾氣，可這一次，卻把他的書包扔出了窗外。

「第二天，天剛亮，我就跑到街道旁的路燈下，自己把書包縫好，然後，拖著碰傷的腿，一瘸一瘸地去參加高考。」

他考上了，是他就讀的中學裡，僅考上大學的四個人中的一個，其中，另有一位是他初戀的女友。

他和她究竟是怎麼分手的，我不知道。他和他的「羅絲」最後又為什麼分手，我也不清楚。好像其中一個原因是「羅絲」正準備去美國留學。一九八一年，出國留學聽上去還像天方夜譚，一件讓人聽了感到不祥的事情，似乎是在懲罰一個人，讓他失去故鄉，永久漂泊。我以後僅知道的一件事是，這個已經離他而去的戀人，有一天突然跑來，把一本寫有「憶」字的《浮士德》送給了他。似乎希望這個「馬丁．伊登」永遠都不要忘記她，不要忘記他們在一起渡過的歲月。而「浮士德」這個形像，又好像成了對這個她心目中的精神騎士的一種永遠的激勵與關懷。

四

〈小雨的回憶〉是陳耳與「羅絲」分別前夕，陳耳最愛唱的一首歌，我想大概是因為「羅絲」的名字就叫「小雨」。它看似情歌，其實是刻在作者林詩達心上，對於自己報童生涯的一段痛苦記憶，就像〈綠島小夜曲〉，是火燒島上兩名失去自由的年輕人，心中詠唱出的對於美好生活的真摯嚮往，它們同是以愛情的方式表現心靈的詩篇。

在和陳耳的交往過程中，我發現陳耳總是使自己不斷墮入情網，然後迷惘、痛苦，直至幻滅。愛情，似乎已成為他的生活主旋律。然而，在肉慾問題上，他又是那麼嚴謹、傳統。

或許，用他的話來說，他「只是一顆多情的種子」，那成熟的碩果，本來就與他無緣。

一九八六年夏天，我們去浙東旅遊，那一次旅遊陳耳沒有去。在永康的方岩，我們決定代他卜一卦。卜卦前，我們打賭，認為他的籤肯定是講愛情，取過來一看，果然如此。

誰知前身有奇緣
今生今世反累苦
春風幾度群鶯飛
清風明月一閒人

也許，愛情本來就非他的本意，只不過借著愛情，表達出他作為一個浪漫主義者在這個世界上的生活與哲學罷了。就像〈小雨中的回憶〉，唱出了浸透於內心中的辛酸，〈綠島小夜曲〉唱出了外面世界的美好一樣。

五

沙特的存在主義許諾了人的自由，佛洛伊德的精神分析又判定人是不自由的，歸根結柢，他們都是在探討「人是不是有自由意志」這個古老的哲學難題。

當叔本華說，「人只能想他所要的東西，而不能要他所想的東西。」這時候，叔本華其實已經回答了這個問題：如果人的「要」從外界索取，那麼人的意志注定要落空。但如果人的「要」向自己的內心索取，那麼人就能成為自由的人。也因此，這個人成為了一個藝術家。

現在，回過頭來看陳耳，他的激情寓於女人，因此，女人既能抬高他的價值，也能貶低他的價值。當他將自己的存在繫於一個高貴的女人時，他便意氣風發，年輕又俊美。在他的身邊出現了並不高貴的女人時，他便感到了重壓、卑微，生活變得混亂不堪。或許有一種道德的力量能夠拯救心靈，使人滿足。但真正打動陳耳心靈的其實是美，使他感到滿足的其實也是美，然而，他又沒有力量使自己成為一個像叔本華筆下的藝術家，與美保持著一種距離，靜觀美之存在，從而實現自己的自由。

當他期待著，浪漫的付出能夠在一個現實的女人身上獲得回報的時候，其實，已經等於宣判空虛、厭倦將始終伴隨著他的精神世界了。

他歸根結柢就是一個浪漫主義者。

浪漫主義是什麼？不過是一種顛倒的價值觀，一種誤置的感情存在方式。作為一場文學運動，浪漫主義首先發端於對遙遠的、陌生的東西的強烈興趣，對異鄉情調的狂熱陶醉，這本身就注定了浪漫主義的先天不足。它本末倒置地把原本屬於人的內在價值投射到外在對象上，從而賦予、誇大了對象本不具備的價值。例如，女人，作為一種強烈的感官愉悅對象，在理智還沒有看清楚她們究竟是什麼之前，在浪漫主義者的眼裡，便已是勿庸置疑的「美麗天使」了。

浪漫主義者總是無端地高估女人的價值。

現在，讓我們將存在主義和浪漫主義比較一下，在這裡，我們僅把這個問題縮小到女人這個範圍。

可以說，存在主義的先驅，幾乎個個都以蔑視女人引人注目。例如巴斯卡，這個被公認為存在主義的最早先驅，他生活中的女人對我們說來，至今還是一個迷。在僅有的線索上，只能見到這樣的寥寥數語：「女人是可怕的，像地獄！」

而在叔本華看來，「那矮小、窄肩、肥臀、短腿的女人」根本不是什麼「美麗天使」，只是繁衍種族的工具。尼采則公開宣稱，對付女人只有用鞭子。儘管齊克果認為女人是上帝，他使男人對於女人的態度又恢復到巴斯卡式的宗教激情深度，但是，他的這種轉換、他的對於「第三道路」的遐想，使女人又成為了一種空洞之物，彷彿為以後的存在主義立下了一條美學教條——執迷於女人，也就沒有了存在主義。

也許，我們在這裡可以簡單地歸納出一個公式：存在主義就是沒有女人的美學，浪漫主義就是有女人的美學。

一部沒有女人存在的浪漫主義小說是不可思議的；同樣，一部浸透著對女人愛的存在主義小說也是不可思議的。沙特公開拒絕愛情的存在，從不染指於什麼愛情小說。在卡繆的存在主義小說《異鄉人》中，女人這個實體的存在對「異鄉人」說來，僅僅是莫爾索對瑪麗肚皮的感覺。

其實，浪漫主義者與存在主義者的區別，並不在於他們所體驗到的內容。存在主義與浪漫主義一樣，都是將生命的激情、生活的張力，看成為人生的精華所在。生活中的存在主義者就像浪漫主義者一樣，他們也感到了詩意的、浪漫的存在，不同的是他們體驗、尋找的方式。世界對浪漫主義者說來，是詩意與浪漫的，存在主義者則發現它本身的乏味與虛無，詩意與浪漫只是我們自己。

這個空虛的世界，因為誕生了詩人，人才得以「詩意地棲住在大地上」。夏洛蒂[2]本身平談無奇，是維特使她美侖美奐。因為歷史上的存在主義是男性作家們為自己寫下的生活詩章，所以這樣的一個美學世界不需要女人。而與此同時，並不妨礙西蒙・波娃為女人們譜寫出「第二性」的樂章。

從這一點上說，浪漫主義正是異化了的存在主義。

六

如浪漫主義是一種運動的產物一樣，存在主義也是作為一場哲學運動而形成其主要思想軌跡的。在這裡，需要指出的是，生活中的存在主義者並不必然等同於存在主義體系中的存在主義者，實際上，早在存在主義運動出現之前，生活中的存在主義者就已經存在了。只不過那時候，這些人並不叫作存在主義者。「苦悶的地下人」，「洞穴居住者」或「不合時宜者」才是他們的文學名字，這些人之所以有了存在主義者這個哲學名稱，是因為出現了一個存在主義大思想家海德格，把以前認前被認為僅是文學的東西，例如煩悶、畏懼、無聊……等等，改造成為了一種值得對此進行哲學探討的對象，這才形成了存在主義思想體系。

社會上，大眾思維中，只有有價值的東西才會有名稱，而任何一個人、一種文化，也只有參與了主流文化，才能佔有自己的社會價值，從而使自己有了名稱。

那麼，我們這些在主流文化中「迷惘的人」、「多餘的人」又該叫什麼呢？有一個現成的名字：亞文化生活者。在今天我們這個意識形態危機的時代裡，新儒家們試圖從二千年前的文化中，找到他們所執拗的價值觀的起源，而我們則從超文化中尋找一切創造出了自由生活的根源。這種超文化或許是在巴黎，是在紐約、東京，或許是在某個早已死去了的中國人的亡魂裡。這些還都是我們現在不知道的，但是，我們卻清楚地知道，價值並不是存在的根據，名稱並非就是一個人的等同物，只要通過亞文化，表明我們正在活著，正在歡樂與追求，我們有自己的事情要去做，那麼「亞文化」這個名詞對我們說來就充滿著價值。更重要的是，只要通過這個名稱能夠宣告中國「大一統」的文化枷鎖已經在我們這一代人身上永遠地結束了，那麼，就算這個「卑微」的名稱注定我們將在歷史進程失敗，使得我們在主流文化中永遠匿名，我們這一生也活得非常值得！

自由，對我們的「亞文化」說來，畢竟不再僅僅是心中幻想，而是一群人最真實的生活。

七

是的，我們失敗，我們匿名。事實上，我們一直都在失敗著，一直都是匿名的。起先，當虛無主義泛濫時，我們無力反戈一擊，如同影子對於黑暗。後來，在功利主義成為普遍社會效應的時候，我們自己也差不多土崩瓦解，成了主流文化的俘虜。

像浪漫主義運動一樣，亞文化產生於我們這一代人，也是在舊秩序的統治開始鬆動、出現裂痕的歷史條件下，從而迅速獲得發展。在這種條件下，一種擺脫現存社會關係束縛的

注釋——

2　歌德《少年維特的煩惱》的女主角。

「自由人」便成為了可能。他們能夠做到無所事事，沉思默想，而不被社會唾棄。拒絕履行統治者意志，而不遭到社會的嚴厲制裁。然而，也應該清醒地認識到，自由知識分子、自由創造者，在中國大地上出現，畢竟還是困難重重的。儘管，像前蘇聯所做的那樣，將「多餘的人」送進集中營、送進精神病院，或許會從人類的社會生活中絕跡，然而，政治權利上的迫害，定罪的危險，還是不可測的。有形的制裁或許會結束，無形的迫害卻將是長期存在的。因為，在一個從來就沒有真正體驗過、知道過自由之價值的社會裡，這種「自由人」極容易被社會視為白痴或寄生蟲。

像陳耳一樣，亞文化中的許多人都曾經是浪漫主義者，然而，亞文化生活的實踐，很快使他們擺脫了用浪漫主義的價值觀去思考人生、實踐人生這種思想疾病。而陳耳脫離亞文化的生活方式，作為一個僅是亞文化的朋友的人，這就使他難以將已經定型的浪漫主義思想、感情，通過一種新生活方式的確立，為自己迎來新生。

這幾年來，中國的主流文化正日益朝著第三世界的商品文化格局演變發展。女人，這個天生敏於合流、趨勢的族類，一種泛交互式的世界觀也越來越成為了她們的主流。陳耳和我們一起在「校園-朦朧」時期所遇到的青春女性，在這個時代中已越來越罕見，我們對於女性的價值觀也越來越背時，有時候，它簡直成了災難的同義詞。

或者，選擇放棄！通過亞文化的實踐獲得改造。或者追隨一條從浪漫主義到存在主義的線索去繼續思考人生。陳耳選擇了後者，於是，他寫出了《絲絨衫上的紅蘋果》。

八

不同於卡欣那篇主要由無意識寫成的小說《花園的心臟》，《絲絨衫上的紅蘋果》是一篇有主題、有構思的小說：一個快要過二十二歲生日，畢業不久的大學生，在廠裡值夜班時，發現他的同事，一個談了許多次戀愛才結婚的女人，穿上了一件繡有一個紅蘋果的絲絨衫。這個女人以前常挑逗他，希望能和他共有一個只有兩個人才知道的祕密。屋外下著大雨，屋內只有他倆。這個年輕人經歷了思想的矛盾與情慾衝動，正當決心要和這個少婦發生姦情時，卻意外地發現女人有他所不知道的祕密。不過此時，這個發現對他已經無所謂了。重要的是他已經覺醒，要做自己所要做的事情，而置外在的指令於不顧，無論它來自於道德或是理性。

這部小說的思想可簡單地歸結為：人必須接受選擇的挑戰，否則就不會有出路，就不會成長，而選擇的結果便產生了人的本質。思想則不能成為人的本質，它是一種非常有限的東西，到處被非理性的海洋包圍。但這並非就意味著可怕，只要我們敢於面對它、接受它的挑戰，那麼我們就能充分體驗到由這種非理性所產生出來的人性驚人的美。

由此可見，這是一部論述人「成長」的小說。在這部小說裡，一些我們已經在存在主義、心理分析作品中遇到過的觀念，已被奇異地糅合在了一起。

在《絲絨衫上的紅蘋果》中，有一個關鍵的眼點，這就是那個女人的祕密是什麼？在「大學生」對形勢作了充分的估計、作出選擇之後，又是什麼使這個女人最終迴避了他？小說中沒有回答，而從這部小說的結構看，也不需要做出回答。

但從我們的角度，《絲絨衫上的紅蘋果》似乎應該有一個續篇，因為，從這個眼點裡又自發地醞釀出一篇新小說的素材，而這種素材無論對我們來說，還是對陳耳說來，都是能夠激發起強烈創造慾望的。

我最初讀到《絲絨衫上的紅蘋果》時，還只能憑直覺注意到正有一種激情在陳耳的心中激盪，我不知道是什麼促使我看到了這種新的可能性，我只是規勸陳耳再也不要改動《絲絨衫上的紅蘋果》了，我說：「你再寫吧，就像契訶夫所說的那樣，寫吧，直到把手寫斷為止。」

無論是從陳耳當時寫作的可能性，還是從他本身的主觀願望上說，我認為陳耳都有可能從《絲絨衫上的紅蘋果》出發，然後，成打成打地寫出一部部新小說來。

陳耳是一個極有浪漫主義經驗的人，他的實用理性、對於人情世故的知識，這些都能幫助他駕輕就熟地處理感情素材。而且，當時的文化氣氛，無論來自於亞文化，還是來自於外國文藝翻譯的累積性刺激，都是極有創造氣氛的。這時候，陳耳的價值觀也正處於一種激烈的變動時期，一個真正使他獲得純粹意義上的愛情的女孩，已經回天無術了，但對一個浪漫主義者說來，這不啻就是一貼有力的創造催化劑。我知道，這時候，陳耳又在和另一個長著一雙大眼睛的女孩熱戀，這只會影響到他對這個女孩在理智上的排斥，而不會導致他在感情上的不認同。這只會使他更加投入到一種有建設力量的浪漫主義激情中去，而不會把過去的連同現在的情愛一起丟失。陳耳並不是一個傷感的浪漫主義者，失戀了，又戀愛了，對他說來，正是最佳的創造時期。

最終究竟是什麼使得陳耳沒有寫出《絲絨衫上的紅蘋果》續篇呢，或者其他更加成熟的作品來？是「大眼睛」在干擾他？肯定不是。據我所知，當時這個女孩正在鼓勵他，希望他從事寫作。是亞文化的顛狂狀態延緩了他的創作成熟期？這更不是原因，因為，亞文化只會促使一個人多產。儘管這多產或許只是些廢品，但廢品畢竟還是寫出來了。亞文化也的確會造成一些人的低產，但只是通過「口獸主義」、「行為藝術」的活動將語言文字作品變成了生活中的作品。

儘管，時代的原因有可能使一些天生的作家實行自我怠工，從而造成這個時期的文學的低產。但是，作家頭腦裡的工作卻不會因為時代的原因而停止，相反這只可能促使他們更加瘋狂地投入「為自己而寫」的寫作生涯中去。例如，與世隔絕，沉思默想，進行日記寫作，大量寫信，或者，在市場上、在會客室裡狂熱地尋找對話人。

他們最後變成了天才，或者變成了瘋子。

但這些跡象在陳耳的身上並沒有顯露出來。他想做一個作家，這與時代無關，這是他大學時期立下的一個心願。做一個作家就是去實現自己的心願。因為，他是一個「馬丁·伊登」，一個自強不息的人。

到底是什麼原因造成了他日後一部完全不同的歷史呢？在這以後的三年裡，他的創造生涯幾乎一片空白。而一個寫作的人，一旦掌握了寫小說所需要的經驗和技巧之後，以後的寫作自然就會源源不斷。

其中的根本原因，我認為就在於在我們這個時代裡，作為一個依然是浪漫主義者的陳耳，他已經再也找不到生存土壤了。

他的這種困境，其實在《絲絨衫上的紅蘋果》中已經表現出來。從這部小說的整個情節發展來看，「大學生」只是在最後一瞬間才突然醒悟出一種存在主義式思想來。讓我們設想一下，如果這部小說的結局是浪漫的，即那一次「姦情」的成功，這部小說又會成為什麼樣子呢？毫無疑問，這部小說的魅力頓時銳減。而現在這部小說最有意思的地方，就在於結局的不明確。隨著主人公行動落空，讀者的思路也隨之落空了。可是，主人公在失敗面前，為什麼會突然變得如此興高采烈呢？讓我們猜一猜這個謎底。

這樣的結尾是非常沙林傑[3]化的，它以一種可謂是智力上的反常，從而達到小說才特有的智慧。事實上，正是依靠這種小說的智慧，使得一部小說所達到的思想深度，有可能遠勝於小說作者本人。這既是契訶夫的祕密，杜斯妥也夫斯基的祕密，同樣，也是榮格的名言「是浮士德創造了歌德，而不是歌德創造了浮士德」的文學出處。

「那個女人的祕密究竟是什麼？」事實上，我們很快就看清楚了，雖然，一種存在主義式的觀念已經開啟在陳耳的頭腦裡，但他的心靈生活並沒有隨著這種思想，如齊克果所說那樣飛翔起來。從陳耳以後走過的道路看，我們所能得到的答案只可能是：這個女人的祕密就在於她也是一個浪漫主義者。存在主義只是存在於陳耳小說中的一種智慧，而不是他人性中已達到的境界。

正是在這裡，我們看到了實用理性的狡猾之處。假如在這部小說中，陳耳聽從的是他內心的呼聲，而不是他頭腦裡的刻意安排，直接點出了這個祕密，那麼，「大學生」的「頓悟」還會有什麼價值？而一旦沒有了這種「頓悟」，這部小說的結構就崩潰了，這樣也就不會有這部《絲絨衫上的紅蘋果》問世了。

一個浪漫主義者追求另一個浪漫主義者失敗了，那他是不可能領悟到結果本身是沒有意義的，重要的是選擇這種思想的。因為，這個世界本身已經不再值得信賴，不再值得繼續懷抱希望，因為，這個世界上已經沒有了「浪漫主義」的女人可以去追求、可以去等待了，所以，人只能成為孤獨的人，成為只能信賴自己、向自己許諾、自己等待自己的人了，也即成為一個存在主義者，從而重建一個生存方式的價值世界。

正是在這種意義上，我們看到在骨子裡，這部小說還是一首浪慢主義的歌，存在主義只是這部小說的外包裝，不過是作者從「理智的狡猾」中演繹出來的一種「理性機制」。而這種狡猾的理性機制，也正是中國文人幾千年來的「狡猾」所繁衍出來的一種思想的疾病。今天，它幾乎已使我們中國人的學問與人生之道沉淪為一種「拍腦袋」式的智慧。

當這種思想疾病在我們這個時代多到泛濫成災的時候，陳耳，我們的老朋友，他沉默了。

那一首我們年輕時代都曾經聽到過的最明媚悅耳的歌——浪漫主義，在我們的生活中，也已經銷聲匿跡。

九

生活的意義在於自我造就，你想成為怎樣的人，你就能使自己成為怎樣的人，這肯定沒有錯。一個沒有名字的人，最後必將有名，這是強者的邏輯。然而，一種錯誤的價值判斷卻會造成一種可怕的無意識，它在黑暗之中要來吞噬、葬送一個人的前程。浪漫主義者無法理

注釋——

3 沙林傑為美國作家，以《麥田捕手》聞名。

解這一點，也無法控制住這種洪水猛獸。浪漫主義者只能理解人性中自發產生出來的東西，喜歡將人劃分為高貴的和卑賤的，他們會將人的暫時的意志頹喪看成為人本質中的墮落，一個永恆的沉淪之境。感傷的浪漫主義者從挫折中往往容易走向自大，因此，他們有可能會通過發瘋似的寫作來造就一種喧鬧的人生情調。而一個並不病態的浪漫主義者則有可能在失敗面前，從此自卑，自我消沉，拒絕勞作。

如果說，病態的浪漫主義者是將人生的種種情調看作比人生的智慧更加可貴的東西，那麼，對那些並不病態的浪漫主義者說來，他們之所以成為浪漫主義者，則起源於他們在價值判斷上的一種失誤。像這樣的浪漫主義者，事實上他們也是可以獲救的，如卡欣的悲劇之結束一樣，只要通過一種「重估價值」的活動，離開解放之路也就不遠了。

自卑是什麼？不過是一種誤置的價值判斷，是對於人的自由的背叛。浪漫主義這種邊緣文化在十九世紀成為了文學中的主流，這只是它極為偶然的命運。在它作為一種運動的浪漫主義結束後，浪漫主義者在主流文化中作為一個不合時宜者，可以說，這幾乎就是他們的永恆境遇。

現在，一個時代已經結束，我們的青年時代也已經結束。最後，讓我謹以這首里爾克的詩獻給我們的老朋友陳耳。

秋日

主啊！是時候了，夏日曾經盛大。
把你的陰暗落在日晷上，

讓秋日刮過田野。
讓最後的果實長得豐滿，
再給它們兩天南方的氣候，
迫使它們成熟，
把最後的甘甜釀成濃酒，
誰在這時沒有房屋，就不必建築
誰這時孤獨，就永遠孤獨。
就醒著、讀著、寫著長信，
在林蔭道上來回
不安地遊蕩，當著落葉紛飛。

一九八八年十月十日～二十二日 上海

現實主義是什麼

羅亭是一個多餘的人？

小說《羅亭》[1]是一部現實主義作品，講述了羅亭的故事。可讀完這部小說後，讀者或許又會說：「什麼？難道羅亭有自己的故事嗎？在這部小說中，其他每個人看上去都有自己的故事，恰恰就是這個羅亭最沒有故事了。」

如果所謂故事就是一個人所做成的事情，那麼我們完全有理由這麼說。從現實角度上看，羅亭的一生，的確沒有做成任何一件事情，他是一個一事無成的人。

如果思想就是這樣一種東西，儘管它本身可以什麼都不是，可由於它的存在，卻能為人們帶來行動，那麼我們是否可以說，在這部小說中，這個一事無成的人正代表了思想的動力？

但如果我們真這樣說的話，對於小說中的其他人又是多麼的不公平。實際上，在這部小說中，每個人都按照自己的思想做著自己的事情。羅亭並不是他們行為的思想導師。從現實的角度看，羅亭的一生，不過就是一個專講空話的人的一生。

現實生活中，人們稱那些一輩子一事無成、專講空話，並且，還不願自力更生、自己養活自己的人為多餘的人。而羅亭恰又是一個靠別人的錢財為生的人。如此說來，羅亭真是一個多餘的人？

自從這部小說問世之後，羅亭就成了「多餘人」的別名。然而就是這一個羅亭，卻為千百萬人所喜歡。其中，就有中國現代知識分子，他們曾在不同的時期，自豪地宣佈道：「我就是羅亭！」

做一個多餘的人，並不光彩，毫無自豪感可言。如果羅亭不是一個多餘的人，他又是個什麼人呢？

我所要講述的是：羅亭不僅不多餘，事實上，如果沒有羅亭，那麼這部小說中的人，將沒有一個能夠完整地走完他們的人生，實現自身的命運。

雖然，羅亭沒有自己的故事，可他卻把人生的故事帶了給別人。雖然，他看上去過著不正常的生活，但是，他卻使別人活得更加正常。

羅亭根本不是一個多餘的人，這個世界恰恰因為有了羅亭，才獲得了真正的完整。

一樁婚姻的結合：巴夫洛夫娜與列茲涅夫的婚姻結合需要羅亭——這個實現他倆命運的工具

小說是這樣開始的：

「是靜靜的夏天的早晨。太陽已經高懸在明淨的天空……一個少婦正沿著通往村落去的小徑走著。」

注釋——

1 《羅亭》，屠格涅夫著，陸蠡譯，麗尼校。一九五七年人民文學出版社版。

這是寡婦巴夫洛夫娜，正走在探望一位垂死的老婦人的路上。「她有孩子般的眼波和笑容，她那美麗的臉上的表情，既使人感動，又使人著迷。」「說到巴夫洛夫娜，全省的人都異口同聲說她是個叫人心愛的女人。這省區的人可也沒有說錯。」

「突然在小屋角出現了一個三十歲左右的男子，駕著一輛競賽的輕馬車……一瞧見巴夫洛夫娜，他便立刻勒住了馬，向她轉過臉來。」

這個三十歲左右的男子是列茲涅夫，是我們在小說中遇到的第一個男人。

「巴夫洛夫娜目送著米哈伊羅．米哈伊里奇（列茲涅夫）的背影。

「『真像條口袋！』她想著。」

「真的，你閉著眼睛想想看：趕著輛跑車，打扮得像只麻袋子，一身的灰塵……真是個怪人！」

小說《簡愛》也是以一個健康的育齡婦女遇見一個騎馬的怪人，羅切斯特這樣的場景開始的。最後，兩人締結了婚姻。

在我們的無意識中，空曠田野上，策馬揚鞭的男人是生殖力的象徵。巴夫洛夫娜遇見列茲涅夫，是在她剛探望完一個垂死的老婦人之後。在這裡，這個無名的垂死老婦人，顯然成了生的預示。而對年輕的寡婦說來，她的生自然就在於再婚。

據此，我們可以認為，在這部小說中，巴夫洛夫娜與列茲涅夫的相逢，是一種同步性現象，他倆之間存在著婚姻的緣份。

然而，這裡又存在著一種障礙：列茲涅夫的怪，但它並非就是本質的，因為婚姻從本質說來，就是熟悉的東西與陌生的東西的邂逅與結合。可以說，正是作為陌生的極端表現的怪，構成了婚姻中最有吸引力的東西。但由於怪總是以排斥對方表現自身的，因此，如果不借助外力來解除它的排他性，那麼是無法走向現實婚姻的。

小說《簡愛》中，羅切斯特怪的根源在於他有一個祕密：他的瘋妻的存在。最後，羅切斯特與簡愛的婚姻借助一把大火實現。火，成了簡愛與羅切斯特婚姻的一種工具性存在。而在《羅亭》中，隨著羅亭的到來，我們很快看到，羅亭正是實現他倆婚姻的工具。

列茲涅夫之所以被看成怪人，是因為他和羅亭曾擁有一個共同的青春——波科爾斯小組。波科爾斯小組的活動，相對於同時代的人說來，是一種亞文化。一個擁有亞文化，與此同時卻又不具備闡述亞文化言語能力的人，那麼這個人就可能作為一個有著他人所不知道的「祕密」的人，被主流文化視為怪人。在這部小說中，列茲涅夫就是這樣一個人。

然而，羅亭出現了，他可是一個同時掌握著主流話語能力的人。

當羅亭第一次出現時，女主人深嘆相見恨晚；巴夫洛夫娜在回家的馬車裡，幾次高聲驚嘆於羅亭的超常才華；一個青年整夜寫著長信，告訴遠方的友人，羅亭的出現帶給他內心世界極大的震動；一個少女徹夜未眠，脈搏狂跳不已，她將獻出一顆純潔的少女之心。

隨著列茲涅夫在巴夫洛夫娜面前，娓娓動聽地講述「這個他們看上去一點也不怪的人」羅亭的故事，列茲涅夫的祕密開始消除了。最後他不僅有效地抵銷了羅亭對於巴夫洛夫娜的誘惑，而且通過移情，還成功地證明了自己根本不怪，反過來，現在這個羅亭在巴夫洛夫娜面前倒成了一個怪人。

就這樣，列茲涅夫贏得了巴夫洛夫娜的愛情，他倆的緣份達成了現實的婚姻。

一段似水年華的追憶：達里雅的生活已經到頭，她需要一名能充分滿足她虛榮心的聽眾，羅亭是唯一合格的聽眾

對龐達列夫說來，羅亭的出現，使他的地位更加牢固。對畢加索夫說來，羅亭是實現命運正義的工具。

達里雅是一位出自名門的貴婦人，三品文官的未亡人。「她屬於最上流社會……詩人曾經為她歌唱，青年們曾對她傾心，有些要人也曾為她傾倒。但那是二、三十年前的往事了，往昔的姿顏於今絲毫也不曾留下。『難道說』，凡是初次見到她的人，都不禁要暗中自問，『就是這個女人——年紀雖然還不算老，就已是骨瘦如柴，面黃如蠟，鼻子尖尖——難道她還曾經是個小美人嗎？難道就是她真的會使人的琴弦震響嗎？』」

達里雅作為一個女人，生活已經到頭。如今，她那座幾乎被視作全省之冠的高大的巨廈，是人們聚會的沙龍。然而，這裡所有的人，都無法充分滿足她的虛榮心。

「龐達列夫斯基，是眼下這間房子裡，介乎義子和食客之間的角色。」

「中年的太太們一般都是樂於維護他的：他知道怎樣去攏絡她們，博取她們的歡心……他為人殷勤，有禮貌，多情善感，暗地裡卻荒淫好色」。

在這部小說中，龐達列夫斯基真正起的作用、充當的角色是一個窺視者與告密者。唯恐天下不亂，邀功請賞才是他的本性。

「前天是龐達列夫斯基先生盯著咱們，他把咱們的約會告訴媽媽了。他向來就是媽媽的偵探。」

通過向達里雅告發娜達麗亞與羅亭的私情，使得他在達里雅面前的地位更加牢固。

在沙龍裡，還有一個人物就是畢加索夫。

「就是在鄉間，也不能沒有個像樣的人呀。可這兒卻幾乎一個也沒有。在這兒，畢加索夫就算是頭號的聰明人了。」

畢加索夫是這個沙龍裡的哲學家，但他仇恨、蔑視人類，尤其對女人，更是咬牙切齒。畢加索夫是消極人格的代表，這類人以人生哲學家自居，骨子裡卻什麼也不相信，認為唯一存在的只是「哲學」這個詞本身。這類人有一種奇怪的命運，只要還能以哲學家自居，還有聽眾市場，他們身上的消極本性，就不會對他們施以報復。但是羅亭來了，他駁倒了這個從前無人能駁倒的哲學家，使他在這個沙龍裡再也沒有任何地位與聽眾。

很久以後：

「畢加索夫怎麼樣？」

「他已經結婚了，娶了一個小市民，聽說他還老是挨她揍呢！」

這就是這個仇恨、蔑視女人的畢加索夫的下場！羅亭成了實現命運正義的工具。

事實上，在達里雅的眼裡，畢加索夫的真正價值，也不過是一個逗人樂趣的宮廷弄臣而已。要真正滿足她在人世間的最後的虛榮心——老婦人的一種情慾，只有在一個才華和閱歷都能與她昔日的榮耀、浮華相襯的聽眾身上，才能得到。

這個人也就只有羅亭。

「第二天早晨剛穿好衣服，就有一個僕人走來，銜達里雅之命，請他到她的私室一同用茶……按照達里雅的說法判斷起來，就不由使人感到最近二十五年以來，所有知名之士都在如痴如狂地希求一親她的芳顏，博得她的好感……她談著談著，他們的名字就好像華麗的珠翠圍繞著一塊無價的寶石似的，一個個排成了一道燦爛奪目的光圈，而環繞著一個最主要名字——那就是達里雅。」

一次現實愛情的覺醒：娜達麗亞對於文學中的愛情迷戀構成了她通向現實愛情的嚴重障礙。羅亭在她命運中出現的真正意義就是——使她重返現實

娜達麗亞是達里雅的女兒，十七歲，「猛一看去也許不怎麼可愛……特別美麗的是在她那清秀的中分為二的彎彎的眉毛上，配上了一付整齊平正的前額。她很少說話，總是注意地，幾乎是目不轉睛地聽著，望著別人，好像她要來衡量別人所說的一切。她時常一動不動地站著，兩手下垂，陷入沉思。」

「娜達麗亞可不是一個小孩，請相信我，她比你我想得要多，更深刻。像她這樣一個誠實、真摯而又熱情的靈魂，偏偏碰上這樣一個戲子，一個賣俏的娘兒們！」這個「娘兒們」指娜達麗亞的母親達里雅。伏玲採夫是巴夫洛夫娜的弟弟，曾是個騎兵上尉。

「他是多麼好，多麼高尚的人啊！」

「他真是俄國貴族的一個最優秀的典型。」

並且，「他很久便愛著娜達麗亞，三番兩次打定了主意，想向她求婚……她待他也很好。」

娜達里亞與伏玲採夫結合，不僅相互般配，而且從現實角度來看，也不存在障礙。可是，偏偏在這裡就缺少了一點什麼，那就是能使娜達麗亞的心靈真正沸騰起來的東西。這與他缺少文學修養有關。

「伏玲採夫對文學是沒有什麼緣份的，而詩歌則簡直使他頭痛。『這就和詩一樣不可理解』，他慣常這樣說，而為要證明自己的話，還時常用詩人艾布拉特下面的詩，作為實例：

直到悲傷的日子完結，
無論驕傲的考驗和理智，
都將不能用手捻碎，
生命的血染莫忘我花。

終於，羅亭出現了。

「像幾乎所有的俄國貴族小姐一樣，她德語說得不行，但卻很善於理解，而羅亭則是沉醉於德國浪漫主義作品和德國哲學的天地的，他把娜達麗亞帶進這個禁苑裡來了。神奇的、美麗的世界，在她的無限期待的眼睛之前展示開來，從羅亭手中的書的篇頁裡，奇妙的憧憬，新的、光輝燦爛的思想，如淙淙流泉一般地流入了她的靈魂，而在她那受偉大感情的崇高喜悅所鼓舞的心靈裡，聖潔的熱情的火花就靜靜地燃燒成烈焰了。」

但她對於羅亭的愛情很快就破滅了。

「只有向命運屈服，『娜達麗亞，我是個窮人……固然，我可以工作；但是，就算我是一個有錢的人，你又能夠忍受跟您的家庭斷然決裂，又能夠忍受您母親的憤怒嗎？不，娜達里亞，這連想都不用想。顯然，咱們是命裡注定不能生活在一起的，我所夢想的幸福不是為了我而存在的！』」

「不，她終於說了：『我像個害了熱病的人似的跑到這裡來，跟您說話，我得清醒清醒。是您自己說的，這不應當，這不可能。天哪，當我來到此地的時候，我心裡已經跟我的家庭告別，跟我的過去告別——可是，結果呢？我在這裡遇見了什麼人呢？一個懦夫……你怎麼知道我不能忍受跟我的家庭決裂呢？』您媽媽不會答應『……這真可怕！這就是我從您口裡聽到的一切。難道這就是您，這就是您，這就是羅亭嗎？……不！永別了……啊！』」

羅亭當然不是懦夫，如果我們像娜達麗亞一樣這樣想，我們就錯了。問題僅僅在於，羅亭是又一個唐吉訶德。與其說他愛上了作為真實的女人的娜達麗亞，不如說他愛上的只是從她那裡看到的自己夢幻中的東西。如果羅亭真的與娜達麗亞這個貴族之女結婚了，反倒是一種悲劇性的結合。

「固然，我可以工作。」然而，這種為了生存、為了家庭的工作，只會把羅亭「這個靠別人生活」的人折磨、改造成為一個凡夫俗子。對此，羅亭自己是一清二楚的：「我是要對您和自己負責的。如果我不是以最忠實的愛來愛你——天哪！我是大可以馬上提議讓您跟著我私奔的……遲早有一天，您媽媽總會原諒我們……那時候……但是，在想到我自己的幸福之前。」

羅亭的幸福不可能在與娜達麗亞的婚姻中找到，這對娜達麗亞來說也一樣。

「她應份得到的不可能是我在她身上感到過的那種愛情。」

在這裡，我們所看到的羅亭，正是一個極具現實目光的羅亭，而根本不是什麼一個理想主義、不負責任的浪漫主義的羅亭，如果他是，早就與娜達麗亞一起私奔了。因為，「遲早有一天，您媽媽總會原諒我們。」他一點不用為私奔付出什麼可怕的代價！

實際上，羅亭在娜達麗亞命運中出現的真正意義就在於使她重返現實。對這個深諳文學中各種浪漫傳奇故事，熟讀普希金全部詩句的姑娘說來，如果沒有一把熊熊燃燒的大火，將她頭腦中的這些愛情幻想焚燒盡的話，那麼就不可能找到一條真正通向現實愛情的道路。

「以後還有許多悲愴的白晝，無眠的夜晚，和摧人心肝的激動在佇候著她呢；但是她還年輕——在她還剛剛開始，而生活，或遲或早，是會走上自己的道路的。」

二年後，她與伏玲採夫結婚了。

很多年之後，羅亭問起了這段往事：

「娜達麗亞好麼？」

「好。」

「幸福嗎？」

「幸福。」

羅亭究竟是什麼人？

羅亭真是奇怪，他使這部小說中有名有姓的出場者，幾乎無一例外都實現了他們命運的本來進程，唯有他自己一事無成。命運，不僅對羅亭，就是對這部小說中的其他人（包括我們）來說，根本就不知道，什麼是他能夠做成的，什麼又是他不能做成的（「這裡有這麼一個人——以他的能力來說，什麼地位他會達不到，什麼世上的財富他會弄不到手，只要他願意！……而我現在卻只看見他瀕於飢餓，漂泊無依……」）。對於這樣的人，我們只能說他在這個世界上沒有自己的命運。

像這樣一種沒有命運的人，會是什麼樣的人呢？

首先，我想說，羅亭或許就是一個信使，他來到這個世界，就是為了向人們報導新的消息。

小說中羅亭是這樣出場的：在達里雅的沙龍裡，人們等候著一個男爵的到來。「據說他是一位大哲學家；滿肚子的黑格爾呢。」結果男爵沒有來，來的只是這個向他們報導男爵來不了的消息的陌生人羅亭。

既然「滿肚子的黑格爾」的大哲學家不來了，這個新來的人，是一定有新的信息告訴人們的。

其次，我想肯定地說：在這個世界上，羅亭的意志沒人能打垮。

「他倒先發制人呢；這一定是他已經看清了風色，她想：『他讓我省得來一番麻煩的解釋，再好沒有了。啊！上帝祝福聰明人吧。』」

這是羅亭與娜達麗亞的私情敗露後，達里雅準備下逐客令時，突然見到羅亭前來辭行時的感嘆。

「『唔，你怎麼說法？』列茲涅夫讀完信後，伏玲採夫馬上問道。

「有什麼說的呢？」列茲涅夫回答：「只能像東方人那樣高喊『阿拉！』，阿拉（伊斯蘭教的真神）張口結舌，把手指伸到口裡去。」

這是伏玲採夫為奪回娜達麗亞，準備去找羅亭決鬥，卻收到羅亭一封告訴他已經離開了娜達麗亞的信時說的話。

任何人都無法影響、決定羅亭意志的這種情景，我們在娜達麗亞向羅亭傾訴衷腸的那一場景中也看到了。

在蕭伯納的戲劇中，有一段故事發生在拿波倫與一個旅館老闆之間。在受到旅館老闆傲慢的對待後，拿波倫非常生氣地問老闆知道他是誰嗎？並告訴老闆，他將因他的傲慢上絞架。這時候，老闆更加傲慢了，大聲說道：「先生，那就請便吧！這正合我的心意。」聽到老闆這麼說，拿波倫驚嘆道：「我不殺你了，因為對一個不怕死的人說來，押赴刑場就不是一種懲罰。你是不可戰勝的！」

從羅亭身上，我們同樣看到了這種個人意志的不可戰勝性，我們只好說，羅亭就是一種自由意志的化身。

最後，我想說：在這個世界上，經驗對於羅亭是無效的。

離開娜達麗亞後，羅亭一如既往，這一段愛情往事，在他的心坎上什麼痕跡也沒有留下，他依然懷著一顆年輕人的心，在這個世界上到處闖蕩：「在莫斯科，我碰上了一個夠古怪的先生。他很有錢……利用他，是可以做很多好事，許多真正有用的事來的……我的計劃呀，兄弟，真是規模龐大，我夢想過各種各樣的改善、革新……」

後來，又遇到了「一個廣博、有頭腦，對於工商企業，簡直有創造性的天才。」但卻是一個比他還要窮的天才。「我們決定要疏濬K省的一條河道，使它通航。」「我們努力、奮鬥、向商人呼籲、寫信、散傳單。結果，把我的最後一文錢化光之後，完事。」

以後，羅亭又去從事教育了……

這就是羅亭！一個既不受他人意志約束，又不受自己經驗約束的人。激勵著他向前、向前的東西，就只有他的意志、他的熱情、他的思想。

哦，這就是羅亭！一個在現實生活中什麼都不會使他發生變化的人，結果自己也成了一個從這個世界上，什麼都無法得到的人。我們只好說，像這樣的人就是實現他人命運、實現世界意志的工具本身。

最後，能夠戰勝他、改變他的只有死亡。

「一八四八年六月二十六日的一個酷烈下午，在巴黎……出現了一個穿著一件舊禮服的高大漢子，腰束紅帶，灰白蓬亂的頭髮上戴著一頂草帽……揮舞著旗幟和馬刀。一個芳森[2]的步兵瞄準了他——放了一槍……他像一隻布袋似的撲倒下來，好像在向什麼人的腳前致敬一樣。子彈貫穿了他的心臟。

這個死去的人就是——德米特里．羅亭。」

羅亭的幸福

一九九二年八月十六日，我第一次閱讀《羅亭》。現在，一個星期過去了，可是這個羅亭，可憐的羅亭，他的影子依然在我的眼前晃來晃去。往昔的經驗告訴我，凡是喚起了我們的深層情感、使我們產生強烈迷戀的東西，那一定與我們的自身情態有關。起先，通過羅亭，我想起了一個朋友，後來，我又想起了一個朋友，漸漸地，回想起我的「薩波卡秋」時期的朋友們，他們的音容笑貌就在我的眼前聯成一片了，最後他們全都變成了羅亭。

他們是羅亭，他們又不是羅亭，因為，羅亭能夠使這個世界感動，因為，這個世界裡的人讀得懂羅亭。

如果不是這樣的話，羅亭就不會打敗那個代表著虛無主義、懷疑主義的畢加索夫了。「懷疑主義經常是無用和無能的標誌」，羅亭有權這麼說，並且他的這席話還贏得了在場者的一片歡呼。然而我們生活中的羅亭，在今天，這個同樣是虛無主義、懷疑主義盛行的時代裡，卻再沒有這麼說的權利了，即使有勇氣這麼說，掌聲也不會為他們響起。

娜達麗亞純潔、熱情，第一眼見到羅亭，就立刻認出了他的高貴，只要他肯，她就願意跟他浪跡天涯。可是，今天，我們的生活中卻再沒有「娜達麗亞」了，即使有，她們也不會受到羅亭的感動了。在羅亭遭到這個世界反對時，還有像列茲涅夫這樣的理性朋友，勇敢地站出來，敞開心扉，公開他們心底裡對於羅亭的熱愛：「我要說的是……他有熱情；而這正是——請相信我——這正是我們時代最寶貴的品質。我們大家都變得不可容忍地理智、淡漠、而且懶惰了；我們沉睡了，僵冷了，所以只要有誰能喚醒我們，溫暖我們，哪怕只是一瞬間，我們也該感謝他的！是時候了！……他並不是一個戲子，像我以前說的那樣，也不是一個騙子，也不是一個無賴；他靠別人過活，但即使這樣，他也並不狡猾，而是像一個小孩子……他也許一輩子也幹不出什麼正經事來，因為他沒有性格，沒有血；但是誰有權利說他不會，並且從來不曾發生作用？說他的話不曾在青年們的心裡播下許多良好的種子？」

「我為羅亭的健康，乾杯！為我的最美好的年頭的老友，乾杯！為青春的希望、憧憬、信念和真誠，乾杯！為二十歲時我們的心曾為之跳動的一切，為比我們在生活中已經領略到和將要領略到的還更可貴的一切，乾杯！……我為你，黃金時代，乾杯！我為羅亭的健康，乾杯！」

注釋——

2 也作萬塞納，又譯作萬森或文森，是法國法蘭西島大區馬恩河谷省的一個鎮，位於巴黎東部之近郊。

「你說得多麼通情達理，正大光明！可是憑良心說，你今天袒護羅亭是有些過分的，正和你從前反對他也有些過分一樣。」（巴夫洛夫娜）

「不能牆倒眾人推呀。從前我是怕他會讓你也昏了頭呢。」

如果說到這裡，我們還僅看到列茲涅夫在理性的支配下，對於羅亭所抱有的良好祝願，那麼，他倆最後在旅館裡相遇時，列茲涅夫所說的話，那就讀來感人至深了：

「我想像不出你會在什麼時候，什麼地方，怎樣來結束你的一生……但是，請記住，不管你的遭遇如何，你總會有一個地方，有一個可以藏身的窩，那就是我的家……你聽見嗎，老傢伙？」

「你聽見嗎，老傢伙？」

哦，這正是羅亭的幸福！

羅亭的財富

只要這個世界還存在著共同的事業、共同的理想，那麼幸福也就同時獲得了某種保證。就像羅亭，當他奔波、希望著的時候：「我的計劃呀，兄弟，真是規模龐大，我夢想過各種各樣的改善、革新」；「我們努力、奮鬥、向商人呼籲、寫信、散傳單。」事實上，這些奔波、希望的本身就給他帶來了足夠的幸福。最後，他還能死得像英雄一樣，在巴黎起義中，一個共同世界裡的人們記憶中，找到永久的歸宿。

但是，一個人類曾經共有的神話，現實主義神話，在今天這個時代裡卻已遭到無情隕落的命運了。

「究竟是什麼難以估量的情感使精神失去了其生存所必需的睡眠呢？一個能用歪理來解釋的世界，還是一個熟悉的世界，但是在一個突然被剝奪了幻覺和光明的宇宙中，人就感到自己是一個局外人。這種放逐無可救藥，因為人被剝奪了對故鄉和樂土的希望」（卡繆《薛西弗斯神話》）。

於是，那個熟悉的世界——這個世界曾經屬於羅亭——不再繼續為我們生活中的羅亭分享。「在被剝奪了對故鄉和樂土的希望」之後，我們生活中的羅亭，只好成為這個世界的局外人。

其實，羅亭的命運與他們並無區別，作為「一事無成」、「專講空話」的「多餘的人」，他們本來就都是主流文化中的局外人。羅亭最後死於巴黎街壘戰，其實只是他的自我毀滅。只是因為有了這種現實主義（它總是擅長將所有的問題最後都歸結於一個革命的神話）的歷史性歸宿，從而賦予了羅亭在主流文化中的財富。

「主人公羅亭以巴枯寧為原型，在初稿中，僅為一個漫畫式的人物……在一八六〇年版中，屠格涅夫又補寫了羅亭在一八四八年巴黎街壘戰中犧牲的場面，這樣，羅亭就不僅僅是巴枯寧，他同時也是赫爾岑，也是奧加遼夫，也是屠格涅夫自己，而成為了一個典型。」（《羅亭》，中譯本校後記）[3]。

而與此同時，屬於羅亭的真正財富，卻反而視而不見了。事實上，羅亭的財富，就在於

注釋——

3 本段出現的巴枯寧為俄國思想家；赫爾岑亦為俄國思想家；奧加遼夫為詩人。

他每天的二十四小時裡，他使周圍的人都實現了自己的命運，儘管不置一詞，人們盲目地實現了一切。

然而，在他所屬的亞文化裡，人們還是認出了他的財富。它屬於波科爾斯小組、屬於列茲涅夫，也屬於整個世界。這裡，只存在著一種差別，就是後者意外地領受了這一筆財富，而從不知道感恩。

這才是羅亭在主流文化中的真正失落，而對今天的薩波卡秋說來，由於現實主義這個神話也已經在主流文化中失落，他們的命運也就顯得更加的卑微，或者說，更加的無所謂了。

一九九二年八月十八日～二十三日 上海

走向道的內心呼喚

但是，最終是英雄、領袖、救世主找到了一條通往更大的新路。如果這條新路沒有要求人們去發現它，如同所有埃及的瘟疫一樣訪問人類的話，那麼一切都將保持原樣。

我們的身體尚未被發現的脈絡是精神的一部份，中國古代哲學家把這個內在通路稱為「道」，並將之喻為一股不可抗拒的流向其目的的水流。

「道」的實現意味著完成、完整，一個人目標的達到，使命的完成，也意味著開始、終結，和一切事物固有內涵的完全實現。

人格就是道。

——C·G·榮格

一

九九〇年五月的一天，我忽然產生了靈感。像往常一樣，我在紙上把這些東西寫下來。起初，我以為這些思想片斷不會給我帶來太多的麻煩，即，我不會因為寫下這些，就會同時要求自己去思考形而上學的問題。

我們這一代人害怕形而上學，可以說就像害怕瘟疫一樣，唯恐躲之不及。然而，寫著寫著，從一句句絕對性的句式中，我還是感到正在接近這種危險。事實上，我在這裡寫下的東西，要想讓旁人看來這不是在為提出一種形而上學做準備，幾乎是不可能的。

但我很快明白過來，對於這種寫作狀態根本不用害怕。其實，在我之前，像這樣的體驗已經有成千上萬的人都經歷過了。當一個人處於世界觀成形、或轉形的時侯，我們的心靈便會產生一種「形而上學」的感覺，寫作風格具有了一種絕對的色彩，在這樣的時候，長期困擾著我們的問題消失了，似乎我們只要把自己所看到、所想到的，把這些川流不息的意象凝固下來，那麼一切就已完美無缺，從此，也就再沒什麼留下來待我們去做了。

我想，正是這樣的時刻，促使二十八歲的卡夫卡，寫下那句使後人吃驚的豪言壯語：只要落筆，寫下去的句子就是十全十美的。使得維根斯坦寫完《邏輯哲學論》之後，如同上帝般地說道：這裡寫下的思想都是不可反駁的，它們要麼全對，要麼全錯。

儘管思想不同於藝術、不同於一個人的天賦靈魂，原則上，它們始終有待於改進。但是，如果我們總是以後設的理性，告誡此刻的思想，總是試圖通過今天的觀點，去改寫昨天的意識形態，那麼我們就是承認：在這個世界上，存在著一種不在時間之中的絕對真理，而思想的任務就是不斷擺脫時間的謬誤去接近它，其實，這才是形而上學真正失足的地方。

儘管永恆的客觀真理是虛構、幻想的產物，但這並不同時必然要假定思想都是偶然的、暫時的，我們沒有權利為自己建造起一座主觀真理的思想之塔。在個人生活中，擁有一種主觀真理，這其實是再自然不過的。相反，如果沒有了這樣一種絕對思想，我們的生活反倒會成為一種不自然的生活。

在這個宇宙寂然無聲、拒絕直接向我們交出它的答案的世界上，如果沒有一種能明確地關於自己、關於世界的神話，那麼從根本上說，也就談不上自由解放，這實際上就是我們精神生活的一場災難。

今天，當我重讀舊稿，雖然，我為自己完整地建立起一座主觀思想之塔的任務並沒有完成。但是，通過這一條來時的路，我畢竟已經為我的精神生活找到了一種最自然的開始。

或者，也可以這麼說，因為我想過上一種符合我天性的生活，所以，在內心的呼喚下，我便講述了一個這些年來我賴於生活的神話，我追求著的一個人生大夢。對我來說，哪怕是最荒謬的、極端的思想，也是我心愛的塔基，以後的每一層塔樓，事實上，它們就是從這上面建築起來的。

一九九〇年五月二十五日 上海

科學時代的人性萎縮

斯特林堡、榮格與知識分子

我當然還沒有衰老，我是一個年輕人。

晚年的斯特林堡，盯著路上隨意碰到的小石子所排成的圖案發呆，他感到自己的命運密碼就寫在這裡面。當年，我是多麼驚訝於這個老人的怪誕想法，想到他從前是一個多麼了不起的人，他在我的心中曾經激起過多少青春的風暴，他是一個偉大的作家啊！

後來，我把這一切都忘了。

現在，我讀著榮格的作品，他的話讓人一聽就懂，但是，產生他說出這樣一些話的思想，卻離開我們時代十分遙遠了，可這些思想與我們本能的想法又十分接近。

使我們離開自己本能的想法而接近另一種思想，原因何在？榮格為什麼能夠不僅保存自己的本能想法，而且還在這種基礎上建立起了一門偉大的學說？

啊，榮格，多麼幸福的人！

現在，中國的知識分子走投無路。

這些離開了自己的本能想法而越走越遠的人，他們終於會有這麼一天，忽然在一類人面前抱頭痛哭、訴說著自己的徹底完蛋。他們會發現自己原來根本無法解決任何一個問題，所謂解決的問題，其實不過是由那些偉大的思想家們為他們所出的一些智力遊戲題。

但對這些智力遊戲的解答，卻能使他們當上思想販子，成為教授、學者、大人物。這些已經不再從思想本身中獲得快樂的人，或者沉淪到底、不辭辛勞地做著永遠也做不完的練習題。或者就是在權力欲、自身人格陰影的驅使下，成為一個個可惡至極的學閥、虐待狂。

如果他們真誠地覺醒了，那麼他們又會向誰、在哪一類人面前抱頭痛哭呢？

很多年前，毛澤東為這些人建造了五七幹校，多麼了不起的拯救方式。這些人在幹校中，確確實實獲得了生命的喜悅，恢復了幸福的本能的思想，因為他們又踏到了土地，擁抱了大地。健康的農民呀、工人呀、士兵呀。

可現在，這些人卻出爾反爾、故技重演，對毛式拯救術口誅筆伐，其實是內心空虛，權力慾望熾熱的表現。這些人再一次遠離了生命之道成為了不可救藥者。

本來農民、工人、野蠻人作為智慧的象徵就不足取，只不過你們已經麻木不仁。事實上，只有通過他們、超越他們，才有希望重建一種新的文明形態。

因此，還是讓我們檢驗一下哪些東西使我們離開了自己本能的想法吧。

科學是我們時代中的絕對權威

無疑，我們首先想到的是科學，因為我們的時代就是一個科學時代。

在這樣一個科學已經成為絕對權威的時代，凡是不被科學同意的想法、行為，就都有可能被我們的教養剝奪、被主流文化判定為死刑。而一種想法、一種行為，無論它植根於人的本能中有多深、多麼強烈，如果不能及時受到的鼓勵與支持，那麼，對大多數人說來，要想讓它們在心中結出果實來，這近乎是不可能的。歧視將使它夭折，迫害將使它斷子絕孫。

費耶阿本德說：當年在鮮花廣場燒死了一個布魯諾，我們現在大書特書，然而，今天在科學絕對權威壓制下死去的思想，又何止一個布魯諾這樣的「思想異端」呢？

事實上，科學在我們這個時代中，已經扮演著一個中世紀宗教審判官的角色了。

在這樣的一個社會中，每個人早就學會了說，因為它是科學的，所以是對的；因為它不符合科學，所以是錯的。科學幾乎成了真理的同義詞。

在這樣一個科學時代裡，即使某項奇異的成果由於它的實用性在現實中站住了腳跟，那麼，人們首先想到的也不是產生了這種非凡成就的文化、它本身所具有的對於科學的挑戰性。為了保證這種成果有健康的發展，我們應該為它做些什麼，至多想到的也不過是為它舉行科學加冕，從而通過這種隔離儀式，將產生了這種成果的文化本身，在人們的文化視野裡繼續保持著一種可疑的亞文化地位。

拿我們的中醫來說，在西方科學大國沙文主義還未進入本土之前，它的「合理性」從來也沒有受到過懷疑，於是，人才薈萃，我們的中醫按照自身成長的邏輯獲得了幾千年欣欣向榮的發展。

然而，當西醫進入本土，許多人的頭腦受到了科學的洗禮之後，它的「合理性」便在西醫理論的檢驗下變得可疑起來。結果，在更多的有才華的「新青年」選擇向西醫學習的同時，留在本土上，繼承傳統文化中這一筆可憐的遺產也就只有那些平庸之輩了。

當中醫已被一群庸醫所接管、運用時，自然，這時候，中醫中的謬誤也就前所未有地多了起來。在這樣的狀況下，中醫的「合理性」除了理論上的質疑之外，便有了進一步事實上的依據。有一個時期，它甚至還被宣佈為是反科學的，在我們西方科學文明滲透最厲害的大城市裡，幾乎絕跡。

然而，等到突然醒悟到，它實際上是一個極為有用的東西，在我們有性命之虞時，常常也就只能依靠這種非科學的東西來挽救我們的生命。我們的土地幅員遼闊、人民十分貧窮，我們的農民兄弟的生命，除了依靠這種罈罈罐罐、針與火，從田頭上拔一把草這種不科學的東西治療之外，根本就無法指望西醫的時候，那麼，我們又怎麼辦呢？——立即宣佈它是符合科學的、也是一種科學？

然而，宣佈它是科學，一切就萬事大吉了嗎？就像七十年代末的那場爭議——耳朵可否識字？一旦宣佈它是科學的研究對象，就算萬事大吉了嗎？

其實，一種獨立於科學、甚至是反科學的文化，即使被科學帝國恩准為科學之後，它的衰敗的命運也是不可避免的，甚至只會加快它衰敗的速度。因為，一旦它被宣佈為科學，那麼科學家——他們是這種學科、文化的真正外行——也就勢必被引進到這種學科、這種文化中去，他們的科學偏見也就必然會滲透進去。

例如，我們的心靈學實際上就是在「人體科學」的的名義下存在的，其中充斥著只懂歸納法、因果律、事物齊一性，對靈魂現象本身卻一無所知的科學家。結果，這種寄生於科學中的學科也就只好奄奄待斃了，根本就無法指望這種在外行領導下的學科將會有什麼蓬勃的發展。

對於我們的科學家，他們的這種外行，我們當然不能全部責怪他們，因為，時代的教育決定了他們對科學文化之外的文化一無所知。可令人不解的是，這些博學的科學之士們卻偏偏有著驚人的自信，竟然天真地以為，他們有權力監督、接管、統治天下的一切文化。

三百多年來，科學想征服的領域幾乎是無所不在的，科學最初想征服的是宗教，結果它把一個上帝殺死了。其後，科學準備全面接管的是哲學，這就是分析哲學在本世紀的全面崛起。最後，它又想接管藝術。事實上，它準備接管的是我們的整個世界、我們的全部靈魂。

而有趣的是，科學始終想接管，而又注定接管不了的一個領域就是它的親密兄弟——偽科學。

捍衛科學，消除偽科學

但是，偽科學的存在，這種事實卻惹人討厭。由於這些「偽科學之人」，每天都在等待著科學的招安，等待領到一張被承認為科學的資格證書，這就不僅進一步抬高了科學在社會中的地位，而且，也使得人們在運用科學的時候，使它在各種文化領域裡變得更加沒有節制。

當科學懂得自身限制的時候，它的進步是日新月異的。而隨著進步，科學勢力在這世界上也就越來越變得無度、不加限制了。這種到處都要插一手的帝國脾氣所帶來的結果，我們已經看到，它已經使自身之外的各種文化，都受到了前所未有的沉重打擊。可一旦沒有了其他文化所能給予的挑戰與張力，那麼科學也會自我分裂、走向衰敗的，就像中世紀的西方基督教，由於它當時在社會中的絕對權威地位，在失去了來自外界的任何挑戰之後，也就迅速地走完了它的輝煌時期。

因此，限制科學其實就是捍衛科學。在這個世界上，作為一種文化而又試圖違背文化本身的規律是不可能的。科學只有在它自身加以限制後，在各種文化都參與的自由競爭中，它的繁榮與進步才會繼續保持，同時，一部人類多種文化共同繁榮與進步的歷史才可能存在。

而在這場競爭中，偽科學卻是一個不光彩的競爭者，因為它竟然不敢以自己的名義直接去參與，事實上，作為科學的寄生品，偽科學也沒有自身的文本。偽科學的這種既寄生於科學、又反科學的自相矛盾，可以從那些永動機製造者身上看到。

很多年前，我有一個經常異想天開的朋友，一天，他興奮不已地告訴我，他對製造出永動機來已經感到蠻有把握。他把一幅畫了整整一個晚上的設計圖給我看。這是一種將許多只圓鐵球巧妙地放在一個大鐵圈的不同位置上，隨後，經第一次推動不斷地旋轉起來的設計。當時，作為一個少年的我，對許多東西還是一無所知的，我只是問他：能否告訴我，你是怎樣計算出你的設計，從而保證這架機器永遠地轉動？

其實，只要永動機製造者們使用牛頓定律計算出他們所需要的答案，那麼他們就得承認牛頓定律是正確的了。既然牛頓定律是正確的，怎麼還有可能發明一架永動機呢？

雖然，在一個牛頓科學世界裡，發明一架機械的永動機是幻想，但這種幻想卻是人類最本能的想法之一。這種幻想其實也深深地糾纏著牛頓，事實上，牛頓在他的科學文本裡，也已經為我們發明了這樣的一部永動機，這就是一個經上帝第一推動力之後，就永遠機械地旋轉著、運動著的整個牛頓式的宇宙。

這正是牛頓絕世的才華，他創造出一個牛頓科學文本，實現了這個幻想。而那些寄生於偽科學中間的人，他們顯然缺少這種獨立創造出自己文本的勇氣與才能，結果也就只能將他們的才華誤置於一個不屬於自己的文本之中了。

解放「偽科學之人」，重返無拘無束的人性

甚至大膽和革命的思想家也屈服於科學的判斷。克魯泡特金打破一切現有制度——但他沒有觸動科學。易卜生在暴露時代人性的狀況上走得非常遠——但他仍然把科學保留為真理的一種量度。

埃文斯．普里查德、萊維．斯特勞斯和其他人都認識到，「西方思想」絕不是人類發展史上的一座孤峰，它被其他意識形態所不遇到的種種問題困擾，不過，他們在把一切形式的思想都看作相對的時候，獨獨把科學排除在外。即使在他們看來，科學也是一種中性結構，它包含獨立於文化、意識形態和成見的實證知識。

當然，這樣特殊地看待科學，其理由只是一個小小的童話。

——費耶阿本德《反對方法》

儘管偽科學極不合理，寄生於科學領域裡的「偽科學之人」也明顯地缺少專業的訓練。行文的古怪、自造的邏輯、從其他學科那裡生搬硬搬過來的術語，無不使他們的文體令人討厭，難以卒讀。從中還可以看出，他們的才能顯然低於他們的科學同行。可在科學外衣之下，引發他們所從事的工作，倒大多是些引人入勝、使人感到生趣盎然的問題。

在這些五花八門的問題中，最常出現的是宇宙一般圖式、人類的起源、神祕事件和奇蹟等，偶爾，還會涉及到藝術的問題。它們有的是真正的異想天開，卻直接反映出人類想像的深度，是心理學研究的寶貴材料。也有屬於靈魂方面的問題，以及那些本該屬於宗教，如今

卻在現代人心中無處藏身的問題。

總之，產生了偽科學衝動的東西，其淵源幾乎無不來源於我們人性中最有力量的一部份，可在這個由科學造成人性萎縮的時代裡，卻沒有被我們的文化好好保護，反而在科學的絕對權威下，被科學踐踏了。

「偽科學之人」，可以說就是對科學時代的一種絕望的反抗，是用偽科學這種幼稚的武器所進行的一種荒誕的抗議。

當他們堅信，在這個世界上唯有科學才是最可靠的，唯一的真理，依靠科學就能解決一切問題的時候，而與此同時，卻又可悲地發現，現有科學的結論與他們的實際體驗，事實上是存在著嚴重分裂的。

那麼，在這種人性與科學的對立，選擇科學即意味著精神生活倒退、人性萎縮的危險面前，他們學會了去質問科學的限度嗎？

沒有！

科學的絕對權威已經壓到了他們心中的一切懷疑力量。這種失望的結果之一，便是產生了一種對科學進行擴大、修改的慾望，一種試圖對現有科學知識進行根本改造的激情。

那麼，產生這種想法與信心，是否因為他們的手上已經擁有了足夠的證據與合理的研究綱領呢？

又沒有！

他們也是永遠不會有的！因為有了，這倒能說明，在原則上科學是一種可以永不加以自身限制的文化、是一種無限的知識。

但「偽科學之人」卻要這樣的一個夢，他們就像他們的同行科學家一樣，在這個世界上，需要一個科學萬能的夢。結果，在這種既崇拜科學、屈從科學，又違反科學，反對科學的自相矛盾中，「偽科學之人」便使自己成為了科學權威下的一種無情的犧牲品。在這種文化誤置的文本中，人性的呼喚沒有收穫，它們成了一棵結不出、採不到果實的絕望之樹。

這是寄生於科學領域裡的「偽科學之人」的命運，他們一般被人稱為偽科學家。可還有一類寄生於其他文化中的「偽科學之人」，他們的命運則顯然幸運的多。在我們這個時代裡，他們不僅被看成為一棵希望之樹、從來沒有人將他們稱之為偽科學家，而且，他們還被我們這個時代看成為重要的思想家。

這些「偽科學之人」，就是那些在藝術中、在哲學、宗教、文藝批評中到處不加以限制運用著科學的人。事實上，這些人才是這個世界上真正的偽科學家！

一九九〇年五月二十六日～六月二日 上海

正視神祕的事情

認識你自己

很多年前，我也是一個陰沉沉的學人，望著古老的箴言——「認識你自己」發呆。該認識自己什麼呢？認出的不過是一個經驗中的自己。儘管這句話幫助我無限地關懷自己一部已經過去了的歷史，然而，我發現自己在談論「認識你自己」的時侯，其實談論出的只是「人在社會中、歷史中的位置」，結果認出的只是歷史、社會而已。

當我還是一個學人的時候，我是執拗與敏捷的，明知自己在說另一句與之相差甚遠的話，我仍會堅持著這麼說。補救之術是不缺乏的，從前是辯證法，後來是語言哲學。在這樣的「哲學行話—補救之術」中，我除了能說出另外一大堆新的箴言之外，從這種學習、演變過程中，可以說是一無所獲。

「當心不要讓人用哲學和虛詐把你弄壞。」（《歌羅西書》第二章八節）在羅素《我的哲學的發展》的扉頁上，我們能讀到這樣的警告。久而久之，我也開始懂得，如果在人群中、在對話者面前，放棄了自己的觀點，同時也意味著放棄了自己曾經用這種觀點所取得的權力。

從這裡，使我對那些沉湎於為爭論而爭論的人，他們躲藏在各種空洞概念背後的情慾生活，對那種無聊的權力慾望，也有了一些了解。我青春的惱恨可以說就是對這樣的場面，在這種無謂的爭論中，只會讓他們的力必多（libido，原慾）到處亂跑，自己卻一點都沒有意識。

同樣，這也很好地解釋了為什麼我不喜歡那些總糾纏著語言、抓住它不放的人。因為，不分場合，不問說話對方的性質、問題的難易程度，便要求一個人把他所使用的概念定義清楚，事實上，這就是對他人說話權利的威脅，也是對他人創造慾望的侵犯。

然而，我們碰巧就生活在這樣一個時代裡。從西方哲學思潮那裡，通過一知半解獲得的觀念，更使得這兩種人、這兩種傾向在我們這個社會中空前地多了起來。

於是，無聊地找到一種「哲學」的保護，人們的精神生活變得更加空虛。正是在這樣的日子裡，我開始怨恨起哲學。也正是在這樣的日子裡，望著「認識你自己」這句古老的箴言，我只有發呆。

存在主義使「認識你自己」這句箴言在我心中不再是一個空洞、言之無物的說法，它為我提供了能夠親身體驗到的概念：畏懼、煩悶、赴死的勇氣等等。

然而，存在主義的哲學著作對我仍然乏味透頂，從這種哲學中，在「認識你自己」這句話裡確實還是學不到什麼，就像我不知道以箴言「認識你是無知的」而聞名於世的蘇格拉底，為什麼在獲知自己將被判處死刑之後，仍會興高采烈一樣。

對於蘇格拉底赴死的態度，羅素評論過，他認為蘇格拉底不怕死的原因在於相信人死後，還有另外一個世界在等待著他，而到了那個世界，他就可以永遠無拘無束地談論哲學了。「因為，我已經死過一次，也就再也不會死了」。羅素批評了蘇格拉底的想法，認為蘇格拉底如果沒有這種死的觀念而仍能保持住赴死勇氣的話，蘇格拉底則會贏得我們更大的尊重。

然而，等到有一天，我知道了遭致蘇格拉底死罪的原因之後，羅素對蘇格拉底的批評，在我心中，頓時索然無味。其實，它正是現代人主觀性與偏狹性的一種反映，因為，導致蘇格拉底死罪的原因，在於蘇格拉底在雅典的法官面前，驕傲地宣稱這些法官們沒有審判他的權力，因為他蘇格拉底是屬於另外一個世界的，只屬於他自己的守護神。因此，即使作為一個凡間的蘇格拉底在雅典城裡死了，而作為一個哲學家的蘇格拉底的生命卻不會就此結束。相反，這僅僅意味著另一種命運的重新開始。

邏輯上說，從蘇格拉底遭致死罪的起因到他對於死亡的態度，在蘇格拉底那裡始終都是一致的。換言之，如果蘇格拉底對死亡採取了我們現代人的看法，那麼就根本不會為自己招來殺身之禍。

難道羅素就不懂？

傲慢、偏狹的現代人確實已經不懂很多東西了，就像當年雅典城裡的法官們一樣，面對著那些竟敢聲稱自己是靠著守護神生活的人，除了充滿敵意地忙著給他們定罪之外，還會做什麼呢？

然而，另一個現代人，榮格臨終前所說的一席話，卻使人感到仍像當年赴死的蘇格拉底所說的話一樣，讀來感人至深，同時又使人感到莫測高深。

如果我能在另一個世紀投生轉世——我將能夠提出當時還不能回答的一些問題。而現在我之所以必須再降臨人世，是因為我已經找到了解決這些問題的答案。

一個對原型深信不疑的人，始終能夠追隨著自己生命的足跡，這個人依賴於本能而生存。

讓這個自我主宰世界見鬼去吧！傾聽你的保護神的聲音吧。

學會使用擺錘

擺錘法是我第一個學會與「神祕世界」接觸的工具。它的製作、使用都十分簡便，做一個擺錘，其實用線和銅板就可以了。當我們用手提住線的一端，另一端的擺錘在我們手的用力下自然會跟著晃動起來。我們可以使擺錘靜止不動，可過了一會兒，我們或許就會驚訝地發現，這個靜止著的擺錘，它自己有規則地擺動起來。

這是不可思議的，我們的手又沒有動，擺錘自己怎麼會擺動起來呢？

一種猜想是，提住擺錘上端的手，雖然我們沒有感到它動，可手上的肌肉還是在動，只不過這種動作如此細微，以至於我們難以察覺到罷了。如果我們做這種猜想，那麼，問題的核心就成了——如此細微的動作能夠帶動擺錘嗎？

關於人實際上能做到的界限，如果我們僅僅依據思想的習慣便做出判斷，那是很容易犯「想當然」錯誤的。那些魔術師、跑江湖的人，正是在這一點上利用了我們。結果，在一種由「習慣思想」所帶來的自信中，讓他們輕而易舉地就在我們認為「人實際上是做不到」的地方做了手腳。

我們暫且不要排斥這種猜想的合理性，即，我們的手上，事實上，存在著我們的意識難以察覺的運動在帶動著擺錘。

另一種猜想是，擺錘的自動與我們的意念力有關。在我們的時代，這種猜想屬於新生事物，它正在迅速地成為一種理論。這種「存在著一種叫意念力的東西」的假設，尤其為那些迷戀於特異功能的「人體科學家」們所喜歡。

在這些問題上，我傾向先不要忙於做假設。不做假設，一方面有利於更好地對現象世界的描述與把握。另一方面，即使從研究的效用上看，在實際生活中，大量地運用「奧卡姆剃刀原則」，只會使我們的頭腦更加清楚。因此，對於第二種猜想，也不要忙於將它作為一種新假設來接受。

對我們來說，真正重要的倒是，既然我們已經看到這種「擺錘自動」的現象，那麼接下去所要做的事情，就是去問問自己，可否利用這種不大為常人所知的現象做些什麼事情呢？

於是，我開始著手為自己編一本解碼。首先我們可以看到，擺錘的運行軌跡有很多種：由左向右旋轉，由右向左旋轉，或沿著某一個方向來回擺動，它甚至還會不成規則地上下亂跳。擺錘為什麼有如此之多的變化？這些軌跡意味著什麼？我們並不知道。其實，所謂編一本解碼就是我們可以對這些軌跡人為地做出事先的假定。例如，你有一個朋友，他對目前是否要做某事，心裡沒有底，它可能失敗，也可能成功。這時候，他來找你商量，其實你對這件事情並不比他知道得多，你該怎麼辦？這時候，你們就可以一起去問問擺錘了。例如，事先規定好，如果擺錘作由右向左旋轉的擺動，那就代表事情能夠成功。如果擺錘作上下跳動，那就說明做此事有極大的危險，等等。一本所謂的編碼就是這樣編撰的。由於，擺錘自動的軌跡有許多種可能性，我們對事情發展趨勢的估計也就有了許多種，因此，編一本什麼樣的解碼，完全可以根據自己的需要去規定，既可以把解碼編得十分簡單，也可以編得十分複雜，至於說到讓什麼樣的擺錘圖案代表什麼樣的可能性，這是自由的。

在學會了使用擺錘的日子裡，我感到非常快樂。我用它做了許多事情，既用它測探無意識，也用它分析事情的發展趨勢。一天，我去看望一個老朋友，談論起一個共同的好朋友，他已經有四個多月沒有給我們寫信了，這是以前從沒有過的事。當時，這個朋友遠在異國他鄉，在一片絕望的熱帶叢林裡，正過著一種心靈逃亡的生活。在這樣的境遇中，按理說，他不可能不向任何人傾訴便從此消失。對於他的這種反常性，我們決定去聽聽擺錘怎麼說。

在大家一起擬定了好幾種可能性後，我舉起了擺錘。可對我們所問的每一個問題，擺錘就是紋絲不動，拒絕回答。在這樣的情況下，我們只好重新編碼。這次採用的是最簡單的一種，即，如果擺錘左右搖動，那就代表「是」，如果不動，那就代表「否」。

在重新編碼後，我們又開始問擺錘了。然而，對於每一個我們所問的問題，擺錘就是一動也不動。最後，我終於發火了，大聲地問道，我這個朋友是不是已經死了。

擺錘仍然紋似不動。

這時候，我使自己平靜下來，於是，就問了一個對他說來最不可能發生的事情：他是不是去遠方旅行了？這一下擺錘擺動了，回答「是」。在座的另一個朋友繼續問道：那麼，這個月底會不會來信？回答：「是」。而這時候距離月底只有一星期了。

幾天以後，這個朋友果然來信了，信中寫道：他去遠方旅行了，望大家見諒，這麼久沒有給我們來信。

一本神奇的書

後來，我讀到了《易經》。那是一個深夜裡，我和一個朋友約好，子夜時分打電話給她。正是暮春季節，和煦的風中，飄送來許多樹木的芳香。離開打電話還有一段時間，我手上碰巧有一本論《易經》的書，便瀏覽了起來。這是一個朋友託我借的，我剛剛拿到。以前，我一直沒有接觸過這類書，也不重視這類書，甚至可以說，由於當時國內正發生著一種不健康的《易經》熱，它已經使我對這種現象連同這本書，在心理上生起了反感。然而，在那個夜晚，我才發現，這根本就不是一本販賣思想的書，其實寫在裡面的東西，都是一些充滿著智慧的話，是一些像詩句一樣美麗的文字。二千多年來，中國的優秀學者們，幾乎差不多都聯手在這本書上化費了他們寶貴的精力。而且，這本書還被認為是一本偉大的占筮之書。

從擺錘使用中，我懂得了編碼的重要性。如果我們編不出一本好的解碼，那麼從擺錘那裡就會一無所獲。

因此，一本能夠成為真正的占筮之書，先決條件就必須是一種完備的編碼，即在這本書裡，它必須預先假設自己已經知道了這個世界上所有的問題，它所設制的編碼，已經窮盡了這個世界上可能發生的一切。

可如果我們的世界是無限的呢？顯然，只有一種無限的編碼，才有可能是一種完備的編碼。那麼，一本將包含無限種編碼的書，或者說，一種自身具有無限編碼能力體系的書，有可能存在嗎？

《易經》能夠成為這樣一本書嗎？它有這樣的編碼能力嗎？

這激起了我的好奇心。同時，那晚的電話對我說來也極其重要，我一生的愛情，似乎都將由這次電話決定。於是，在我對《易經》占卜的程序一無所知的情況下，我決定就今晚打電話這件事情，請教一下《易經》。當時，我是不相信《易經》具有這種能力的，所以我對占卜的程序極其輕視，以至於我僅僅只是把這本嶄新的書合上，再隨意打開，手到之處，整個占卜程序就算完成了。

然而，當我睜開眼睛，使我感到極大震驚的是，在眼前出現的這些文字中，不能否認，通過它們確實能夠清楚地看出我那一刻的精神狀況。這簡直不可思議，這是一種巧合嗎？我當時就是這麼想的，事實上，我也只能這樣去認為。就像對上述擺鍾與遠方朋友來信這件事情，我同樣不排斥這是一種巧合的想法。歷史上有所謂一夜改宗的故事，但對我說來，一個理性的科學世界，則好像是我更加願意長期逗留的。

儘管如此，這種巧合在我情緒上激起的反應還是太強烈了，以至於在我打電話時，還到處充滿著這種情緒的回響。蓉蓉從電話裡感到非常奇怪，以為我出了什麼事情，於是，我就告訴了她。她感到非常好玩，讓我也替她從書裡，查查她的情況。但我對她目前的情況一無所知，我回答說我無法做到這一點。她說就像剛才我為自己所做的那樣，隨便翻翻就是了。如果說對了，她會告訴我的。

我隨便地翻了一頁，正好是「損」卦的首頁，我把這卦的大意告訴了她。她沉默了一會兒，讓我再為她翻一卦，聽得出她的情緒有些緊張起來。我把書重新合上，又打開。奇怪的是，我翻出來的仍然是「損」卦的六三。這種巧合現象，使我格外地激動。接著，她讓我再做最後一次，結果我翻出的竟然還是這一卦的初九，它們均在每一頁的首初。這時候，她告訴了我——它們什麼都說對了。

在目前的生活中，她確實經歷著如書上所說的麻煩，在這種境況中，她自己也猶豫不決，不知道該如何做才好。我說既然書上已經說出了一種決斷的辦法，那麼照著它辦就是了。而這種辦法是如此果斷、英明，充滿著人性的魅力。如果不從這本《易經》中得到它，或許我一輩子也不會知道，在這個世界上還存在著如此偉大的哲理與應對事情的解決辦法。真是一本偉大的書，人道的書，神奇的書！但我卻是通過這樣的方式來完成對它的占卜程序的，這種事實，使我只能認為這裡發生著的一切，都純屬巧合而已。

但為什麼在這一個夜晚，會有這麼多巧合接二連三地發生呢？而且，我為自己所占的那一卦，還被以後的生活證明為是一種預言。對此，我是無法回答的。

窗外的夜色越來越濃了，從遠方送來的樹木的芳香也越加地芬芳了，我開始想起一樁往事，它同屬於我生活中那些無法回答，而只能發出驚嘆的事情。

一九九〇年五月二十五日～六月二日 上海

詩人的呼喚

這一段日子裡，我繼續在這座城市裡到處閒逛，一有機會，便鼓勵人們把他們的夢告訴我。

幾天後，便聽到有人對我說，他們最近的夢開始變得多了起來，對此，我並不發表更多的見解，直到有一天，聽到有人對我說，最近他們的神祕事情也多了起來，這才引起了我的強烈興趣。

「看來是你在搗鬼吧！」阿鍾笑著說。

「這怎麼可能呢？我不過是個凡夫俗子。」

我想了一會兒後認真地說道：「我傾向於這麼認為，神祕的東西之所以多了起來，是由於你們熱愛起它們的緣故。」

我對這種經驗的體會，從前也不曾少過，這就是任何一種熱愛，都將導致眾多的發現。譬如，就說讀書吧，只要你一喜歡起某個作者或某種思想，你就會發現和這個作者或與這種思想有關的書籍「忽然」在書店、圖書館甚至在家裡變得多了起來。

從前我說過，美是發現的，愛是發現的，實際上，我們能夠創造出來的美和愛總是很少很少的，生活在這個世界上，眼睛往往比手更加重要。

即使對一個不擅創造的人來說，只要他能夠帶著一顆熱愛之心，把眼睛睜大，那麼，他就一定會由衷地讚嘆道：世界美如斯，世間萬般愛。

當然，這個世界也是萬般的神奇。

蘭波的事業

唯我獨知，我的一樁瘋狂行為的歷史。

——蘭波《地獄一季》

我認為應該成為幻覺者，應該使自己具有的幻覺的本領。

——《致保爾．德麥尼的信》

蘭波生於一八五四年。一八七一年，他還只是一個十七歲的少年，就著有不朽的名篇《沉醉的迷船》。

當我在無情的河上順流而下……

這個一心想成為先知、做一個通靈者的孩子說：「我強制自己去習慣於單純的幻覺。」「我力求佔有一切可能存在的畫景。」「投身於各種各樣的活動，以保證使全部感官按部就班地失常。」最後，他的事業成功了嗎？

一八七三年，十九歲的蘭波出版了他一生唯一的一本自己親手編訂的散文詩作《地獄一季》，分贈六本給友人。一年以後，詩人便捨棄文學，遠走非洲。

文學史家認為，蘭波的一生是一個迷途孩子的一生。很多年之後，據見到蘭波的人說，他的詩人氣質已蕩然無存。而與此同時，詩人在巴黎的名聲，正如日中天，無人能望其項背，被尊為「詩聖」。可他對此卻依然不顧不問。他做著人口販子、水手、公司職員、一個長期習慣於被警察攆來攆去的越境者。後來，他的右腿異常疼痛，鋸掉了右腿之後，不久便死了。

> 他進入了未知的領域，即使狂喜之餘，他會失去對於這些幻境的清晰的記憶，但他畢竟看見了這些幻境。就讓他在他的飛躍中，飽餐奇蹟而死吧！
>
> 然後，又來了另外一批頑強的勞動者，他們將在他倒下的地平線上繼續工作。
>
> 由此可見，詩人才是真正的偷盜天火的巨人。
>
> ——《致保爾・德麥尼的信》

這一封十七歲寫下的信，像是蘭波為自己一生寫下的墓誌銘，也像是他對於未來偉大事業的預言。

布勒東與費耶阿本德

「然後，又來了另外一批頑強的勞動者。」

五十年後，這另外一批頑強的勞動者，匯集在達達主義、超現實主義的旗幟下。

「我們仍然生活在邏輯秉政的時代。」布勒東（André Bretn）寫道：這一回我的意思在於討伐某些人對於仙幻之境的厭惡，討伐他們企圖加諸於幻境的訕笑。換言之：幻境總是美的，甚至只有幻境才是美的。

斯威夫特作惡之時是超現實主義。
薩德在施行暴虐時是超現實主義。
夏多勃里昂在抒發異國情調時是超現實主義。
龔斯當在政治上是超現實主義。
雨果除了愚蠢的時候，便是超現實主義者。
愛倫·坡在冒險之時是超現實主義。
波特萊爾在道德上是超現實主義。
蘭波在實際生活以及其他方面是超現實主義……
賈里在喝苦味酒的時候是超現實主義。
努伏在接吻時是超現實主義。
法爾格在空氣之中是超現實主義。

——《超現實主義宣言》

真是光榮備至的蘭波，在這份長長的名單上，蘭波是歷史上唯一盡享超現實主義殊榮的人。

而在這兩面旗幟下的人又如何呢？

他們就是喜歡那些怪誕的、失常的、出乎意料的東西，以免重新落入長期來習以為常的俗套中去，以不至於失去美好、高貴、壯偉的東西……即便重新振作精神。

——達達主義成員戴塞涅語

這是他們關於美學真實性看法的一面。

某天路易．阿拉貢、安德烈．德蘭和我出乎意料地碰在一塊了。在那種情況下，我們每個人都顯得手足無措；幾分種後之間，我們圍住在桌旁，都想弄個明白我們到底是來幹什麼的，可是誰都困惑不解。是什麼不可抗拒的召喚把阿拉貢和我引導到同一個地方來的呢？在這兒，有一個真正的斯芬克司……

——布勒東小說《娜嘉》

這是他們關於現實真實性看法的一面。「我研究過達達主義，」又過了五十年，費耶阿本德寫道：

在現代還沒有人理解語言、思想和達達主義者的奇蹟……他們揭露了第一流的旅行推銷家，即哲學家、政治家、神學家的語言，在重要方面與野獸的不能用語言表達的思想之間有著驚人的相似之處。這些作者本人最後很難說與一群哼哼作響的豬有什麼不同。

達達主義者發現了生活秩序的本質，並非如理性主義者所說的那樣。為此，他們創造了一種精神，並試圖對我們這種正日益向機械程序退化的生活秩序做出診斷。

有防止這種退化的方法嗎？我認為有。我認為把一切成就看成暫時的、有限的和個人的，把一切真理看成是由我們對它的喜愛所創造的，而不是「發現」的，就能防止曾經很有前途的神話的退化。

我認為有必要發展一種新哲學或新宗教，以便賦予這種無系統的猜測以主旨。

——費耶阿本德《自由社會中的科學》

在短暫地回顧了從蘭波至超現實主義的歷程之後，可以將費耶阿本德的這段話作為我們今日實驗精神的一個暫時的、現存的宣言，即「把一切真理看成是由我們對它的喜愛所創造的，而不是『發現』的。」

實驗精神在中國八十年代的詩歌運動中，曾經大放異彩。

《彩圖集》

種種籌謀算計，天上的總歸降臨於下無可避免，還有記憶的探訪，還有各式節律的展現，這一切，充滿住所，佔據著人的頭腦，充斥於精神世界。

一些小孩在河邊岸上，詛咒得力竭聲嘶。

在吞噬這一切的苦業喧囂聲中再學習吧，這種苦工已在人群中集結，又興旺盛行起來了。

——蘭波《彩圖集》

為了進一步探究出蘭波精神迷亂的神聖性質，關於這個所謂「迷途孩子」的傳說是否可靠真實，這本《彩圖集》還需要我們曠日持久地去反覆閱讀、鑽研。

這裡面或許就存在著大量的咒語、徵兆。二十世紀，我們這個科學時代，也是頹廢之至的勞工時代，蘭波預見到了嗎？他早在一百年前，就提前感受到了我們這個陰沉、暴虐的時代精神實感嗎？

德意志按照它自身為奴的見識，築起直通月球的木橋；韃靼人的沙漠放出光華；古代的叛亂在天朝帝國中心蠢蠢欲動；憑借樓梯與國王的扶手椅，一個小小的平庸的世界建立起來，這就是阿非利加和西方。隨後是一場可知的海洋與可知的黑夜的芭蕾舞，還有某種毫無意義價值的化學，以及種種不能成立的旋律。

這些話是什麼意思？難道是蘭波預見了第三帝國的崛起與覆沒？舉世震驚的霍梅尼宗教革命的成功？大清帝國的垮台？隨後是一部漫長的全世界自身作繭史以及一場又一場古代與現代阿拉伯的公開的陰險史？

不論在什麼地點，郵車能帶給我們的無不是同樣的布爾喬亞妖術！人的這種氛圍環境，連最起碼的物理學家也認為不可忍受……

這是說資本主義的全球性勝利，最後，就連整個物理學也都將隨之垮台？不，不！悶熱窒息的氣候，海洋的消退，地下火的燃燒，行星的失蹤，由此引起的災變，這一切究竟什麼時候發生……關於世界末日之說？

看來，為了探清蘭波的《彩圖集》，我們的學識及實驗精神的深度還遠遠不夠、不可企及！茨．多羅夫關於《彩圖集》的五種讀法也是根本不可取的。怎樣才能避免這種無疑又是痴人說夢的下場呢？

《聖經》和諾爾娜女神都沒有明確地指明，這件事嚴肅認真的存在，今後必須認真對待。——不過，這絕說不上是古代傳說留下的後果！」

——《彩圖集》

昨日的巫術、星相術已經退化，《聖經》和《佛經》皆都成了沒落之書；盲人波赫士奔走於空洞的符號裡，遺失了解碼；形形色色的新巫術才剛出籠，便已奄奄一息。詩人，這個偷盜天火的巨人，通靈者，僅僅成為一個幻覺者嗎？不！還不夠！他還應是，而且，更重要的應是一個意識的清醒者。

一場難以形容的折磨，在這裡，詩人要有堅強的信念和超人的勇氣，在這裡，詩人成為世界上最嚴重的病人，最狂妄的罪犯，最不幸的落魄者——同時也是最精深的博學之士！——因為他進入了未知的領域！

——《致保爾．德麥尼的信》

打敗馬拉美名詩之夜

一八九七年四月三十日，他把高斯毛包利斯雜誌要發的《骰子一擲永遠取消不了偶然》清樣遞給我，帶著一種怡然自得的微笑和真摯感人得意神情對我說：「你不覺得這是一樁瘋狂行為嗎？」

——瓦萊里回憶馬拉美

在上海西北的鬧市中心，有一大片棚戶區，緊靠著淞滬鐵路——這是中國第一條鐵路。到了黃昏，夕陽照著路旁的屋頂和水杉樹，景色更加誘人欲醉。比起另一邊由帝國主義者們所建立起來的建築群，我更喜歡出沒在這一片棚戶區裡，因為這裡有我的朋友。

一個夏天的傍晚，好風吹得人心裡快活，我口袋裡放著一隻骰子。那一段日子裡，我正認真地做著通過骰子投擲出現的重覆率，以測定人心理定勢的實驗。然而，這一次在晦暗不明的燈光下所測定出來的圖象，它的變幻不定卻使我感到茫然。

由於長時間頑強地盯著骰子，我們的意識又無法清醒，這時候，無聊便乘機大發淫威，統治了時間。終於，我和阿鍾一起對此感到了厭煩。

阿鍾走上了樓梯，樓下只剩下我一個人望著骰子發呆。忽然，我產生了一個靈感。待阿鍾重新出現在桌子旁的時候，我的內心已經有了一種確定的自我感覺。

我望著阿鍾，笑著說：「我知道我將投擲出的骰子數。」

「試試看，」

「5」，我報出了一個數。

隨後，我擲出了骰子，骰子在桌子上滾動了一會兒之後，最後在一點上停住了，骰子上出現的數字，果然被我說中了，它確確實實是「5」。

然後，我又報了另一個數字「1」，這一次也被我說中了。

這樣，我一共連續擲了八次，被我猜中的次數是五次。望著阿鍾一臉的困惑，我對他說：「你也來試一試吧！我知道你將投出來的數字，它是『3』」。

這一回阿鍾倒真的是感到了震驚，因為，他擲出的數字確實被我說中了，它就是「3」。此時，他說他已經毛骨悚然。

「再來。」這時候，我自己也十分激動。

「4」，「6」，「3」……現在是阿鍾自己報數字了，他也總共投了八次，結果呢？他的成績比我還要好，在他投出的八次中，他猜中的次數是六次。

還有什麼話好說。阿鍾也能猜出我將投出的骰子數字，而我們不過是兩個凡夫俗子。一邊玩著骰子，一邊談論著馬拉美的名詩「骰子一擲永遠取消不了偶然」。

一個神奇之夜！在這一個夜晚，就這樣，我們一起打敗了馬拉美的名詩。

正視無意識

面對詩人在這個世界上的各種傳奇，我們最好就將他們看成是我們無意識心靈的直接發言人。

所謂時代先驅、先鋒派詩人、藝術家，就是那些能夠洞察我們時代無意識的人。這些人之所以永遠正確，是因為我們的心靈生活歸根結柢就是由我們的無意識決定的。

六十年代，人們開始了對「人體語言」的研究。就像當年，在人們還沒有普遍地意識到，無意識對於我們心靈生活的重要意義的時候，佛洛伊德便從研究我們人在日常生活中的口誤、筆誤開始，從而展開了本世紀最重要的工作——無意識的研究。「人體語言」學家也從我們人體的「語言」中發現了我們的無意識。

然而，我們詩人的工作，卻似乎永遠比學者的工作做到更早、更好。

這是因為，歸根結柢，我們人的意識是從無意識中發展過來的。

在我們人的無意識裡，已經包含了一切未來的種子。一些人始終跟著自己的無意識，並不斷地洞察著自己與他人的無意識，這是些傑出的人，他們是真正的詩人。

而大多數人，則拒絕正視無意識，一味地生活在意識中，最後心靈便死了。

一九九〇年五月二十五日～六月二日 上海

思想家和人

向人生哲學家學習什麼？

生與死的感受，交織在我們的一生之中，它們出沒無形。當我們感受到了無邊的喜悅，僅僅是活著這一感覺就使我們心滿意足，這時候，我們相信，這種自足的狀態就是生活的全部理由，因而感到再從理性上探討生活的目的、人生的意義是多麼的多餘。

也是在這樣的時刻，我們會對佩斯的名言：「人生就是一種不斷地尋找瞬間的美的過程」產生深切的認同感。

但是，正如好花的生命只是一瞬間，我們的狂喜、置身於光明朗照中的狀態，常常也只是一瞬間，我們又墮入陰沉的地獄中。這時候，問題便會重新抬起頭來：生活的目的是什麼？人生的意義是什麼？

只要我們的生活依然是平庸的、乏味的，像這樣的理性苦事就會不請自來。維根斯坦說：對生活意義這個問題的最終解答，就是這個問題的消失。

從民間格言中，我們同樣也能夠看到類似的思想：只有不幸的人，才會詢問人生的意義。

那麼，當我們墜入了陰沉之境，通過我們的理性探詢，我們是否就能重返生之喜悅呢？這取決於我們的理性內容是什麼，我們是以怎樣的理性方式來詢問這個問題的。哲學家傾向於認為，一種正當的回答，便能使生之苦悶的狀態消失，我們的人生獲得解脫。於是，哲學對我們說來，似乎就成為了這樣一種東西：在我們幸福的時侯，哲學不出現。當我們痛苦的時候，哲學會使痛苦消失。

真正的哲學家是不會自殺的。經驗也告訴了我們，常人對待痛苦所採取的逃避方式並不可取，它不過使人生的痛苦延遲一些而已，最後，痛苦總還會以加倍的利息跑出來懲罰我們。

因此，可以說，向哲學家討教，就是要他對我們傳授一門解脫人生痛苦的學問。

文化，人類的生存祕密

黑格爾認為，理性是人的標誌，所有的人都有理性。我們的文化也傾向於認為，並不是人人都是藝術家。在這種文化中，也可以說，理性的東西就是一種最普遍的東西，是我們每一個人都具有的，而藝術則不然。因此，這就很容易理解了，為什麼我們的文化總是傾向於用理性的力量來解決人生的痛苦。也就更容易理解了，為什麼儘管大眾事實上並不理解哲學家，可在他們的心目中，哲學家還是成為了一種內心沒有痛苦的人的形象，成為了我們文化宮殿裡的至尊。

但是，事實的真相果真如此嗎？

我們所知道的哲學家真的能使人生的痛苦獲得終極解脫嗎？

對一個尚沒有經歷過藝術創造狀態的人說來，事情的確是這樣的；對一個從來也沒有經歷過信仰生活的熱忱狀態的人說來，事情的確如此。但是，對一個真正的藝術家來說、對一個熱烈的信仰者來說，哲學又算得上是什麼呢？

假如有一天，我們的文化獲得了徹底的改造，每一個人都能成為藝術家，每一個人都信奉著自己的上帝，每一群人都有著自己的薩波卡秋[1]，那麼，哲學的至尊地位，就會從根本上被推倒。未來就不是如柏拉圖、黑格爾預言的那樣，哲學打倒了藝術。恰恰相反，是藝術打倒了哲學。

然而，這一天畢竟沒有到來。藝術與宗教畢竟還只是少數人的財富。因為歸根結柢，我們時代的文化主流是由科學理性決定、規定的。在工業科技文明到來之前，我們全體人的文化還沒有被科學理性改造，現在，科學理性的時代畢竟到來了，它已為我們創造出了龐大的物質文明。在今天，任何投身於這一物質文明建設中的人，他的本質就只能受到這種文明的改造。

今天，誰又沒有投身於這一物質文明中呢？到處都有這樣的人，工人、職員、商人、政府官員，在現代文明存在的地方，幾乎每一個都是這樣的人了。

這裡有一個寓言

然而，我們每天畏懼、每天煩悶，心灰意懶，瞬間的光明成為了記憶、成為了希望。我們記住了光明的記憶，對光明保持著熱忱與嚮往。我們在畏懼、煩悶、痛苦的面前活下去，

注釋——

1 薩波卡秋，Subculture 亞文化，音譯。

儘管我們對於它們總是束手無策。但是，常識的智慧已經告訴我們，生活就是這樣，有歡樂也有痛苦，它就是一場含辛茹苦的掙扎。

或者，如一則古老故事所言，皇帝想知道人生是什麼，他派出大臣四處去尋找這種道理。三十年後，大臣終於回來了，此時，皇帝已是滿頭銀絲。大臣向他報告：所謂人生就是一個人生下來，然後受苦，接下去就死了。

歡樂和痛苦，在我們的生活中，就像輪子一樣，轉來轉去。誰都不知道什麼時候痛苦來，什麼時候痛苦去，它就像一個專橫地統治著我們的暴君，我們都是它的奴隸。

追求無限的目的嗎？不可能！有限的目的呢？成敗在於天，即使成功了，空虛跟著來。緊接著我們又被帶進一個更大的社會輪子中去，一切又將重新開始。然而，輪子轉不了幾圈，我們便死了，而關於生活就是一場無邊痛苦的故事，卻將比我們活得更長久，即使在我們死後，它還會被永久地講下去。

真正的終極解脫之道在哪裡？

假如有一天，一個年輕人突然跑出來宣佈：不，不，不！人生可以不是這樣，在另一種文化中，我們可以讓歡樂不再只是對於痛苦的酬勞，痛苦也不再成為歡樂的前提。我們的人生可以不再只是短暫的一點點歡樂，它將是每時每刻都置身於一種美的歡樂的天堂。

這時候，一定會有人說：這是年輕人十足的幻想，在我們生活中，這是永遠也不會實現了的無用的虛構。

然而，這個年輕人的話，我倒更願意將它當作一種寓言來讀。

偉大人物的一生就是一種寓言

寓言是文字寫下的東西，其實，任何一個陌生人在我們眼裡都是一個寓言，只不過我們從來也沒有仔細地去讀過它。偉大人物的一生，在我們的心中則是全人類共同擁有的一個寓言。事實上，也正是這種寓言微妙地、然而卻是極其深刻、持久地影響了我們每個人對人生的整體看法。

千百年來，千百萬虔誠的佛教徒們，熱情地讀著釋迦牟尼的一生。他們認為釋迦牟尼已經獲得了終極解脫的智慧，在他的內心裡，已經擺脫了所有人生的畏懼、煩悶和痛苦。他的心靈每時每刻都沐浴著陽光，到處朗照著光明，在一片歡喜和寧靜中，他對世界和眾生，大慈大悲。

因此，讀他的書，就是靠近這一顆超凡的靈魂；生活在他為我們寫下的寓言裡，就是去成佛。每一個人都能成佛，這是釋迦牟尼的教誨，而他的一生，也正是從一個凡人走向佛的一生。因此，對弟子們來說，重要的是根據自身的特點，去領悟成佛的方式，只要掌握了這種修持方式便能成佛。

然而，二千多年過去了，佛陀的一生，他生前所達到的境界，早已成為記憶，成為被時代文化不斷地改寫著的亞文化。我們的文化、我們的生活方式已歷盡滄桑。

對我們來說，只有同時代的人，他們的生生死死，才是能夠真切地讀懂的寓言。也只有他們，才有可能向我們體現出我們處於文化中的人所能達到的最高境界。正是他們，才能真正地告訴我們，怎樣才能像他們一樣擁有這種境界。

不言而喻，擁有釋迦牟尼、基督、孔子的時代，人們是幸福的。

現在，我們卻不再有榜樣，儘管，我們還仍然保存著這種寓言。

天道的沒落

我們的時代是一個人道的時代，天道在我們的時代已經沒落。從前，闡述人、教育人的責任，總是由部落裡、社會中少數出類拔萃的人擔任，這類人不僅智力超群，多才多藝，而且兼有神性，是一類能與天地往來的人。

隨著西方工業文明的興起，隨著現代社會權力中心的轉移，闡述人、教育人的大權，被另外一種人掌握了。於是，人性「白板說」[2]產生了。人們開始相信，人類自己也能夠掌握一種獨立於人性、獨立於任何文化的東西，人類只要掌握了這種東西，他就不僅能夠殺死上帝，改造自然，而且還能根本改造人類自身。這種超越了文化侷限，被稱之為客觀知識的東西，就叫科學。

這正是人類文明史上的莫大諷刺，好像為了適應、發展人類的物質文明，就得首先殺死人類已經走過的歷史，就得首先取消人的先天價值，就得首先將人的心靈貶低為一塊「白板」。似乎只有這樣，才能開闢道路，才能建立起龐大的現代物質文明。

於是，單向度的人、失去了本真意味的人，只要他們通過對專門知識的學習，掌握了一套科學理性的符號，靠著對於「白板說」的堅強信仰，就能充當起現代人的思想導師，就能成為孩子們心靈生活中的精神牧師。

事實上，我們已經沒有了導師，沒有了牧師。而且，我們似乎也不再需要導師和牧師了。我們只要擁有科學——這種知識對我們所有的人、所有的文化都公開透明——因而，它早晚都會被我們所有的人一字不差地全盤掌握，在這種科學之光的照耀下，我們的靈魂怎麼還會再要一個永遠莫測高深的上帝？一個總比我們知道的更多的導師呢？其實，就連佛、基督是否真像傳說中那樣存在過，也還是一個最大的疑問。

我們之所以會產生上述看法，是因為我們全都相信了：在人的心靈「白板」上，正是人的意識成為了人的全部心靈內容，而一個人的語言，也就是一個人心靈生活的全部財富。

然而一九二五年榮格的非洲之行，讀來卻讓人感到回味無窮。

在那一片土地上，他看到了在我們現代社會中，已經不再能夠看得到的那些有著無窮魅力、精神超凡脫俗的部落先知。他們所具有的人格力量給榮格的精神帶來了極大的震動。其實，在那時候，在一些親近他的人看來，五十歲之後的榮格，他自己的精神容貌也已從一個刻板的「科學家面孔」向著神情變幻莫測的「先知面孔」過渡了。

一天，他找來一個非洲醫生，問他是否經常做夢。上了年紀的醫生，頓時熱淚盈眶，回答說：「遠古時候，醫生做過夢，他們在夢中知道是否會發生戰爭、是否會生病、是否降雨，甚至知道在什麼地方放牧最安全。」

可是現在，無所不知的英國人來了，他們已經使醫生的夢及其預言失去了任何意義，醫生已經成了不必要的多餘的人。

一九九〇年五月二十五日～六月二日　上海

注釋——

2　白板說：tabala rasa。亞里斯多德認為，人初生時，意識如同白板，上面一無所有，然後接受外界的事物刺激成為感覺和知覺，從而形成記憶。後來英國的哲學家洛克接受並發展了這種思想，反對天賦理念（觀念）說，認為人的心靈在剛出生時如同白板，人的一切知性和觀念來自外界，書寫於白板。一切歸於經驗。——京不特注。

青年亞文化與生命的喜悅

人的原型與無意識

先天存在於每個人心靈深處的原型是必然要求在現實生活中、在確定的形式中獲得自我實現的。但主宰了我們心靈的原型究竟是什麼？卻是我們的真正無意識。只有在這種原型獲得自我表現之後，才能為我們的意識所知曉。

從這一點上，可以說，我們的一生就是無意識自我實現的一生，也就是被無知所引導的一生。

在我們成為藝術家之前，並不知曉自己的心靈、無意識主要是由藝術原型決定。藝術美在被創造出來之前，人們並不知道，這是一種美。只有等到印象派畫家將天空畫成黃色之後，人們才會從黃色的天空中，獲得另一種美感。

真的，誰一生下來就知道自己是注定要去成為一個數學家、一個園藝師、一個政治家、一個詩人呢。

信奉「白板說」的人們，總是以為每個人都能成為天才、成為無限的人。「給我一打健康、沒有毛病的嬰兒，以及我自己為使他們成長而建立的特定世界，我敢保證，隨便在他們中間任選一個，我都能把他們訓練成我所選定的任何一類專家——醫生、律師、藝術家、商業巨子，甚或乞丐和小偷，不管他們的天資、能力、嗜好、才具、以及他們祖先的種姓怎樣。」〔由美國心理學家華生（John B. Watson）所說〕儘管我們的意識無知，我們的無意識卻知道，這是真正的幻想。我們的無意識心靈會激烈抗拒這種幻想，並且積極認同著自身的原型——我們只能成為這樣的人，而不是那樣的人。

真的，有的人生下來注定要成為一個惡魔式的人物，因為，在他的主要原型中充滿著邪惡。這樣的人，在二千年前是撒旦，五十年前是希特勒。而在今天，則是一個暴徒、一個恐怖分子、一個流氓球迷。

人性的惡並不能被根除，它只能被限制、轉形而已。

同樣，如果我們每個人的創造神沒有被喚醒，它受到了外力的限制，那麼也只能畸形地發展起來。例如，一個原型是詩人的人，如果不幸地只能生活在一個閉塞的窮鄉，一個無知無識的環境裡，那麼這個人的一生，也就只能成為一個終日無所事事的鄉下的懶漢了。

每個人的原型就是這樣被先天地決定了，至於是否能夠從中，在我們的今生結出碩果，它將以怎樣的一種形式表現出來，則由每個人的環境、社會文明進程、文化形態所決定。

革命的青年亞文化

不幸的是，這種現實化的過程，最初，卻必然從一個誤入的世界中開始。

這是因為當我們出生、來到人世的時候，父輩的文明是將我們的心靈判定為一塊白板的，大人們被授予了可以在上面自由塑造、隨便亂寫的權利。自由成長是兒童從沒有被許諾過的權利，即使到了已經有自己的聲音和言語的少年時代，這樣的權利也沒有獲得過。誰想有，誰就會遭到成人世界寫在他們心靈上的超我的譴責，以及壞孩子名聲的社會譴責。

另一方面則是在於，雖然，童年是一個我們的原始生命力生機勃勃、旺盛的早晨，卻同時也是自我意識、意志力最為虛弱的時候。因此，自由選擇的權利，事實上，也是自身無法獲得的。童年的太陽下，寫著的必然幾乎都是成人的風景。

這種自身無意識與自我意識根本上的不相匹配，決定了人只能從一個「誤入的世界」中成長起來。

幾乎所有作家的處女作，寫的都是自己過去的不幸，原因就在這裡。事實上，通過撰寫童年、回憶往事，也就是改寫、重整舊有意識，從而使得我們在一種新的意識形態中，再一次將人生早晨的太陽喚回。

而青年時期，恰恰就到了一個自我意識通過迂迴曲折的累積，逐漸達到與人的自我原型相匹配的時期。這時候，那些一直被壓抑、宣佈為不存在的東西，便都跑了出來。最初出現的彷彿總是那一種憤怒青年的形像，激奮地向著一個成人世界宣佈道：「這樣、那樣的東西是存在的，並且，一直是存在的。而決不是像你們所認為的那樣，只是虛無的東西。」

因此，青年時期，並不只是一個為走向成年世界的準備性時期，更加重要的是，這是一個整體性地從被壓抑了的童年思想、童年情結中解放出來的時期。儘管這時侯，這些存在的東西，大多還只能以存在宣佈為其存在，以極端性的反抗方式自在地實現自我解放。但由於造成我們童年壓抑的起因，主要在於將人的獨特性視為「虛無·白板」的成人文明，因此，這場革命也就總是直接指向了我們文明中的根本性缺陷，由此創造、誕生出來的青年亞文化，事實上，也是歷史上一切新文化的母生地和直接承擔者，是我們人生最有希望的一次革命。

人有兩次誕生，一次是作為擁有人類意識的人誕生到一個「誤入的世界」上，還有一次就是青年亞文化時期，我們反抗了這個「誤入的世界」，從而開始成為一個擁有自主意識的人。這是一次更加偉大的誕生。也只有在這個時候，我們才可以豪邁地說：「我真正地誕生了」。

那麼，在我們真正地誕生之後，在一個並不誤入的世界裡，世界的真相又如何呢？

佛性何在，欣悅微微

弟子問佛陀，何為佛法？

佛陀答曰：佛法無邊，欣悅微微。

意思是說，如果我們快樂，越想越覺得快樂，但究竟為什麼感到快樂，想想又沒有什麼具體事情使我們可以感到如此快樂，這種境界就可以說是進入佛境了。

到處都有佛法，無邊的佛法使我們到處感到快樂無邊。

一天上午，存在主義大師齊克果坐在桌子旁，心中突然感受到一陣陣莫名的狂喜。這種無名的狂喜狀態，將他連日來的陰沉頓時一掃而空。這種非理性的狂喜狀態，使齊克果感到震驚，激發他去思索「存在」之迷。

一九五五年，榮格的妻子艾瑪去世了。榮格在給他的一個朋友的信中寫道：「我妻子去世前兩天，我就感受了人們所說的偉大的啟示」。榮格把這種體驗，比作一道閃電，照亮了若干世紀一直隱藏很深，而未被我們揭露的祕密。

馬斯洛是一個世俗心理學家，他喜歡把上述事例歸納到「人的高峰體驗」這個範疇中去。

其實，對我們大多數人來說，那個顯得難以理解的「佛」的概念也好，從西方唯智論傳統中掙扎出來的這個「存在」的範疇也好，「偉大的閃電般的啟示」也好，它們都意在提醒我們：在我們建立了自我意識之後，對於「我是誰」，「世界是什麼」這類可以說我們童年時期已「知道」了答案的問題，我們必須以另一種完全的目光去看待它們。

一九九〇年五月二十五日～六月二日 上海

命運之說

他們都說對了

從個人角度上看，人生的悲喜，僅僅只是一時的感懷，無所謂悲觀主義與樂觀主義之分。即使在他人看來，生活在悲慘境遇中的人，或許我們聽到當事人所說的卻是「他正置身於天堂」。

在這個世界上，談論他人的幸福，是沒有什麼標準可循的。我們每一個人，有時候，所處的世界，從根本上說就是不相同的，而不僅僅只是「從不同的角度，看到了不同的世界。」

一九九〇年六月二十一日，盛夏還沒來臨，炎熱卻不加思索，突然佔領了這座城市。反常的氣候使人昏昏欲睡，人們的議論變得雜亂無章。

一個朋友在翻閱舊稿；一個朋友在總結某個文學流派的始末；一個朋友在寫長長的情書；一個朋友走在大街上；一個朋友夢見長詩「烏有鄉」已經完成；一個朋友在加州的高速公路上開快車；一個朋友在醫院裡等待就診；一個朋友在居室裡修練瑜伽；一個朋友在澳洲採摘葡萄；一個朋友在熱帶叢林裡念佛。

我喝了很多杯啤酒之後，興奮不已。

教授說，龐德已經被他自己充滿詩意的事業，弄得筋疲力盡了。

孔子漫步
走過聖廟
又走過了杉樹林
然後在低處的河邊徐行
伴隨他的是求、赤
和說話細聲細氣的點
「我們都默默無聞，」孔子說
「你們將來會去駕車嗎？
你們將因此成名。」
「也許我確實應該去駕車或射箭？」
「或是在公眾面前講演？」
子路說道：「我想要整頓防務。」
求說：「如果我是一地之主，
我將把它治理得比現在更好。」
赤則說：「我更喜歡有一座小小的山廟，
整肅禮儀，
讓祭祀恰如其分地舉行。」
點開口了，手指撫弄著琴弦；
當他手已離琴，

卻依然是餘音裊裊。
那聲音在枝葉下面飄起，彷彿輕煙。
他注視著它說：
「古老的池塘，
孩子們撲冬撲冬躍入水中；
或是端坐在樹叢裡，彈奏著曼陀林。」
對所有的人，孔子都報以同樣的微笑。
曾皙很想知道，
「誰回答的對了？」
孔子卻說：「他們都回答的對了，
也就是說，各自遵照自己的天性。」

——龐德《詩章》

大多數人都知道「自己」的命運

齊克果仔細地考察了人在兩難選擇中的處境之後，得出結論：為了獲得自己的生活，人就必須進行一次又一次的「非此及彼」的選擇。選擇的依據呢？並沒有理性、現實的依據，能夠成為他唯一依據的只有他自己的激情與衝動。

或者，我們也可以在這裡簡單地劃出一條界線，以便讓那些不同意這個結論的人，能夠更加清楚地看到，什麼才是他們的真正處境。

這條界線可以以不同意這個結論的人為界劃出，在這樣一條界線劃出之後，那麼，我們能看到站在那裡的都將是一些怎樣的人呢？

顯然，這些人就是認為理性能夠成為選擇依據的人。

像這樣的人，在我們的生活中，他們也總是雄辯、廣證博引的能手，形成這種特徵的原因不是別的，正在於他們自以為賴以行動依據的理性。在這張到處鋪開的理性之網中，他們理所當然地以為，他們在這個世界上是能夠獲知自己命運的。從最終意義上說，像這樣一類知道自己命運的人，他們也是社會中的大多數人。

但喜劇性的地方在於：這些以為知道自己命運的人，恰恰正是最沒有自己命運的人。由於理性，早已使他們的命運從屬於了一個已知世界裡的種種規劃中。在各自從屬的階層、階級裡，自己什麼時候將會獲得升遷？什麼時候將會有某種物質待遇？明天將會遇到什麼？後代將會如何？一切都可以通過理性精打細算地計算出來。如果無法合理地推理出來，那麼就不該去想，不能去做。從根本上說，它們也是不存在的。

結果，在這種「計算不清楚，就不存在」的邏輯中，個人的獨特性被壓抑了，遼闊的世界被壓縮到只剩下一張皮囊。在現實生活裡，這種人就成了一群看上去幾乎一摸一樣的人。事實上，他們也是一群具有相同命運的人。不同之處，僅僅在於每一個人，在同一張命運之網中的位置差異而已。

但一個經驗主義者休謨卻熱情洋溢地說：人是而且只能是激情的奴隸。

年代不同，修學態度迥異，然而，在這裡，不同凡響的回答卻是相同的。

這是因為他們都是真正知道命運之說的人，無論是存在主義者齊克果，還是經驗主義者休謨。但事實上，他們卻又都不知道自己的命運。這些有自己的命運，卻不知道自己的命運的人，在這裡，我想說這樣的人的生活是一種悲劇，既然，從上面我們已經看到「知道自己命運的人」的大眾喜劇。而從塵世的角度上看，這樣的一群人，他們也是以一種悲劇性的方式生活在民間的。

也許，叔本華就是這類人的傑出代言人。

像這樣的思想家，他們自然會成為藝術家的朋友與代言人。因為，在這個世界上，藝術家不是其他什麼人，他們恰恰都是些不知道自己命運，而同時，又千真萬確地有著自己獨特命運的人。

齊克果稱之為的衝動、「信仰的飛躍」，休謨稱之為的激情這些決定了人的命運的東西，叔本華則將它們稱之為「生活的盲目意志」。正因為如此，所以，它們對我們說來，只能是不可知的，從而人生如夢了。

那麼就讓黑格爾去成為官方哲學家吧。這也是必然的，因為統治、管理著「知道自己命運」的大眾的政治家們，他們需要的就是這樣的理性派哲學家成為他們的幕僚，替他們出謀劃策，從而統治天下。

一個是喜劇，一個是悲劇。生活在喜劇中的人，他們既然總是知道自己的命運，所以，在人群中，他們是滔滔不絕、振振有詞的，是我們生活中一類充滿著雄辯力量的人。可說穿了，既然在這個世界上，他們其實又沒有自己的命運，所以，從他們的無意識和感情方面，人們必然會認出在這一系列雄辯意識的背後，隱藏著的只是真正的虛妄與空虛。在一些自身意識模稜兩可的地方，我們就能看到他們又總是喜歡以所謂的「人生最高箴言」，用來逃遁、躲閃他們的真正處境——「還是少說空話，少些空想，多乾實事吧！」「事實勝於雄辯！」「沉默是金，說話是銀」。

而那些生活在悲劇中的人，他們倒確實是一些沉默非雄辯的人，既然他們不知道自己的命運；而他們又確實有著自己的命運——在這個世界上，這樣的變幻莫測，不可知！於是，僅僅為了自己的命運的緣故，他們也成了一類好思的人，從而訥於言行了。

眾人皆有
我獨若遺
我愚人之心
純純
俗人昭昭
我獨昏昏
俗人察察
我獨悶悶
淡若海
漂無所止
眾人皆有已
我獨頑似鄙
我獨異於人

而貴食母

——老子《道德經》

薩爾卡之說

燈下讀書，而無薩爾卡著作，像我這樣淺陋的學人，此類憾事，比比皆是。

《一九九〇年：大蕭條》的作者萊維·巴特拉自稱，他於一九七六年，碰巧閱讀了印度哲學家薩爾卡的著作《人類社會》，便花費大量的時間去驗證薩爾卡稱之為的社會週期規律，最後，他的結論是：他所研究的幾個社會的編年史，皆都遵循薩爾卡所描述的模式。「從此我對於探索人類歷史的興趣便變得近乎痴迷。」在這基礎上，萊維·巴特拉大膽地預言了伊朗革命、兩伊戰爭、一九八六年歐洲經濟衰退等等，以後皆被證實（包括事件發生的時間及長短，《教授因其預言引起人民的關注》）。

萊維·巴特拉在《一九九〇年：大蕭條》這本書中，向我們介紹了很多薩爾卡的思想。在這裡，使我們感到興趣的是薩爾卡關於人的四種類型說（他的社會週期就是以這四種人相互更替的統治地位而展開的——勞力者時代——尚武者時代——智者時代——聚財者時代。歷史如此循環漸進）。

薩爾卡認為，投身於社會中的大多數人，追求的皆都是個人生活的舒適以及社會中的顯赫地位與名聲。由於每個人自身內在素質的不同，決定了人們在達成目標的方式上的不同。

薩爾卡認為，可以將社會中的人分成四種，這四種人分別有著不同的心智結構。一類人，他們有尚武心理，屬於尚武階級。這類人的內在素質決定了他們使用他們的力量和肌肉去解決問題。這類人的代表有士兵、警察、消防戰士、職業運動員和熟練的藍領工人等。另有一類人，他們缺乏尚武者的體力，但卻有著相對高超的智力，這類人屬於「智者」範疇。因此，他們是嘗試著智力、而非臂力去解決困難、效力社會的，如哲學家、作家、學者、律師、醫生、詩人、工程師、科學家、白領工人、教士等。還有一類人，他們積癖成性、喜好聚斂財富，他們是聚財者，如商人、銀行家、實業家乃至地主等等。

還有一類人呢？這類人不具備上述這三種素質，只能屬於勞力者階級。像這一類人，總是社會中最貧困的人，受到社會的最大剝削。

從這裡引出什麼結論

費耶阿本德揭露了學術界中，存在著大量不閱讀原著、便跟隨始作踴者、人云亦云、以訛傳訛的人的事實（關於愛因斯坦與馬赫之爭）；揭露了現代學術團體出於自身存在的需要，從而培養了大部份「專業化的無能的人」的事實（《從無能的專業化到專業化的無能——一種新型知識分子的產生》），他被人譽為當代的禪宗大師。

因為，所謂的禪宗師傅不是別人，他就是一個時時提醒我們是生活在具體生活中的人，並從生活出發，給需要醫治的人不斷地開出藥方。

六十年代，有一個美國作家，寫了一本書《馬克思與癰》，書中談到馬克思在寫《資本論》其中幾個章節的時候，屁股上正生著一隻癰，這使得他的文字容易變得怒氣沖天。還談到盧梭在寫《民約論》時，他的膀胱正在發炎，經常的跑廁所，使得這部名著的文體變得非常渙散。

這種推論，儘管顯得可笑，但這種觀點卻能提醒人們注意：所謂名著，也是由一個會受到身體困擾的人寫下的。這在一個人們對偶像的迷信已經發展到近乎偏執狂的地方，有利於人們的頭腦清醒，解放思想。

阿爾都塞（Louis Pierre Althusser），事實上正是從發現馬克思也像一些三流作家一樣，存在著思路不清，文字貧乏，詞不達意的現象，從而開始其劃時代的研究《閱讀〈資本論〉》的。

對簡單事實存在的提醒，其解放人性的力量是非常巨大的，其意義經常出乎我們的意料。如維根斯坦的工作，就是在這種類似於蘇格拉底所說的「知識即回憶」中展開。

在我們的實際生活中，這樣的例子更是不勝枚舉。

例如，一個正受到一封「拒絕信」打擊的情人，我們便可提醒他（她）注意這個事實——別忘了寫信的人並非是一個大作家，也並非是一個大心理學家。因此，你怎麼有足夠理由認為這封信是他（她）寫的一封「達意的信」呢？難道就不能認為對方是因為文字修養太差了，從而產生了這些粗暴的、傷人心的文字？

這是其一。其二是，你怎麼敢保證對方在寫這一封信的時候，恰恰就是他（她）對自己及形勢估計評判的最正確的時候呢？

這是對「戀人的文字」總是過高估計的一個例子。

此外，我們還總是過高估計對手的能力，這尤其在與論敵交戰的時候，我們常常會誇大對手的思想深度、文字表達能力，如「含沙射影，曲筆老辣」等等，其實可能根本不是這麼回事。人們應該想一想，對手或許只是一個很笨、懶惰的人（他只有對「口號的經驗」，而沒有「實在的體驗」），他之所以與你交戰，或許是因為他剛剛讀了一些壞書而已。我們對那些文字華麗、內容空虛的文章，尤其要這麼去想一想。

這樣，我們便可以回到一個有益的結論中去了。

我們現在主要談論的是一個關於知識分子的問題。那麼，從薩爾卡關於人的四種類型的思想中，我們能夠看出什麼？

「大多數人投身於社會活動中，皆都被追求舒適的生活和顯赫的地位的動機所掌握。有一種人他們缺乏尚武者的體力，卻有著相對高超的智力，即智者，所以，他們是本能地傾向於用腦力來達到他們追求舒適的生活和顯赫的地位的。」

就是這個簡單的事實。

因此，當你——天真的讀者，發現天下為什麼有這麼多無用，這麼多愚蠢的書時，你就用不著百思不得其解了，更不應該還有一個想法——任何一本書裡，總會有一些智慧存在（這正是你們為什麼常常日夜苦讀的激情所在，也是當你們讀不懂書時，會有苦惱意識產生的原因之所在）。

事情就是這麼簡單。

幾乎所有的人都本能地、最大限度地開發、利用著自己的某個最發達功能，以此達到謀生與顯赫的目的。這也就是為什麼在社會中，那些在整體人性上發展自己、實現自己的人總是特別稀少的緣故。

這也就是為什麼市場上，總是充斥著這麼多廢書的原因之所在，他們是只能這樣去謀生的。這些片面、畸形的人！

所謂的「智者階層」，有可能就是這樣一個集團：他們將所有的問題皆弄得複雜，而且越複雜越好；越專門化，越有行話術語越好；並且，能夠晦澀，則盡量晦澀；最後，最好讀者一個也看不懂！

這正是偉大的卡爾．馬克思在大英博物館對意識形態奧祕的發現（在謀生之道上，我們也可以說，那類寫廢書的人，是根本不笨的，簡直可以說是聰明了）。這也正是薩爾卡的社會週期規律成功的奧祕（因為這四類人在社會上反覆出現與存在，說明了大多數人皆以「單向度的人」立身於社會，從而使整個社會變得有一個線形的規律可循了）。

而在這樣一個成年人的腦幾乎都服務於胃的世界上，我卻要寫出我的「四頌」，獻給未來的新人。

一九九〇年五月二十五日～六月二日 上海

四頌

一、閒散頌

伯特蘭．羅素不僅博學多才，而且，其心智常與詩人類同，是當代一個偉大的智者，在他的散文集《真與愛》中，「閒散頌」深得人心。

大家都聽說過一個到那不勒斯旅遊的人的故事，當他看見大街上十二個乞丐，躺在那裡曬太陽的時候，他想佈施一個里拉給其中最懶的一個。有十一個乞丐一下子躍起乞討。於是，他把里拉給了第十二個乞丐。「這個旅行者所做的當然是對的。在那些享受不到地中海日光的國家裡，閒散並非易事一樁，需要廣加宣傳才能開此先例。我希望青年會領袖們讀了這篇文章後，開展一場運動，引導善良的年輕人無所事事。倘能如此，我便算沒有白活著。自然，在一個不存在真正的工作的地方，那麼，也就不會有真正的閒散出現，有的只是人們的無聊與閒愁。」

閒散是勞動者的天堂，非工作者的真正的地獄。而真正的工作者，只有廣加思之，才能真正獲得這份來自天堂的禮物。

美的天，真的天，看我多麼會變！
經過多大的居傲，經過了多少年。

> 離奇的閒散，儘管是精力充沛。
>
> ——瓦拉里（Paul Valéry）《海濱墓園》

從這裡，我們能夠看到瓦拉里對於閒散的盡情讚美，在實際生活中，瓦拉里也是一個閒散大師。二十幾年的隱居，閒散的生活！在一本冗長的使人發瘋的學術巨作《歷史研究》中，湯因比研究了歷史上的許多偉人，發現在他們的一生中，幾乎都曾有過一個閒散的時期，並得出結論：這是一個必不可少的時期。

而榮格對閒散作用於一個人的精神健康、整體人格誕生之必須，更是推崇備至。「只有魔鬼才匆匆忙忙」——德國諺語（見榮格自傳）。

一個青年學人，他要做到閒散，其實只要少看書，少寫作就行了。而要真正做到少看書、少寫作，只要明白這個道理：大多數書是無益的，大多數「非寫作者的寫作」對一個人的整體人格的發展，甚至是有害的。下面，看一看另一個閒散的人說的話如何？卡夫卡，提出這個名字，也許你會感到吃驚，因為，可能當初你對卡夫卡的印象並不是這樣的。

但是，卡夫卡確實有著他的閒散。

大街上，卡夫卡神情飄逸，款款而行，後面跟著的是年輕人雅努施，卡夫卡儼然就是一個解甲歸田之後的青年導師。

> 你沒有必要離開房子。待在桌邊聽著就行。甚至聽也不必聽，等著就行；甚至等也不必等，只要保持沉默和孤獨就行。大千世界會主動走來，由你揭去面具。它是非

這樣不可的，它會在你面前狂喜地扭動。

——卡夫卡《論罪惡、苦難、希望和正道》

二、寄生頌

現代社會，既使「閒散的人」丟臉，更使「寄生的人」成為可恥。可是，在古時候，並且，在不久之前（西方工業文明化到來之前），閒散、寄生的人還受到社會輿論的推崇與讚美。

在印度的奇書《五十奧義書》中，其中談到那些在瑜伽上修練至成的人，他們最後在社會上的歸宿就是做一個乞討為生的人。相反，那些以特技、算命作為糊口的人，則反倒被認為是邪途。可見其對閒散與寄生的讚美程度。

釋迦牟尼更是人類寄生有術的大師，其門徒到今天為止，還在享受著由他種下的蔭福。據說，釋迦牟尼在出家之前，便從修行者口中獲知了他將作為一個乞討為生的人的命運。

> 怨孿平等心，不務於財色，所事唯山林，空寂無所營；
> 塵想既已息，蕭條傳空閒，精粗無所擇，乞食以資身。

東方如此，西方也如此。在中世紀，西方的藝術家們依靠贊助人生存，則是基本的慣例。

對了解早期印象派這段歷史的人說來，該不會忘記梵谷他們夢想建立「共產主義畫廊」

這個不幸的故事吧？因為無法獲得藝術的贊助，而又想活得像個樣子，結果，梵谷弄丟了他的一隻耳朵，高更只好跑到塔希堤島上去了。

關於這些，在貝爾的《藝術論》中，有著最好的論述：「讓全世界的藝術家都成為乞丐吧！」

事實上，偉大的藝術總是由乞丐創造的，即使在藝術家功成名就之後，只有內心裡仍然保持著乞丐一無所有的境界，才會繼續是一個藝術家。藝術家暫時性地棲息在這個世界上，塵世間的成功與物質上的榮華富貴，僅僅只是他們偶爾碰到的、獲得的東西而已。

然而，在今天，這個事實上到處都有懶漢、到處都有寄生在制度上的蟲子的中國，我們重提「閒散」、「寄生」為藝術家美德的思想，會有被混淆、引起形像上混亂的危險。但是，這種思想還是應該被大提特提的。尤其是我們已經獲知了「聰明人」是怎樣通過生產「假貨」這類極其無用、甚至有害的東西來達到他們生活舒適、社會地位顯赫的目的。

因此，即使在對整個社會實現啟蒙的意義上，我也要對青年文人、和以發展自己整體性人格為自己今生唯一目的的人，表明我對於「寄生的禮贊」。你們以為如何？

三、名著頌

沙特可算是一個奇才了。據阿隆說：大學時代，只要需要，沙特幾乎一星期就能寫出三、四百頁文字。但沙特本人對此卻不以為然。他認為還沒有找到一種可以自由組織起自己思想聯結方式的偉大工具，所以，這樣的文章是不算數的（而這種困惑——對思想工具的憧憬，也正是榮格在遇到佛洛伊德之前的最大困惑）。

在沙特二十八歲那年，他記起了歌德的話：誰不在二十八歲學有所成，誰就注定不能揚名天下。那麼，怎樣才能學有所成呢？沙特的選擇是在這一年跑到德國，他為自己找到了一個老師——海德格。幾年以後，一個震驚世界的沙特便誕生了。

像這樣的幸運，當然不是每一個學人都能遇得到的。

但是，書本總是我們另一個最好的老師。就像人不可能同時投師於許多師長的門下，而又不偏心一樣，能夠成為我們老師的書是不多的。事實上，往往就只有二、三本經典書，甚至就只有一本。

那一本劃開了我們心智黑暗的書，劈開了我們感情冰山的書，猶如閃電，猶如斧頭。就是這一本書！而不是其他什麼赫赫有名的書。這一本書就是你的名著，你的最好的老師，或許，這一本書默默無聞，作者名不見經傳。但是，這又有什麼關係呢？如果這本書真地使你激動得要命，使你激動地在朋友中間到處都談論它。或許，這本無名的書，這一個無名的人，還正是通過你——真正的弟子，使它從此登堂入室、大放光明。

緊緊地盯住這一本書吧（如果，你已經碰到了這一本書），並且，緊緊地跟隨著這一個作者吧（而事實上，你也是非得這樣不可的）！所有他寫下的書，你都要去讀；所有他喜歡讀的書，你都要去讀（如果你是一個精力充沛的人）。

五體投地去崇拜他吧！他就是個一句話頂一萬句的人；他就是個每一句講的都是真理的人（如果你正進入一個好學的時期），並且，無處不在地使用著他的話吧。

敬仰他的名字就像敬仰神明一樣。

這樣的一本書，這樣的一個人，肯定是存在的。你今天或許還沒有發現它的存在，這是你的不幸。如果你明天還沒有碰到，或許，這就是你一生中最大的不幸。

像這樣的事情怎麼會發生呢？

因為，在這個世界上，你絕非是孤零零的一個人，有一類和你具有同一類型的人，事實上，他們早在千百年前，就在這個世界上存在了。

所有大思想家，想的都是同一類事情。

四、天才頌

學而知之，不如生而知之。

最後一頌，也就是天才頌。

那些使你五體投地崇拜著、敬如神明般貢奉著的人，他們之所以享受著我們給予的如此殊榮，原因不是別的，正是在於他們提前說出了我們自己想說出來的話。

所謂我們的老師，不過就是那些已經掌握了用語言（或其他方式）說出祕密來的人，也即掌握了「偉大工具」的人。

這正是沙特去留學的原因以及榮格早期被稱之為佛洛伊德的學生的原因。

除此之外，哪裡還有什麼老師，什麼名著……有的只是朋友、讀物、對話者與聽話者，以及這些和我們在一起愉快地度過了一個個美妙神奇的夜晚和白晝而已。

除非我們忽然被告知：先知是存在的，如果沒有他們，那麼真理就不會得以顯現。

一九九〇年五月二十五日～六月二日 上海

中國金花之迷

在我的生活中，失去了一個我為之生活的神話之後，我便開始了《周易》實驗、釋夢活動。

歷史上曾有過不少類似的事例，通過做夢的經歷或者一種崇拜活動，不僅治癒了做夢者、神話失落者的內心疾患，而且，最終還使他們走向了一條寬廣的新路，內心世界獲得更大的解放。

當我也學著去做一名古老的東方蒙昧主義者，所不同的僅是把一堆蓍草換成三枚分幣，那是去年的秋天。在那段沒有神話的日子裡，我經常把分幣往地上一撒，望著它們所形成的變化，這時候，我相信，明天生活的凶吉、所應遵循的行動準則，都已清楚地寫在了上面。

在開始《周易》實驗之前，理性上的準備，可以說在去年的春天就已準備好了，即那個被稱之為「打敗馬拉美名詩之夜」的實驗。通過那次實驗，使我獲得了骰子或一把分幣有可能並不是偶然地被決定，而是被我們的無意識事先預定的這麼一個初步結論。人的理性一旦接受了這麼一種觀念，將《周易》看做為一本神喻的卜筮之書，而不僅僅是一本哲學著作，就成為了可能。

雖然如此，但在投入《周易》實驗之前，僅有這種理性上的準備，還不足以使我內心獲得一種真正的虔信，並就此形成一種新的思維類型，這也是不可能的。這還需要時間。

終於，一個決定性的夜晚來了。

突發性事件

在這類突變性事件中，人常能夠證明，原型在無意識中長時間地工作，巧妙熟悉地安排將會導致危機的事件。

——C·G·榮格

不幸的突發性事件，既不為我們的理性所理解，也無法為我們的感情所接受和容納。我們大多只能以一個蒼白的字眼「偶然」，來勉強表達出這一片精神上的空白。

存在主義是本世紀最出名的生命哲學，它之所以吸引世人，就在於它為反抗「突發性事件」所建立起來的兩個思想：一，我們是被偶然拋落到這個世界上來的，因此，在這個陌生的世界上，人的存在，必然時刻都處於危險與恐懼之中。二，但是，只要我們能夠正視人的這種「偶然性」，那麼，我們就會發現，恰恰正是這種「偶然性」保證了人的自由。因此，只要通過種種大膽、堅決的自由選擇，我們不僅能夠戰勝人因生存的偶然性所引起的焦慮與恐懼，而且，我們還能找到人存在的價值與意義。

然而，在實際生活中，如果有誰真正意外地經歷了從陽光朗照的山頂，突然被拋落到黑暗深淵的時刻，那麼，在這種不幸的突發性事件體驗中，他就會深切地體會到：不僅當一名堅決的存在主義者是可能的，而且，就此一去不復返地從意識形態上與存在主義大決裂，也是完全可能的。

下面就是上述榮格引文的出處。本來，這不過是一個陳腐的愛情悲劇，被人已經陳述了幾千年，我們很快就會忘記這個故事。然而，就在這個故事快要結束的時候，榮格對此的評註，卻似一道從黑暗中突然照射過來的強光、一種精神上的奇蹟，使我在一種完全不同的境界中，看到了另一種思想成立的可能性。

> 毫無疑問，為了喚醒人們，使他們注意到自己是在幹什麼，與之相似的感情體驗的震撼常常是必不可少的。這裡有十三世紀西班牙紳士萊蒙．呂爾的著名一例。在長久的追逐之後，在一祕密的約會地點，萊蒙．呂爾終於見到了傾慕已久的女人。女人默默無言地解開自己的衣衫，向他袒露出因癌而腐爛的乳房，呂爾看到此景後感到無比震驚。這場震驚改變了萊蒙．呂爾的一生，他最終成為一名傑出的神學家，成為教會中一位最偉大的傳教士。在這類突發性事件中，人常能夠證明，原型在無意識中長時間地工作，巧妙熟悉地安排將會導致危機的事件。
>
> ——榮格《人及其象徵》

榮格在此表達的思想是這樣的嶄新，一點也不為我們的現代人文意識所熟悉，然而，卻又是這樣的古老，它似乎一直就滲透在我們生活的血液裡。於是，就在那個我一生中心靈最漆黑的夜晚，一個在我本能中長期蟄睡著的古老神話被榮格這種思想喚醒了。

確定性與等價性

面對「不幸的突發性事件」，有兩種截然不同的態度可供選擇，一種就是徹底承認這個世界、我們人本身存在的完全偶然性，「人因他的偶然性受苦，也因他的偶然性獲得拯救」這樣一個現代主義神話。

另一種態度就是完全否認這個世界的偶然性，只承認、接受這個世界上的唯一必然性，「若無上帝意志，就連一雀之微也不至於無因落地」這樣一個我們人性中最古老的神話。

相信世界是虛無、人類萬物只不過是一堆偶然的相遇與堆積，所謂人生就是一場無用的熱情。或者相信人生的目的論，每個活在這個世界上的人，不僅有著今生的特定使命，而且，在他們身上還有著千百年來川流不息的羯磨之鏈。作為一種哲學之辯，我們從中能夠得到真正的結論嗎？

在上述萊蒙·呂爾的事例中，從常識因果律上看，將萊蒙·呂爾目睹此景後的無比震驚，看作為他皈依宗教的起因，這並沒錯。但這樣的因果性在邏輯上卻也是一點都不充分的，因為可以設想，更多的人目睹了這同樣的情景之後，他們又會做什麼呢？但如果據此斷定此景一定是原型為呂爾成為傳教士所巧妙地安排下的一個契機，那麼，在現有的理性邏輯中，也是沒有什麼充足理由律可以使之成為一種保證的。導致出家的契機，事實上還可以有其他幾千種方式，你又怎麼能說此種情景就一定是宗教原型所為呢？

因此，在我們現有的邏輯、理性中進行論證是毫無意義的，也是獲不得任何收益的。

但是，一個相信原型存在的人，一個相信生命目的論的人，卻能從這種信仰中，獲得從常識論、存在主義那裡得不到的人世間最寶貴的感情養料以及無所不在的啟示。

崇拜沙特的青年學生，去問他心目中的導師，他既想上戰場，又愛他的母親，對於這種兩難選擇他該如何選擇呢？沙特回答：你自由選擇吧！像常識論者一樣，這當然是一種不錯的回答，但是從中我們又學到了什麼呢？

事實上，像這樣的啟蒙，這樣的導師，我們只要去聆聽一次就夠了。

走向同步性思維

我開始認同這樣的思想了，偶然的突發性事件，我們不僅可以將它看做是一種我們自己命運中無法避免而只能全部承擔下來的東西，並且，還能將它看做是一種自己將去做什麼事情的先兆。

當一個人具備了這樣一種思想，或者說，我們用了這樣一種思想的眼睛去看待世界的時候，這個世界又會呈現出什麼樣子呢？

我們可以以釋迦牟尼的出家前一天為例：夜晚，太子從夢中醒來，見到宮女披頭散髮，嘴裡流出口水，心裡頓起厭惡之感。早晨，太子走到東門，遇見垂死的老人；走到南門，遇到奄奄一死的病人；到了西門，便見到了死人。到了北門，恰逢一修行者，太子對這一天的情景感到驚奇，於是，便問修行者，答曰：「怨親平等心，不務於財色；所事唯山林，空寂無所營；塵想既已息，蕭條倚空閒；精粗無所擇，乞食以資身。」

從這裡，我們不僅看到同步性現象怎樣應對釋迦牟尼的心情，而且，榮格的論述「人常能夠證明，原型在無意識中長時間地工作，巧妙熟練地安排將會導致危機的事件」，在這裡也有著同樣的回響。

同時，也應該看到，在一個人的精神發生深刻危機的時候，能將他從這種危機中解救出來的同步性現象，也會相應地增多起來。它們常常以一種奇蹟的面貌展現出來。

下面是維根斯坦的一例：那是戰爭時期，維根斯坦作為一個軍人駐防在加里西亞的塔瑙夫城，一次，他偶然經過一家書店，裡面除了圖畫、明信片之外，其他什麼也沒有，但他還是走了進去，發現這書店裡只有一本書：《托爾斯泰論福音書》。僅僅是因為再沒有其他書可買，他把它買下了。正是從這個時候開始，以後無論在炮火下，還是在其他時候，維根斯坦總是把這本書帶在身邊，將這本書讀了又讀，為此，他的戰友還為他起了一個渾名——帶福音書的人。

像這樣的例子，在宗教徒中更是比比皆是，不勝枚舉。

當然，同步性現象並不只在我們的心理產生危機的時刻，或者只在特殊的少數個別人身上才發生。

在八十年代，中國有一本流傳甚廣的書《情愛論》，為保加里亞的一個馬克思主義者所寫[1]。作者在這本書中，自稱用科學理性態度研究愛情，然而，就在書裡面有一個觀點，它足以使作者辛辛苦苦建立起來的所謂的理性體系，一下子被自我引爆得一文不值——「愛情最好的助手就是機遇」。

注釋——

1 《情愛論》保加利亞人基里爾·瓦西列夫於一九七二年發表的一部研究愛情的著作。作者從倫理學、社會學、社會學、哲學等角度論述愛情的本質、結構、內容及其意義。書中引用了大量文學作品中描寫愛情的文字。

像這種所謂的「機遇」，是可以被我們理解為一種同步性現象的。事實上，所謂戀人，也就是時時刻刻都生活在同步性中的人。如果沒有了一種同步性思維，那麼他們為愛情所做的一切事情，也就只是一堆蠢話、一堆蠢事，而絕無任何的戀人絮語可言了。

這種現象是這麼顯著，幾乎不用提醒，任何一個經歷過戀愛的人對此都會有一種親切的體會。

在這裡，我僅用幾天前一件發生在我的一位朋友身上的事情作為例子：十年前，他深愛著一個姑娘。不久前，他突然又無端地、強烈地思念起這個姑娘來了。令他感到奇怪的是，幾天後，便有人發起了一次同學會，這是十年來僅有的一次。十年前，也是在一次同學會上，他開始接近這個姑娘的。到了這一天，十年前的故人都來了，人人都知道他愛著這個姑娘。朋友們便再次為他創造了新的機會。可是，由於他太興奮，很快就喝醉了。待他醒來之後，人們告訴他，這個姑娘已經走了半個多小時。我的這個朋友自然感到十分遺憾，因為，他知道這個姑娘過幾天就要去國外了，或許，這一次也許就是他一生中最後一次機會了，於是他略施小計，對身旁的一位朋友說他想回家，請他騎摩托車送他一程，這位朋友同意了。在到了一個認為應該下車的地方，他倆便分手了。就在他迷迷糊糊地站在車站上，不知道自己該做什麼的時候，一輛公交車開來了，他跳上車子，發現這個姑娘恰巧就在這輛車上！

俗語所謂「有緣千里來相會」、「無緣咫尺不相逢」，「緣」在佛語中，真正的本意就是指那些能夠幫助生成某一事物的眾多要素，也即工具之意。在這部愛情的喜劇中，這輛車子顯然就成了能夠幫助他倆單獨相會的「緣」。這真是有緣千里來相會啊！

那麼，為什麼在他倆分手的十年之後，出現了這種同步性現象、產生了這一緣份呢？

我很快得知：就在這一天，就在這姑娘將要離別中國的前夕，他吻了她，這一吻是他對這個姑娘少年柏拉圖精神之愛延續了十年之久後的第一次初吻。

這個朋友就是「浪漫主義是什麼」中的主角，那個姑娘就是跳舞的姑娘。至此，這一段浪漫故事就算有了一個完整的結尾。

然而，天下又有多少有情人，卻無緣相逢，他們只能一生咫尺天涯；又有多少無情誼的人，他們卻有緣來相聚，成為家人，繁衍後代。

這緣是金錢、是社會地位、是無知的迷信與貪婪、是男男女女們愚蠢的驕傲與虛榮！緣——不過就是宇宙間的一種物質、一種工具、一種人性自身繁衍出來的「異化」，可為什麼有權的凌駕於有情義的人之上？釋迦牟尼大慈大悲，曾為人類解說解脫「苦緣」的佛法，但難道答案就是讓人永遠地離開這物質工具、人的七情六慾統治著的世界？現代西方馬克思主義者大慈大悲，為我們解說「異化-解放」之說，但真正的解放之路究竟在哪裡？

就這樣，同步性現象它既能預兆、實踐我們的生，也能預兆、決定我們的死。它是我們人生的一種緣份，這種緣份既能成為我們解放自己的一次機會，也能成為一種奴役著我們人性世界的苦緣。

但是，在我們人的意識上，對這種同步性現象卻經常是不知不曉的，它們就像是一個沉默的暴君，也像是一個沉默的天使，我們根本就不知道，何時它們會突然爆發出來。

幾千年來，只有卜鳥家、易學家、占星術家、占夢家，他們通過飛鳥的影蹤、蓍草的變幻、星辰的起落以及夢的無常，在努力地尋找著這無處不在的同步性啟示，將我們從沉睡著的意識中喚醒。

實踐證明

關於學者們常常怎樣以訛傳訛，有時候，甚至連最偉大的學者，也會放棄輕而易舉便能做到的實驗，而代之於人云亦云，這種描述以羅素提供的例子最為精彩。羅素寫道：在亞里斯多德的一本書裡，亞里斯多德斷言，女人的牙齒比男人的牙齒少幾顆。羅素發問道，亞里斯多德為什麼不先去數數他妻子的牙齒顆數，然後再做斷言呢？

是呀，他為什麼不去數數呢？這事實上是很容易做到的事情。

在費耶阿本德的《自由社會中的科學》中，有一節「對占星術的奇異訴訟」是駁斥「一八六個科學家聯合聲明反對占星術」的。費耶阿本德調查了一下，在這一八六個當代主要的科學家中，其中一些是諾貝爾獎獲得者，他們根本不懂占星術，就連他們自己也向記者承認從未研究過占星術。儘管如此，可「這些博學的紳士們還是有堅強的信念，用他們自己的權威來散布他們自己的信念（如果一個人有論據，為什麼要一八六個人簽名？）」。「如果人們向信仰療法醫生而不是向外科醫生詢問手術的細節，科學家卻會狂笑不已（更確切地說，他們會非常憤慨）：顯然，向信仰療法醫生詢問手術是錯誤的。但是，他們卻想當然地認為，應該向天文學家而不是向占星術士詢問占星術的優劣。」同時，「這並不妨礙他們公開詛咒占星術。」

其實，即使在被自己的實踐證明為真實的情況下，由於意識形態的緣故，並不妨礙會出現同樣輕慢的態度，這裡有胡適一例。三十年代，榮格見到胡適，那時，榮格已對《周易》一書做過實驗。在一棵百年梨樹下，榮格常常一坐就是半天，「所有的（預言）確乎非同一般地顯現了出來——與我自己的許多想法過程均產生有意義的關聯，對此，我也無法跟自己說清楚」。應榮格的邀請，衛禮賢（《金花的祕密》一書與榮格的合著者）在蘇黎士心理學俱樂部的演講中，為顯示《周易》的用途所做的預測，在兩年時間內，也「已經分毫不差地完全應驗了」。就是在這種前提下，榮格向胡適詢問了他對《易經》的看法。

「噢，那本書不算什麼，只是一本有年頭的的巫術魔法選集，沒有什麼意義。」胡適回答道。當問起他是否對這種實驗有過經驗呢？胡適說，這倒是有過的，那是他和一個朋友在一座廟裡經歷過的。那麼，那次請教《易經》的結果是什麼呢？榮格繼續追問道。結果是，不僅他朋友所提的問題，就連胡適自己所提的問題也都被說中了。但是，胡適告訴了榮格這一點，卻使胡適感到極不舒服。

當然啦，對這個全盤西化論者來說，告訴了榮格自己也曾有被《易經》實驗所應驗的經歷，他怎麼會感到舒服呢？

中國精神之沒落

大道廢，有仁義；智慧出，有大偽；
六親不和，有孝慈；國家昏亂，有忠臣。

——老子

說來，這就是我們民族精神的沒落之象。從前，我們這個民族是向來崇拜祖先，關心祖先所做、所想的。然而，等到我們被西方打敗之後，我們便連自己祖先在歷史上曾經做過什麼，在這個世界上究竟留下了什麼痕跡，也都不想知道了。

看到這七十多年來，中國文化意識形態舞台上，始終活躍、生成著的就是「中西文化之爭」及其各種變種之間的極端鬥爭，這是令人極為沮喪的。要麼走極端，要麼什麼事情都不做。人的理性是無法理解這種文化節奏的。我們之所以以為自己理解了，並且還熱衷於這七十年來的意識形態失常現象，其原因正在於我們中國人的深層心理，本來就與這一片正在走向沒落的民族集體無意識心理的大海相連。

一個看不到自己心理病症的人，只能成為自己心理病症的奴隸，他越是堅持認為自己持有一整套明確的「理性觀念」，他就越可能成為這種偏執觀念的犧牲品。在釋夢實踐中，我們很容易看到一套錯誤的觀念或假定，怎樣合乎邏輯地導致出一系列「合理的荒謬」結論。這種危險幾乎就潛藏在每一個釋夢活動之中。佛洛伊德是一個偉大的釋夢家，但由於他的理性主義立場，堅持唯有性才是夢的決定性因素，這就經常使得他的釋夢變得荒謬。在這裡，我們有榮格的一個精闢的嘲笑：「佛洛伊德堅持認為煙囪是男性生殖器的象徵，那麼，如果同時又夢見一根陰莖，它又象徵了什麼呢？」

當一個中國人同時又不是一個中國人時，那麼，這個人又能成為一個什麼象徵呢？在「全盤西化論者」身上，例如胡適、陳獨秀乃至曾經一度加入過這一條戰線上的魯迅，我們能夠從他們身上真正看到象徵西方精神的東西嗎？

「全盤西化論」也好，「全盤中化論」也好，「中西文化之爭」在哲學上從來都沒有意義。它們之所以被認為有意義，那完全是心理上的，由它承擔、反映出的不過是我們這個民族在忍受巨大的痛苦中所自發產生出來的種種心理補償而已。一旦我們弄明白這一點，那麼，延續了七十年的「中西文化之爭」的非理性，就能夠完全看清楚了。

說這場爭論是非理性的，就是說，它們是必然會產生的，我們任何人都無法制止這場大辯論的興起，而這種非理性同時也就決定了在這場大辯論中，既沒有贏家，也沒有真正的輸家。只要我們中國的金花還處於失落之中，這一場大辯論也就不會真正地結束。它們或趨於激烈、或趨於平淡無奇，總之，這場爭論不會精疲力竭！但從這場大辯論中，我們的理性，也將一無所獲。

中國金花的祕密

所謂中國金花的祕密，也就是我們這個民族精神的祕密。

金花是我們民族的象徵。

現在，我們卻不再認得出這一朵金花了。一如西方世界的這一代人，他們也不再認得出他們自身的象徵——聖杯，這一隻金杯了。

艾略特的名詩《荒原》是從尋找這只聖杯開始的；榮格是以《現代人尋找靈魂》這本書表明其獨立於佛洛伊德之外，再也不是一個羞羞答答的學生了。一天早晨，從夢中醒來，榮格發現他的夫人在死後的世界裡，還在尋找著這只聖杯（榮格夫人一生致力於聖杯的研究）！然而，我們這些已經失落自己的金花的人呢？

有一天，一個正在撰寫「關於價值規律的思考」的朋友告訴我：他碰巧去書店，在那裡發現了一本中文翻譯書《價值之爭》。到了父親那裡，又碰巧遇到一個依靠兜售價值規律為生的「陳腐、反動」的經濟學教授。聽到這個朋友如此說，我很高興，就對他說：「瞧，這就是同步性。請你想一想，為什麼在你第一次關注並準備寫經濟學論文的時候，有意義的巧合事件就不斷出現？這只能說明你目前的工作才是你真正所要做的！」

當一個人發現自己在做某件事情的時候，身旁的偶合事件便不斷劇增，那麼，他應該這樣去想一想，這是否意味著他正在著手的事情，正是他命中注定所要做的？而對於這種「神喻之事」的半途而廢，是否會將他引導到自我毀滅中去？通過同步性現象引導自己的行為方向，這是《易經》的教誨。幾千年來，中國文人對此深信無疑，像朱熹、王船山、王陽明，這些中國的大儒們，在他們一生中的重大轉折時期，他們都通過《易經》所產生的同部性現象，明確了自己的行動方向與準則。

但我這個朋友卻是一名堅定的科學主義者，難以想像，他會將我的見解看作是對真理的檢示。我們僅僅是在快樂地說笑著，好像只是在表達一種鼓勵性的友情。他肯定是將我這句話看作「屬於心理上」的，便一笑了之[2]。在他這樣一個科學主義者看來，一件事情的重要性與否，顯然，那只能由我們自身的理性判斷所決定。

事情果真是這樣嗎？「狐狸與刺蝟共眠」是二十世紀哲學家的理想境界，將科學主義者的對立面稱之為柏拉圖主義者、東方蒙昧主義者或者神祕主義者，這種稱呼無關宏旨。重要的是從這種種的稱呼中，通過它畢竟使我們看到在科學主義（它僅僅只有一百多年的文化傳統）之外[3]，還有著其他人，他們就生活在自己的文化背景之中。費耶阿本德說得好，任何一種傳統（對個人說來，就是他的愛好）無所謂好與壞，傳統就是傳統。真正的問題在於：只要能夠通過它，做成我們自己想做的事，那麼，這個傳統就是好的！反之，再好的傳統如果使我們一事無成，那麼這個傳統就是壞的。

今天，我們這個已經失落了自己金花的民族，從西方找到另一種精神、一種新的教義，如我這個朋友所奉的「科學精神」、「科學主義」來取而代之，這並沒有什麼不好。只要通過它，能夠使我們做到有所作為，解決我們真正的問題，那麼，這種科學主義就是好的。

可實際情況真是這樣的嗎？

長期以來，令我感到悲哀的是，我們生活中的「科學主義者」，他們不僅在人群中無所作為，而且，就連自己的精神問題都已陷入絕境。一個不能解放自己的人是不可能去解放全人類的。

同樣，一個不要自己祖先的人，這並沒有什麼。可真正的問題是，如果你正在尋找金花，而這朵金花恰恰就在你自己的手中呢？像我們這一代的許多人一樣，這十年來我幾乎就沒有讀過一本由我們中國學者所寫的書。我喜歡的作家是叔本華、維根斯坦、齊克果、卡夫卡、龐德、費耶阿本德與榮格。經過十多年的盲目喜愛，最後，我終於恍然大悟，發現了讓我喜愛這些作家的統一性，原來，正在於由他們身上體現出來的一種「東方性」。

這種東方性是嶄新的，但由它們喚起的親切感，卻來自於已湮沒於我們東方人記憶中的屬於我們的古老祖先。因此，通過他們，我找到了一條重返祖先在世界上曾經走過的道路，就一點都不奇怪了。

注釋——

2　這位朋友並非一笑了之，不久，他以科學主義的熱忱，寫下了〈走向道的內心欺騙〉，針對我的〈走向道的內心呼喚〉進行了激烈的批評。

3　科學主義（Scientism），又叫唯科學主義，它是一種把自然科學技術作為整個哲學的基礎，並相信它能解決一切問題的哲學觀點，它把自然科學當做哲學的標準。科學主義誕生於十九世紀七十年代。

看到這種「東方性」，由他們（這些真正的西方人）所體現，而不為我們這一群真正的東方人所繼承、發揚，我只能感慨萬千。同時，我也深深明白，只要我們自己的祖先遺留下來的問題沒有獲得解決，那麼，我們也就不可能走向世界。

祖先遺留下來的問題，就是由這一本《易經》所代表的中國的金花之迷。只要這個迷底未被解破，那麼，祖先的亡魂就會一次又一次地光顧我們，打破我們的心理寧靜。然而，也正是由這一朵金花所代表的祖先精神，在我們心靈瀕於絕境的時候，散髮出神奇的治癒力，將我們從深深的危機中解救出來。

不久前，我做了一個夢。這個夢是這樣的：

大街上，有人刷出了海報。海報通知人們，將有一次《易經》講座，並且，下面還加上了註解：不懂英文的人不要去聽，因為，主講人是用英文發言的，而這個主講人就是我已死去了的祖父。他所講的內容是如何用《易經》來治療愛滋病。

當我從這個夢中驚醒，我對自己這樣釋夢：我祖父的祖父是傳統的中國人，然而，到了我曾祖父這一輩，他們卻去吃洋務飯、效勞西洋人了。因此，我這個不諳傳統的祖父，到了死後的世界，便去研究《易經》，以彌補他生前的缺陷。待到他對《易經》學有所得，發現通過它能治療愛滋病（這個西方世界絕症的象徵）。他卻無可救藥地發現，現時的中國人再也聽不懂他的話語，所以，他只能用生前已熟練掌握的英文來演講。

也許，死後的靈魂並不存在，也不存在死者繼續學習的可能性，可對於這個夢的象徵意義，生者除了這樣去領會，還存在著另外的可能性嗎？

一九九一年四月十七日 上海

中國的道與西方的人

中國的道與西方的人

道是我們祖先設立的一個哲學概念。道的最初含義也就是道路。榮格的朋友，《易經》的譯者衛禮賢將它翻譯為「意義」，這無疑是對的。有人走的道路，才有得意義。現在，由於我們自身人格的緣故，不再繼續走一條我們祖先曾經走過的路了，這條道路也就失去了意義。而一些西方人，由於他們人格的作用，卻使他們與這一條道路相逢。這種相逢對他們來說只是一種同步性的應對，因為，只要他們先人曾經走過的道路，他們還沒有走完，那麼，他們的人格就不會發生危機。這樣，一條新路也就不會為他們發現、向他們敞開。如同只要榮格還是佛洛伊德的學生，佛洛伊德的道路對他還沒有失去道的意義，發生在蘇黎士湖畔這場長達二十年之久的人格危機也就不會發生。但是，由於榮格自身人格的緣故，這場危機發生了，而且，就在這一場失去導師後的危機快要結束時，衛禮賢帶著「金花的祕密」出現在了榮格面前。

現實生活中，自身人格危機的結束與外來機遇的出現，這兩者總是以同步性的方式出現的。通過這種有意味的巧合，促使榮格發現了這條從前僅屬於我們祖先的道路。從此，也就使榮格新誕生的人格具有了世界性的意義。因此，榮格能夠自豪地說：「人格就是道」。

西方人走上這一條我們祖先曾走過的道路，這是他們人格個性化之後一種更高的整合，是他們獲得了道的意義上的自由、解放的象徵。但對於我們東方人來說，選擇這一條道路卻毫無自由可言。因為，正是這條道路，而不是其他別的，真正關涉到我們東方人人格的奧祕，關係到我們人格的真正誕生與完形。在我們這個已經有自己文化五千年的土地上，我們祖先在這條道路上已做過的事情以及他們想做的事情，這種種的業力與慾望在我們的深層心理中，鐫刻得如此之深，猶如一條鎖鏈一樣，帶著它獨有的文明以及它獨有的罪惡與愚昧，早已將我們牢牢地鎖在這塊衰敗的東方大地上了。

否認這樣一條祖先遺留給我們每個人的尾巴，依靠信奉「心靈白板說」、或者「存在主義的神話」來拒絕這個事實，是無濟於事的。「全盤西化論者」在實際生活中，看到了這一條尾巴，於是，他們想揮起一把西方之劍來盡快地斬斷它，然而，恰恰在這個時候，他們在思想中再也看不到這樣一條尾巴了。

「國粹論者」則彷彿喜愛這一條尾巴，他們願意在人群中高高地將它舉起。可是，尾巴就是尾巴，它既不能被人為地斬斷，也不應該在人群面前高高地揚起。它只能通過漫長的跋涉，生命的進化才會慢慢地消失。

對此，早在二千多年前，我們偉大的東方鄰居印度哲學就有了深刻的闡述：

只有安於各自的天職才能獲得成功
盡天職者如何成功
這就請你仔細來聆聽
眾生皆由它起源

萬物皆有它遍充
為盡天職敬仰它
才能達到至圓成
自己的達磨雖然有缺陷
但也比履行他人的達磨要優勝
從事先天生成的定業
那麼罪孽就不會再滋生
先天生定的業力雖然有弊端
但也不應當將其歸入於虛無
因為任何事物均有瑕疵
就像是火焰總有煙霧在繚繞

——《薄伽梵歌》

這先天生定的業就是我們祖先已經做過的事情，這達摩就是我們祖先未做過又注定我們今生所要做的事情。我們只有沿著這一條道路走下去。也只有這一條路，它才真正地通向了我們的自身人格。

天使之戀：常常低著頭

毫無疑問，我們今天踏上了這一片離奇古怪的「傳統文化」的道路，從來就不是孤立無援的。

當榮格老了，他開始撰寫《回憶錄》。他想起有人問啟示派宗教領袖的一個問題：我們從古老的信徒日記中，幾乎總能找到他們大量地看見上帝、目睹奇蹟的記錄，可是，為什麼我們現代人卻再也難以見到上帝、目睹奇蹟了呢？宗教領袖的回答是：我們現代人再也不像從前那樣，習慣於將我們的頭低得很低了。

不得不承認，這是真的，我們現代人確實很少做令人難忘的夢了，也非常稀少地遇見神蹟了。當科學主義、理性主義使我們的頭顱高高地揚起來的時候，卻也把我們的頭腦弄得越來越平淡無奇了。

可是，當夜色溫柔，一種久已失去的美妙記憶突然被喚醒，我們或許就記憶起了某一個甜蜜的夢，某一段驚心動魄的祈禱的日子。它們經常發生在我們的童年、青春年代。

英雄從山崖上被壞蛋推下來了，一棵大樹卻抱住了他，及時挽救了他的生命。一對相戀很深的戀人分手看來已成定局，他們只能各奔前程了，恰恰這時候，神聖的教堂鐘聲響起來，他們都不約而同地發現，在這塵土飛揚的世界上，原來他們根本就不存在著什麼不可克服的障礙。或者，一個壞蛋不久之後就成為了她的丈夫，經過百般折磨之後，年輕的妻子悲痛欲絕，正在走投無路中，卻邂逅了昔日戀人，這才發現這些年來，原來她一直愛著的就是他。

這是大眾神話，戲院裡不斷放映著的老式電影。我們既然這麼喜愛這類神話，為什麼從來也沒有想到要有意識地去問問自己：這也是我們在現實生活中每天都有可能遇到的事情嗎？

現實世界中所具有的魔幻性遠勝於我們的想像力，在這裡，還是讓我們看看加西亞·馬奎斯這個不可思議的作家對他的朋友門多薩是怎麼說的吧！

門多薩：我有一個印象，你的歐洲讀者常常對你描述的魔幻事物很感興趣，卻看不到這些事物產生的基礎，即現實。

馬奎斯：那很自然，因為他們的理性妨礙他們看到。為此，我總是很願意舉德格拉夫這個例子……他親眼看到，有一個地方，人一說話就降傾盆大雨……極風把一個馬戲團全部吹上天空……在《格蘭德媽媽的葬禮》裡，我寫了一個難以置信的、不可能成為現實的旅行，即羅馬教皇親訪哥倫比亞的一個無名小村……故事發表十一年後，教皇真地到了哥倫比亞的一個無名小村訪問，迎接他的總統也和故事中描繪的一模一樣：禿頂，矮胖。（這個事例使我們很容易想起愛倫·坡的一篇小說，在案子偵破之後，人們發現真實的事件與愛倫·坡事先在小說中所虛構的東西，在細節上是一模一樣的）

門多薩：這麼說，你在書中描寫的一切都有真事做基礎啦？

馬奎斯：我的所有小說，沒有一行文字不以真事為基礎。

門多薩：舉例說說吧。

馬奎斯：比如毛利西奧·巴比洛夫尼亞吧……有一次我看見外祖母用塊破布驅趕一隻蝴蝶，嘴裡還不住地說：「這個人一到咱家，這只蝴蝶就跟著來。」

——《番石榴飄香》

一個接受「同步性啟示」的人，我們可以說，這樣的人是一個具有極大的自我暗示力量的人。當我們把自己正著手做的每一件產生了同步性應對的重大事情，都看做是一種不可抗拒的來自於「神諭的召喚」，或者反過來說，我們僅僅根據「神諭」，只做我們命中注定要做的事情，那麼，毫無疑問，現代社會已使我們失去了的自我犧牲精神、無限地投入的激情將在我們人性中復活。

然而，在現代人中，令人悲欣交加的是：一種完全投入的激情，這一股始終奔騰著的原始生命力，現在基本上都由精神病患者承擔了下來，這即是說，它使許多承擔者在精神上患有疾病。

人世間這些最有投入精神、做事最認真的人，他們已經聽到了「神諭之聲」；然而，在我們的文明中，他們卻只能在毫無意義的自我暗示中、在毫無意義的白日夢中、在精神的自我封閉中，被關在了瘋人院裡。與此同時，由於現代人的原始生命力得不到合理的發洩，戰爭的烽烟四起，在理性的名義下，人類爭相殘殺。這一切幾乎就是我們科學文明完全失敗的證據，是對我們文明形態的最強烈的控訴。我們的文明必須為這種根本的缺陷負全部責任，尤其是那些通過國家、「合理地」領取了人民「剩餘價值」的科學家們。

如果我們人類真的全都是「上帝」的兒子，那麼，我們為什麼還要在這個已經發冷、凍僵了的地球上，自願封閉自己，使自己成為「上帝」的棄兒呢？這上帝就是幾千年來一直為我們的理性、意識所無法直接觸及到的原始生命力，一種集體無意識的原型。在我們古老的文明形式中、在宗教、藝術中，它們都在不同程度上獲得了象徵性的表達。然而，我們現代人對此卻不再感到熟悉，不再能夠認得出它。我們的靈魂已經失落。

當我們每天都生活在像夢中一樣，卻又清醒地以為自己生活在一個科學理性的世界裡，如果真是這樣，那麼，還為什麼這麼目光呆滯地像被操縱的木偶一樣，從早晨到黃昏，不停地沒有目的地遊蕩在車間、辦公室、大街上呢？

通過《周易》實驗，向無意識學習的實踐、釋夢活動，使我深深地懂得了這麼一個道理：大多數人的命運都是可以預言的，其簡單程度，有時到了只要通過一個夢，就能對夢的主人過去和未來做出正確的預言。因為說到底，一個不去學會正視自己無意識的人，那麼，這個人也就必然成為自己無意識的奴隸，這樣，他們的無意識也就成了伴隨著他們一生，而他們自己又無從知曉的命運軌跡。這種軌跡清清楚楚地寫在我們的夢中、我們誕生時的星座、每一個看上去隨意翻出來的卦象上。

人類已經在這個星球上，經歷了億萬年劇烈、殘酷的演化。人類也已經通過思考，為自己贏得了一種最寶貴的能力：自由的能力。人的這種自由能力，正是從自己的無意識中掙脫出來之後獲得的，而其中的第一步，就是必須去正視、學會傾聽自己的無意識。捨此之外，別無旁路！

歌德和拿破侖是兩個被世俗社會了解、談論得最多的屬於我們現實世界中的人，可他們從來也沒有諱言過自己聽到了「神諭之聲」，在這種不可抗拒的內心呼喚之中，他們心甘情願地領受了這一切，有時就是最殘酷無情的聲音。他們聽從了命運的安排，最後不僅為自己贏得了自由，而且還獲得了無所不在的「神助」。

「神諭之聲」曾經在一些人的無意識中，發出過清晰的呼喚。在他們誕生的時侯，神奇燦爛的星光，就在他們的頭頂上閃閃發光。然而，它們卻很快變得模糊不清，最後一片漆黑了。結果，神諭之聲變成魔鬼之聲，「天使之戀」成了「魔鬼之戀」。而在傳說中，魔鬼總是由天使的墮落變成的。像這樣的人是精神病患者。

多少青春，青春的朋友已經離散、走遠了。而最初的內心呼喚卻彷彿依然還在，薩波卡秋的異彩也並未褪色，啟示是無處不在的。有意義的巧合，同步性的發生始終像幽靈一樣飄忽在眼前，一次偶然的相遇消除了多少恩恩怨怨，又為我們的事業增添了新的色彩。讓我們再一次學會像一個古老的朝聖者一樣，把已經高昂起來的頭顱，再一次低下來吧！科學、現代「自由神話」曾經使我們的頭顱驕傲地高高揚起，但是，我們事實上最終也沒有為自己贏來這份權利。在這個已經破碎、混沌的世界上，我的一個親密的朋友，幾年前，他削髮為僧，至今漂流海外，蹤跡飄忽，他為我們這一代人撰寫的第一部長篇小說就是《常常低著頭》。

現在，我多麼想知道，他是否已經看見了上帝？他的熱情投入是否已經為他贏來了無所不在的「神助」？或者他還仍然「常常低著頭」，或者，神聖的火焰已經在心中熄滅了。

人世間的真、善、美

孩子，某一類天空使我的視力變得精密敏銳，各種性格讓我的面目表情富於精微變化。「各種現象」卻在激變之中。現在，時間的永恆的流變和數學上的無限反把我從這個世界上到處驅逐追趕。在這個世界上，我只能容忍一個公民所得到的一切成功。因為異乎尋常的童年使我受到尊敬，還有大量的情愬愛怨——我在設想一場戰爭，有關權力和力量，有關無從預見的邏輯戰爭。

很簡單，簡單得就像一個樂句。

——蘭波《戰爭》

就在我不斷地做著《周易》實驗、釋夢活動，對於離奇事物充滿探究之心，並且在種種預言、推測之中陶醉不已，常常喜不自勝的時候，突然，我奇怪地做了一個夢。那是在我替人卜卦算命的當天晚上，一個迷人的春夜裡。

夢裡：火車被通知開始檢票，一批人走到站台上，另一批人繼續留在車上，留下的人包括我自己走到車廂的尾部。尾部的車廂四周沒有板，敞開著，鐵路上的情況，風景都看得清清楚楚。

突然，火車開起了倒車，經過一段路程後，鐵軌沒有了，但火車繼續倒退著，並無任何異樣感，一切都很正常。一會兒，鐵軌又出現了。接著，我看見鐵軌上站著一個孩子，當我發現認識這個孩子時，便非常高興地向他揮手。孩子也非常興奮，搖手向我致意，但這卻使他沒有留意到正向他駛來的火車。他被車廂的尾部撞倒，血開始流了出來。看著這一切，我心中十分麻木。這時候，我身旁的一個長輩對我說：「孩子已經死了，我沒有想到他已經長到這麼大了。」聽到他這麼說，這才喚醒了我內心的一陣強烈感觸。就在我跳下火車奔向倒地的孩子的時候，我自己也在一種充滿悲傷與內疚的情緒中醒了過來。在這醒來的一瞬間，我的意識清楚地告訴了我，孩子之所以死去，是因為我犯了向站在鐵軌上的孩子招手這麼一個錯誤。

醒來時，天還未亮。而從夢中被喚起的感情是這麼強烈，彷彿我就是殺死這個孩子的兇手一樣，很久我都無法使自己平靜下來。

當天午後，我接到一個建議我去讀一本寫特異功能的書《新世紀》（柯雲路著）的電話。說實話，收到這麼一個電話，我是有些吃驚的，因為，打電話給我的人，從來都取笑我近來的工作。顯然，這本《新世紀》現在已經強烈地迷住了她。

待我到黃昏讀完這本《新世紀》（上篇）之後，這個晨夢的象徵以及我自己該去做什麼，就變得一清二楚了，並且也具有了現實意義。

「火車被通知開始檢票，一批人走到站台上，另一批人繼續留在車上，留下的人包括我自己」，這表明我已通過檢查，被准許乘車了。火車是一種文化的象徵，它的代表作品就是柯雲路所著的這本《新世紀》。這種文化認為通過對特異功能、氣功的重新發現，在此基礎上我們的文明就找到了一個偉大的起點，一個「新世紀」從此開始了。

本來，我與這種「新世紀」教派是無緣的，但是，當我也熱衷心於替人算命卜卦之後，我便與它們同流了。這種同流的結果就是出現了這只電話同步性現象，或者也可以說，正是通過這種同步性現象使我發現在眾多被「准許乘車」（我是在為人算命卜卦之後的當夜做此夢，這是關鍵）的人當中，我與「新世紀派」乘的是同一輛車（就像他們熱衷的東西，和我那天白天的行為一樣）。

「火車突然開起了倒車……」開倒車意味著這種文化是一種倒退的文化。

當孔子說，子不語怪、力、亂、神，他只是向我們指出：解救人世間的苦難之路，只有在人間才能找到。在儒家誕生的時候，其實也正是中國的怪、力、亂、神，所謂的特異功能異人，達到了一個成熟輝煌的時代。然而，儒家還是從中誕生了，這正標誌著中國走向人道文明的開始。

「鐵軌沒有了……」但火車依然正常地行駛著。這其實是大忌，小過不發，則必有大禍降臨，這種教悔早已由《易經》指明。孩子站在鐵軌上，我向他揮手炫耀自己，這正是我白天招搖過市、為人算命時心情得意的寫照。孩子倒地，血流一地，我依然無動於衷，表明在這段熱心於為人算命卜卦的日子裡，我離開人道主義已經越來越遠了，所以，得由我的一個長輩來提醒我，一個孩子長大是多麼不容易！

到此，我為人算命卜卦的「罪惡」也就一清二楚了。我們現在乘上的這輛車，當它已淪落到「替天行道」的地步，其危險性與反人道性也就暴露無遺。

如果照《新世紀》的說法，基督、老子、釋迦牟尼皆是些有特異功能的人，那麼，實際上，他們據此又為人間做了什麼呢？基督一生奔波，最後，寧願放棄自我生存的預見力，而心甘情願地死在了十字架上，為的也只是要喚起人世間兄弟般的愛心。老子則留下了五千字的《道德經》，從而成了中國智慧史上的一個奇蹟。

弟子曾問佛陀，為何不要替人算命，佛陀的回答是：這無濟於解脫人世間的苦難。在我釋完了這個夢之後，從此，我要在這個世界上做什麼，我就清楚了。

讓我寫下詩
摸來摸去，卻摸不到你的鞋子
我的眼睛什麼也看不見
一縷縷頭髮披散在眼上

就好像掛起厚厚的幃簾
我把你的雙足放在衣襟上
用淚水沖洗你的雙足
用項鍊將雙足纏繞
用頭髮將雙足包起
我對未來的事看得清清楚楚
就好像你把未來放在我面前
現在我有了先知的洞察力
未來的事情我都能預言
明天廟裡的幃幕就要落下
我們將會在一邊擠成一圈兒
大地就要在腳下搖撼
也許這是對我的憐惜
押送隊要變換隊形
騎兵要四面散開
那十字架也要直沖天空
就像一股沖天的龍捲風
我要匍伏在十字架腳下
我昏昏沉沉，咬緊牙關

你把雙臂伸到十字架的兩端
想擁抱太多的人
你這樣博大，顯這樣的神威
受這樣的痛苦，為了世上的誰？
世上可有這樣多的生靈？
可有這樣多的村落、河流和森林？
但是這樣的三天會過去
這三天將把我推到新的境地
在這可怕的幾天裡
我將成長起來獲得新生

——帕斯捷爾納克《日瓦戈的詩》

天空正下著雨，這是一個春天的深夜，也即將黎明了。歷史上，如果一個印第安人夢見他的敵人，在作戰中截斷了他的手肢，那麼醒來之後，這個印第安人就會真的用海貝殼把自己的手肢砍掉。黃昏時候，騎車走過田野，我忽然想起了早晨做過的一個夢：在一條我非常熟悉的街道上，我和一個很久沒有見到、也沒有想起的朋友遇見了，我建議他到一家我們以前常去的酒店裡去喝酒。我想起這個夢後，便決定立即去看望他。

半小說後，我就真的在那條出現在夢中的大街拐角處遇見他了。他披著件風衣，鬍子拉碴，正行色匆匆地走著。見到我後，他告訴我說，他剛準備去打一個電話給我，邀請我來玩呢。聽到他這麼說，我倆都異常興奮，但我們畢竟不是印第安人，於是，我們決定在四川北路上，另找一家豪華的酒家去喝酒。

我喜歡上海的四川北路。三年前，這裡有三個好朋友，他們在一個陽光明媚的春天午後，各自攜帶著自己的女友，從很遠的地方跑來。他們一對對不期而遇了。其中一對朋友，他們快要結婚了，另外一對，他們才相愛不久，還有一對，他們剛剛重歸於好。這是人世滄海中的一個故事，使我驚奇與狂喜。

幾分種後，我們走上了「虹樓酒家」。毛毛細雨不停地飄撒在大玻璃窗上，我們點了很少、很少的菜，很多、很多瓶啤酒，服務員小姐好奇地站在一邊，朋友和我對她說著、笑著。

「你給她算個命吧？」

「當然可以。」

「你二十二歲。」

這時候，服務員小姐瞪大了眼睛，她驚訝得一句話也說不出來。應該承認，這是一張很難讓人能夠正確猜測出年齡的臉。我和朋友討論著，當這個小姐又叫來另一個小姐，圍到我們桌旁的時候，突然，一種無名的恐懼湧上了我的心頭，我不知道為什麼這個世界，有時候就會他媽的變得這麼離奇！當我第一次拿起《周易》時，這是一個不可思議的夜晚，以後，第二個夜晚，第三個夜晚……像這樣離奇的事情，我自己也不相信。「正因為上帝的存在太荒謬了，所以我要相信。」這是德爾圖良說的。

於是，我開始對朋友說道，其實在天真的人當中，僅憑理性和經驗也可以給人算命。因為，在他們的世界裡，實際上只存在著兩件事情：有與無，好與壞，它們總是各自半對半。並且，還要記住，有家的人總是二件事情一起發生。因此，讓我們每天都到這個世界裡去碰一次運氣吧！但是要知道算命給人的心理打擊。被你說中的人就是你最好的宣傳員，人可以借此寄生。那些不被你說中的人，就把你忘了，其實沒忘記也沒有關係，你見過那些信奉真理的人，他們獻身於真理的熱情好鬥！世界永遠都屬於擁有真理的人！

這時候，他媽的真理，他媽的命運！

「那麼以後怎麼辦？」

佛不是已經將解脫不幸的因果之鏈的終極之路告訴了我們，為什麼還要講訴命運呢？對一個天真的人來說，其實，知道了這些只會將他們毀壞。在這個世界上，真理是，而且，永遠只配是那些被人們踩在腳底下的泥土，它們只是路。世界上只有詩、美、善才是燈，才是意義，才是高於存在的意義，也就是道，也即路的真正歸宿。到明天，不是所有的人，所有的朋友和敵人都將毫無例外地一個個死去嗎？可是，我們仍然在鬥爭，仍然在相愛。

樓上正有一個熱情的姑娘在唱卡拉OK，是青春，總有最美好的回憶。

「是朋友，就既不熱烈，那麼有情，也不是那麼軟弱和卑微，朋友。是愛人，就不折磨，也不受人折磨，所愛的人。大氣和世界，決非尋求可致，生命。——就是這樣？——夢轉冷了。」

這是蘭波的詩。

讓我也寫下詩。

因為，夢已經轉冷了。

最後，我們就說起了武訓的故事，好像他正跪在我們的腳下。他當年就是這樣跪在千百人的腳下，一動也不動。呵，窗外已經有了這麼多的雨點，這麼多的人群，這麼多的樹葉。

啊，河川，你從前可曾見過這個世界有這麼多的窮孩子？這麼多的落葉？這麼多的雨點？總下也下不完……

一九九一年四月十七日 上海

世界的業——致王一梁的信

一

事實上，如果我只就 Disillusion（幻滅）的絕望這一面去「走向道的內心呼喚」中找，我是找不到緩解的。但問題在於我讀它的時候，就馬上會忘記那「兩種不同方向的人生方式」，而沉入到你的書中。於是我也就沉湎於你那「人生就是成功」之中。我說這是一本極優秀的書，不僅由於和「亞文化」有關，而且由於這是一本在我們這個群書泛濫的世界中，可以為獨立思想者指點書之迷津和思想迷津的書，而且這是一本能真正達成與一切優秀的獨立人格持有者對話的書。

也不僅僅由於它是你寫的，即使是一個我所不認識的人寫的，我讀了它之後，也願意為之停下我手頭的工作而去為這本書的傳播奔忙。當一種優秀的東西，在這個世界上被一個人格完全的人看見了之後，那麼這看見優秀的東西的人就對「優秀」本身有了一種義務：他有義務去讓這個世界看見「優秀」，否則他就是對自己虛偽。

從 Mette 那裡拿到書之後，我就把它通讀了，然後就是喜悅和驕傲。我是多麼想找一個朋友去傾訴，去讓人分享這喜悅。但是我找不到，在奧頓斯的大多數華人雖然認識漢字，但是說到一本好書時，只能把他們當作是文盲。面對我的那些只會丹麥語的朋友，我卻覺得歉疚。他們問我為什麼高興，我說我的朋友寫了一本書 Utroliggod（妙極了）！（不可想像地好），但除了這一句之外，我不可能向他們展示更多——書是用中文寫的，他們不識中文，多麼歉疚啊。

於是我喝啤酒，聽好音樂，我自己慶祝。

在收到 Mette 帶來的東西之前，我根本沒有想到這「東西」會為我帶來如此大的喜悅，和 Mette 坐在市政廣場的露天咖啡席上時，我擁擠的奔流般的語言使得 Mette 沒辦法找到機會說話。我在急切地談論著你，談論我們的生活方式——寄生。但那時我還沒有讀《朋友的智慧》呢。

我現在是多麼想醉，想狂歡呵！生活真美好，即使是「常常低著頭」。生活真的美好，Illusion（夢幻）的世界多麼美好。為了這一刻的喜悅我們也應當為之唱上一生的讚歌。

二

再讀「走向道的內心呼喚」，然後又回到我曾經想過的東西上：可能你反對理想主義，但你是一個理想主義者。你是一個純粹的理想主義者。你還記得波赫士的一篇關於國王和詩人的小說麼？

等到國王第三次見詩人，國王問詩人這次寫下了什麼好詩時，詩人卻只在國王耳邊說了一個詞，國王就因此在恐懼之中殺了詩人，自己去做乞丐了。

或許波赫士只是在無意識中寫下這篇小說的。

理想中的詩不可能出現在這個世界上，但在一些優秀閃爍的東西背後，卻站著真正的詩。《朋友的智慧》是出乎我對之的臆測的，而我說它如此優秀，是因為我能感覺到站在它背後的詩。事實上「詩」這概念對我來說很抽象。這世界上的詩，我自己也好，朋友們的也好，龐德、艾略特他們的也好，都不是我這概念中的詩。

我概念中的詩是這樣的：在所有有人居住的地方，經歷了很久遠的時間，一直有著這樣一個行吟詩人在向人們吟唱著那些詩句，是關於人類、智慧、生命和世界宇宙的。但這些詩句是什麼，我不知道。而在這世界上我也不曾發現過它。

或許它是不屬於這世界的，所有投向了這世界的都只是它的影子。

為什麼我會懷疑《浮士德》和《神曲》不是詩，因為它們太人工化了，太有結構、線索和情節了，人的工匠痕跡；而且他們想創造出一個有希望和有答案的 Disillusion 出來。但它們的精神卻是很詩的，而且它們的「詩的生命」也只有在詩性的思想者引用它們時才出現了生命，它們的詩意才會盎然。

所以在《朋友的智慧》這本可能被稱作哲學之書的書中，我讀到的盡是一片盎然的東西。或許人生的智慧和喜悅本身就是詩意。一種理想主義者的、詩意的人生。

所以，雖然你沒有在書中談「審美」之類，一種亞文化的美學價值觀念也隨著這本書的出現而出現了。這讓我想起當年劉曉波的努力。他在拼命想破，但最終因立不起來而無法破「李」、「朱」兩家。但《朋友的智慧》如果在大陸出現，那麼它沒有去破的許多東西，隨著此書的出現而自破。

固然，由於一些理由，不能出版像一句淡淡的否定。其實不是！你想一下，如果這本書在中國出現（尤其是在暢銷的情況下），會有多少「文化行業」將受到思考本身的威脅，多少「專家」會因此而被發現是多餘的？他們當然要壓制，因為你是在給他們一個讓他們一下子就知道自己沒有勝利希望的挑戰。而且他們還會想，這類似的炸彈會不會一顆接一顆地從你這裡被運出？他們還會想到「亞文化，聽起來像是有好幾十人」的群體，這就意味著有更多的炸彈。你可以推測他們的幻覺，所以，我就很清楚了，為什麼它幾度受挫。這書是美的，但對他們可不是什麼「溫情脈脈的美」。

但是，它將要出現在這個世界上。這是這個世界的業。

京不特

一九九四年八月二十八日寄自丹麥．歐登塞

輯二

亞文化的一直存在就是一種壯舉

阿修羅：極端青年反抗文獻

在知識貧乏、想像力發達的年代裡，僅靠三言兩語的傳聞，就能完成巴黎「超現實主義」和美國六十年代「伊甸園之門」的青春美學慾望，這就是「阿修羅文獻」產生的背景。

一、阿修羅家族

一個命運奇特的家族

阿修羅是一個由考古學家考證出來的家族，它像人類所有的家族一樣古老。也許阿修羅還曾經是所有家族的名字，在某個遙遠的年代裡，所有的家族可能曾經都是阿修羅家族。只是阿修羅家族並不擅長為自己留下文字，這些本該能夠更加堅定阿修羅後代們在這世界繼續勇敢生活下去的證據，迄今為止還沒有被考古學家們發現。不過，由於阿修羅的傳人都是些極其祈誠、意志堅強的人，那些在遙遠的年代裡產生的傳說，儘管撲朔迷離，然而，畢竟還是在他們的信念裡扎下了根，並因此影響到了他們的生活方式。一些考證學家認為，阿修羅的子孫正是懷著這種天下一家的信念，才結束了群居的生活，開始漂泊到世界各地，過起遊牧民族式的生活來。

然而，阿修羅家族這種匿名的、各自獨立的生活方式，卻使我們對這個已經衰敗的家族的研究工作變得困難了起來。

在關於阿修羅家族的未來問題上，全體考古學家的意見是沒有分歧的。他們全都堅信，即使在未來的年代裡，一場人類的戰爭，或星河系的爆炸要把地球毀滅，但最後一個死的人必定是個阿修羅。這是做考古學家的起碼常識，也是他們的全體信仰，而且，正是靠著這種在阿修羅未來問題上的全體忠心一致，才使研究阿修羅的考古活動變成了考古學家們的生活本身。在這個問題上持任何懷疑論調的人，都將被開除出考古學這幸福的大家庭。在阿修羅的考古史上，古今還沒有一個例外呢。

所有的困惑，所有的分歧都出現在關於阿修羅命運的問題上。而情況也總是這樣，隨著考證阿修羅命運的數據越來越多，考古學家之間的分歧、困惑也就越來越無法消除；結果，每個考古學家都有了一部自己不同的阿修羅家譜、阿修羅命運史。這是研究阿修羅命運的常規狀態。

最後，由於幾代考古學家們的辛勤工作，阿修羅命運的檔案，已經成為天文數字。全體考古學家們都為此感到極大的困惑，但最使考古學家們感到費解的還是，他們不能理解為什麼只要他們對此投注新的目光，阿修羅就會產生另外一種全新的命運。

考古史上的一場革命

看來阿修羅無法抗拒任何由我們給予他們的命運，這是阿修羅本性。世界上有許多使人困惑的問題，常常是從相反的方向上獲得解決的。同樣，考古學家們也沒有逃離這個注定的辯證法則，隨著考古學家們這種覺悟的到來，一場考古史上的革命也就誕生了。所有的考古學家都被捲入這場論戰，所有的權威都得到了修正。其中，兩個著名教條的出現就是這場偉大革命的十種輝煌之一，也正是通過它，全體考古學家們獲得了一部研究阿修羅命運的法典，產生了一部注釋阿修羅本性的著作。

今天是這兩個教條誕生的週年紀念日。我站在這裡，以十分激動的心情向各位奉上一份有關阿修羅生活的輪廓草圖。這份光榮正是來自於這兩個偉大的教條，是它的光輝使我結束了黑暗中的摸索，使我能夠收集到考古學家們許多富有意義的研究成果。我的感激之情是難以形容的。在這裡，我也同時要提醒各位：根據第一教條，阿修羅的命運就是考古學家闡述的東西，所以凡是由我闡述的東西，都是阿修羅的命運，你們不能夠產生任何疑問。而根據第二教條，凡是對阿修羅命運進行闡述的人，他們都是考古學家，所以他們也是能夠創造阿修羅命運的。

反命運的家族

阿修羅的命運是這樣奇特，它完全決定於我們的態度。但如果就此以為阿修羅家族是一個不關注自己命運的家族，那無疑是非常荒唐的。因為可以找出許多例子來佐證阿修羅關注自己命運的強烈程度遠遠超出我們這裡的任何家族了。面對這種困境，考古學家京卡在一篇論文裡這樣認為：男性阿修羅總是長得醜陋，樣子凶悍，而他的心底又恰恰十分善良、柔情。這種面惡心善的不一致性，使阿修羅的本性與他的命運產生了奇特的分離。同樣，女性阿修羅也由於她無與倫比的美貌，從而決定了她們無法掌握自己的命運。鑒於這種特殊情況，京卡先生說，在我們這個崇尚一般化的社會裡，必須認為阿修羅是一個「反命運」民族。

看來這是說得過去的。因為阿修羅家族既然已經不再是一個群居家族，而是作為一個分散的家族出現在我們的各個居民點中，他們自然就必須接受我們強加到他們身上的價值觀。而起初的語言不通也容易使他們養成對我們保持沉默的習慣。這些對改變他們的看法都是極為不利的。因為我們並不是一個關心沉默的民族。阿修羅在沉默中正說著什麼，我們自然是聽不情楚的，而阿修羅在沉默中突出表現出來的異常相貌，給我們的印象卻是最為深刻了。

但也不能因此就認為我們是一個薄情的民族。恰恰相反，我們不僅是一個具有博大的愛的民族，而且還是一個時刻準備著克服自己偏見的民族。只是我們推崇的是語言的交流，物質的交流，同時我們也堅信只有這兩者才是唯一克服偏見、產生博愛的正確道路。

事實也正是這樣。有一次，當阿修羅向我們傾訴他們的家史和教訓時，我們都被他們尋找兄弟的艱難、彼此的深情與善良感動得痛哭起來。只是過後，我們才覺得他們的沉默，他們的孤僻，讓人難以近身。因為我們缺乏想像。儘管淒婉的談話仍然回旋於耳際，但發達的理性已經使我們這些極其聰明的人做得到，即使受到極大的感動，也能立即擺脫掉這種並不屬於我們的感情糾纏。只要我們認識到阿修羅的命運是傷感的，我們也就不必再去關心他們本身了。

我們就是這樣一個富有智慧的民族。在我們這裡，至高無上的認識只有理性的認識，其他諸如直覺或情感的認識，都只是戲談，只是茶餘飯後的笑話。理智判斷已經成了我們談論命運的民族本性。阿修羅對我們判給他們的命運保持沉默，從來不對我們做出語言上的評價，如果我們已經傷害了他們，那也只能怪他們自己咎由自取，責任全不在我們。

只是有時候，我們對阿修羅的沉默感到知性上的好奇。他們既然生活在我們中間，生活習性又和我們一模一樣，而且對人也從不抱惡意，那麼，這種沉默就使人感到有些摸不透了。也許阿修羅對我們判給他們的命運保持沉默，是因為他們嚮往另外的命運。可是從阿修羅的生活方式中，又看不出存在任何其他命運的跡象。阿修羅總是默默地生存，默默地死去。他們究竟在世界上有何求呢？他們拒絕了我們所認為的一切命運，靠的是什麼？什麼是他們的精神養料？更加奇怪的是，一個拒絕了命運的人，卻還能保持心靈的寧靜，要知道阿修羅是從來不會騷動的。看來，我們與其說阿修羅是一個「反命運」的民族，倒不如說阿修羅其實是一個很苯的民族。

這也是有案可稽，證據確鑿的。

一個很笨的民族

這件事情大概發生在很久以前。有一個牧師不顧千里迢迢的路程，想在某個小村莊裡找到一個阿修羅。在他出發之前，牧師覺得對這個從未施行道德教育，只接受過自我教育的家族進行教化，始終是一樁痛苦的心事。也許牧師對阿修羅的愚昧也是有所耳聞的。牧師那次找到的阿修羅，據說曾經在公開場合發表過幾次演說。他想，或許這個稍有靈性的阿修羅能夠頑石頓開，從此聽得懂上帝的福音。但使他困惑的是，這個沉默的阿修羅卻在他佈道的過程中，始終用一種憐憫的目光望著他，這種目光或許還包含著少許輕蔑。於是牧師感到頭皮發麻，最後只好鼓起勇氣，把基督受難的十字架舉到胸前，準備為阿修羅舉行懺悔儀式，這時候阿修羅突然開了口。他說他並沒有罪，所以他用不著懺悔。接著，他又說牧師已經浪費了他的時間，希望牧師把自己脖子上那枚精美的藝術雕像送回藝術館作為悔過的表現，阿修羅還認為這個十字架上的悲哀之人，腦袋垂在胸前蕩來蕩去，是會弄髒這件精美品的。牧師就是一個糟蹋藝術的人，這是阿修羅最後的結論。只是到了這時候，弄傻了的牧師才明白過來，原來阿修羅真是一點靈性也沒有，他連牧師是什麼人都弄不懂。阿修羅不能夠聽懂象徵，聽懂啟示。在阿修羅眼裡，世界上的東西就是眼裡的東西，他不理解在一個完全公開的世界上怎麼還會存在祕密的象徵。牧師不禁深深地同情起這個可憐的人來了。這回牧師講解得十分詳細，他對阿修羅談了價值，談了最有智慧的人就是不僅懂得善的價值，同時也懂得惡的價值的人，還談了天堂的構造。把可憐的阿修羅弄得頭昏腦漲，天昏地轉。當他聽到牧師再次強調說，「上帝認為人是有罪的」，他終於失去了耐心，變得衝動起來。他一把抓住牧師的肩膀，狠狠地搖晃他胸前的基督像，彷彿要把這一切都搖得粉碎。只聽阿修羅在咆哮：「混帳的東西，你敢用它來侮辱人!?」

他們對屈辱十分敏感

阿修羅最後是不是痛打了牧師，這段歷史還沒有被考證出來。但我更願意相信阿修羅把牧師痛打了一頓。阿修羅儘管被人認為愚笨，但對侮辱十分敏感，這是所有考古學家的一致觀點。所以也可以認為它是阿修羅的本性。因此，我也就樂於這樣想像了：如果我們要向阿修羅談論今天還看不到的東西，例如理想啊，超經驗的美啊，未來啊，那麼阿修羅必然會對你們迎頭痛擊，施行棒喝。因為對阿修羅來說，你們談論這些，就是在對今天、對現實、對大自然進行侮辱，就是對生活本身進行誹謗。如果你要向他談論虛無，談論文化，那麼阿修羅就會因為你的遲鈍而為你感到可憐。我一直在想，阿修羅拒絕承認世界上有象徵、有祕密的存在，是不是因為他感到，承認這些就是對人智慧的侮辱。因為阿修羅在這些問題上都是沉默的，而這些問題又只涉及到阿修羅的本性，而不關乎他們的命運，所以，我也只能保持沉默。

但正是從這種沉默中獲得的勇氣，使我今天能夠站在這裡，向各位為阿修羅是一個很笨的民族進行翻案。這個觀點是屬於阿修羅命運的，因此我就有了談論它的資格。但是，難道我們不可以這樣認為，每當我們談論諸如智慧問題時，不也同時在暴露自己的愚昧嗎？我們這個以談論祕密、談論虛無、談論未來為智慧的民族，在沉默的阿修羅面前，難道就不該發現自己其實談得很笨拙？必須承認，阿修羅在這些問題上保持沉默，比我們具有更多的自尊與智慧。

不過，我們畢竟是一個關心自己命運勝於關心自己本性的民族。我們不會對阿修羅以沉默贏來的自尊大感興趣。

在今天，我們的時代已經進步到似乎它是由我們這些談論價值、談論祕密、談論未來藍圖之人所創造的。我們正生長在一個喜歡熱鬧勝於喜歡沉默的年代，因此，我們也就格外需要關注命運而不是本性。阿修羅的沉默，他們在時代中的落伍，這些都是他們的本性使然，對此我們是不應該感到遺憾的。只是考古學家對阿修羅在時代中的孱弱命運發生濃厚的興趣，我們才有可能繼續談論阿修羅。

「羞怯」的家族

追溯阿修羅的家族史，也許可以使我們對阿修羅孱弱的命運有一種理解。在一本專門用來記載正統阿修羅命運的白皮書裡，我們發現阿修羅家族中沒有一個是生前發跡的。每一個阿修羅活著的時候都窮得叮噹響，而且世世代代傳下來的祖訓就是：活著的阿修羅將在生前得不到任何的遺產。如果說有一種遺產的話，那就是阿修羅的祖先是最早發明墳墓的人。當墓碑第一次在大地上聳立起來時候，有一段文字恰當地表明瞭他們發明墓碑的意圖為了使眼淚變得有意義。因此年年春暖花開的時候，阿修羅都要定時舉行紀念儀式，為克服他們隨時會產生的傷時感懷之痛苦心情，而在墓地上盡撒眼淚。阿修羅就是這樣，用沉默和墓碑繼承了他們祖先的遺產。像這樣一個以墓碑與沉默為遺產的家族，自然在我們這個社會裡失去了任何驕傲的資本。他們成了一個站在自己面前都要羞怯的家族。白皮書的考古學家認為，這正是阿修羅常常被我們誤解為愚蠢的原因之一。

從白皮書中記載的阿修羅來看，他們幾乎至始至終是在日記裡度過文字生涯的。他們連公開表現自己本性的勇氣都沒有，更不用說要在時代中與人爭論命運了。有一位阿修羅一生都在追求這種勇氣，可最終還是讓死亡的羞怯佔了上風。彌留之際他向世界立下了焚稿的遺囑。這種生前悄然、死後盡享殊榮的怪誕現象，就是白皮書裡所有阿修羅的命運。

羞怯的只是我們

阿修羅把這種在我們眼裡根本不能算作命運的東西當作了自己的命運。難道羞怯真的就是阿修羅的本性嗎？對考古學家們來說，只有全體考古學家們一致認定的東西才能算作阿修羅的本性。這種證明邏輯一直使我苦惱。自從那偉大的兩個教條頒布以來，所有殊途同歸的見解只有一條，那就是，阿修羅對恥辱的敏感。那場偉大的革命雖然已經使我們的考古學家徹底否定了從前研究阿修羅命運的老一套方法，卻使他們保留了新教條，那最古老的、關於考古阿修羅本性的教條要發現阿修羅本性，就必須耐心地等待全體考古學家的覺醒。

我感到寂寞，感到空虛。

一場百年罕見的大雪在我們這個海邊城市下過之後，我心中一直醞釀著的那個偉大的、關於研究阿修羅本性之方法的教條，也漸漸地甦醒了。

在度過一個徹夜難眠夜之後，我終於決定把我的見解打成文字，投寄給白石先生，並同時附函致白石先生。我在信中表達了對研究阿修羅本性的方法的不滿，提出了阿修羅的本性就是羞怯這一結論，並提出，正是它導致了阿修羅對恥辱的極度敏感。

白石先生是我的長期合作者。我想與他聯合起來提出新教條，出於一個更深的原因：我一直懷疑他可能就是一直隱藏在地底下的阿修羅家族的後裔。但因為阿修羅從來不公開他們的身世祕密，這樣，身兼考古學家的白石先生的身世也就成了我心中的一個迷。然而，無論從何種意義上說，白石先生的回信對我的反叛之成功與否還是有決定作用的。

幾個星期過去了，我夢中的白雪已經融化了好幾次，可我還是沒有收到白石先生的回信。我的心情變得焦慮起來。面對白石先生的沉默，我突然感到在我們那親密的十年通信中第一次出現了陰影。這種陰影或許還會成為裂痕。我這樣說絕沒有誇張，我感到由於白石先生的沉默，此刻在我的心中確實正在慢慢形成一種終將侮辱我智慧的東西。這是一種什麼東西呢？所有研究阿修羅的考古學家們，如果你們處於我的這種境遇，我相信你們也一定會憑著職業上的敏感知道，我已經達到了研究阿修羅本性的最佳精神狀態：凡是觀察到阿修羅本性之人，必然會分享到阿修羅的本性。各位同行們，白石先生的沉默，使我重新感到了阿修羅的本性對智慧的恥辱感。各位朋友們，阿修羅總是以沉默逃避任何人為的恥辱，因此，他們永遠不會感到羞恥。阿修羅只有感到恥辱的本性，而絕沒有羞怯的本性，這就是我在煎熬難忍中等待白石先生回信的日子裡，從他的沉默中獲得的啟示。

永遠會羞怯的其實正是我們，我們這些不敢反抗命運，一生都要在追逐中度過的人。如果事情果然如此，我們就必須永遠群居在一起，從而感受到人間的友愛與幸福。

二、阿弟與榮格：對話幻想錄

榮格：阿弟，你將使這個時代出現一次莊嚴的停頓，這就是阿修羅時代的到來。在這樣的時代裡，無論人們怎樣匆忙追趕歷史，他們都將駐足留步，諦聽阿修羅的聲音。

阿弟：不僅僅是傾聽一種聲音，而且還目睹整個形象。

榮格：所以你寫下了阿修羅，而且還是用小說的形式寫下的。

阿弟：對，在我的其他兄弟們都在用詩歌作漫無邊際的吟唱之時，我希望有一種更確定的形象出現。而最能捕捉這種形象的方式，自然首先是小說。大師，用你的話來說，就是神話已經成為我們這個時代最需要的文化形象了。在這樣的時代，人們需要小說。

榮格：你可以這樣說。其實每個時代都在為自己創造自己所需要的神話，但並不是每個時代都有能力給予自己所需要的神話，並讓它以某種明確的形式出現。現在你用小說創造了阿修羅，是因為這個時代已經出現了某種明確的東西。

阿弟：是的，是這樣。只要智慧還沒有成熟，小說的形式就不會被創造出來。經過這些年來的意識混亂，阿修羅已經在這個時代中找到了它自己的生存空間。

榮格：一個怎樣的空間？

阿弟：一個將被迫容納下許多瘋狂的空間。這個時代已經使人們發瘋了，這個時代就該為此付出代價。這個代價就是，必須承認阿修羅的存在，必須承認我們這些大大小小的阿修羅們的所作所為。

榮格：什麼樣的存在？什麼樣的所作所為？

阿弟：時代越混亂越好，反潮流總是對的；你不讓我乾，我就偏要乾；老子就是不信邪，就是下地獄也不怕。阿修羅的存在三要素，阿修羅的行動原則三要素。

榮格：哈！你們東方人的撒旦。

阿弟：魔鬼的原型。

榮格：可要是你的阿修羅果真這樣發展下去，到時候人們或許會說：噢，現在我總算弄明白了，為什麼我們這個時代如此混亂，如此瘋狂，原來都是你們阿修羅搞的鬼。一旦出現這種輿論，你會為此擔心嗎？

阿弟：不會。顯然這種輿論是錯誤的，因為阿修羅並不是產生上述事情的原因，它只不過是產生這些不尋常事情的理由。既便如此，我還是不反對人們產生此種輿論。而從人的精神發展需要看，這種輿論卻是為我們這個時代中那些虛無而混亂的人們所需要，因為一旦出現這種輿論，他們混亂的頭腦至少就有了一種可以集中思想去對付的東西，這時候，阿修羅就成了他們反思混亂、力求瘋狂的對象。我對此當然是用不著擔心的。有總比無好！要是從目的意義上看，我也能立即告訴你，要知道，阿修羅還會因為擔上了這種惡名而感到特別高興呢！在我們東方的神話中有這樣一句偈語「我不入地獄，誰入地獄？」。阿修羅最最偉大之處就是不怕下地獄。

榮格：我們西方的基督也是不怕下地獄，不怕承擔任何惡名的，這種精神已經滋潤我們的神話有幾千年了。

阿弟：可是你們的基督並不知道下地獄不容易。你們通過你們的原罪說，已經把下地獄之事看成很便當的事情了，而用我們東方人的話來說，就是，「入佛界易，入魔界難！」

榮格：什麼？你再說一遍。

阿弟：入佛界易，入魔界難！

榮格：哦，真是了不起的智慧！如果早知道你們東方有如此偉大的智慧存在，我在五十多年前行醫開始時，就會充分估計到實踐我的理論之艱難了。在我的行醫生涯中，我總是一千遍一萬遍地對人們說，否認自己身上存在著惡是於事無補的。你越是否認它們的存在，它們就越存在得多。受過基督教原罪說薰陶的人們，自然是不會否認這一點的，可是，在實際生活中呢？比如，我的病人由於身體的種種不適到我這裡來，其中有些人的病因一看就知道了。這是由於他們出於長期壓抑自己身上魔鬼的需要，為此身體不得不可悲地付出紊亂的代價。一般說來，這時候我會直接了當地把真相告訴給他們，指出他們的人格陰影，同時我也會要求他們只是長時間地關注自己的夢，關注那些自動出現的強烈意象，而不去管這些意象本身有多麼瘋狂、多麼有罪。可這幾乎成了一種規律：他們在我這裡的時候發現自己人性事實上已走到了魔界，可是一轉身呢，他們就又以為自己是天使、是住在天界的神了。

阿弟：這就是入魔界不易。據說，你的老師佛洛伊德在宣揚他的理論時，也遇到過同樣的問題？

榮格：對。在他宣揚他的泛性論、釋夢理論的當時，主流文化中幾乎每個人都否認性在我們生活中的重要意義，幾乎人人都不承認夢的重要價值。這時候他就說，你們現在每天都夢到冒煙的煙囪，是因為大工業時代到來了嗎？不，你們只不過是夢見了一根燃燒的陰莖。你們昨天夢到的是長矛，今天夢到的就是煙囪了。自然，這引起了蠢人的一陣嚎叫。

阿弟：一根燃燒的陰莖。哈哈，有意思，佛洛伊德是一個阿修羅。

榮格：如果你願意這麼說，也可以。在那個時候，佛洛伊德的行動的確像一個阿修羅。反潮流總是對的，你不讓我乾，我就偏要乾，老子就是不信邪，就是下地獄我也不怕。可我並不希望你充當了一個「誘惑者」就感到滿足了。

阿弟：當然，我的抱負不只是這些。從很多方面看，我喜歡卡夫卡更甚於齊克果。卡夫卡是一個清醒的寓言者，而齊克果呢？在大聲疾呼反對哥本哈根天主教會簡單地把「原罪說」改造為一種使教民舒舒服服地獲得救贖理論之後，在很長一段時間裡，他就是一個道道地地的誘惑者了。他年復一年、永不停頓地給麗琪娜寫信，就是因為他知道自己作為一個誘惑者的魅力，他心愛的人是永遠也無法抗拒的。

榮格：這就是純潔的少女與狼的關係。少女並不知道魔鬼就在她們自己身上，一旦你用你的魔鬼去誘惑她，去進攻她，她們都是不懂得如何去防範的。她們自以為可以逃離魔鬼很遠，其實，魔鬼的誘惑力越遠越大。

阿弟：這只能怪她們拒絕承認自己身上也有魔鬼。我們這個時代的問題也是這樣的。在我們的潛意識中，我們其實都非常喜歡混亂，喜歡反潮流，喜歡不信邪的，但人們就是偏偏不願意去承認並正視這一點。

榮格：對，現在你已把這個時代的混亂與瘋狂，以造型的形式賦予了阿修羅。至此以後，這種造型的魅力對人們來說就會難以阻擋。

阿弟：對那些還沒有意識到自身潛存著混亂與瘋狂的人來說，事情是這樣的，永遠只能是這樣的。只要我們這個時代仍然是混亂的，瘋狂的，那麼阿修羅的魅力也就永不會衰退，我們仍然還應該都是阿修羅。

榮格：你已完成了《阿修羅家族》，以後你還會寫阿修羅嗎？從這篇小說本身來看，它好像還只是一個開始。

阿弟：當然，我還會再寫阿修羅。這裡的阿修羅家族僅僅是（一）[1]。這部小說裡出現的阿修羅，還都只是一些沉默的謙謙君子，以後出現的阿修羅面貌可能不是這樣了。在以後與阿修羅有關的題材裡，你將不斷看到阿修羅三要素是怎樣充分展開的。

榮格：都是用小說形式寫嗎？

阿弟：所有關於阿修羅家族方面的題材都會用小說體寫。我剛才已經說過，智慧不到成熟的時候，小說是不會出現的。考古阿修羅家族是我的一種智性生活。當然，我還會寫阿修羅其他方面的內容。

榮格：用什麼方式寫？

阿弟：不知道。出現了什麼內容，就用什麼方式寫。什麼樣的腳，就穿什麼樣的鞋嘛！

注釋——

1 王一梁原計劃寫一部長篇《阿修羅家族》，這裡的（一）是指他計劃寫的第一部分。

榮格：但願你能不斷地找到好鞋子，走很長很長的路。

阿弟：謝謝，親愛的大師。再見。

榮格：再見，阿弟。

三、密山的一天：生活實錄

阿修羅拯救人的方式，就是什麼也不做；於是，他做了一件頂頂無用的事情。

——題記

阿修羅小時候，常常對人說：「不要講，不要講。」

青年阿修羅，常常用眼睛瞪著人，沉默不言。晚年阿修羅才逐漸感悟到了沉默對於他人是一種拯救的道理。

但當阿弟問阿修羅「什麼是沉默」，阿修羅搖著頭說，這是思考的前提，說出來就不是沉默了。

阿修羅的奇蹟

眼睛是看到的東西，耳朵是聽到的東西，鼻子是聞到的東西。阿修羅不聽、不看、不聞，人們以為這就是沉默阿修羅的狀態。於是，阿修羅離開了這個世界。

阿修羅與世界

這時候，阿修羅摳著腳丫，談論痛癢辨別之艱難，悲喜交加，從他坐著的椅子上偏過臉來望著阿弟說：「痛或癢才是人唯一的感覺。牛津學派說的都不關痛癢，都是不痛不癢的事情。」

阿弟聽到這裡，內心一陣激動，他關心語義學的問題已經數年，這才明白過來。休息是需要的，阿修羅其實並不需要睡眠。

阿弟在大白天也連續地做夢。

阿修羅家族的生活方式

阿修羅說：星期三、星期四通宵寫作。本世紀人太懶惰，無法完成巨作。海姆里系・北島・馮阿修羅們必須付出雙倍的時間工作，必須有一天夜晚不熄燈。

這時候，他們說「你的腦子壞了」。

馮阿修羅已經將一隻香蕉吃完了，於是，他用腳布抹了抹嘴，接著又拿起一隻蘋果。他說今天不是日子。

聽到這句話，阿弟一點思路也沒有了，語言也開始露出它猙獰的牙齒。

我們要用思想踐踏語言。

這時候，天大亮了。

馮阿修羅躺在地板上，一動也不動。這一夜，他們枕同一個枕頭，蓋同一床被子，據說那條腳布是女人用過送來的。不流說，明天，他要好好洗一洗了。

馮阿修羅還沒醒來，他不停地夢囈著。

馮阿修羅說，在有條件的情況下，可以刷刷牙。

打倒衣服

阿修羅每次從海邊回來，心裡想的就是京不特的腳是否乾淨。

馮阿修羅高聲呼完口號後醒來。他堅決要讓世界看到他已經洗過澡了。

阿修羅想到，已經到了應該徹底不見外人的時候了。

阿修羅如此說奇蹟

過去的宗教，就是鄉下人讀了點書。

——日記

阿修羅的眼睛，看人非人，非人是人。阿修羅從來都是兩句話一起說的。對自己說的話，阿修羅應負全部責任。只有人才不配為自己負責，請看看，他們什麼時候負過責？

阿修羅說：「好久沒聽見人說賊是賊骨頭了。」

阿修羅搖著椅子，抬起右腿，想到時代的變遷，於是仰天大笑起來。

阿弟為大師的喜悅感到內心奔放。幾天之後，阿修羅以如此的評價作為酬答。阿弟不聲不響，最近常在我面前走來走去。有苗頭呵！

四、阿修羅的財富

阿修羅的財富

我相信有這樣一個家族存在。這個家族因歡樂和悲痛而沉默。他們在這世界上因為沉默而各自孤獨起來，又因思念和期待而感到彼此的存在。他們只有一個共同的財富——對祖先的共同回憶。

他們是從這筆財富中生長起來的，也因這筆財富恢復了對土地征服的願望，因此，他們歡欣鼓舞，走上了一條無所畏懼的道路。

但阿修羅無論如何也創造不出一個新時代，一代新人。他是孤獨的，這就是問題的全部。你們這些讀者，阿修羅破壞了你們的事業。另外，被阿修羅毀壞了根基的人們，努力吧，創造性生活將使你們重新變得堅定，找到真正的希望。

作為一種文化的角色，一種工具性的存在，阿修羅在歷史上始終有它的地位。他忽而以宮廷小丑的面貌出現，忽而以禪宗大師的身份出來進行棒喝、佈道。

他的長處在於深深懂得一物降一物的道理。阿修羅的世界觀就是根本沒有世界觀，他的方法論就是一切都是方法，一切都取決於時間和地點。

但是阿修羅又是一個最相信命運的人，這使他成了一個無畏的人。他認為人與人事的關係都是咎由自取。一切聽憑命運，切不可怨天憂人。命運只有一個，任何生活只要心情好，就是好的生活。

阿修羅的痛苦

阿修羅童年的痛苦在於，他對他人、對世界的存在感到不理解。

阿修羅的學藝時期

在阿修羅還沒有成熟之前，他就根根深蒂固地認為：社會上的人都是有問題的。你這時候如果問他，為什麼只有他和他的朋友才是健康的，那麼，阿修羅是什麼也說不清楚的。在那樣的年代，從社會中他只能找到搗蛋的真理；從朋友那裡，他只能找到附和的真理。

他喜歡蘇格拉底的格言：哲學家就是牛虻，專刺牛的屁股，以便讓牛好好地乾活。他喜歡福樓拜的偏見：所有人都是傻瓜。當聽到沙特說大人物都是混蛋，費耶阿本德斷言哥白尼只是為了報復童年時受到博學之士的壓迫，為了煞煞人們愚蠢的傲氣這才絞盡腦汁創立「日心說」的時候，阿修羅對他的成長之路感到歡欣鼓舞。

當發現痛苦雖然過去，可照舊與人同在，於是阿修羅意識到，由於他人的存在，產生了自我意識。

阿修羅的道路

因為他太聰明瞭，無法不悲劇性地過著不尋常的生活。

他實在是一個聰明透頂的傢伙，無法拒絕對這個將要由他去消滅的世界表示出憐憫，因而只能過著苯伯一樣的生活。

每當他誘惑成功，他就感到了憐憫，他對這個世界所負的債。

是生活使阿修羅患病了。當他治療自己的時候，同時也醫治了生活。可當他的心靈飛翔到世界中去的時候，他又生病了。

永無休止的重復使得阿修羅死去活來，許多沒有意識到這是一種必須償還債務的人，都走上了歧路。

阿修羅的日日夜夜

在華燈初上的夜晚，阿修羅靜靜地思念起永生，並隨時用詩、用哲學來表達著復活。阿修羅憎恨不朽，否則意味著在人間重新生活一次。因此，當他將在人間第二次出現的時候，他感到了極大的狂喜，以及在大無畏中產生的責任心。

白天，苦難的阿修羅看著這個世界不斷聳立起來的一座座建築物，看著在那兒奔波著的人，因失去自由變得麻木了。這時候阿修羅的心腸也隨之硬起來，於是，他決定在這個世界上選擇一樁最最沒有意思、也沒有用的事情去做。

以後的日日夜夜裡，他做起了他的苦役。既沒有目的、也沒有他人賜予的安慰，這種審判性的生活後果，卻使阿修羅感到了自由。這太出乎人們的意料了。

阿修羅的喜悅

他在一種思念裡隨心所欲。

當他用二、三句話就能講清楚真理的時候，阿修羅的絕對自信從此就確定了。

讀者的財富

對讀者來說，阿修羅就是一種青春狀態，一種祕密小團體的眼界，它就是你們近在眼前的回憶。

他就是青春，他就是混亂。

只要擁有了它，你就可以在任何地方生活，不管這樣的生活有多麼的矛盾，多麼的不可能。它就是不可能的可能！

這時候，阿修羅就是你所看到、想像、羨慕的總和。它永遠能使你在即得的滿足中，產生嘲笑自己的慾望來。

五、阿修羅與群鬼

阿修羅的世界永遠年輕！

——題紀

一

用「公理」批評一個人，就是使這個人成為少數派。阿修羅同情被批評者，因為這時候他們是少數派。

阿修羅讚美少數派，還讚美失敗者。

但你們不要搞錯，這裡說的不是讚美錯誤，值得讚美的只是失敗。而對那些犯了錯誤、而且還知道自己已經失敗的人們，阿修羅既同情，又讚美。

他說，因為這種人很快就要成為一個成功者了。

但決不能對他們說出讚美來，否則就沒有懲罰這回事。你們只要多去看看他們、多多關心他們就是了。

阿修羅說：讚美引來驕傲；批評帶來自卑；給予使得人性腐朽；剝奪的結果是貧困。這就是你們人與人的關係。

考慮到他們全都害怕阿修羅，阿修羅決定把自由還給他們，並且還考慮到多數派中的那些勢利眼，阿修羅就給了他們最大的自由。

你知道他是怎麼做的嗎？將他們剝得一無所有，一無所有者才是最大的自由者。

阿弟聽到這裡，大吃一驚。怎麼可以把這叫作最大的讚美呢？

阿修羅說：一無所有者，才一無羞愧；一無羞愧者，才一無自賤。

這一夜，想起在往日社會裡，被批評者都變成了賤民這一段往事，阿弟想了很多。

二

我們已經失去了應戰的能力？只有通過發脾氣，通過謾罵，才能把魔鬼驅除出去？認出了魔鬼，但還不能把它們驅趕出去，這並不丟臉。丟臉的是你們也只能通過把自己當成魔鬼，才能驅趕魔鬼。就好像在一個魔鬼當道的時代裡，你們只能使自己成為魔鬼才能容忍魔鬼一樣。

如果要使壞，我可以比你們更壞，阿修羅如此說道。其實，人人都知道阿修羅就是這個世界上最大的惡、最大的破壞。這樣的表白就純屬多餘了。黎明時，聽到有人說昨天阿修羅憤怒地對群鬼、夜叉們說出了這樣的話，阿弟不禁想到，阿修羅竟然也在這個世界上說起了廢話，難道阿修羅也腐朽了嗎？阿弟實在不知道是該痛斥這種傳說的虛妄，還是要為大師今天的命運之衰敗去森林裡祭奠一場。

阿弟最後決定還是去看望阿修羅。

在陽光燦爛的窗台下，阿修羅正在翻弄一本當年的雜誌，見到阿弟後，目光立即炯炯發亮，說道：這個長安小子聽覺很好，他在這上面詛咒了一個居於海上的夜叉。但如果不小心把自己也弄成了一種喧嘩，這就不好了。本來我以為他少了水，多出了土後，要有些長進了。原來根本沒有土這麼一回事，只是多出了一個小卒子啊。

大師哈哈大笑起來，接著說起另一頁上的川鐘。阿修羅說：對帶著鐘的人我是始終同情的，不會反對。但為了發發一時的壞脾氣，就去造出一個南方新神來，這就不好了。

聽到阿修羅接連說了兩個有些含糊的「不好」，阿弟想弄明白，具體的話究竟應該怎麼說，以便可以回去對人說清楚。

這時候，就聽到大師說道：這些人與其說是一種罪孽，不如說是一種不幸吧。

眼前恰巧出現了披頭散髮的阿浪，阿弟想道，何不趁時就把這個問題弄弄清楚呢？否則也太辜負了這個浪跡天涯的阿浪碰巧出現在這裡這種同步性了。

於是阿弟問阿浪：這個正在被塑造為新神的南方詩人是不是一個瘋子？

阿浪探了探肩膀說，也許是，也許不是。兩種說法都聽說過。

考慮到阿浪到了自己的故鄉，就不應該讓他成為一個少數派，阿修羅贊成此時阿浪的非孟什維克作風。但這卻使阿弟失去了弄明白這個問題的機會。

儘管如此，阿弟還是十分滿意地回到了自己的寫字檯上，帶著釋然的神氣寫道：

以惡名義做惡的阿修羅是天堂中的魔鬼，以善名義做惡的群鬼是地獄裡的魔鬼。

阿修羅在今天已經向我們宣佈道：必須結束一個以惡還惡的時代了。

這才是值得讓我們深思的地方。

一九八六年 上海

阿修羅文化

談論勇氣，不如談論自殺，談論反抗。總是有文明的反抗，或者野蠻的反抗。

但在一個講述人的生存境遇卻被權力意志監視的世界人，最終就有了暴力征服文明人的酷吏。

讀出聲音的反抗也許會從大地上消匿了。

常常是沒有聲音的反抗。野蠻，卻仍然還能夠為人保持著僅有的一種反抗形象。

這是一個在生活中酩酊大醉的人。

人生需要勇氣，需要批判現實，需要反抗人性的黑暗。

然而在可怕的，漫長的歲月砥礪中……文明的反抗最終化為一種個人獲取拯救的文化。如千年不死的禪宗，老莊哲學。

寓言家的生活。

沒有藝術的本體論，根本就不存在藝術的邏輯。在幾千年來人生革命大師都背離而去的世界上，每個人卻只有他怎樣活下去的邏輯。

而所有藝術問題都歸結為一種我化，一種生存方式問題。

關於人在世界上的道路，有一個寓言：他生下來，受苦，最後死了。

第三世界的真正悲劇：充滿人類激情的社會活動按部就班歸結為政治問題？

在這樣的世界上，藝術家的作品常常只能是以寓言，象徵，釋義，學術的面目出現，或者通過將藝術活動的激情歪曲為朝聖運動的藝術生涯，這實際上是藝術史上的大倒退。現實生活才是產生真正藝術家的唯一途徑。

作為一個事實，任何時代都有這個時代藝術家的起源問題，平庸時代，產生波普藝術家。

在我們這個時代，真正的藝術家從阿修羅文化中誕生。

阿修羅我化總是興起於一個虛無，混亂，變革的時代，它的年代可以追溯到科學知識，權力意志。開始談論人類世界的那個時代。

阿修羅關注沒有權力意志統治的任何世界。

純詩，形而上學，烏托邦境界，童話或者光明朗照的寓言。

正是這種美學的親身實踐，締造了阿修羅文化的純潔，高尚的靈魂。

形成它的人生希望：人是注定自由與友愛的。

通過這種文化的參照，必然產生對於人性的敏感；對於喪失尊嚴，正義，自由這兩種屈辱境地的敏感。

那些被社會，歷史，常識定罪的人，叛逆者，異端邪說，被世界冷酷拋棄了的，禁止的著作，遊戲，社會失常者，病態的東西，一切文明的或野蠻的反抗，都成了阿修羅文化關注的社會對象。

這一代人的青春，開始在思想解放運動的日子裡，算上解凍，已有十年，童年在一個被稱作毛文化的時代，由於歷史偶然，使他們在短暫的童年、少年、青年時期就已經度過了好幾個文化世代。

這些人願意以放棄他們質樸的心靈，對於外界的未來抱有熱情與信仰。

事實上，這是一個只有心靈的激情，而失去行動，只有理想，而沒有事業的一代人選擇阿修羅文化的故事。

如果束縛人的諸天死了，阿修羅作為過渡時期的英雄，最能彰顯人的輝煌犧牲。

一九八八年上海

阿修羅宣言

好的思想不如去實踐，這與白日夢有何異處？

——愛默生

阿修羅宣言第一號

——談論這個世界是一樁極不容易的事情。你要小心，你要常常沉默。

最可靠的還是從人談起。我們要練練聽覺，聲音是一種喧嘩（經常使用動詞是對的，更多的名詞就成了人性墮落的印記——小心介詞！）

——世界是沒有祕密的，因為人不允許它是一個祕密，這個不允許是一個祕密。

對人你要懷著無限的期待。

——藝術家用虛構、寓言過上了另一種生活。這是一種生活對另一種生活的祈禱。

如果誤入了那個世界，石頭也會悲歌。而虛構不是謊言，寓言也不是象徵。

——生命始終沉默。狗沉默著，它不會懂得期待主人在明天歸來。只有人才以時間期待，這是人類唯一共同的語言。

——我們開始用人為自己虛構的寓言評價一個人的期待。

釋迦牟尼期待著人類的仁慈，他虛構了佛的寓言。當前的許多詩是在這個時候死的。

——白日夢只不過是幻想而已，它接受著現實的審判。上帝是在這個時候才死的。

——一代人正在消失嗎?什麼才能夠使我們長眠不醒?

——必須決心，事物最美好的一面都來自我們的創造。

——死亡以寓言使我們保持著神祕的距離。藝術家無休止地奔跑在這個沒有窮盡的寓言之中。這裡的寓言都是沒有謎底的。

迄今為止，人類最偉大的虛構就是死亡。猝然而死就是沉默地死去，如同生命，像狗一樣。

——殘暴的時代帶來了朦朧的美。星空日夜注視著人的一次次慢性自殺。誰能逃脫這場劫難，誰就是藝術家。

死亡是以生命來考驗我們，我們還原的是生命的本來面目，無論它是多麼嚴峻。

——人們啊，活到今天是極不容易的。

我們創造熱情的毀滅，在這個世界永恆的只有恥辱，永恆使人恥辱。

——活過一次，就會知道一切。

——只有反抗的人才會知道命運。藝術如果沒有命運，也就沒有反抗。

——沒有混亂的感覺，只有混亂的思維。

——老子誰也不怕，所以誰也不怕老子。老子說：人人可畏者，我不可不畏。

阿修羅宣言第二號

——狗娘養的，停止你愚蠢的咆哮，現在是這個世界開始為我的書注釋的時候了。

我曾經將這個世界看成一本書，我曾經為此注釋過。現在，我開始厭惡一些聲音。

注：中國人總是在還不能將他的邏輯推理到底的時候，就從這個世界上銷聲匿跡了。

——曾經，你們生活在一個傑出人物都各自進行密碼選擇生活方式的社會裡。現在，你們東尋西找嗎？是寓言家清楚地指出了導向世界的道路。

注：唐朝或清朝的考生，在黃昏，在遠離京都的地方，總能倚窗遐想萬千。

——他們最後都生活在自己的寓言中了。寫成了中國人做人的日子。

理想主義者，總是渴望宗教的。在中國，並沒有蔑視生存意志的真理，每個人都願意，並且僅僅只是願意活著。

注：皇道至上的理想與真理。

——陶醉於事物的本身狀態不是更好嗎？

注：人們不可能對「道」的發生作用提出自己的看法。這種感嘆與妄念總是中國人的一個主旋律。

——寓言者的世界，他尋找苦難的釋義，當他生活在這個世界上，作為這個世界上的行動者，這個世界已經為他確定了寓言的主題。

注：有一天，寓言家開始擺脫了被動的困惑，經歷了徹悟，使開始生活在一個已經被自

我所調解、澄清了的世界之中。自我的產生，其作用也僅僅如此，此外，豈有他哉！

——寓言的問題是凝重、朗熙、莊嚴與主題重大的。衷心感謝你們對我的評價：我就是在這個時代裡談論、思考著重大問題的活人。

藝術手法必然在你們的眼裡顯示出了象徵、表現主義的面孔。我最壞的讀者，從這張面孔裡凝視進去，從裡面誕生出來的奇蹟，無窮的活力，氣派與魄力，難道你們不願意由此聯想到一個寓言作家，他伏在桌頭，挑燈夜戰的孤憤與狂喜嗎？這時候，他站在你們面前，除了是一個先知，一個願意活得像個人的人，還能是另一種人嗎？

注：得意忘形，得像忘義，都只是些愚人的智慧而已。

——現在，跟著我（寓言家）散步去吧，將你們渺小可笑的自我撇到大路的那一邊！

阿修羅宣言第三號

——讀出聲音，請大聲地讀出聲音。

反潮流總是對的，它能引來更大的潮流。

——讀得清楚我們本來的聲音嗎？

一些人死了，一些人還活著，哪個更好？
你們是永遠都不知道真相的。

——根本沒有故鄉了，流落異鄉的詩人正在患病。

幽默、諷刺，癲狂或者自言自語。
只要我們還在掙扎著生存，道路注定就要穿過卑汙。
是為了什麼，卑賤地活著？
為了理想還是為了成為證人？

——從事一種形而上學，從事純詩、寓言的寫作，僅僅是為了一種有根據地從從容容遺忘自己卑賤之存在，遺忘一個匱乏、令人作嘔的世界。

青春、童心多麼短暫。
而這另一個世界每天還要鞭打，折磨已經成為罪人的我們。

——敵人是普天下的，最大的敵人還是我們自己。

因為我們仍然活著。

活著就是犯罪，就是接受恥辱，就是接受藝術、自由、尊嚴、正義的審判。

——作為一種自由，確實地，現在我們什麼也不乾。

為什麼會被恐懼壓倒一切？

一種高貴的死亡，是早已從我們這個民族中消失了。

我們為日常生活付出的代價是過於昂貴的。

——每個自殺者都有自己的寓言。當一個人的精力，創作活動已經消失，這種僅僅是作為肉體的存在，藝術家在這個時候便去死，自動地結束生命，任何的苟活，難道不是在增加人在宇宙中地位渺小的恥辱性？

——一個沒有寓言的人，一個從來沒有進行過死亡練習的人，是不值得尊敬的。這對於女人，由於她是沒有靈魂，對於那些連幻想都失去的女人是不值得談論的。

當代最好的故事都是那些精神病單身漢講的愛情。

對於中國的女性，不要有太多的幻想。她們的騷動將是長久。一個沒有肉體的女人，這是神話。

——藝術家的一生，就是不幸、失戀，最後終於講清了他為什麼死去。

——我們渴望生活而無法生活。

天天看到的臉，都已開始逐漸打上「聚財」的烙印，打上了第三世界這灼燙的烙印。所謂的中國現代派詩人一錢不值，什麼東西？

呸！這群語義上的寄生蟲！

阿修羅宣言第四號

——自我迷失是一種精神疾病。

虛無或者危機的時代，就是一種喪失了創造激情與能力的時代。自我的真理是只能從批判活動中誕生的了。

注：當代有種的大評論家，都是一些厭惡當代作家，當代文學的人。

——從自我喪失的的病源上看，我們同精神病患者都有著相同的起源。但我們從歷史、社會中去尋找失落的根源，從中產生的真實力量，對同時代卻有著極大的意義。而我們也正是從這種疾病中能夠找到真正價值的人。

注：等我們病癒了，我們就會珍惜，真正懂得去捍衛真理了，而病癒的精神病者卻只能變成一個正常人，一個不能夠關心社會，醫治社會的人。

現在，我們正在患病，別來打擾我們吧。

——思想難道不更像一座雕像嗎？

注：當人們用審美的眼光打量世界，美學思想就都可歸結為曲解。

——一個心醉神迷者，他怎能分的清宮廷小丑與禪宗大師？

我不認為眼睛寄生在臉上，這是可笑的一種說法。我也絕不容許說薛西弗斯不是阿修羅。卡繆是好樣的，有種將薛西弗斯歪曲了，結果就成功地塑造了一個關於工人階級的神話。

注：要知道，薛西弗斯是一種反常的生活方式。

——這個世界上是再也沒有比反常更加透明的東西了。可以說，歪理就是真理，而歪曲還是一切嚴肅思想的起源與歸宿。

——一切荒誕中的最荒誕，就是文學，而絕非生活本身。文字的創造與出現曾經好像是作為文明的標誌，而事實上，恰恰相反，它是衰退。

注：文字是反動的，它的本質就是反文化。

——可以清楚地回答了：文字正是作為動物的人的尿跡而已。

事實證明，人們從文字中創造出來的只是垃圾。現在垃圾是越堆越高了，不可以這樣想嗎？巴比倫之塔就是一座垃圾之塔。

注：做一個誠實的鄉巴佬，對你們來說不是更好嗎？而且更加快活嗎？

——哲學是反動的也是無情的。哲學家誕生了。

注：感動我們的只是他們的工作。

——在我們這個時代，也只有他們才是一個為我們始終保持了一種習慣性的陶醉，一種唯一的充滿了自信與肯定的聲音與形象。

必須承認，至今還在頑強地與宇宙及人抗爭著的還只有哲學家的大腦，而絕不是那些粗糙的科學、低級的藝術。他們僅僅只是動物的皮毛，岩石花紋，一群熱愛人面獸皮的東西罷了。

注：知道嗎？做醜陋的其實是人，而可笑的那些通常從感覺出發的對於人臉的陶醉，遐想。其惡行還在玷汙原始的、我們用以表現大自然美的符號。

——包裝紙難道不是最可笑的圖案？

迄今對於野蠻、文明的理解多麼膚淺。種種熱衷於這些的討論者，當你們面對著頭頂上這麼多的星球，一切對於文化的討論是多麼荒唐與自大，當你們擺出一副具有談論哲學理論的的面孔時，其實你們充其量才不過是剛開始懂得做一種低級的智力遊戲而已。

——我們能夠嚴肅起來嗎？在荒唐可笑的時候。我們必須生活在厭惡之中。以瘋狂為榮。

太陽文明？多麼可笑。《菊與劍》這不是瘋狂的災難嗎？這個只有物的島國，還在奢望著代表什麼東方文明。

——關於宣言。

我可以告訴你們，柏拉圖沒將《對話錄》改為「宣言錄」。這是希臘文明中還保留著那種不可饒恕的鄉下佬氣息的緣故。

——關於宣言。

這是一種至上超越自我，超越時代十年的寫作方式。你們努力吧。

注：世界總是起源於一場大火，而毀於大火之中。

——關於作品。

我們則將堅決地回答：

鳥！有宣言還要作品幹什麼？

阿修羅宣言第五號

——共時主義與時代進步。

——共時主義與你們的精神發生共時性參與。

——詛咒自己就是詛咒你。

——晚上出現兩個洛麗塔，徵兆著你的腳脖子就業扭歪。

——在朋友那裡連續住上二天，第三天就會出現奇蹟。

——香菸有六種，其他的都是假菸。

——你們造出來的領袖，九十三天之後就會有所收穫。

——如果被職業手藝人連續拒絕兩次，那麼自己動手吧。

——將你自己的過去看看懂。

——星期六晚上多吃點水果，最好是梨和山楂。太便宜的，對你的身體有害。

——星期天的早晨就不要接觸你的女人了，遵守此派的人，人們將稱你們為水果派。

——有的女人身體美麗，眼睛忽大忽小，這是聚財者的時代將要到來的徵兆。

——落難時，不要去見你的老朋友，即使在大街上遇到了，也要對自己的苦衷守口如瓶，並不是因為害怕將會失去友情。

——在陽光明媚的日子裡，多練練身體，雖然你已做好一生的獨身計劃，但好身體對你的後代還是有益的。

——不要為主義爭論，不要為真理的隱晦感到煩惱，到時候，共時性就會自動解決一切。

——對漂亮的售貨員說：國家窮，有什麼賣什麼。這時候，如果她笑了，趕快離開吧。

——出生的方法有幾十種，死亡只有一種。好好度過你的今生。

——如果你有三個好朋友，兩個人做的事情就不要對第三者說了，如果你想得到第四個朋友，最好你自己先成為另外兩個朋友的敵人．

——精通謀略的人，死於白天；心直口快的人，一事無成；笨嘴拙舌的人，相反卻容易受到別人的祝福，這是衰敗之象啊！

——一條腿能夠走了的人是奇才，沒腿的人會飛，講這事的人，肯定是個撒謊者。

——在開康健車的人當中，有一個是詩人；當他飛駛而過你的家門口的時候，脫帽向他致敬吧！不要抱怨他在你眼睛裡揚起了塵土。

——不要為你的朋友搬家操心。

——在電話裡對你的情人說話太多，見面時反而無話可說，這不好，太反人道了。

——多寫些信吧。

——有事沒事可以唱唱歌，沒有好嗓子，就不要驚動你的鄰人了。

——不要對排檔女評頭論足。

——子從父名，這是天理。但父從子名，也不算違反天理，例如，就有老不特，小不特之說，老不特是隨小不特的名。

——做事不要太完美，留下一些缺點，反會贏得人們更多的讚美。

——在你去見閻羅王的時候，是否帶著大個子的我？

——在聚財者時代，沒有錢，就不要離家出走。

……

一九八八年五月二十五日 上海

記住來時的路

思念、熱情全都無所適從。精神墮落了。這些都使我想到這個世界上還存在著一種純形式的東西。

體系是一個人思考的祕密武器，有的人錯把武器當成了思想本身。最好的說服是讓你感到，而不是想到。

我現在的工作，就是要將真實的人性從意識形態中奪回來，結束意識形態對人的自由的剝奪，這樣，人性的東西就會重新成為我們將要關注的赤裸裸的東西。

歷史的進步取決於對個別存在而非一般存在的認識，這對我來說是一種新的認識。

誤解比無知更可怕

（一九八六年）

大思想家們認為誤解比無知更加可怕。

斯賓諾莎要求懷有大眾思想感情的讀者不要讀他的作品。

卡夫卡留下遺囑，要求將他的作品全部燒毀。

孔子、蘇格拉底、維根斯坦認為對話比寫作更加重要。

他們還認為，他們的作品在他們的同時代中遭到誤解的厄運是必然的。

每個人總是很晚才認清他的時代。

一個人的精神史能不能完整地在人類精神生活中得以延續下去呢？個體受到輕視，誰也不對人的個性感到著迷，取爾代之是偶像的盛行，他們都是成名的人物，早已被埋進了墳墓裡的人。而活著的人，僅僅只能從反抗中獲得樂趣，表現出自己的一些個性。

一個朋友的意見是，反傳統只是一個感情問題。

在一個沒有導師關懷著我們靈魂的年代裡，我們開始了我們的亞文化……我要尋找的是那些使我憎恨的東西，混亂、無聊、萎瑣……在哪些人的身上已經消失。我所嚮往的美、愛、自由，又在哪些人身上獲得了。為此，我首先要做的就是學會去傾聽他們的聲音，從這些聲音中，我將聽到哪些是值得我敬佩的，哪些不值得我去追隨。

必須把自由者的聲音看成是對你的存在的控訴，因為你現在還沒有獲得這種自由。意識形態可簡單地稱為國家為爭取青年一代的一種詭計。

在一個極權國家裡發生的殘暴，對過來人來說，或許是幽默的。但對年輕人來說，卻依然是可怕的。

人們之所以會感到幽默，是因為他們相信這種事情不會在自己身上發生了。老年人已經獲得了這種保證，他們的經驗就是一種保證。

在我的生活中，我經常感受到一種不可名狀的激動，在這種情緒的激勵下，我對超現實世界的存在產生了真正的嚮往，也使我理解了齊克果五月十二日的日記中所說的那一種「莫名的狂喜」。

聯繫哲學家的生命情緒去理解他的思想，從中可以看到，著了魔的哲學家多麼容易去從事形而上學的事業。要使哲學家做到回頭是岸，除了具體的來自於生活的召喚，別無它法。
哲學的美是離心的，也是一種柏拉圖式的宇宙建築風格。
有人偶爾讀到一本書就獲得了拯救，這是因為這本書恰好幫助他認識了自己。
青年人想要成功，成為流派吧！
強調發明、對話、獨創，這都表明一種非連續生活的存在。
在一個虛無的年代裡，優秀青年自我作賤，看輕自己行為的意義。
作家是幸運地逃避時代的人。
知識、體驗、創造，這是現代人的精神生活，他們不再需要敬神了。
很少的現代人，將自己的突發性感情作為下一次思考的出發點。
古老的東西消失了，古老的東西通過變形找到了它們新的生存的方式，可我們還以為它們是嶄新的東西呢！

我選擇做個人作家

（一九八七年）

可以用許多種規則去閱讀歷史上的作品，但是在我們的潛意識裡，始終逃脫不了一種時代的閱讀，這種閱讀與我們內心的恐懼、憂慮、希望密切相聯。

如果有某種宿命的話，那就是我們童年夢想的實現，它規定了我們一生的軌跡不是無限的。

時代不會公正地對待先知。

強調自身的獨特性，產生了個人作家。

個人作家都經歷過內心的大地震，這是他們的祕密，使得他們能夠遠離一切群體性的生活。

在流派作家和個人作家之間，我選擇後者。

個人作家都是有風格的，它通過犧牲而獲得。

每個時代都有它的「地下文化」，哲學將把它帶到地面上來，因為，只有哲學才能帶來意識形態的革命。

當學者無條件地引用前人的作品時，永恆，這個鬼魂就開始縈繞於心了。

戀愛就是對戀人說：讓我受到鼓舞，得到改造。

孩子不怕與自己的靈魂相處，只有我們才害怕面對自己的靈魂。

一個人獨自屹立在高山之巔是可怕的，站立在頂峰上的恐懼，使偉人的自我批評產生深度。

天才即勤奮，也唯有天才才能夠勤奮起來。

我們最感到不能理解的是作家，而這恰恰就是我們能理解的人的限度。

文學使我們失去了常識感，例如，消滅警察的口號使人異常興奮，犯罪的美使人暈眩。
文學自己創造出了一個世界，它完全再現在人的大腦裡，一個人能走多遠。

大師一百遍地說，世界的奧祕是可見的，而不是隱藏不見，但這都是針對理性而言，對大千世界、我們的靈魂，我們根本不能這麼說。

人們在大自然面前，就變成了一個野蠻人。在自己的靈魂面前，我們也都變成了野蠻人。

我怨恨的不是人的本性，而是他們的命運。常常碰到這樣的問題：是不是只有掌握了正確的世界觀，才能著述，這和那些已被判定為「非人」的人，還仍然要繼續生活下去是一樣的。大多數人不負責任，以為只有自己才擁有了金鑰匙。書生讀了幾本書，就自命為「精神貴族」。各種各樣的人都在競相著述，人人都在自己的夢裡扮演上帝的角色，極端的多元論盛行。

任何一本闡述世界觀的作品，其審判的意義，都使我感到震驚。有那麼多的宇宙，那麼多的人生，那麼多的戰爭，我都不親自在場。

我憂慮退化

（一九八八年）

我對退化的憂慮是無窮無盡的，因為，我不相信群眾，但我們都有可能一夜之間成為群眾。

群眾不是一種身份，它是一種狀態。

人生而好奇，但那些叫作讀書人的人，隨著讀書，天性中的好奇心也就開始泯滅了。他們從前輩那裡，並且自己也發明了無數個奇怪的問題，無情地折磨起自己來。當他們再也無法為自己找到問題時，就為群眾去找，用一種奇怪的誤解方式與群眾結緣。

當群眾自己組織起來，依靠大眾情緒形成的知識界就會憤怒地把他們撕成碎片。這就是群眾的最後下場。

今天主義是這樣一種思想：在這個世界上，對每個人來說，只有今天才是最重要的。有關明天的理想，它根本就不能成為今天人們行動的準繩和評判的標準。一代人自有一代人的神話，如果老一代人依然靠著他們的明天理想生活，那麼，就讓他們去吧。可是他們卻再也沒有權利以明天的名義，來剝奪、奴役今天人們的思想與行動。無論這個明天的理想，是多麼的崇高，多麼的輝煌！這個世界上，我們再也不能為一個虛無飄渺的明天，對我們的今天犯下新的罪行。——七十年代

一群人聚在一起從事寫作，當這一群群人都已經成為了群體中的工作者時，其意義便不只是世界上有了一群快樂的朋友。

只要最後誕生出一個個傑出的個人，那麼，結社的目的也就達到了。

而一種「群體—社團—集體地無名、匿名也不是一種失敗。齊克果說：無形的教會。實際上，我們也需要依靠這種無名、匿名的狀態，才能使眾多置身於無名社團中的人，在生活中、在寫作中，始終都保持著他們從胎記中得來的那一種純潔的、神祕的熱情奔放，使得他們能夠始終都帶著原始的生命氣息，懷著一顆開放著的心，永遠都生活在今天。

在一個充滿著惰性、功利性、大眾同一性的主流文化中，要想防止創造力的退化是很難的，只有少數真正獨立的人，才有可能幸免於難。

然而，通過一種群體性的在主流文化中的無名狀態，即，這個群體在主流文化中真正的一文不名，卻能夠為這個群體中那些尚未完成自我造就的人，提供一帖防止他們創造力退化的防腐劑，給予他們的創造力以一種真正的保護。因為，既然這個群體在主流文化中是默默

無聞的，是處於卑微狀態的，那麼，這個群體中那些尚未真正獲得獨立的人，也就不可能通過這個一文不名的群體，找到他們在主流文化中的集體功利性。這樣，避免在與大眾的同一性過程中，在主流文化的慣性支配下，將他們自己已經創造出來的亞文化這一種進步的文化，在與主流文化的結合中蛻變為一種退化性的文化。

也只有在這個時候，我們可以說，在這個世界上，他們是除了去追隨他們的唯一的守護神——亞文化之外，也就再沒有第二個守護神——主流文化可以去依靠了。而亞文化卻是屬於他們自己的，無論這是他們的天堂，還是他們的地獄，在這個世界上，只有亞文化才是他們的唯一創造之神！

所以，這是一個真正無名的亞文化的故事。一條孩子們渴望長大、成熟，希望在這個世界上找到一個真正的自我的道路，為此，他們夢想創造出一種真正屬於他們自己，沒有壓抑沒有剝削也沒有異化的文化。——八十年代

我的現實之路就是逃避之路

（一九八九年）

從來就只有孤獨的先驅者，即使後來人發現他們各自並不是被孤獨地隔離，而是整整的一群人的存在，但是，他們自身卻仍然是孤獨的，彼此認不出來。

在這樣的世界上，我渴望認出我的同類，我的兄弟。尤其是在一個變革的時代，一個孤獨者，總像在未成熟之前，就變成了化石。

愛情先於我們成熟之前，便已死去。活在這個世界上，是一群群相互離伴的群獸，沒有

後代，即沒有進化。愛情的死亡，使我們成為了絕後的人。單身漢，黑夜的守護者。

有些東西，是人始終都無法控制的，甚至對它產生任何一點控制的慾望都被認為有罪。

不信邪時代必須結束，人必須有所敬畏。

所謂的「完美」，我認為是在有所「敬畏」之後，才會出現的。「完美」的人有一種目光，使他知道在他身處的一個小世界之外，還有一個世界。因此，在他瞥見這一道光芒之後，他便緘口無言了。

在一個無神的世界上，還有誰是「完美」的呢？但我必須去成為一個「完美」的人。我不相信，一百年前的人都是錯誤的，我也不相信現在已經沒有亞文化。

在我們的精神中缺少了什麼，使我們要顛沛流離，處於自生自滅的荒野之中。

因為我們是無知的一代、任性的一代、享樂的一代？等等，可以列出很多。

但是，事實上，在我們的歷史前提中，正橫亘著歷史上一個最具有戰鬥力的政黨，從事著全面專政。

現在，大地開始鬆動了。並不是因為思想的勝利，一代新人的勝利，而是由於一個戲劇式的人物，將經濟的「潘多拉盒子」打開了。

經濟的動力，使我們納入了「世界文化洪流」之中。而這是一種沒有活人代表、沒有哲學精神的「物的文化」。

在這個實質上的洪荒時代，任何已被歷史所淘汰的文化，一切頹廢的，沒有靈魂的東西都可以暢行其道！

沒有靈魂的力量是一種暴力。

每個思想家都要為他的哲學思想的客觀價值在歷史面前負責。

亞文化的第一步就是去成為一個「一無所有的人」。

孤獨與絕望，再加上無休止的悲傷，使我的心靠近了神祕的領域。

這一切的發生都是在無聲無息中完成的。

逃避者的福音，在於他已經開始聽到了死亡的遙遠鐘聲，

你為什麼如此鎮定，泰然自如呢？

因為，我已經聽到了喪鐘齊鳴。

我的現實之路就是逃避之路。

我為什麼視塵世之路為畏途呢？

我為什麼在感覺中對現存社會中，身份明確的人感到乏味，保持冷淡呢？

我為什麼只有在自己的家裡，才感到想像力充足，對自己的話語充滿信心呢？

我敢對那些身份明確的人，發表自己的思想與感情嗎？

我敢說：感謝生活嗎？

我是一個遠離人群的人，靠著朋友的智慧餵養長大。我從一個極其依賴於朋友的人，最後成為了一個最獨立的人。

對自己靈魂感到絕望的人，只好走到街上去，通過鬥爭，通過與民眾的一致，求得靈魂的淨化與高昇。

智慧花開

（一九九〇年）

我們現在最好的未來作家，正生活在原始的黑暗中。由於他們已經完全解除了文化的負擔，因而千百倍遭受到了本能慾望的折磨，時代的陰影的傷害。

相反，那些單純的腦力勞動者、社會科學工作者則能以更單純、直接的動機，努力工作著，保持了身心愉快和純樸的美。

我從前的焦慮（我對自己的歷史無限著迷）。

當時代的壓抑成為必然的時候，他奮起反抗，而不是以傷害自己的方式逃避壓抑。

誰還在二十八歲後，仍然智慧花開呢？

死於真理的人。叔本華、尼采，並不在人群裡顯示人類的真理，古老的瑜珈師也如此。因為時代病得太重了，根本不需要一個導師。

所以，他們並不身體力行。

他們自己生活在謬誤中，在自己的書中寫進真理。

大師的生活本身就是一部寓言。

我們從他們那裡沒有學到關於怎樣活下去的真理，那是我們自己的錯。

來自哲學家的一切忠告，都是為那些不去進行自我分析者服務的。

沙龍裡有一種相互傳染氣質的風氣。

我不是人群中的人，我對這個時代的無知或許就此救了我。

所謂內心生活，並不源自於日常生活中的壓抑，或希望，及那些不便言傳的東西，而是一種獨立、有自己歷史與生命的生活。

有一天，它站起來了，就能改變或推翻日常生活。

人是這樣一種動物，他不僅生活在現在，而且生活在過去、未來。所以，人是獨居也能獨居的。這時候，他並不生活在幻覺中。

過去的一切都不曾消失、遺忘，現在及未來都同過去有關。所以人必須通過一種方式獨自與自己的過去和解。

午夜是魔鬼出沒的時候，禁止思考！

（守住靈魂，讓我們低聲承認：黑夜如此空虛，而白天是一團火。）

對一個自身未解放出來的人，未曾經歷過空虛的人，自由不過是一個痴人說夢，一種詩意的感覺，根本不能成為哲學。我們離以自由作為範疇思考人生、行動，還遠著呢。

哲學家內心充滿了權力慾望，做上帝的慾望是這樣的不朽。

真正的藝術總是在保衛，併發展我們的人性。

最高的成就是由那些快樂的人，在他們最快樂的時候做出來的。

那些不快樂的人，他們所得出的成就，只是我們獻媚於死神的祭品。

只有自由人才會說出「我的故鄉就是整個世界」

一本大書能從根本上改造一個人的精神結構，正如一個偉大的夢。

時代決定我們最重要的是日常情緒。

當代有活力的意志已經癱瘓，博學之士淪落為了學者、乏味的人、觀念的奴隸。因此，那些「動物詩人」對他們是一種衝擊與補償。

我們現在正處於這種位置。

一切好像是自然而然的。起初，我們讀同樣的書，玩同樣的遊戲，一切角色似乎都可以互換。快樂原則在青年亞文化中實現（但它必然會消失）。後來，我們開始找另外一些人玩了，因為只有他們才使我們趕到有趣。這樣，我們就發現原來自己的樂趣變了，想拒斥的東西也變得多起來。這時，理性告訴我們，對我們不喜歡的東西，不必以暴力去推翻它們，因為我們並沒有這樣的權利。這就使我們發現了他人的存在，原來在這個世界上，每個人是可以各取所用的。

所以，我知道我想成為什麼了：在有限中生活，而我不能過其他人的生活。

不可超越的每一個人，自己說給自己聽神話（非白日夢）。

也只有神話才得以永生。

一切善的種子早已播下，只有有心人，才看到它們已經開花。無心的人，讓種子到處蔓延。

捍衛者都死光了。

少數被選出來的人，充當了「歷史工具」，這就是他們心中的魔鬼，他們不自由的地方。偉大人物是不自由的，在他們的精神裡有集體歷史的涵義，構成他們心理強迫症的東西不能從他們的童年中找到……總之，那不是他們自身的東西。

他們的幸福、自由全部都被「歷史原型」出賣了，最後，只能落得聽任歷史潮流，以免在「精神病」中全軍覆沒。

找不到社會適應性（身份危機）是他們的外在特征。誰都想幸福、自由，因此，誰都害怕去冒險，以為自己可以過上一種「平凡而健全」的生活。

意識形態中充滿著各種混淆的詞義，如幸福、自由。可以說，它們簡直就是搶劫得來的，以使自己裝扮得十分漂亮。

追隨者，始終有之。如果沒有時尚，人類社會就一天都無法有效地存在下去。所以追求時尚的人也是被歷史挑選出來的（他們只能曲折地實現顯赫）。

任何評論都是在追求、實現一種權力。

到了耄耋之年，「評論」則讓位於更多的「同情心的理解」。

錯誤的是將時尚理解成自己的人格核心。

導師只受到崇拜與詆毀這兩種經常性的威脅，是一隻不被保護的鳥。

去習慣我們祖先的黑暗吧，它們並不離我們更加遙遠。

強調人性惡的思想家更愛人

（一九九一年）

我為怎樣活下去思考，但思考不是我的基本精神狀態，它是我生活的祕密。

寫作就是將意識不斷清除（通過寫大量的廢稿），最後讓無意識自我顯示出來的過程。

我不在乎我做了什麼，而在乎我對於我所做的事情是否能夠理解，這就是我的特點。

生活，我是無法主宰的，理解卻是我似乎能夠做到的。

在什麼樣的情況下，我們可以撒手不管，僅僅只等待著奇蹟的出現呢？

我再一次在可怕的襲擊中渡過了今夜。

假如人沒有了生的慾望，人就只能去尋死了，這個結局總會以出人意料的方式完成。再也不能自作聰明，以為是我擁有了生命，恰恰相反，是生命擁有了我。

讓我重新轉向吧。

強調人性惡的思想家更愛人。

「意識啟蒙」，這是一個鬼門關。前進，還要前進！

在這個時代裡，當一個歌手正是適得其時。

向無意識學習

（一九九三年）

不去聆聽無意識，無意識就會以一種低級的方式表現出來。它也是一種突然產生的「內心呼喚」，它使那些可憐的人失去理性，不顧自己已經取得的成就，而一味滿足自己的怪癖，甘心成為低級的東西的奴隸。例如卡耐蒂《迷惘》中那個學者對廚娘的可怕的情慾。

我們年輕時代的內心呼喚是「借他人之口」喊出來的，是一種類型化的聲音。走上注定的路，人的靈魂失而復得。

一個想知道未來的人，他應該能夠讀懂他的過去。

一個始終都沉湎於過去的人，在他的生活中，就會帶上一付幼稚的面具。

一個無悔的人會這樣說：「凡我該做的事情我都做了。」

是始終都攜帶著他的過去的，那些未曾完成的東西是必定會完形的。

我年輕時代的文學教父是雅克．盧梭

（一九九五年）

可怕的知識與寫作的負擔沉重地壓迫著我們。

但你卻是可以成為自由的，只要想到你的寫作就如同呼吸一般的說話，你的讀者就是自己，那麼在任何時候你都會感到自己是自由的。

在我看來，值得我們去樹立的只有一個標準：能使你感到自由就是好的。使你感到，而不是想到，是此時此刻的感到，而不是什麼永恆地感到。

要做一個熱情奔放的人，一個講究邏輯，但又絕對不受它束縛的人。

我是自由的，但有一個命運在等待著。我是一無所有的，但我又是應有盡有的。這些真理始終在我的一生中反映出來，也折磨著我。

當聽到一個年輕的聲音唱出了一首老歌，我的心不禁蕩漾起來。

我們所做的一切都是與其他有所關聯的，但怎樣關聯，我們或許並不知道，也不用去知道。

例如我就不知道，是在哪一天，什麼地方，我的這本書、這一行字將在一個年輕人的心中，激起怎樣的浪花。而我能夠知道的只是：就是這個人，這本書，在那一個青春的黃昏，激起了我心中無限的暖意。

我當然有我的偏好，有我的主觀性，而且我也相信無法克服掉，但不能因此就假定我希望你們不公正地對待我。

公正是一種想超越自己的主觀性的努力，這是一種假定另外還存在對的態度。如果沒有這種東西，我會認為自己始終是對的，而且把不同的聲音弄死。

我們是為了愛，放棄掉這些東西的。事情難道還不夠明白嗎？

他經常聽著我的各種辯論，把腦袋弄得糊塗極了。

我愛羅亭，因為他在這個世界上什麼都不做，卻受到了偉大的眷顧與讚美。

寄生的時代已經結束。到處是斂財的人們，他們在一個貧乏的世界裡各得其所。

在這個世界上，我只願高呼：偉大、空虛的日子萬歲！

無所作為的人，一無所知的人才是一個幸福的人。

在怨恨、復仇的感情背後是憐憫與和解。惡時辰一過，你們就可以等到這些心靈的甘露。

一場瘟疫曾經發生在這片土地上，浮屍遍地，餵飽了野狗。以後就是一場餓狗與飽狗的鬥爭。這場戰爭又行將開演了。

讓我回到夢開始的地方吧。時代飛旋，一代人的青春已經結束了。現在還是讓我以最樸素的語言，讓它攜帶著一顆最單純的心開始新的跋涉。

我想起這樣一段話：如果沒有了我，她怎麼辦？我受到感動，那是一個天真的時代啊，我們年輕的時候！

還很少有人知道，我青春時代最大的抱負是寫一本「青年造反教科書」，我心中的文學教父是雅克．盧梭。

有什麼新的太陽？無一不是因循守舊，換上一張新的面孔。人類的歷史通過一個人的一生已經全部達到。後來者只有通過故意的脫離航程，才能繼續航行，為此，他們的航程變得漫長。在還沒有到達之前，就因衰老而死，就因爭吵而死。

真正的航程只有一天。

絕不要怕別人流露出對你的憐憫。有的人如此自傲，以至於害怕別人對他的憐憫，從而拒絕了一切真實的流露。

其實不懼怕別人憐憫也是一種偉大的胸懷。

你不必絕望，到時候共時性就會解決一切。說這話時的我必然是一個正處於幸福狀態中的人，不然，我何以會認不出這樣的文字，不敢確信它就是我寫下的呢？

他們是我們的同路人嗎？

肯定不是，因為他們是懷著注定的失望開始一場寄託的。

他們要把我們當成工具，所以他們經常出賣我們。

他們也把我們當成榮耀，所以常常會貶低我們。

恢復人與人的信任與友愛吧，作家尤其是你們的朋友。

如果你們不愛他，那就不要讀他的書。如果怕他的書會弄髒你們孩子的手，那就給他們造出新的書來。

人性的好奇常以最枯燥的方式放棄而告終。

我最早的道路，是從歌頌「閒散」開始的。

我們現在不處於一個「從容啟蒙的年代」。

當所有希望的歌都唱盡之後，就只剩下最後的一支歌，悲傷的歌，表達著我們每個人永久的哀傷——生存的困境。

它把我們帶回到過去，而不是將來。它通過一種退化的學說，使得我們更加尊重傳統。

一九八六年～一九九五年 上海

大師的遺囑

大師是使弟子感到震驚的人，對弟子說來，大師的出現本身就是世界上的奇蹟。而在一個司空見慣的世界上，奇蹟總是脆弱的，弟子們意識到保衛大師的生命是他們神聖的天職，因此，都願意放棄自己的個性，甘願接受大師對他們的挑戰和征服。之所以這樣，以大師的生命為生命，以大師的光榮為光榮，因為他們都清楚，總有一天，他們自己在這個世界上，也會變得像大師一樣成為奇蹟。

不過大師本人倒是一個願意銷聲匿跡的人，如果他不是這樣謙遜的話，也就不會贏得弟子們的衷心喝彩。只是浪漫派大師雨果的弟子們卻沒有這樣的好運，因為雨果是公開露面、四處張揚的。在這樣一顆巨大的慧星照耀下，弟子們的面貌也就只好黯然失色，以至使我們產生了錯覺，以為在這天空上是沒有其他星斗的。而實際上，雨果也並不需要弟子們前來告訴他和世界，雨果本人就知道他是這個世界上的一個奇蹟。

大師需要銷聲匿跡，因為大師有他的弱點，這些弱點都是大師前進路上的絆腳石。大師為了保持在弟子們面前的榮光，從來就只做十全十美的事情。所以，大師常常優美地坐著。當弟子們在往後漫長的歲月裡回憶起大師的時候，大師一生中沒有做過的事情也就都成了大師生前的事跡，而這樣的事跡都是具有寓言性的。只有那些精神隔了代的弟子，才有勇氣正視這種事實：大師生前所沒有做過的事情，不過就是大師的弱點的見證。

因此，弟子們的反叛總是經常出現，只有忠實的弟子才會永遠為此感到驚奇。如果沒有大師，這個世界上就只剩下人性的弱點與司空見慣的垃圾。

事情的真相卻正是：大師從司空見慣的東西裡誕生；在大師的眼裡，正是司空見慣的東西才是最神奇的東西。

在這個所有人都會死去的世界上，還有什麼比司空見慣顯得更加神奇呢？在所有事物都要變化的世界上，還有什麼比司空見慣更加顯得可怕、不可戰勝呢？大師深深思考、愛慕著的其實正是那些生活在司空見慣東西裡，卻仍然能夠保持純真微笑的人們。大師從心底發出歡呼，認為這才是真正的成功，真正的勝利。

這恰恰正是弟子們感到大師深奧、不可理解的地方。

托爾斯泰最終是選擇了農民，維根斯坦選擇了閃族，蘭波則真心實意地做了一個普通人。當愛倫·坡表示出對超現實世界最大的厭惡時，所有以為大師是奇蹟的弟子們都感到了強烈的幻滅。

霍布斯出言不遜，聲稱敗壞人類生活的正是教育。斯賓諾莎在自己著作的扉頁上題詞，奉勸懷有大眾思想情感的人不要讀他的作品。盧梭則悲天憫人，企圖說服文明世界，只有野蠻人才是比文明人更加優越的人。

但無論如何，使大師變得名聞遐爾、贏得眾多的弟子們的仰慕的起源正是在於，他們寫下了反抗司空見慣的作品；在大師的生前，折磨了大師生活裡的歡樂，百倍凌辱了大師的奇特的個性，也正是那些經久不衰的司空見慣的東西。這種雙重背叛的矛盾既是大師的淵藪，也是大師的憂慮之所在，它們是足以成為大師的一樁致命的心病的。為此，卡夫卡的焚稿遺囑，禪宗當頭棒喝弟子的教儀，佛陀對應答教義時沉默不語弟子所給予的最高獎賞，這都成了大師親身教給弟子們如何置身於司空見慣的世界裡的真正武器，大師的真正遺訓。

當大師已經從這個世界上隱身匿跡，對所有依然生活在一個既必須反抗虛無，又要反抗司空見慣，既必須讚美虛無，也要讚美司空見慣的弟子們來說，大師的遺訓也就成了弟子們在往後的獨自歲月裡，思念大師、紀念大師並由此產生出來的人性力量。正當弟子們面對虛無，對大的一本無字書遐想不已的時候，這種詞語的力量注定會成為每一個個性奇特的人的真正援助。

一九八五年 上海

寫作

寫作者

寫作者：信筆直書的人；沒有經歷或已擺脫了文學青年時期的人。他們不是要去完成做一個作家的文學夢而寫作，他們只是為了去征服與創造自己的生存處境而寫作！

一個活著的人究竟要去征服多少東西？但寫作者肯定不會感到他要去征服文字、征服形式、征服文學史這些該由作家去征服的、所謂文學中的形而上的東西。

顯然，寫作者不是一個無止境的征服者。

比起他的兄長作家，他沒有那麼偉大，但卻比作家更加咬牙切齒，因為生活正赤裸裸地瞪著他呢！一個寫作者要去征服的東西總是具體的東西，因此，寫作者總還有自己的身份：政論家、演說家、嬉皮士、隱士、女性崇拜者、浪漫主義者、亞文化主義者、持不同政見者，等等。

社會中有多少種人就有多少種寫作者。

再說，文學史發展到今天，我們還不知道什麼是文學、什麼是作家，這實在是太無知，也太傲慢和粗魯了。

可什麼是文學、什麼是作家呢？它的界限、標準當然存在。儘管這種界限、標準不為理性歷史、甚至也不為文字所知道、所把握。但面對每一部具體作品時，從我們的每一個細微讚嘆或強烈的厭惡之中，我們總能感到這種界限、標準無處不在。

人之為人，就在於他知道有些東西是自己永遠無法征服的。他不是無限的神！而有些事情卻是他能夠做到的。例如，他不能拎住自己的頭髮，征服重心，離開大地，他卻可以絕對地給予自己以人的尊嚴。

那些已經征服了文學、成了作家的人，是偉大的。正是他們確定了我們心目中的文學標準，為我們塑造了作家的形象，並廓清了我們作為寫作者的活動界限。

那麼寫作者如何寫作呢？會有一個什麼樣的未來在等待著他們？

我認為，必須使得寫作像說話一樣，就像你對愛人和仇人說話一樣；要像世界上所有人都死去，只有你一個人活著，你的愛與恨只和你一個人有關；要像活著的生活、你自己的本來面貌一樣！這就是寫作者的寫作教義。

在這個世界上，寫作者當然不認為寫作對他來說是絕對必須的。不寫作的作家是瘋子，而寫作者的最高寫作境界卻恰恰正是沉默。

沉默怎麼能夠成為最高的寫作境界呢？那麼就去想一想，一支青煙正從煙缸裡裊裊升起時，一聲輕微的嘆息正從戀人的電話那一頭傳來時你心中的所有遐想。

把自己的白天寫進夜的日記之中，給負心人、死去的亡靈寫一封永不會寄出的信，這裡有直接的生活無法給予你的氣氛，自己的靈魂另一面所發出的、使你意外的聲音。而對我們來說，在這樣一個文化分崩離析的時代，還有什麼比這種氣氛、這種意外的聲音更為重要的呢？

或許總有一天，你會突然發現，一個無形的「寫作教會」已經在你的身邊形成。對你來說，白天走在大街上的每一個人，到了夜晚的每一盞燈後，就都是這個世界上的寫作者了。

他們不僅在這個世界上悄悄地寫作著，而且，還在悄悄地傾聽著。

自歐洲浪漫主義、美國六十年代的自白文學運動之後，一次偉大的文學運動將有可能從寫作者的身上興起，而你正是這樣一個親身參與者。

放逐中的寫作

對放逐中的作家而言，世界不是他的家，他從自己的文字裡也找不到任何一點確定感，如說有，那也是一種「在路上」的確定感。

我想說的是，首先，放逐是一種態度。或者說，放逐首先起源於我們的意志選擇。例如，我可以待在家裡不走，也可以選擇出去流浪。而一旦放棄了自己所熟悉的環境，自我放逐真正開始之後，這時就由不得你自己，你即使不想放逐也不行了，因為此時整個世界對你已失去了確定感，表現出一種陌生性，尤如一旦處於沙漠之中，你就不得不冒險行走，這已經不與你的態度有關了。

這就是說，一旦選擇了放逐，那麼你便只能放逐不可，否則你就可能在沙漠的迷途中渴死。當你第一次選擇放逐時，或許是出於內心的激情，或許是出於美學上的考慮，總之，這還是輕鬆的。但當你真正開始放逐時，它就會變得殘酷起來，因為這已是一場求生存的鬥爭了。凡是必須這樣去做的事情，都包含著一種殘酷。於是我們必定得出這樣一個結論：一切放逐都是殘酷的。

而有意思的是，放逐本來的含義是不確定的，但是，當你一旦有了「非去做不可的事情」之後，那麼，你的生活中的確定感也就開始了。

卡夫卡說，我是非得要寫作不可的。我從中感到了他其實是想說，我，一個已經失去了熟悉的世界的人，一個已經不得不生活在一個陌生的世界，與一群陌生人生活在一起的人，如果還想好好地活下去的話，那麼就得與這個世界搏鬥不可。因此，對卡夫卡來說，生活就是搏鬥，寫作就是搏鬥。

而我們知道，凡是搏鬥，必有生死。要麼像狗一樣地死去，就像卡夫卡筆下那個可憐的K，要麼就是光榮地勝利，如奧茨所說的，最後的勝利者處於「光明朗照之中」。

這就是最後的結論：放逐中的寫作，就是內心的搏鬥，這一場搏鬥必有輸贏。輸家落花流水，可恥地死去。贏家光明朗照，榮登天堂。

更確切地說，沒有永遠的放逐中的寫作，也沒有放逐中的永遠寫作。對一個真正的放逐者來說，放逐中的世界裡可以擁有一切，但是永不會擁有一個「永遠」。所以我們說，一個在這世界上已經失去了「永遠」的人，它們都是放逐者。上帝曾經代表「一個永遠的世界」，上帝死後，一切人都是「放逐者」。

在放逐者的世界裡，在他們的寫作中，也永不會存在永久的贏家或輸家。都是按每一次搏鬥來算的，就像球賽一樣，是一場場算輸贏的。

好了，我現在的自我感覺就好像已真正進入了「放逐中的寫作」，那麼我贏了嗎？還是已經輸了？

寫作的故事

最親愛的，我又寫到這麼晚了，每當將近深夜二點，我總要想起那位中國學者來。可惜呵，可惜喚醒我的不是女友，而是我要寫給她的信。

——卡夫卡

那位中國學者是袁枚，他寫了這樣一首詩（白話文改寫）：

在寒冷的夜晚我伏在書桌上忘了休息
我的繡金被單的香氣已消散
火爐已熄滅
我那一直壓著怒氣的女友奪走了我的燈
問我
你知道現在是什麼時候了嗎？

在青春年代，我也曾經有這麼美好的夜晚，像袁枚一樣。也曾經有過這樣淒清，但依然是美好的夜晚，像卡夫卡一樣。

當繡金被單的香氣消散，我就不再讀書了。聞著夜晚透露出來的早春氣息，我開始寫下厚厚的一疊書稿。

這是我最早的一個寫作故事。

在這個故事裡，她是我內心的一個祕密。她的存在，是我寫作的一種方式。我為她寫作，在我所有作品的開端，我都寫下了她的名字。她是我內心一個充滿歡樂的讀者，我到處都寫下她的地址。如果她死了，我就焚稿。因為，即使我把作品發表了，讀者也不會知道我為什麼寫作。她就是我的情人。

現在，我還活著。我正在寫作。

但是，這樣一個寫作故事，聽上去卻恍如隔世了。不用說去打聽她的新地址，就連她的真實名字，我都不願意你聽說過。

最親愛的，我的讀者，兄弟和孩子，我又寫到這麼晚了……

一九八五年～一九九八年　上海

附錄

寫作的奧祕

以前，我一直喜歡邊看書，邊隨手寫下自己的意識流。或者在發呆的時候，寫些為超現實主義所發明和主張的「自動寫作」。隔一段時間，我會把這些文字燒毀，儘管從中也可能保留下一些。但我不會在新的寫作中，翻出筆記本，從裡面抄錄。要引用，也只能從記憶中去尋找。

像這樣為自己的寫作，除了樂趣，至少使我保持了寫作的習慣，以及敏銳的記憶力。我只把給別人看的東西，才叫作作品。既為他人寫作，就有技巧存在。如下的幾個寫作技巧，在恰當的時間、恰當的地點，讓我從中獲益。

1. 契科夫說：藝術，即刪節。托爾斯泰說：寫作，寧缺勿濫。

在這裡，契科夫和托爾斯泰說的意思一樣。這兩句話從根本上、啟發、奠定了我一生的寫作風格。

2. 寫作，就像說話一樣。

這是我在日本女作家林芙美子的「自傳」中看到的。她那時困於寫作苦澀，就向前輩作家請教寫作之道。前輩作家想也不想地答道：這還用問嗎？寫作，就像說話一樣。

3. 當段落與段落間，轉不過彎來時，就硬轉。這樣的文字，反顯得有古風。

雖然，知道了何為文字的美，也知道了如何去寫。但在處理段落與段落的轉換承接上，我還是遇到了困難。那時候，在我的文字的段落開頭，充斥著「然而，」「但是」，或者「於是」，等等。從邏輯上、口氣上說，沒什麼問題，但從文字上看，總覺得彆扭。

一天，我的朋友兼鄰居陳剛跑來聊天。他說，「前兩天，碰到一個有趣的人，談到寫文章時，說：『文章的開頭要好。中間要好。結尾也要好。』」

「哈，哈！這不是廢話嘛。」

陳剛也笑道：「你聽下去。接著他說：當段落與段落間，轉不過彎來時，就硬轉。這樣的文字，反顯得有古風。」

這時候，我不笑了。我，豁然開朗。

還有一個技巧，也許並不是不重要的，那就是永遠不要在作品的第一句開頭上糾纏。俗話說：每一個人下圍棋，當他落下第一顆子的時候，都是圍棋九段。只有當落下第二顆、第三顆子後，對方才掂得出你的份量。好作品，也同樣如此。對作者說來，只有越寫越好，才會越寫越起勁，讀者才會越讀越歡喜。反過來說，假如你的第一句完美無缺，你又何以為繼呢？

這是我隨手拿起的一篇小說，付秀瑩的《幸福的閃電》：「星期天上午，藍翎在陽台上晾衣服。」一個平平常常的開始。詩意從第二句、第三句逐漸展開：「陽光很好，在窗子上靜靜地綻放，把那棵槐樹的影子很清晰地印在牆上，微微顫動著。藍翎啪啪地抖著衣服，細碎的水珠子飛濺開來，有一些落在臉上，手臂上，涼沁沁的。」

卡繆的名作，《異鄉人》的開頭：「今天，媽媽死了。也許是昨天，我不知道。我收到養老院的一封電報，說：『母死。明日葬。專此通知。』這說明不了什麼。可能是昨天死的。」

是不是每一句話都平常之極？在這裡，重要的不是文字，而是一種對外面世界感到不確定的調子，而這只可能來自於作者的無意識深處。僅有句子是無法完成任何一部作品的，只有無意識，才有可能清楚地知道，是不是一部作品已經成熟，瓜熟蒂落。

最後一個技巧，是一個不成為技巧的技巧，這就是，只有專業作家才能寫出真正的好作品。我這裡指的專業作家，不是指職業上的劃分，而是指那些準備一生中寫許多作品的人。業餘作家由於難得寫作，他們總是迫不及待地想把自己，或許是一生中想寫說的話，在一部作品裡，一下子全都說了出來。像這樣的寫作，怎麼會簡潔、自然、從容呢？

以上的文字，我懷著兄弟般的情誼，獻給一切熱愛寫作的人。

二〇一〇年四月十六日　阿拉米達

自由寫作與自由表達

一九九三年初春，孟浪和默默被捕，這是默默的第二次入獄。遠在美國的貝嶺立即徵集到數百名海外知識分子、其中包括諾貝爾文學獎獲得者，以及代表了二千多名美國作家的「美國筆會」的簽名，向中國政府發出強烈的抗議。

當默默第一次被捕的時候，我們只好做鳥獸散。現在，我終於第一次聽到了來自自由世界的聲音，我的心同時也發出了吶喊！

同年年底，《傾向》雜誌誕生。

一九九六年，冬天剛剛過去。我接到了阿鍾的一個電話。阿鍾喜氣洋洋地在電話裡說：「兄弟，你聞名遐邇的日子到來了。你獲得了『首屆傾向文學獎』。」

那時候，阿鍾已經住進了大連路一間黑咕隆咚的小屋。我剛剛寫完了一篇預言「聚財者時代」到來的文章。那時，我對文學的理解：作家就是時代的預言家。

在黑咕隆咚的房間裡，我告訴阿鍾：有一天，卡夫卡的朋友對卡夫卡說：你聞名遐邇的日子到來了，因為已經有人開始模仿你的作品。

卡夫卡嚴肅地說道：「不，沒有人模仿我，我們都是在模仿時代。」

當一個作家成了一個時代的預言家，這時候，這個作家聞名遐邇的日子必然也就到來了。

至今，我還保存著一份當年有關我獲得「首屆傾向文學獎」的報導。

上海作家王一梁獲首屆傾向文學獎

由流亡海外的中國大陸詩人、作家和在中國大陸的獨立作家、詩人及知識份子共同創辦，並在海外出版的文學人文雜誌《傾向》，在一九九六年三月二十一日美國布朗大學召開的以「寫作與自由」為主題的國際作家會議上，把第一屆傾向文學獎頒給了現居中國上海的自由作家和文化批評家王一梁。這一不得已在海外舉行的頒獎儀式由美國小說家羅伯特．庫佛（Robert Coover）主持，《傾向》雜誌主編貝嶺代表《傾向》宣佈了授獎理由。原定參加此一國際文學會議的王一梁由於中國方面以「無職業的人不得出國開會」為由拒絕了他的護照申請，無法親自赴美參加會議並領獎。但他從上海特別傳真來了答謝詞，由羅伯特．庫佛用英文在頒獎儀式上宣讀。《傾向》雜誌社將為這位被大陸官方出版社和雜誌拒絕出版和發表作品的地下作家在海外出版著作。

參加這一頒獎儀式的有墨西哥小說家卡洛斯．富恩特斯（Carlos Fuentes）、國際筆會獄中作家委員會主席 Joanne Leedom-Ackerman、國際人權組織「人權觀察」副總監 Gara Lamarche、美國劇作家和導演 Aishah Rahman、布朗大學校長 Vartan Gregorian 和流寓海外的中國詩人、作家及學者陳軍、孟浪、蘇煒、王家新、嚴力、楊小濱、雪迪、張郎郎、鄭義、仲維光，台灣作家陳若曦、廖輝英、林煥彰、應平書，香港作家馬建等。包括古巴流亡作家在內的其他各國作家和逾五百位布朗大學學生和教授也參加了授獎儀式。

答謝辭

二十年來，在一個自由的聲音仍然受到輕視、壓制，乃至有定罪威脅的國家裡，無數個地下刊物，無不體現了這樣一種真理：沒有自由，就沒有文學。這種真理，今天在《傾向》這本刊物上已經得到了強有力的表現。

因此，我把自己能夠獲得首屆傾向文學獎，不僅看成為一種榮譽，更多地是將它理解為一種精神上的激勵。

生活在一個介於非自由表達的主流文化與自由表達的亞文化之間的作家，渴望與需要得到這種獎勵，因為從這種獎勵中，人們只會獲得巨大的益處：創造性的生活及人間的友愛始終與自由同在！

從這種意義上，這個獎與其說是給予我個人的，不如說就是給予自由寫作本身，它是對個人主義和自由主義的價值上的肯定與道義上的支持，同時，這也意味著一種獨立於官方的文化已經從弱小變得強大，今天，任何敵視它的野蠻力量都無法將它消除了。

最後，我願意與我的朋友們一起分享這個獎。沒有他們，我不會懂得何為自由寫作。謝謝大家。

一九九六年三月六日 王一梁

但我作為作家名聞遐邇的日子並沒有到來。一九九七年，中國新聞出版總署以明碼電令的形式，對全國各大出版社發出全面禁止出版十個作家的通知，其中，我名列榜首。其他與我一起遭到禁止出版的作家，還有我的朋友京不特和孟浪。

二〇一一年三月四日　阿拉米達

附錄

自由寫作

二十年前，處於封閉社會中的當代中國文學，無法設想在傳統的文人作家之外，中國作家還能以其他方式存在。然而今天，個人作家與流亡作家以及他們的文學卻已成為公開的實在，雖然這種公開性至今還無法做到真正的透明。

個人作家的這種亞文化狀態有其彆扭、難堪之處，因為沒有一個作家，天生願意自己的作品只為少數人或小群體知曉。這似乎是存在於作家心中與生俱來的情結，一個永恆的神話：文學屬於全人類！而在此之前，它首先屬於自己的母語世界。

正是從這一點上我們看到，促使個人作家、流亡作家的出現，既有無法迴避的客觀原因、又有可以選擇的主觀原因。它是自由寫作與自由表達的衝突與分裂的結果，只有在現實表達嚴重地成為自由寫作的障礙時，在主流文化威脅作家的心靈自由時，作家才會自願去選擇成為一名個人作家或流亡作家，並自覺承擔其全部的後果與命運。

自由寫作其實是任何人都能做到的，實際上，在中國也從來都不缺乏自由寫作，但從一部漫長的中國文化史中，我們幾乎難以找到自由表達的存在。由於儒家與科舉的絕對權威與現實誘惑，道家、佛學的精神性補償與迷醉，使得自由表達在中國主流文化中始終處於匿名與逃亡的境地，只能以我們身邊的歌謠、野史、遙遠的詩與神話等各種亞文化的方式存在。與此相對，主流文化則造出了一代又一代既沒有自由寫作、又沒有自由表達的中國文人作家，並且，即使到了這種文人作家的價值與地位，受到來自西方的自由主義、個人主義思潮，以及生機勃勃的中國大眾文化的有力衝擊與挑戰，中國已從封閉社會走向半開放社會之時，文人作家也仍然是中國文化的主流。

今天，一種獨立的、能夠成為社會制衡力量的、西方意義上的知識分子並沒有出現在中國的主流文化中，而在我們尋找、瞻望中國知識分子的未來時，我們自然也無法指望這樣的文人作家，因為在他們放棄了寫作與表達的自由的同時，他們的文化先天性地受制於主流文化的權力結構。在這樣的框架之內，任您怎樣「辯證地批判」、「無限的反思」、「頑強地抵抗」、「代換性再生」、「進入新狀態」，又怎麼能夠抵禦官方意識形態的致命汙染和干擾？實際上，這類人本身就構成了知識分子在中國出現的主要障礙，是知識分子的對立面。

正是從這一點上，我們看到了屬於個人作家、流亡作家的亞文化的無限價值。在他們放棄與主流文化合作、撤回對文人作家集團的支持、自覺生活於亞文化之中的時候，他們就已經找到、並贏得了一個知識分子最寶貴的東西：寫作與表達的自由。

顯然，在現實生活中，他們為此付出的代價可能是巨大的。因為放棄主流文化、放棄與官方意識形態的合作，也意味著一種孤獨的冒險生涯、放逐的命運的開始，內在的亦或外在的。更不用說是與自己既有的、或可能的顯赫地位和舒適生活暫時或永久地疏離。要知道，這一切，本來以他們的秉賦，在與同時代的文人作家、尤其是那些佔據主流壟斷地位的文人作家的角逐中不難獲得。而且，這也是真的：自由並不必然代表著真理，相反，它常常是迷茫的同義詞；同樣的，自由放逐並不就意味著解放或注定的幸福，它更多地倒像是預示著一種不幸。

但是，這一切比較起我們對於被奴役、非正義的恨，又算得了什麼!?何況，一種恨就像一種愛，都是心中擋也擋不住的激情。人一旦獲得了這樣一種激情，那麼一個真正屬於自己的命運也就開始了。

正是從這種由心中的激情帶來的命運的含義中，我懂得了何為自由。

當自由表現為消極的時候，正是我們處於放棄、不合作的階段。因為這時候的我們，還只能以一種恨的態度，看待這個世界的消極。這時候，我們唯一擁有自我解放的手段，也就只有遠離這種消極，實現自我放逐。然而，一旦我們在這種自我放逐中，開始擁有一個屬於自己本性生活的亞文化時，自由就成為我們內在的肯定聲音了，這是一個主觀激情與沉思的階段。而在這時候，自由也有可能帶來危險，因為並不是所有的激情與沉思都是走向道的內心呼喚。無限的主觀性也許把我們引入歧途；也許它就是一條引領我們重新返回世界的康莊大道。只有在這個時候，它才是飽滿的自由。因為，此刻我們已經開始有了自己的真正命運。

在世界充滿著危機與災難的時刻，出現了中國的個人作家與流亡作家，這些年來，他們通過自由寫作與自由表達的亞文化，寫下了自己的本性生活，實現了他們自身的命運。

要成為一個真正的知識分子，就是把自己的命運，當作社會的命運，使得真理與自由不再僅僅屬於少數人。

為此，我展望中國知識分子的成長！

一九九六年三月二十二日 上海

捍衛創作性生活

有沒有一種防止我們創作性生活發生退化的方法呢？我以為有：這就是在我們的藝術天地裡，去倡導一種始終是反潮流的東西，並使之成為我們創造性生活的守護神。這種想法在正常生活中雖並不可取，但它確實能夠成為拯救今日藝術創作生活的一種方法。

天才（也就是真正的工作者）依靠氣氛、依靠心情，而不是思想的教條、模式化的意識形態生活。在他們的藝術家生涯中，「把一切成就看成是暫時的，有限的和個人的，把一切真理看成是由我們對它的喜愛所創造的，而不是『發現』的」（費耶阿本德）是他們的一種常規狀態。因而，始終是反潮流的意識形態，由它所帶來的後果，絕不可能是對真正藝術家的毒害；它最終會使僵化的教條瓦解，使退化的意識形態綱領崩潰，給予偽藝術家以最無情的和致命的打擊。

六、七年前，漫流兄和我一起倡導「阿修羅精神」，其主旨是：在這個世界上，反潮流總是對的；你們不讓我幹，我就偏要幹；我就是不信邪，就是下地獄，我也不怕！

這樣的一種阿修羅雖然不是我們的創作神，但它確實成為我們創作性生涯的守護神。

我們說，藝術家的守護神，其面孔、本性捉摸不定，其要點自然在於：在這個世界上，對正過著創造性生活的藝術家而言，一切皆善。例如，在維根斯坦的《文化與價值》中，我們就能夠讀到這樣的一種想法：有時候，我會這樣想，就讓這個世界上的壞作品越來越多吧，讀者的趣味越來越卑下吧，這終會激起一個人真正的工作激情來，從而寫出一本使人感到耳目一新的作品。

像維根斯坦的這種想法，即是維根斯坦的守護神在對他說話。從這裡我們能夠看到：對一個真正的工作者來說，客觀條件是次要的，頭等重要的總是人們的主觀反應。即使是壞的文化環境，也未必不能成為藝術家從事創造活動的天堂。然而，大眾思維卻以一種齊一性、程序化的思維模式，通過宣揚我們可以在這個世界上「一起」發現「客觀真理」、「絕對真理」等神話，要求人們放棄自己的創造性反應，屈服於客觀條件，從而成為它的受益者與犧牲品。

人一旦習慣性地生活在大眾神話思維中，經常不斷地受到這種精神的幹擾與腐蝕，久而久之，我們的創造性生活也就很容易變得停滯不前，我們精神生活的退化也就會在所難免。

這時候，宣揚一種始終是反潮流的東西，就有望反對與瓦解這種大眾思維神話。「在藝術中，異端就是正統」（桑塔娜），「我們在維持一種混亂」（梅勒），「大家都認為是對的，那就一定是錯的」等等。通過一種始終是反潮流的東西，去瓦解人們頭腦中對「客觀真理」、「絕對真理」存在的幻覺，挫敗人們在此基礎上產生的一切「占有」慾，實際上也就是給予了藝術家以自由創造的絕對權利，使藝術家在一種「一無所有」的狀態中，不斷進入創造性生活。

此時此刻，大家聚集在一起，為今天的詩人、藝術家在社會中的處境感到擔憂。其實我們所能做的、一起共同倡導的東西，在我看來，也就只有這些。

因為說穿了，創造總是個人化的東西，藝術家總是孤獨的。我們除了始終不斷地通過

「反對大多數」，來倡導一種有張力的思想觀念之外，可以說，藝術家就是一群不被保護的飛鳥。而藝術家的守護神，它同時也不等於藝術家的創造神。至於說到什麼才是我們的創造之神，在我們走向道的各種內心呼喚下，這也是我們始終都無法預先知曉的。只有等到它們被寫出來之後，人們才會說：原來這就是美，這就是我們一直期待著的藝術，偉大的詩篇啊！

而在今天談論它，看來也不是時候。我說完了。

並非象徵的寓言

二十世紀是一個關注詞語的時代，差不多幾代哲學大師、藝術大師都參與了這場奇異的與語言的格鬥。

人們思考這個世界，然後反思認識這個世界的方式，再轉向思考表達這種認識的媒介，即語言。這種思考進程可以說是自然而然的，但西方哲學主流卻化了二千多年才完成此項進程。即它走過了一條從形而上學到認識論、再到語言哲學的道路。

從這條道路的進程之緩慢，使我們見識到哪怕那些表面上看來似乎是最自然的東西，但要讓它們以自然的方式緊接其後發生，也並非那麼簡單。毫無疑問，這裡總有一些「不自然」的東西在妨礙著自然的發生。人人都會思考。但為什麼非要像柏拉圖那樣去思考形而上學呢？像康德那樣反思認識論呢？

其實，我們始終都在受到影響，我們受他人的影響之深，永遠始料不及。也許這就是難點之所在，自然而然的東西並非那麼的「自然而然」。人們竭力想要去掩飾的也正在於此。人類自有人類的尊嚴。那麼個人的尊嚴呢？難道不正在於每個人的獨立個性嗎？

「庸才學著去模仿，天才則直接去剽竊。」

一個站在「懸崖上的人」——這是一個比喻，意指那些真正體會到人類及個人真實處境的人卻如此說。本雅明一生最大的抱負是去寫一本全都是引述他人話語的書。維根斯坦寧願放棄哲學，也要追隨基督。

柏拉圖的純潔天空最先被康德的認識論汙染，然後，這個天空又被維根斯坦的語言哲學所汙染，斷言我們最終誰也逃脫不了語言，沒有人能夠逃脫影響。一個純潔、獨立、自身完備的世界是不存在的。

二十世紀是一個原創性思維匱乏的時代，正是由於少數天才的出現，才使得我們對於「詞語」的思考，仿佛變得自然而然起來。同時，也使得我們這一代人得以親眼目睹詞語對人施行的暴政。

孟浪寫於一九八七年的《我的文法老師沒有錯》，可以說，就是這樣一篇講述詞語是怎樣實施其罪惡的小說。它是作者對切斯的名著《詞語的暴政》標題的一次觸目驚心的遐想記錄。其中祕密地融合了作者對反文化（烏托邦世界）的熱忱向往，是我們這一代文化無根的人，用語言這一筆共同的財富所進行的個人精神漫遊的一次實驗。

這些年來，孟浪一直以詩人的面貌出現。僅憑他早年的詩，我斷言他是個觀念型作家，而且是一個被我稱之為以「詞語為詩業」的詩人。「語感就是誘惑，相似之處在於人人都把一張訃告讀錯。」這首寫於同一年的詩就充分反映出他的這種特點。有趣的是，這首詩的題目就叫《我與加達默爾之間的海洋》。這自然是十分觀念化的。在一個意識形態消解的時代裡，觀念型的作家在主流文化中是危險的，處境並不妙。但是作為一種樂趣、一種寫作的手段，從觀念出發，或由一個觀念引發出一種寫作的欲望，對思想型的人來說，則是直接和自然的事。對我們另一些人，例如感覺型、情感型、直覺型的人來說，純觀念的寫作，至少也可以操練我們的大腦，使我們從中獲益，感受到另一種奇異的美。

「也就是三千字多一點吧。罪惡的記錄還有誰統計過？」

小說這樣開始，其實也就是提供了一種觀念，同時它也微妙地暗示著這篇小說可能具有艾雪（M. C. Escher）語義畫的結構：「也就是三千字多一點吧。」這三千字多一點，在這個空間裡，或許就是指作者行將寫下的文字，即這篇即將誕生的關於詞語本身是怎樣行惡的小說。「不足三千字也行，超過三千字也無妨。」在小說將到三千字而未到三千個字時，出現了這樣的反省意識。這證實了我們閱讀的預想：這篇模仿廉價偵探小說的小說，它本身就是一篇用有罪的詞語來揭露罪惡的小說。讓小說具有一種自我糾纏的結構是合理的。它是這篇小說的源起，作者的意趣之所在，同時，它也合乎邏輯地揭示出詞語的罪惡無處不在。「一個學齡前兒童在他父親的教唆下也連連說：本人與此案毫無關系！本人與此案毫無關系！我被激怒了，這可能嗎？」這「本案」就是「詞語的暴政」。在這個世界上，誰都在劫難逃詞語的暴政，就連學齡前兒童也不例外。但作者畢竟還是超過三千個字繼續寫了下去，這說明在這篇具有艾雪風格的小說中，還存在著超越小說本身寓言性結構之外的真實罪惡的觀念。它也與雷內·馬格利特（Rene Magritte）的畫《兩件神祕的東西》中的兩個煙斗不一樣，它就是我們日常生活中所遭遇到的罪惡。讓這樣的觀念存在於小說中是需要的，否則我們就會連詞語的罪惡這種觀念也不好理解了，而且，這種觀念的存在也為小說提供了寫作的新動力，使這篇自我指涉的小說具備了面對現實的開放型結構。「在尋找我的文法老師和凶手之間，我選擇做哪一件事情？我選擇了後者，我必須繼續面對罪惡，接近罪惡。」

依據這種觀念，這個語境中的凶手應該被理解為真實的罪犯，在「我」的頭腦裡，這個罪犯與我們生活中遇到的罪犯並沒有不同。同樣，在這篇小說結尾處，超過三千個字的地方，「我」被警察誤傷了，這名警察在這個語境中，應該被讀成真實的警察的。而在小說的一開始，「我」是被小學語文教師誤傷的。通過相互對照的兩次誤傷，讀者不難讀出小學語文教師與警察出現在這篇小說三千個字首尾處的象徵意義：作為現存秩序的執行者，語文教師與警察皆代表著不自覺的暴力對於我們的傷害。小學語文教師用語法傷害我們的心靈，警察則用國法傷害我們的身體。

「我的右手下面一個句子在流血。」「有人一把抓住我的右手……哪怕我的右手滿是傷口。」這是詞語的暴政對於「我」的第一次誤傷。「那個小學語文教師竟把一個簡單的句子刺入被害者的心髒，句號還留在胸口。」「違反語法的句子是會殺人的。人人都有成為凶手的可能。」「槍響了。獻血從我的右手上不斷地湧出。」這是「我」的第二次被誤傷，這一次是警察幹下的。「我沒把一個句子說完就昏了過去。還有半截句子留在我的嘴裡，像一把尖刀露出半截。」孟浪不愧為遣詞造句的高手，詞語在他的筆下彷彿獨自具有了生命一樣，它們以自身的名義就能在異地到處崛起。

艾雪的畫《白天和黑夜》由兩列黑白飛鳥組成，通過這兩列越過田野的飛鳥的分隔，白天和黑夜的界線變得模糊了。在這幅畫的下面寫著這樣的發問：這是真實的飛鳥和田野嗎？這是真實的白天和黑夜嗎？同樣，在孟浪的這篇小說中，詞語的指涉也依據語境的不同而不同。對小學語文教師和警察，我們也始終都可以在不同的語境中發問道：這是真實的教師和警察嗎？這是象徵的教師和警察嗎？艾雪的語義畫之所以會產生語義上的歧義，在於指稱上的不確定。對《白天和黑夜》這幅畫，你既可以將黑鳥看成是白鳥的背景，即黑夜，也可以將白鳥看為黑鳥的背景，即白天，或者同時將兩者都看成為飛鳥。在《我的文法老師沒有錯》這篇小說中，作者同樣也使用了類似的技巧：「我的嘴裡也在往外冒血。銀幕上潑滿了血。這是電影裡的一個鏡頭。警察把我弄醒了。」而且，這種技巧還是這篇小說產生的主要推動力，也正是這種指稱上的不明確，為孟浪筆下的詞語在這篇小說空間中贏得了極大的自由。它們就像艾舍爾的飛鳥一樣，不知不覺中就從黑夜飛到了白天。或者，它們本身就是黑夜，本身就是白晝！如同詞語既能暴露罪惡，它也能對我們施行暴政一樣。

卡夫卡的筆下總散發出一種鬼魅的氣息，這是由於他對一個無邊的法世界的絕望。但是，人們總還有希望逃向非現代社會。但是，對於詞語的暴政呢？在這個世界上，誰又能逃脫開語言呢？如果詞語的暴政無處不在，其恐懼程度也就不亞於卡夫卡的恐懼了。哪怕是陽光明媚，執法的官員都銷聲匿跡了，然而呢只要一開口，罪惡也就隨之而來。

在《我的文法老師沒有錯》這篇小說中，詞語的暴政這場厄運看來是無邊無際的。那個「提醒和關懷我免於成為傷害無辜百姓的歹徒」的文法老師，最後還是無望地走進了銀幕之中：「我已經無力把我的文法老師喚出」，「銀幕是語法的象徵」，「這裡的語法是錯誤百出的」，「觀眾因為拷貝出了錯誤看見戴高樂接見本迪特的鏡頭，但也目擊了與戴高樂和本迪特都毫無關系的殺人現場——一群大學生在衝鋒槍的掃射中紛紛倒下。」一個自稱是「我」的文法老師的新學生，幫助「我」包紮了傷口，這人似乎懂得詞語的暴政：「那人說他決不會說本人與此案毫無關系。」似乎希望還有！但這個人卻極可能是一個冒牌貨。「可能是那個小學教師的學生。」希望只能寄托在「我」自己的身上了：「這件事只能由我一個人去完成。」然而，「槍響了。」這是來自卡夫卡世界的槍聲。「我」只能看一看凶手逃走時的背影。「聽任他在另一座城市的人群中隱沒，罪惡獰笑時露出人的牙齒。」

《我的文法老師沒有錯》是一部充滿著語義歧義的小說，可以從不同的角度尋找其中的象徵。有節制的混亂具有一種原始的美，它能喚醒我們的內心呼喚，引導我們走向我們要去的地方。我們年輕時代的內心呼喚總是借助於他人之口喊出來的，孟浪與我們同屬於一個思想被震驚了的時代，來自西方的文化信息曾經驚嚇過我們，在這其中，「詞語的暴政」就是這樣的一種觀念，它驚心動魄地打碎了作者對於詞語的樸素意識。我不想說這是一篇象徵小說，我認為它只是一篇現代寓言小說。它的讀者對象是那些少之又少的知識精英。在這篇小說裡，真正的象徵是匱乏的。那些真正來自於我們心靈深處的象徵的缺乏，無疑就是我們這個時代的一個普遍的悲劇。

在大霧之中，一個理性的人
彷彿把世界的道路建築到了盡頭
他轉回過身來，走向開始
一雙鞋禮貌地分列道路兩側
兩雙腳各自踏入前進地空虛
哦，他騎著道路，一把掀起了大霧

——孟浪《世界的前進》

一九九八年上海

自己的大書

有人說少年時讀《唐吉訶德》覺得滑稽好笑，成年時讀肅然起敬，老年時讀則使人潸然淚下。我不知這是否真是一次真實的閱讀經驗，而傾向於認為這是一個有哲學頭腦的讀者，以暗喻的方式對《唐吉訶德》這本偉大的書作了一個相當精彩的比喻，同時也暗含著這樣一種見解：偉大作品，正是那些能夠為我們的不同人生階段提供各種養料的書。

雅斯培（Karl Jaspers）說，我們能夠讀懂的東西，恰是我們人性中存在的東西。他以存在主義的觀點說出了同樣的意思：一本書的意義存在於讀者的主觀體驗中，而由偉大的人格寫出來的書，我們是永遠也讀不盡的。我們注定讀到的只是一些片段。

其實，我們讀過的每一本書，無論是大作品還是小作品都不過是印在一本我們自己的大書上的某些片段而已。

我們自己的這本大書猶如古代阿拉伯人所發明的羊皮書，它由我們個體的總體閱讀經驗以隱形或顯形的字跡寫成。這是一本始終開放的書。一次新的閱讀經驗，就為它添入了新的片斷。由於新文字的出現，一些舊文字就可能被擦掉，已隱去的文字也可能複現。而整本書的結構也因此做出調整，產生了新秩序，成了另一種新的文本。

然而，對執迷於心靈鏡式觀念（即認為人類的心靈對外界事物的反映是一種鏡式的映照）的人來說，這卻是一個難以發現的真理。在一個天真的讀者看來，讀《紅樓夢》，就是讀完它的一百二十回，並不會因為這本大書的緣故，使我們只看到了一些「仁者見仁，淫者見淫」的片段。

一本書之所以在天真的讀者那裡是完整的，其實原因在於我們的情緒和想像力是完整的。我們有我們自己的邏輯。雖然維特與簡·愛只有「那一個」，但有一千個這樣的讀者，就可能有一千個維特，一千個簡·愛。但這並非就是不幸。實際上，正是依靠這種主觀創造力，我們每個人才有了一本屬於自己的大書。

一般說來，正是孩提時代那第一本使我們興奮不已的書、那第一個讓我們頂禮膜拜的作家的磁場決定了我們這本大書的雛型。

郭沫若愛讀司戈特的歷史小說，並因此幾乎讀遍了他的所有作品。我因為陶醉於《女神》，少年時代就通讀了《沫若文集》。許多人讀了《懺悔錄》，便連同盧梭的政治主張也一起接受了下來。當卡夫卡的藏書被發現之後，難道它的誘人之處就僅在於它的學術價值？

維根斯坦說，你一旦真正喜歡上某個作家，你甚至連他喜歡的書也會去讀。是的，我們是非這樣不可的，因為我們這本大書的第一個版本正是由「喜愛」寫成的。

實際上，我們自己的這本大書最初也並非由我們自己寫成，是黑格爾、馬克思、維根斯坦、卡夫卡、波特萊爾、蘭波在為我們撰寫；是沙特、海明威、塞林格、卡繆、賈西亞·馬奎斯、布留東、里爾克、波赫士、海德格、喬依斯、班雅明、昆德拉，是，是，是……在為我們寫作。這時候，我們自己就是維根斯坦、卡夫卡，就是波赫士和里爾克。

挑戰，來自於我們讀到了更多的作品，我們自己的這本大書變厚之後。

錢鐘書說，誤解，聖解也！這話雖不像出自一個學者之口，然而，為了保持我們自己這本大書的純潔性，在某種程度甚至是本質上的誤讀似乎又是必不可少的。一個有關德國作家赫姆林的故事，頗能說明這個問題。赫姆林十三歲時讀到了《共產黨宣言》。「在後來的歲月裡，我至少讀過二十幾遍。」其間，他還專門聽過一個據說能從頭到尾背誦這本書的人的講授。按理說，赫姆林對《共產黨宣言》是不會有誤的。但在他五十多歲時，卻發現這些年來他始終在將其中的一句話「代替那存在著階級和階級對立的資產階級舊社會的，將是這樣一個聯合體，在那裡，每個人的自由發展是一切人的自由發展的條件。」誤讀為「……在那裡，一切人的自由發展是每個人的自由發展的條件。」

這不是一般性的誤讀，而是原則性的，根本對立的誤讀。前者所說的是歷史唯物主義所理解的自由，後者則屬於自由主義。但火與水在赫姆林自己的那本大書中還是相融了，正是通過這種誤讀，既為赫姆林保留下了另一本完整的《共產黨宣言》，又使得他的自由主義信念免於毀滅性的直接打擊。赫姆林自己是這樣解釋的：「原來，在這裡我某種程度也在一個文本裡讀到了另一個文本，這就是我自己的想法，我自己的幼稚。」

天真的人總希望自己所愛之物彼此也能相愛、相容。但就連他也不會永遠無視這樣一個問題：當兩種以上同時為我們所愛、所信奉的東西發生根本性衝突時，我們就非得做出取舍不可了。

如果說，上述赫姆林式的誤解來自於我們的感情，那麼，沒有感情也就沒有誤解可言，有的只是認識論上的漠視與缺席，而對立的情感只會引起我們理性上的否定與懷疑。事實上，更為常見的是，一本書的存在反倒構成了閱讀另一本書的嚴重障礙。現代派的讀者一般不會去讀現實主義的作品。一類作家幾乎命定成了另一類作家的剋星。當我狂熱地讀過榮格的著作之後，齊克果的作品便從視野中消失了。海德格呢？就像剛做完了一場惡夢。還有沙特、賈西亞．馬奎斯與喬依斯。同時，我也與佛洛伊德告別了。

也可以這麼說，到了這個時候，我們自己的這本大書又變薄了。然而，它卻是一本已經賦予了向性與結構的大書。如果說我們自己的這本大書第一個版本由感情寫成，那麼它的第二個版本就是由理性寫下的，並且使我們這本大書第一次真正具備了羊皮書的品質。

一九八〇年 上海

讀寫的奧祕

少年初涉文學，這樣兩個發現「震動」了我：寫書與讀書之間的時間差距；一本書的印數。

一本作者辛辛苦苦寫了好多年的書，讀者只要幾個小時就把它全部讀完了。這多麼不公平！即使一本偉大的名著，已經印發了成千上萬冊，可讀者與沒有讀過的人相比，其數量還是微乎其微的。結果總是，仍有這麼多、這麼多的人並不知道這本書所發現的偉大真理。多麼令人絕望！

既然有了如此「驚天動地」的發現，我們就不得不考慮這樣的問題了：花費太多的時間去寫一本書，是否值得？考慮到大多數人不讀書仍然活得好好的，這是不是意味著，將一本書寫出來並沒有多大的必要。

其實要解決第一個問題很容易，只要依靠數學計算一下就可以了。假設一本書寫了一千個小時，讀它的時間是十個小時，那麼，只要這本書有了一百個讀者，事實上，這相等的一千個小時的價值也就實現了。

然而，對於第二個問題又如何通過數學計算去解決呢？我們是不是要說，書，本來就是為極少數、極少數的人寫的，就像斯湯達爾在他的《紅與黑》的扉言上寫的：獻給少數幸福者。而波赫士說：我只為少數人寫作。因此，在這世界上，哪怕事實上只有一個人讀到了這本書，其價值也早已實現了。

可是，如何對待另一類書呢？例如，史學家都認為，羅伯斯庇爾之所以能夠砍掉國王的腦袋，是因為盧梭《社會契約論》的緣故；美國發動一場南北戰爭，與一本叫《湯姆叔叔的小屋》的小書有直接關系。更不用說，一本《資本論》，已經把這個世界搞得天翻地覆整整達一個世紀了。

像這樣的書，我們當然不能說是為少數精神貴族寫的，只能說，它們是為這個世界上的大多數人寫的。可是，實際上，又有多少人真正讀過《社會契約論》、《湯姆叔叔的小屋》和《資本論》？

人們並不需要直接去讀一本書，其精神、行為卻能表現得與這本書所述極其相似一致，就好像他們早已是這本書的讀者一樣。這樣的事情又是怎樣發生的？

據巴雷特說，海德格在德國看完荒誕派戲劇《等待果陀》之後說：「那個人肯定讀過海德格的書。」貝克特是否在寫該劇時讀過海德格的書，不得而知，但海德格憑什麼說，他一定是讀過自己的書之後，才寫出了這樣一出戲？

難道文學就一定要像數學一樣，非得有某個定理作為前提條件，才可能證明出另一個定理？還是看看卡夫卡是怎麼回答這個問題的。

一個學生興沖沖地對青年雅努施說：「你的朋友卡夫卡就要聞名遐爾了，人人都在模仿他，你看，這本書《狐女》就是他《變形記》的翻版。」

說卡夫卡就要聞名遐爾了，這是不錯的，但理由卻並不在於卡夫卡已經成為了被模仿的對象。世界上，有這麼多、這麼多的書，為什麼人們偏要讀、模仿卡夫卡的書？一條充足的理由顯然在別處。

「不，他沒有模仿我，這是時代的問題，事實上，我們都在抄襲時代。」這就是卡夫卡說的話。對，充足的理由就在於時代，因為我們每個人多多少少是時代的一個最忠誠的讀者。心理學家榮格盡管直通人性，眼力非凡，讀了那本匿名著作《戴彌安》後便第一個斷定其作者不是別人，正是赫曼．赫塞，並由此進一步斷言，這本書是其《與瀕死者的七次對話》影響之下的產物，這使得自己在與赫曼．赫塞對質時大失了面子。

既然一本書的價值在於對讀者的影響，而時代卻比一本書更能深刻地影響一個讀者，那麼，我們是否在讀書，就成了一個最最無關緊要的問題了。除非我們沒有腦子，必須借助別人的書，才能思考人生，才能在這個時代裡有所作為。

這就是為什麼，盡管這兩個「了不起的發現」曾給少年的我感情上強烈的震動，這些年來我卻仍然堅持寫作，並且在上面耗費了我幾乎所有的時間，說出來其實奧祕也簡單，因為我已經把讀者降低到只有一個人的數字了，這個人就是我自己。而在這一個我之中，究竟蘊藏著多少東西？事實上早已被我計算得一清二楚了。

一九八五年上海

小寫字的光華

詩人哲學家

如果傅柯是個詩人，或許他的作品會是詩的形式。他長期孜孜不倦關注的主題總是那類社會中的反常、邊緣現象：如癲狂（《癲癲》，一九六一年）、死亡（《臨床的誕生》，一九六三年）、監獄（《監視與懲罰》，一九七五年）、性慾（《性史》，一九七六年）。

自十八世紀西方浪漫主義以後，著迷於離奇之物、疾病與性、社會越規者、邊緣人的領域似乎已成了詩人的一塊特別領地。波希米亞人、城市拾荒者、頹廢與迷醉、同性戀與娼妓，既是波特萊爾惡之花的詩歌主要意象，也是它的構成主題。無論是浪漫派諾瓦利斯將「使陌生之物熟悉化」的功能特別賦予詩，還是現代派的反拔運動「使熟悉之物陌生化」，例如在史蒂文森、葉慈、卡夫卡、喬伊斯以及在超現實主義者那裡所顯示出來的那樣。總之，為我們日益僵硬的現代生活引出新奇來，無疑是一種美的衝動，詩人的品質。

但如果傅柯是個哲學家，為什麼他不寫柏拉圖、笛卡兒和康德？彷彿無知於西方哲學史的維根斯坦一樣，而同時又拒絕分析哲學家式的邏輯語言分析。

除了上述史類作品外，傅柯另外兩本重要的著作是《詞與物》（一九六六年）和《知識考古學》（一九六九年）。後者表面上看是一本理論著作，是對他以前的「史類」著作的說明。自黑格爾以來，歷史哲學家長期在哲學界擁有正統的地位，那麼，他無疑是一個歷史哲學家了？

如果這樣去看傅柯的話，人們難免會失望。就在這部作品中，傅柯通過引入不連續性、斷裂、轉換、界限、極限、體系等概念，在理論上明確宣佈與傳統思想史中的連續性、傳統、影響、原因、類型等概念「決裂」。歷史對他說來，根本就不存在什麼矛盾、因果性、目的論，使他感興趣的是思想中的差異、決裂與突變，而不是相似或連續。為此，傅柯還為自己的歷史研究專門杜撰了一個術語：知識考古學（《診所的誕生》的副標題是「監視醫學考古學」，《詞與物》的副標題是「人文科學考古學」），以區別一般的歷時性研究的思想史。

那麼他肯定是個結構主義了？或者歷時性，或者同時性，他總該二者取其一吧!?是的，這似乎是一幅最貼近傅柯的臨摹畫像！

一九六六年，《詞與物》出版。當時，有一種輿論在法國的大眾媒體中不脛而走，繼存在主義之後，最重要的思潮就是結構主義，而要了解結構主義，《詞與物》是最佳讀物。於是，借結構主義的名，傅柯一舉成名。四個月內，該書即銷出二萬冊，法國各文藝報刊紛紛以「人之死」這一醒目的標題給予高度的評價。德勒茲稱這是一部帶來新思想的偉大作品。

《詞與物》是一本有關詞與物關係的書，其中，關鍵概念是知識型。傅柯認為，每個時期的知識都受其特定的知識型的制約，正是這種無意識的知識型決定著詞如何存在，物為何物，西方思想史的變遷實質就是詞與物的重新配置。對西方近代史，傅柯將其分為三個時期：一、文藝復興時期的知識型相互不可通約，我們只有等到前知識型崩潰新知識結構出現時，即處於歷史的斷裂之中，才能對其著作分析。至於新知識型是如何發生的？我們除了知道它是突變而起的，其他便一概不知了。

毫無疑問，傅柯不是一個理性主義者。對傅柯來說，因為人類在終級意義上對事物的秩序一無所知，所以才需要對各時期的話語的秩序做精心的考古學研究。顯然，在這種前提下，一本書若冠之於事物的秩序，這種彷彿暗示我們是知道事物的秩序的具有強烈理性主義色彩的書名，便看上去很像是對傅柯的知識考古學一番勞作的諷刺了。然而，當獲悉英語中已有兩本書叫《詞與物》之後，傅柯為他的這部扛鼎之作的英譯本挑選的書名就是《事物的秩序》。

在這本書中，傅柯還告訴我們，他是如何萌發寫此書念頭的：它誕生於一陣大笑之中。「這笑聲震憾了一切為人熟知的思想，即我們思想感情的里程碑。」在一本波赫士的書中，傅柯讀到了一段講述事物的秩序的話。「它一本正經地援引了某一部中國百科全書，其中，動物被劃分為(a) 屬於皇帝的；(b) 不腐爛的；(c) 馴化的；(d) 乳豬；(e) 土鰻屬兩棲動物或牛目動物；(f) 傳說中的；(g) 迷途的狗；(h) 包含在目前分類中的；(i) 瘋狂的；(j) 不可數的；(k) 拖著美麗的駱絨尾巴的；(l) 等等；(m) 剛剛打破水罐的；(n) 來自遠方看上去像蒼蠅的。」

什麼？波赫士是一個魔幻現實主義作家，他可以杜撰，可以虛構，幽默，因為歸根結蒂，他這是在寫小說。但一本有關真理的哲學著作的思想怎麼可以從這種玩笑中引出？

一九六九年，傅柯公開表示自己不是結構主義者。一九七二年，《臨床的誕生》第二版問世，他將其中那些印有結構主義標記的術語更改為中性的術語，如將「語言」改為「話語」，「所指的結構分析」改為「話語類型的分析」。一九八一年，他考慮將《詞與物》的副標題改名為「結構主義考古學」，以表明他的旁觀者立揚。

啊？他在這裡所做的一切或許只是一種反諷吧？就像英譯本的名稱事物的秩序一般。如此說來，傅柯至多是一個反諷型哲學家。那你為什麼又要稱他為詩人哲學家？而事實上，到目前為止，你既沒有證明傅柯是個詩人，又沒有說明他是個哲學家，難道你也想對當前哲學漢語語境中的詩人哲學家予以反諷嗎？

求知者的道路

郵電員出生的，未上過大學的，自學成才者巴舍拉只寫兩類作品：科學哲學與詩學。科學哲學是本世紀早期西方哲學界中的王牌哲學，其中璀璨奪目的一顆明珠是六十年代科恩的範式論，而類似的思想其實早在三十年代就由巴舍拉提出，即他的認識論斷裂。《詞與物》發表後，有人發現傅柯的知識型與柯恩的範式有相似之處，便指責他的暗中挪用。傅柯為自己辯解道：閱讀科恩這本書《科學革命的結構》時，我恰好已經寫好了《詞與物》。因此，我沒有引用科恩，而是引用了科學家康吉漢，他塑造並激勵了科恩的思想。

像傅柯一樣，康吉漢也是巴舍拉的學生，同時又是傅柯的老師。

勿庸置疑，巴舍拉是一個真正的哲學家。在他寫最後一部著作《燭之火》時，已被認為通過和諧平衡成為一個真正的詩人了。

顯而易見，我的詩人哲學家不會指那些既是哲學家，又是詩人的人。在我的心目中，詩人哲學家首先是，也仍然必須是一個最嚴格意義上的哲學家，只不過他們的哲學活動決定了他們的哲學必然是詩性的。

什麼是哲學呢？這個世界是存在著祕密的。各學科的知識，物理、經濟學、心理學等，都從不同的角度揭示出了這個世界的一個側面，但最終的祕密並沒有被全部揭示出來，而作為知識的哲學便能解開這個祕密。這是西方文明中根深蒂固的信念。

傅柯的一部早年史，即是一部追求祕密知識的歷史。

傅柯告訴我們：上小學時，老師告訴他，真正重要的知識只有在中學裡才會被傳授。到了那裡，他獲知必須等到最後一年，在哲學課上才能獲得它們。從哲學課中他發現祕密的祕密確實就在哲學之中，而要學哲學，最好莫過於去巴黎高等師範學校。

一九四六年，傅柯進入巴黎高等師範學校。但向祕密知識的學習並沒有解決這位求知者的生存困惑，他的同性戀傾向反倒把他逼入了生存的絕境。他幾度想自殺。一九四八年，傅柯獲得哲學學位。終究不存在什麼祕密的祕密！於是他轉向了科學。一九四九年，傅柯獲心理學學位，一九五二年，獲精神病理學證書。一九五四年，他的第一部著作《精神病與人格》出版。其實科學像哲學一樣虛無飄渺！似乎再也沒有前進的路可走了。一九五五年，抱著對哲學與科學幻滅感的傅柯離開了法國。

以後的六年裡，他一直在國外：瑞典、波蘭、德國教授法語。除了生計之外，主要原因還是為了尋找自由。沙特說人是絕對自由的，但對一個不再信任哲學的前巴黎高師學生說來，他所看到的自由根本與之不同。就像地球的版圖被一道道國境線分隔了一樣。傅柯發現人並不始於自由，而是始於界線，不可逾越的界線。如果說界線限制了我們的自由，那麼對界線的侵犯就是自由的表露。

這種「水平、界線」思想是了解傅柯思想的關鍵參照物。正因為有了這種對水平面的視野，才有了向垂直縱深面挖掘的內在驅動力。傅柯的知識考古學並不是因為他喜愛過去，而只是為了更好地看到現在這塊大地上即將出現的新奇：「一個議論紛紛的特徵來自於這樣的事實：人們不得不挖掘我們腳下積累起來的一整塊話語。當問題關係到我們仍然靠此生存的話語時，考古學家，像尼采式的哲學家一樣，被迫朝它操起了鐵錘。」

與馬克思、維根斯坦一樣，傅柯對那些不張大眼睛看，只是一味地想的哲學家十分痛恨；在馬克思是唯心主義，維根斯坦是形而上學，傅柯則討厭主體哲學（這個由笛卡爾「我思故我在」開創最後一直傳承到沙特的人道主義思想背景的哲學）。

如果不了解這一點，那就很難理解傅柯的反人道主義、反主體哲學的基本立場。也就根本無法談及對於他的名言「人之死」的理解。但與視野開闊的馬克思、維根斯坦相比，傅柯的視野顯然要小得多，卻格外的深沉。很難說得清楚，這究竟來自於巴舍拉的教誨：放棄總體哲學研究，只從事於「局部」哲學研究呢？還是這個前哲學系的高才生，返回哲學的一個必然開端。總之，在這部寫於自我放逐的日子的作品《古典時代癲狂史》中，傅柯目光的焦點是瘋人院。

考慮到傅柯本人以後拒絕了《精神病與人格》的再版，而這本書的當初出版反而促使了傅柯放棄哲學，《古典時代瘋狂史》可以說得上是傅柯真正的第一本書。事實上也是。這本書既大致預示了傅柯以後的治學方法：對專門機構的研究：瘋人院、醫院、監獄，同時也奠定了傅柯的寫作基本面貌：視覺形象與抽象陳述的精妙配置。

一些癲狂者遭到公開的鞭打，而且在一種遊戲裡，他們被用模擬賽的方式四處追打，在榔頭木棍的毆打下被驅逐出城，癲狂者乘著愚人船駛向另一個世界，癲狂者把命運交給了帶有千條支流的水道，帶有千條航道的大海，交給了處在一切事物之中的偉大的不確定性。他是傑出的乘客：即航行的囚徒。他將去的地方是未知，但一旦他上了岸，那地方其實就是他的故鄉。

此時，形式保留著透明和馴順，排成一個行列，一個理性的必然行列。癲狂再也不會在奇特的航程中漂泊，它永遠不再是這種亡命的絕對的界限。瞧吧，它現在終於停泊，匆匆地上岸投入萬物與人群之中。癲狂有了安身之所。

等待它的不再是航程，而是醫院。「愚人船」生涯後的幾乎一個世紀，我們才看到瘋人醫院和瘋人院主題的濫觴《古典時代瘋狂史》。

一九六〇年，在康吉漢的幫助下，這部著作以科學史的名義出版，傅柯因此獲得了法國國家博士學位。一九七〇，傅柯走進了法國知識界的最高殿堂法蘭西學院。由於傅柯長期以來都是在現行學術框架之外從事於自己的研究的，像《古典時代瘋狂史》當初不能做為哲學論文通過一樣，在法蘭西學院，這位新時代的大師給自己接了一個頭銜：思想體系史教授。理所當然，傅柯成了這個教席的第一個教授。

話語的權力

我希望我能悄悄地進入我今天應當開設的講座——進入那些也許在以後的多年我將在此開設的講座。我希望我無需開始，而寧可發現我被語詞所包圍，寧可接受並超越任何可能的開始。假若沒人注意的話，我倒是希望在我的前面長久存在一個無名的說話聲，以便在我轉身之際，我只得接受它正在談論的東西、只能延續語句，只得將自身置於它那無人注意的縫隙，彷彿它憑借暫且的中止創造了某個對我來說是開始的符號。

現在，這位昨日還是籍籍無名的求知者，終於堂而皇之地獲得話語的權力了。他清楚地知道這個話語的權力是機構給予的法蘭西學院。十七世紀瘋人院的誕生標誌著癲狂的從此沉默。這與其說是一種仁慈的舉措，不如說是非理性對於理性的效忠。如同監獄的誕生不僅沒有消滅罪犯一樣，理性也只能通過一系列的排斥奏響它的凱旋，整個社會則從懲罰罪犯行為中重歸純潔與正義。

機構表面上看是一種「物」，其實它是一種「功能」：權力的功能。權力既有生產的積極性，也有壓抑的消極性。法蘭西學院在給予話語的權力的同時，又規定了話語的規則：什麼是可說的，什麼是不可說的。「我們非常清楚地知道：我們沒有談論一切的自由，我們不可能談論我們時時熱衷的一切，一言以蔽之，恰恰是任何人都不可能談論任何事。權力除了機構中產生，也從話語中產生。事實上，話語本身就是一種權力。」

在這篇名為《話語的秩序》的法蘭西學院就職演說詞中，傅柯首次將權力理論引入了話語理論。鑒於這一點考慮，傅柯上述的這番開場白就決不能僅僅看做為這個語言大師的一種措辭的選擇：即禮儀的需要。

我希望悄悄地進入……

我希望我無需開始……

我倒是希望在我的前面長久地存在一個無名的說話聲……

彷彿它憑借暫且的中止創造了某個對我來說是開始的符號。

因為話語就是權力，因為一開始說話就是權力運作的開始。這種存在於開始中的固有的困難，不禁使人回想起黑格爾小邏輯中的無與有。

但偉大的英雄時代結束了。每個時代都有它自己的真理規則：它決定了何為真，何為假。羅伯斯庇爾之所以能夠砍掉國王的腦袋，那是因為盧梭的民約論提供了另一種真理的話語。二千五百年來，西方文明以柏拉圖的理想國為標誌，始終都是圖謀以真理的名義建立起自己的話語霸權。

「真話語激發了尊敬與恐懼，由於它支配了一切，故而一切必須服從……它是提供正義的話語。」

在真理與真理的鬥爭中，辯證法是奪權者奪取權力的武器。傅柯提醒我們注意為抵制黑格爾這種話語的霸權所可能付出的代價：「黑格爾也許就在這種抵制範圍裡狡詐地來到我們的身邊，就這種抵制而言……我們的反黑格爾主義可能是他針對我們設下的圈套，而在這種抵制的最後，他竟佇立不動地恭候我們。」因此，傅柯採用的是尼采的智勝形式。

為了反抗偉大的真理、偉大的綜合、偉大的體系，將被「真理的霸權」奴役的人們從沉重的權力統治下解放出來，傅柯說：我們是用小寫的人、小寫的歷史取代大寫的人、大寫的歷史的。「資產階級既不是以黑格爾、也不是以孔德的身分公開說話的。與這些視若神明的文本相比，一個極其自覺、井井有條的策略可以在浩如煙海的無名文獻裡讀到，這些文獻構成了特殊形式的政治行動的有效許語。為此，便需要堅韌不拔和細節知識：它依賴於原始材料的大量……總之，系譜學需要持之以恆的博學。系譜學並不反對歷史學，猶如哲人高雅深沉的凝視可比作學者鼠目寸光的視野一樣；相反，它拒絕理想意義和含混目的論的元歷史學。」

比起空洞地喊：不要追隨我！我就是炸彈，我就是根本的破壞者來，傅柯寧願說他是一名經營工具的商人，一名身手不凡的廚師，一名製圖員。為此，他反對普遍知識分子，即那種每個人的良心，全人類的代言人式的知識分子：它可能更多招致的是因追隨而來的屈從。若說哲學還有普遍性的話，那麼它的意義或許僅在於它是個工具箱，只要我們願意，盡可以隨心所欲地取來。從這一點上說，傅柯與方法論上的無政府主義者費耶阿本德同調。傅柯主張特殊知識分子，即那種只說自己領域裡所知道的知識的人，因為知識就是權力，說出來的話語就是現有的真理體制的體現與改變。根本就不存在什麼作者不作者，難道寫一張菜單的波特萊爾，與寫《巴黎的憂鬱》的人是同一個作者麼？重要的是改變現有的真理體制的運作，隨後我們才可能從被奴役的屈從中解放出來。這就是話語的意義，為什麼話語即權力。

而與黑格爾那沉重、體積龐大的「無」與「有」相比，當看到傅柯文本中的小寫字同樣綻放出古老的本體論的光芒，對於這一切醒目耀眼的美，你難道不覺得驚詫莫名嗎？

世界的散文

傅柯並不反對尼采，相反，自他從海德格（海德格對我來說一直是基本哲學家）那裡發現了尼采之後，傅柯便一直聲稱自己的工作處於「尼采的偉大探索的陽光下」。但他也沒有追隨尼采：「我喜歡隨心所欲地利用作家們。對尼采思想唯一有效的頌詞恰恰是使用它、使它變形、呻吟和抗議。如果評論家們說我對尼采忠或不忠，這是絕對毫無趣味的。」因而，儘管尼采一直與他形影不離，傅柯仍然在尼采的系譜學之外，創造出了與之相類似的知識考古學。直到法國五月風暴，權力從社會舞台上凸現出來之後，尼采才從黑幕裡隱形現身：

「我捫心自問，在《古典時代瘋狂史》、《臨床的誕生》裡，我所思考的不是權力那又是什麼呢？但我清楚地知道，我實際上未用過這個詞，更沒有得心應手地去分析它。這種無能為力肯定同我們所處的政治氛圍有關。」多年來對尼采文本隨心隨欲的積極閱讀，經過五月風暴的洗禮，使傅柯的歷史分析成熟了，以至於他將隨後寫出來的《監視與懲罰》稱作他的第一本書。從此傅柯放棄了知識考古學，開始使用系譜學概念。

傅柯也讚美荷爾德林（Johann Hölderlin）。傅柯這位主體哲學的宿敵所憧憬的是回到理性與癲狂還未加區分縱情歡娛的時代。像荷爾德林這樣的詩人便是這種理性與癲狂分裂之間的偉大擔保。尼采在考察理性史時知道，他只是出於偶然才誕生於一個理性成為時尚的年代裡。西方幾千年來形成的真理史，其實只是人類求真意志的偽裝。「對真理的奉獻和科學方法的精確產生於學者們的激情、他們的互相仇恨、他們的狂熱盲從、以及他們的競爭精神，以至於逐漸遺忘了理性由此帶來的個人衝突。求知的本能是惡意的，某種與人類幸福對立的凶神惡煞。即使在它今天假定的大大擴展的形式中，人類並未賦予確切而恬靜地把握自然的能力。求知的慾望在我們中間已變成不畏犧牲只怕滅絕的激情，可以這麼說，人類可能會從這種求知的激情中最終消亡。」

從對真理的理解，以及從荷爾德林到尼采、再到海德格的世代家族譜系來看，傅柯與他們是一脈相承的。這也是漢語語境中對詩人哲學家的主要使用標記，而我稱傅柯為詩人哲學家的理由，並不是基於語言學上的考慮。

結構主義誕生於索緒爾對語言學的重新研究，他強調了語言的任意性以及它與事物的分離性，從而使詞擺脫了物，獲得了自身的獨立性，即詩性結構主義看重的便是這種語言的獨立性，它的詩性，因此將它外推到一切符號系統，以至於任何東西都可以對它進行結構分析。從一首詩到一本小說，從女時裝到餐館裡的菜單，從夢到廣告，等等。但傅柯的工作顯然不是這種結構分析，除了認識到我們必然得從語言出發研究人類的一切思想活動，而語言必然是屬於詩性之外，我看不出他與結構主義再有什麼共同點。關注相似或相類，而不去注意差異與差別，這是新時代的大師最痛恨的斜視眼。傅柯說，十七世紀的人都是結構主義者，這並非是一句挖苦的話。事實上，索緒爾的工作就是恢復了語詞作為符號的傳統觀念。在傅柯看來，自人類建造巴比倫塔失敗之後，詞與物的分離這種事實始終成為了人類焦慮之所在，一直是我們不堪承受的負擔，而這正是他早年工作的出發點。

美國新歷史家海登說：把散文變成詩歌是傅柯的目標，所以證明人文科學中一切思想體系不過是使用詞語世界而已，而不是用（它們意在再現和解釋的）事物所構成的詩性封閉的術語，這就是傅柯的獨特興趣所在。

正是基於上述思考，我才把傅柯定名為詩人哲學家。而同時拒絕稱傅柯為一個詩人，也是出於形式上的理由：一首詩之所以成為一首詩，是因為它擁有了詩的形式，而不論它的內容如何。這是俄國形式主義者給予我們最有益的教誨。

對一個從來沒有以詩的形式寫過一首的詩的人，你能稱他為詩人嗎？

浪漫主義結束了，今日的寫作已脫離了表達的必然性，當哲人也已無可挽回地墜落到詩性之境時，真是詩人何為！

一九八四年傅柯死於愛滋病。

奇特的愛，奇特的代價。

一九九八年上海

是一無所有，還是擁抱大地星辰

在這世界上，除了傾聽自己的內心呼喚，哪還存在別的旁路！

——題記

如果沒有你，寫作還有什麼意義

傍晚，我又看見晚霞了。彷彿從前的時光倒流，我又變成那一個整日都在憂傷著，執著於自己夢幻的天真少年。夜來的晚風吹拂著眼前的世界，我有很多種回憶。一種回憶就是一種心情、一種顏色、一幅圖畫。一張張親切的臉龐、一雙雙真摯的眼睛，那是愛與自由。現在，這些昔日讓我牽腸掛肚的親友們都一個個離我而去。

現在，他們出現在我的夢裡，不再出現在我的筆下。歲月已經把我的文學之夢改變。白天，我走在路上，凝望著各種各樣的人們。每一個陌生人，正開始以一種不可阻擋的魅力誘惑著我，佔據著我的思緒和情懷，不復再像從前，僅僅只是路上的喧囂和風景。

我已經感受到了這種變化，這十年來，我的這種日常心境的巨變。

那麼究竟是什麼力量重新塑造了我，把這種巨變帶給了我，是來自於發現了陌生人的魅力？還是我的青春，這個小世界已經結束了？

我的筆因我的心有所念，才開始了它的鋪張生涯。具體地說，我，這個愛好科學的人，十年前，一個工科大學生，之所以開始了一種不停地寫作、不停地塗鴉的所謂「文學生涯」，是因為在過去的日子裡，我幾乎每天都有許多封信要寫給親愛的朋友們。

對於文字的最初讚嘆、最初的驚奇，就是這樣開始的。同時，我的寫作風格就是書信風格，也是在這樣的日子裡被不可逆轉地確定成型。因此，在當時，如果有人問我：「你為何寫作？」我的回答不會猶豫：「我為朋友們寫作」。

然而，歲月終於無情地把一種巨變帶給了我。現在，我終日呆在一間開著許多扇門窗的房子裡，屋外風景中的田野已經越來越小，高樓大廈正不斷拔地升起，而小杉樹也終於長大成林。偶爾，我能聽到從樓梯下傳來叮叮噹噹的鈴聲，我知道這是郵遞員送信來了。這一瞬間，我的血液凝固了，彷彿昔日的焦慮，我的恆久期待又一次再現，然而，僅僅是一瞬間，我又回到了現實：郵差已經和我再也沒有任何關係。

在過去的日子裡，我曾經有兩年什麼事情也不做，就僅僅是寫信和等信，那是我的青春真正寫下的一本書。現在，這一段如夢的日子已經過去，我已成了一個等不到信的人。

但我的筆還是不停地寫呵寫呵。過去，那個曾經會把我撕碎的問題「如果沒有你，寫作還有什麼意義」，已經無法再把我的心撕開。

我這樣開始了「薩波卡秋生涯」

我和眼睛裡的人們擦肩而過，這些人都不認識我，甚至意識不到我的存在，但我還是深深地熱愛著這座城市：上海。熱愛著這一張張如潮般湧來的陌生面孔。

在這樣的一座城市裡生活，我是一個寄生者，什麼都和我沒有關係。只有電影院、酒館、書店是我熟悉的地方。只有它們，才是這座城市給予我的全部東西，才是我所理解的全部的城市文明。

因此，到哪兒都一樣！到哪兒生活都一樣！

這時候，我會驚訝於我一生的漂泊。從童年時代到青年時代，我就從來沒有在同一個地方連續生活過五年以上。總是奔波，奔波，被一列列奔跑著的火車拖來拖去。也許，因為父親是一個火車司機，命運就把離散和奔波判罰給了我。

但是，上海，使我悲喜交加的是，我不僅終於回到了這一座我童年生活過的城市，而且在一年半前還恢復了合法的居留權，從而使我這六年多在上海的居住，有了一種可靠的歸宿感。並且，更重要的是，就在這座我意外地生活得最長久的城市裡，我還找到了愛情和友情。

霏霏細雨飄落下來了，它漂落到樹，漂落到臉上，漂落到衣裳上。這六年多來，我在上海生活的日子，就像半個流浪漢一樣，在朋友的家中，在碰巧打聽到的空房子裡住來住去。依靠著親友們的慷慨解囊，一種被稱之為「薩波卡秋生涯」就這樣開始了。

朋友、愛人和情人，它們都只是一些名詞。然而，它們還是一種形像、一種靈魂，一個另外的我。現在這些都已經深深地滲透到了我的血液裡。

為什麼叫「薩波卡秋」

你可以隨便叫它什麼，總之，對於真實存在著的東西，它總得有一個名字。

我的朋友京不特，在他走出中國之前，將亞文化的英文詞 Subculture，音譯成了「薩波卡秋」，隨後，他就走了。

在我生命中的某一個時期，我的命運曾經與他是這麼緊密相連，他所走過的人生道路，差一點成了我所追隨的道路。

那時候，他是一個穿著袈沙的和尚，我曾經與他徹夜長談，談論著我們這一群人，我們共同的朋友們的存在與命運。那時候，我們是如此發瘋地熱愛著朋友們身上所體現出來的任何一點獨特的東西。將他們命名為「第四代人」吧，可在這個稱呼裡又能包含著什麼？敵人還是友人、反叛者還是衛道士？《這一代人》是京不特第一次為我們這群人所編定的文獻。但是，讓我們去代表這一代人，我們又有什麼資格？我們最多也就只能代表我們自己。將這一群寫詩的朋友們稱為「海上詩群」嗎？可是，還有這麼多，這麼多的涵義、夢想和失落，在等待著我們，讓我們一次又一次地去回憶、去傾訴……

「風吹來，風把我們的頭髮塑成黑色的海鷗……就連星星也不知道我們的名字。」默默的長詩《我們的自白》，我曾深深地熱愛過這些詩句。

但是，又有誰知道歷史上那些無名者的渴望，他們的苦難和歡樂。在一部只記載著主流文化的人類歷史上，有多少種亞文化永遠地越出了人們的眼界，從不被後人發現和理解。波普爾據此理由否認有一部真正的人類史的存在。「因為，一部真正的人類史就要記錄下在這個地球上曾經生活過的每一個人……」

波普爾的這個呼籲曾經使我為之激動、為之不眠。

在我年輕時代的許多抱負中，寫一本真正的「人類史」，是其中一個最熱情的抱負。寫下那些無名的人，那些始終被主流文化排斥、被各種學科系統地誤解的人。在寫卡欣、陳耳的時候，我認為就是在實現這個抱負。

然而，像我年輕時代很多個關於人群的夢，相繼地破滅了一樣。薩波卡秋之夢，今天，也已成過煙雲眼。

但是，我年輕時代所感受到的在一群朋友中間生活、工作、戰鬥和歡樂，我的這一筆永恆的財富，又有誰能從我心中奪去？哪怕僅僅是為了一種紀念，我也要將我年輕時代所走過的這一條道路，稱之為薩波卡秋的道路。

我這樣開始走出孤獨

今天，我已不在往昔的友人中間生活和工作。當我斷斷續續地聽到關於友人們的各種傳聞與故事，偶爾在一條街道的拐角處，一張長桌旁，見到他們一張張疲憊的、帶著虛幻般笑容的臉龐時，一瞬間，多少感嘆、神傷、安慰湧上心頭。同時，我也深深知道，今天，一如十年前的過去一樣，在這個世界上，在人群中，我仍然是孤獨的一個人。

這是除了依靠成長、祈禱之外，任何塵世間的力量都無法改變的一個多麼悲哀的事實與結論！

我之所以感到孤獨，倒不是因為在周圍找不到人可以去一傾衷腸。事實上，昔日的友人，一如我的新朋友們，在我最需要幫助的時候，總是熱情地張開雙臂。我之所以孤獨，是因為這種孤獨感源自我心靈的無根狀態。

人的心靈就像大地上時時刻刻都在生長著的植物一樣，沒有心靈的根，就不能達到真正的成熟。而不成熟，就不能蔥蔥蘢蘢地擁抱大地，就不能自由地展翅飛翔於天空，擁抱星辰和海洋。

幾年前，因為自已的無根、幼稚，在漂浮的感情衝動下，使我幾乎一夜之間，便扭斷了我和許多昔日最親密朋友們的感情聯繫。由不成熟的心靈所滋長出來的人生孤獨感，在當時就像一條毒蛇吞噬著我。漸漸地使我感到自己就像一個被鏤空了心靈的稻草人一樣，無依無靠，在空曠的田野上，只能隨風飄蕩。

然而，也正是在這個時候，突然，在我的理性世界毫無準備的情況下，我意外地接觸到了一股暖流。使我開始意識到了一種轉機，一種新的心靈生活的可能性。

以後的命運安排和出路，就像一部迷人的童話……

我的姑父孫伯豪是一個數學家，有十多年不曾讀過任何一本文學書。一個風和日麗的午後，他走進一家理髮店，因為裡面有許多人在等候，他又走了出來。理髮店的隔壁正巧是一家書店，於是，他決定買一本書來消磨時間。已經有二十多年，他沒買過一本文學書了，出於一種自己也不知道的原因，他隨手挑了一本。

他讀了這本書，認真，興趣盎然。讀了之後略有所悟，接著，他以數學家特有的邏輯得出結論：我比他更應該讀這本書。幾天後，他鄭重其事地向我推薦了這本書，它就是《榮格：人和神話》。

於是，在我最需要導師的日子裡，隨著這本書的闖入，我心靈成長史上的一次大地震發生了。因為正是通過這本書所給予的指導，使我終於找到了一種能夠完整地、不偏不倚地解釋我的心靈、我的隱祕的幻想，以及我一生中種種無法思議的日常經驗的理論。

一九九一年一月三十一日，距離發現榮格半年多後，就在我毫無日常思考、心靈期待的狀況下，突然，我做了一個以後被稱之為「大夢」的夢。在這個夢裡，我看見在洛陽人們發現了一棵大樹，這棵大樹狀如九條龍。圍觀的人們議論一番之後，便將這棵大樹定名為「九龍樹」。這棵大樹上還鐫刻著一段偈文，對此，卻無人能夠辨識。這時，有一長老自告奮勇站了出來，表示願為人們誦讀。就在他的解讀進入高潮的時候，我自己也在一種亢奮、充滿著生命的激情狀態中醒來。我僅僅記下偈文中的一段，其中有「洛陽留雞鳴」一句。

當時，如果我還依然是一個對夢的意義及啟示一無所知的人，那麼像從前一樣，這個夢所能給予我的一筆財富，至多只是一個早晨的陶醉與歡樂的情緒。然而，此時此刻，一切已經不同，當我忽然想到洛陽就是我的出生地，於是，夢中的這棵九龍樹，其實就是扎根於我無意識深處的與我們民族心理相連的一種象徵的涵義被我領悟到了，使我一瞬間喜不自勝，得意非凡。就在一種無比開放的意識狀態中，我激動地發現了人，我，從來就不是一種孤零零的誕生物。事實上，我們每一個人始終就與這一塊大地、與我們古老的祖先相聯繫。在我們的心臟裡、血管裡正奔騰著、喧嘩著的，從來就不僅僅是我們個人的血，更多的還是我們這個民族的集體的血和鹽。如果說，在現實中的我們感到了心靈的孤獨，那是因為現代文明已經為我們的心靈築起了一堵高牆，正是它人為地隔開了我們自己與自身起源的古老的聯繫。

而這個「大夢」，正如一道閃電，帶著我擊穿了這一堵文明的高牆。

以後，我又做了許多個在我看來只能用集體無意識心理原型才能做出合理解釋的「大夢」。正是靠著這些「大夢」，這些如天上的甘露，不請自來、自動地飄落到我心田上的「大夢」，我被現代思想意識所封閉住了的心靈開始融化開了。

終於，在一個使我感到異常震驚的早晨，我發現自己的心靈又一次獨立地離開了我的個人意志，我的理性控制，獨自長出了一片片新芽與綠葉，開放出一朵又一朵使人感到眼花繚亂的蓓蕾與花朵。

是甜蜜的心靈開出了智慧花朵？還是一朵朵致人以幻覺的罌粟花，在廣闊的田野上，隨著風吹起，為迷路者飄送來了一個故鄉的信息與報道？

現在的我

現在的我，從理性上說，當論及到真理的命運、路途的終端，我並不比從前那個走在迷途上的我能夠說出更多的東西，也無法真正地知道一個人的心靈，它的真正家園究竟在哪裡。

在我的書櫥裡，比十年前多出的只是一本《易經》，以及一本又一本的榮格著作。十年前開始存放書籍的書櫃，從那裡拿出來的書，我總是讀了又讀。維也納學派開創引導的「科學哲學」著作，是我年輕時代最心愛的讀物之一。今天，我對那些已被這類「早期讀物」弄昏了頭腦的「科學主義者」的厭煩心情卻是與日俱增了。在這些早期的科學哲學泰斗中，我討厭的人是卡爾納普。費耶阿本德的勇氣，他的博學與聲調卻為我深深地喜歡，同時，我也喜歡羅素的悲憫，普波爾的大腦，而所謂的維也納學派的遺產——事實與價值命題的二分法卻被我拒斥。

我高興地看到，在今天的西方科學哲學界中，人們已經能夠重新認識早期維根斯坦的哲學精神了。維也納學派之夢的破產是一件好事。

我曾經想為今天的那個我所喜歡的學術事業做一種思想上的有力辯護，然而，我的這種想法消失之快就連自己也始料不及。因為，同時我非常清楚，這十年來，做一個學者從來就不是我的心願。

那麼我究竟是一個什麼樣的人呢？我不過是一個廣泛地愛著一切有趣讀物的人，無論是文學的，哲學的，還是科學的。而無論在哪個領域，我又都不過是一個門外漢，一個偶爾闖入的涉獵者。這些讀物——有些還需要我花費大力氣才能闖進去的讀物——之所以為我喜歡，像是被它施展了魔法，使我能心甘情願地接受它，長久地、一動不動地待在那裡，是因為在它魔法的背後，吸引我，使我看到的東西就是「人性」，而不是別的什麼所謂的「學術」。

今天的我，依然還如很多年前一樣，喜歡費耶阿本德的那個說法：因為哥白尼從小仇恨他那個時代人們的傲慢、自負，為了煞煞他們的傲氣，因此創立了「日心說」理論。我之所以喜歡這個說法，是因為這個說法使我看到了情慾是怎樣在哥白尼這個大科學家身上起作用的，同時，它也使我看到了親愛的保羅．費耶阿本德的心腸。

但我卻不再喜歡尼采那個說法：「要把他們侮辱得一清二楚」。我之所以不再喜歡這個說法，是因為我繼續愛著維根斯坦，他說，「我只握著朋友的手說話。」

是的，歲月已經更多地教會了我生存的智慧。今天的我，也已經更多地讀懂了很多年前，我自己筆下創造出來的那個沉默者形象——阿修羅。

然而，阿修羅卻是一個混合體、一個矛盾體，因為正是它代表了這樣一種聲音：天下越亂越好，你們越是不讓我做，就越是要這樣做、這樣說。因為在這個世界上，反潮流總是對的。因為在這個世界上，老子誰也不怕。我就是不信邪，就是下地獄我也不怕。

綜觀十年我走過的這一條道路，可以說，我是喜悅的，我是沉醉的。許多初衷、許多想法，在今天的我看來，它們都已經一一盲目地實現了！所以，在今天這個令人分外沮喪的世界上，我能豪情滿懷地說：人生就是成功！

然而與此同時，心中的憂傷卻是怎麼也無法抹除的，許多親友都一一離我而去了。他們有的漂泊去了海外，為著自己所不知道的激情、理想，放棄了高貴的頭腦的自我享受，在異鄉它國做著惡夢，吞食著一些無用的知識。

當我的祖父、我的祖父的祖父，一次又一次不斷闖進我的夢境，我深切地知道，我是一個中國人，儘管我是這一片大地上一個不停經受著滄桑的遊子，但是，古老的祖先們的祝福其實早已賜予給我。我知道，正是他們在一刻不停地用一種最善良的「大夢」方式與古老儀式，向神明祈求，保佑子孫後代們平安、吉祥。在我們感到寂寞與孤獨的時候，不僅使我們的心靈獲得了一種象徵的表達，而且還使我們過上了一種象徵的生活，這就是文學與宗教。

也許，存在著一條終極的解脫之路，其想法本身就是一種虛幻，但是，面對千百年來始終穿流不息束縛著人類的折磨，這一古老的不幸之鏈，在今天，又有什麼文明的力量能阻止我去認真傾聽一次又一次、自動湧現出來的無意識之呼喚呢？

大門既然已經打開，眼前自然就會出現一條道路。這條道路也許筆直，也許曲折，在一個人的成長史上，在他命運的轉折關頭，人們必然會自覺地或自發地聽到一種聲音。這種聲音有可能起源於我們的內心幻覺，在成份上屬於我們的善良意志，或者邪惡意志。也有可能起源於我們的自我創作，它屬於藝術，屬於我們自身的一部分自由心靈。更有可能，這種內在之聲僅僅是我們內心的一種病態，一種精神病的臆想，一種極其危險的幻術。

但是，在這諸多「內在之聲」中，必然有一種聲音是我們用任何力量都無法抗拒的，是我們終生都不想、也不敢去嘲笑、蔑視的內心之聲。當這樣的聲音出現時，我們除去追隨它，服從它之外，任何反抗都是徒勞的，都只會把我們自身的心靈扭曲，碾壓得粉碎。

當一個人學會聆聽這樣的聲音，並且聽任它擺布、安排自己的命運時，這個人就會把這種內在之聲看成自己靈魂的導師，在這樣一個導師的引導下，任何降臨到他身上的東西，無論是災禍或者憾事，他都會心甘情願地去接受，並且不去思考目的。因為，現在他比任何人都更清楚，凡屬天上的東西，總歸會降臨人世！凡屬他自己的東西，有一天命運總歸會給予交還。

而在一個更高的原則——共時性原理支配下的世界，無論是天上、還是人間的東西，人的心靈與身體，它們本身就全都屬於一樣東西。東方的先哲們把這同一樣東西稱之為「道」，西方的先哲們把它們稱之為「邏格斯」或「存在」。兩者（東西方）契合於「意義」。我則把它的先行者，人的這種內在之聲，稱之為「走向道的內心呼喚」。

在這個世界上，除了傾聽自己的內心呼喚，哪還存在別的旁路！像這種人世間最堅定的聲音，正是由這樣一個擁抱了大地和星辰，或只是一無所有的人喊出。

一九九二年十二月十七日 上海

話語研究

引言

想一想，我們是如何學會新俚語的？

比如說，上海話中的「大興」。當你在路邊攤頭看到一樣惹你心動的商品、想去買它時，你的上海朋友或許會對你說：「不要買它，這是大興貨。」即使你不知道「大興貨」是什麼意思，但從這話中至少能得出結論：大興貨是不值得買的。同樣的情景，你也許聽到的勸告是：「不要買它，這是溫州貨」。結論是一樣的：溫州貨不值得你掏錢去買。

我們再設想另一個上街購物的情景。這次是你的朋友勸說你去買一樣東西，他也許會說：「唉，這個好，正宗的！」或者說：「真正的德國貨！」假設你也不知道「正宗」的意思，但起碼你知道了，在上海話中，「大興」與「正宗」是一對反義詞。

有一天，或許你還可能聽到你的朋友這麼說：「某某的話你也信？他在開你的大興呢！」或者：「這事你可得替我認真辦，勿要開大興。」

只要你知道某某是怎樣的一個人，並且你也同意這話，那麼，「開大興」在這裡幾乎就像看圖識字一樣，直接給出了它的意思：胡言亂語，不負責任。

人有行為意志的能力，商品怎麼也會胡說八道、不負責任呢？

不用問，「大興貨」當然指的就是假冒偽劣產品。

說的自由

如果去問一個老上海，今生今世在生活中，可曾聽到有人用上海話這麼說過：「阿拉是江北人。」他肯定會搖頭說：「沒有！」

「江北」相對「江南」而言，在上海特指「蘇北」，僅為一個地理位置概念而已。但這句話卻從不曾出現在上海方言中，豈非咄咄怪事一樁？

傅柯在其法蘭西學院就職演說《話語的秩序》中說道：我們不可能有說出一切的自由。

歷史上，一個中性詞成為了一種「禁忌語」，最著名的例子大概是「支那」。據施蟄存考證，「支那」原起源於印度古代人稱中國為「脂尼」（Chini）。待流傳到日本後，便成了「支那」。「對日本人來說，『支那』可以說是China的譯音。」（《支那・瓷器・中華》）。

日本前著名作家、《太陽的季節》作者，後從政的極端右翼分子石原愼太郎是少數至今仍堅稱中國為「支那」的日本人之一。他的理由是：「為什麼英文可以稱中國為China，法語、德語、西班牙語也大致相同，為什麼日本人不能使用歷史上一直用過的『支那』呢？我不認為有任何侮辱之意。」

一般認為，「支那」這個詞由中性詞變成為貶義詞，是一八九四年的甲午戰爭之後。當時，滿大街慶祝的日本人都在高喊：「日本勝利！支那敗北！」從此，「『支那』一詞在日本就有了戰勝者對於失敗者的蔑意。」（《悠悠文摘》）

可是，問題似乎沒有這麼簡單。俗話說：俗字無考，俗字無字。在考察一個中性詞演變為褒貶詞的時候，我們往往也遇到了同樣的困難。也許我們可以明確地知道它的誕生日，卻不可能清楚地說出這個詞以後的演變蹤跡。因為一個人的語言一旦形成，就有可能終其一生都不改，並不因為時代賦予其新的內涵，便相應地做出調整。上海教授陳思和讀了一本其中有許多上海話的四十年代小說《亭子間嫂嫂》後寫道：「我在閱讀時，腦子裡不斷浮現出我的外祖父生前的音容笑貌，因為小說裡所用的語言，活靈活現地表現出我的外祖父一代人的感情表達方式。」

陳思和的外公並不因為陳生於五十年代，便改用五十年代的上海話與他的小外孫交談。即使到了六十年代、七十年代，我想，老人大概仍然會一如既往地使用周天籟時代的語言。嚴復說：「可憐一卷《茶花女》，斷盡支那蕩子腸」。也許嚴複到死也不會意識到，就在一海之隔的異域，「支那」一詞已變成了對中國的蔑稱。即使知道了，恐怕也難以改口。

郁達夫的《沉論》寫於一九二一年：「我」走上了酒樓，侍女問道：「『你府上是什麼地方？』聽了這一句話，他那清瘦蒼白的面上，又起了一層紅色；含含糊糊的回答了一聲，他吶吶的總說不出清晰的回話來。可憐他又站在斷頭臺上了。原來日本人輕視中國人，同我們輕視豬狗一樣。日本人都叫中國人作『支那人』，這『支那人』三字，在日本，比我們罵人的『賤賊』還更難聽，如今在一個如花的少女前頭，他不得不自認說：『我是支那人』了。『中國呀中國，你怎麼不強大起來！』」

這個「我」自稱：「我是支那人」。如果從詞的本義上說，「支那」比「賤賊」還低，豈有這樣自我作賤的戇大？正因為「支那」是個客觀詞，所以郁達夫也只是如實地寫道：「日本人都叫中國人作『支那人』」，而不寫作「日本人都蔑稱中國人作『支那人』。」「支那人」成為了一種貶稱，真正的原因在於：「原來日本人輕視中國人，同我們輕視豬狗一樣。」是「支那」的受指出了問題，而不在能指上。就像上一節中，「這是溫州貨」一樣。只要溫州貨的質量上去了，那麼，有一天，它就會像「德國貨」一樣，成為了「乒乓響」（上海話，好極了）的同義詞。

由此也可見出：「中國呀中國，你怎麼不強大起來！」絕非像現在人們所認為的是一句煽情的多餘的話，它用在這裡，恰是郁達夫文學天才的不自覺的流露。

不久前，傳出日本麗澤大學講師藤井升，因其在教學中，一直稱中國為「支那」，最後，在該大學中國留學生們的強烈抗議下，被校方解除教職。

我以為，我們應該將此事件視為一件大事。它是名副其實的一次受指的勝利！

生活中，人們或許並無貶義地給自己的朋友起了一個綽號，然而，一旦朋友對此發出了抗議，如再一味堅持使用的話，依據常識我們也可知道，那無疑就只能被視為惡意的誹謗了。語言並不發生在真空裡，它是相互的東西。尤其是在受指者認為其能指是一種惡意的蔑稱情況下，像石原慎太郎的這種邏輯就純屬性質惡劣了。

我們並沒有言說一切的自由。勿庸置疑，只要上海話裡，繼續把「儂這只江北人」視為是一句罵人的話，上海的蘇北人後代，繼續把自己稱為「阿拉是江蘇的」、「阿拉是江北人」就仍然是一句說不出口的上海閒話。

然而，如果因為 sina 在日語裡是「支那」的意思，便要求新浪網站改名，那倒也大可不必！說不定有一天人們就會像喜歡「唐人」這個詞一樣，重又流行起「Chini」來呢。因為「支那」在日本的濫觴，也正是中國的「大唐盛世」之時。

大興非DASHY

一

證實易，證偽難。比如，你對一個來訪的朋友說：幸虧你這時來看我，要不你此時此刻肯定會被汽車壓死。這話聽了雖然讓人來氣，但卻無法反駁。因為你的朋友此時此刻確實就在你這裡，而不在馬路上。像這類命題其實是不可證偽的。

再舉例說，有人斷言：一百年前的此時此刻，在這方圓不到一公里的地方下起了一場罕見的大雪。要駁斥它就像上述的命題一樣，原則上幾乎不可能，可要證實它卻並非不可能，只要滿足如下條件即可：恰好下了一場大雪，並且恰好也有人記錄了它。當然，像這樣的情況從概率上說也幾乎為零。

更進一步，我們可以考察一個與圓周率有關的命題。我們知道圓周率3.141592653……，它是一個無理數。假如有人斷言，在圓周率小數點的某一個地方將連續出現一萬次的八。像這樣的命題，就是一個只可證實而絕對無法證偽的命題。

了解這種證實與證偽在命題中的不對稱性，對於訓練我們的思維是有極大好處的。總的說來，形而上學的命題「易證難駁」，因為這類命題並非來源於經驗，而大多出於作者的奇思妙想。像「白馬非馬」、「金山不存在」或「飛馬存在」都是歷史上有名的困擾人們思維的例子。

當面對一種說法「大興即DASHY」時，同樣的麻煩出現了。

流行於八十年代之交的滬語「大興」，據上海史專家薛理勇認為，它與上海的「大興街」有關。「上世紀（十九世紀）後期南市小西門外新開一條『大新街』，後來改名『大興街』，這些加工非真金首飾的工場主要設在這裡。據說這裡生產的飾件蓋有『大興』印戳，以示與正宗銀樓產品區分，所以人們把非正宗飾件稱之『大興』或『大興貨』。也有人認為大興街生產仿金飾件是不打印記的，只要看到沒有印戳的飾件即知是大興街生產的，所以稱之為『大興貨』。」（《上海閒話》）

應該說，該文把「大興」這個詞考察得很清楚，幾乎可視為定論。該詞的內涵也與我們這一代人的記憶相吻合：毛澤東時代商品奇缺，假冒產品幾乎絕跡。當「大興」這個詞重又流行開，也正是路邊攤頭上，「溫州貨」、「滑頭貨」等假冒偽劣開始泛濫之時。

「大興即 DASHY」見之於朱大可一文：「隱藏在當代上海俚語中的那些近代隱語記號，無疑是我們對殖民地魯迅進行精神分析的一個文化語言學的主要依據。我注意到，那些描述商品和人性低劣性的語詞在上海俚語占據了重要地位：『蹩腳』（BILGE，船底汙水，引申為骯髒的、下三濫的、劣質的）、『大興』（DASHY，浮華的，華而不實的，引申為假的、冒牌的、劣質的）以及「骯三」……（《殖民地魯迅和仇恨政治學的崛起》）。

對於像這類只有結論而無證據的東西，要反駁其偽，我承認，這於我來說是完全無能為力的。也許有讀者會以為，只要翻開字典，指出 Dashy 的音讀雖與「大興」相近，但在字面上，它的意思卻主要是指：「時髦的；浮華的」，與「大興」在滬語中的意思相差甚遠。如果以為這便構成了一種反駁，那麼，我想，這場筆墨官司肯定也是有得好打的。假如「大興」真的是一種舶來品，它當然在新的環境中也會有變種的可能。然而，反過來說，要證明「大興即 DASHY」，在原則上倒是可能的：只要我們在魯迅的同時代中找到證據，這個命題即為真。而這並非不可能。但如果以為找不到證據，便認為「大興即 DASHY」這種說法不成立，這在邏輯上說，卻是絕對錯誤的！

「大興即 DASHY」，就像上述已談到過的圓周率的小數點中，在某個地方將連續出現一萬次的八一樣，理性都不擅長於處理這類事情。我們只有依靠自己的感覺與常識來判斷其有無意義。

二

然而，像下面的命題卻極易被證偽。

九十年代中期，我在虹口編一份小報，當時，薛理勇先生曾賜稿《一只鼎》，後來因故未發。我在《上海閑話》中沒有找到該文，也不知道薛先生在其他地方發表了沒有。大意是，滬語「一只鼎」源起於文革後期，有一年，上海博物館門門口放置了一只鼎，當時，極為轟動。旋即成為了一句流行語，一只鼎，意為好極了！

查新近出版的《上海話流行語》（阮恒輝、吳繼平編著，二〇〇三年三月第一版），也認為「一只鼎」出現於文革後期：「一只鼎，指非常好、好到極頂。出現於二十世紀六〇年代後期。」

經驗主義的命題與形而上學的「存在」命題不同之處在於，這類命題由於是包含經驗內容的，因而，它可以經受經驗的檢驗。一個有名的例子即波普（Popper）的「所有的天鵝都是白的。」波普認為，只要發現一只黑天鵝，那麼，這個命題即被證偽。

《亭子間嫂嫂》是一部最遲不晚於一九四二年發表的作品。在現代文學史上，它獨樹一幟地以地道的「滬語對白」寫成，當年一徑發表，便轟動海上，其感人程度並不亞於《西廂記》與張愛玲的《十八春》之於讀者。可惜，後人所知甚少。當初陳思和也是從來他家幹活的一個老油漆工之口，才第一次獲悉此書。一九九七年，安徽文藝出版社重新做了再版。正是從這本書裡，我了解到，至少在四〇年代，「一只鼎」就已成為一句滬語。

「『朱先生，說來噱是真噱，我從來沒有把男人玩的這樣夠開心的，這是第一次，你想想阿有趣？』

我聽得出神了，勝讀十年書，覺得一個女子玩男子的手腕，比男的勝萬倍，亭子間嫂嫂雖不能稱個中老將，但也算得一只鼎。」（《亭子間嫂嫂》，p. 298）

本書中的亭子間嫂嫂，時年二十二歲，確實還算不上是一個風月場上的老手，然而，她玩男人確實玩得很轉，漂亮極了，真正稱得上是「一只鼎」！

三

如果俚語是粗鄙的，那就沒有理由不正視人性的粗鄙。記住這一點並非不重要。由於做俚語考證的人，常是些知識分子，因而，他們往往像做文字考據時一樣，傾向於把一個新的俚語做「典故」、或「洋涇浜」考。

「一只鼎」這個詞的引出，為什麼非得要以「一只鼎」這個物的誕生為前提呢？一六〇年前，上海剛開埠時，「你吃飯沒有？」在上海話裡是：「儂飯吃啊末？」後來又變成：「儂飯阿曾吃？」、「儂飯吃了伐？」到今天幹脆就是「飯吃啦!?」八〇年代的中學生，愛理不理時喜歡說：「廢話！」九〇年代末期開始又變成了「費講！」或「有空呃。」

從上述各種說法的不同中，除了虛詞有所變化，我看不出實詞上有什麼重大的改變。俚語既為俗人們所創造，鄉音本身所存在的替代規律也就決不可等而閑之。何況，一般說來，俗人們也是喜歡唱「卡拉ＯＫ」的，他們自然懂得音律之美，以及節約的需要。當「一只鼎」流行開時，與此同時流行的還有「鼎脫勒」、「一級勒」。難道就不可以簡單地認為，「鼎」即等同於「頂」嗎？再從「一級勒」，演變為「一只鼎」嗎？

「賴三」這個詞，有人將它寫作為「拉三」、也有人寫作為「垃三」。《上海語流行語》一書，將它寫成為「賴三」：「指不正經的女子、女流氓。來自英語 lassie（少女、情侶）一詞的譯音。出現於二十世紀六〇年代後期，在七〇年代後期非常流行。」

既為譯音，只要能夠發出 La 這個音就可以了。但除了上海人之外，誰又會將「賴」發為 La，而不是 Lai 呢？lassie 這個音讀寫成這樣，這是不是也有些太難為了非上海人士？在毛時代，一個「洋涇浜英語」突然空穴來風地歸來，是不是也有些非夷所思？

何不乾脆簡單些，就從上海話裡，把「抵賴」的「賴」讀成為「拉」開始考察。

中國聖人喜歡說：「一生二，二生多」。在上海話裡，「三」生的東西也多多。比如說：豬頭三、老鬼三、禮拜三、翹老三、勿來三；癟三、肮三、刮三……即使顛倒過來說，「三」在上海話中，也大多是描寫人性的陰暗面：三只手、三夾板、三腳貓、三嚇頭、三妹子、三道頭。放在當中的「三」呢？十三點、車三頭、軋三胡、小三子……也是半斤八兩、不見得好到那裡去。四個字、五個字中的「三」是：老笳三千、亂話三千、黑三話四；三鈿作二鈿、三分鐘熱度、麼二三角落……一路貨色！

一言以蔽之，「三」在上海人的頭腦裡，不外乎肮裡肮三、勿二勿三。幾乎難以想像，還有比上海話更加鄙視「三」、糟蹋「三」的別它方言。

因此，我樂意設想，一個腦子裡滿是「三」的工宣隊，當面對百般抵賴的學生時，某一天，無意之中創作出了「賴三」這個流行語。

「已經捉牢勒，儂還賴，還賴！」工宣隊說。

（為什麼事呢？也許是為手抄本《少女之心》、或《一把銅尺》吧。）

「我沒賴。」

（回話的也許是個臉色紅彤彤、洗好頭發後故意讓頭發繼續披散開來的小女生）。

「伽刮三的事體，儂還賴！儂這個癟三……」工宣隊怒不可遏。

（不，不，癟三是上海男人的專門語，上海女人只能稱「十三點」。但如果稱之為「十三點」，就意味著放她一個「碼頭跳跳」了。不！）

「儂賴！儂賴好勒。儂賴……賴……儂這個賴……賴……賴三！」工宣隊喊出來。

這絕非是不可能的事！

「浜」在那裡

春天的某一天，我在家門口附近的老街上散步，看到路旁有一大堆人在下象棋。在我驚訝於上海閒人多多之餘，偶爾聽到這麼一句妙語：「你的馬和炮就給我『浜』在那裡吧。」原來是一個戴眼睛的老頭，用他的一只車把對方的一只馬和一只炮看死了。他很得意。我想，這個老頭肯定是一個從「山上下來」的「老梆瓜」（「山上下來」是八〇年代初期的上海流行語，意指「勞改釋放犯」或「勞教解教人員」。「老梆瓜」為最近流行語）。「浜」不是一個常用的上海詞（我甚至不知道這個「浜」和「老梆瓜」的「梆」是否是同一個字），而是一個亞文化詞匯。在上海看守所裡，馬桶稱之為「浜布」。離「浜布」挨得越近的人，其地位就越低。這些人，尤其是最後兩個，不僅整天要聞馬桶的味道，還要為整個牢房裡的人洗碗，幹各種體力活等。也就是所謂的「大官司套小官司吃。」

近來流行開來的「胸悶」，我猜想大概最初也是從看守所裡流行起來的。你想，當一個人從廣闊天地中，突然一下子被「揿在甕裡」，第一反應自然就是「胸悶」。

無疑，這些呆在「浜布」旁邊、吃「小官司」的「胸悶」的人，都盼望著有一天自己的位置能夠向門口移移。

這個老頭把「浜布」的「浜」動詞化用在這裡，實在妙極！

親愛的眼睛

我想，一個不懂「浜」意思的人，「你的馬和炮就給我『浜』在那裡吧。」僅憑借著自己的語言直覺讀懂這句話也不是不可能的。如果讓他翻譯，或許就成了：「你的馬和炮就給我『死』在那裡吧。」只要他會下棋，知道被「看死」的含義。

其實，即使對於一個有過坐牢經曆的人，要他翻譯這話，大概也只能譯成這樣。雖然，這樣的翻譯會使他感到多少有些惆悵。

我們來看下面這個例子：

「一九八四年她（指配音演員蘇秀）為譯制片《李爾王》整理口型本。格洛斯特伯爵被挖去雙眼後，在曠野裡遇到了兒子埃德加。埃德加看見父親眼睛上纏著血跡斑斑德布帶，驚呼道：『Oh, my sweet eyes!』翻譯成：『噢，我親愛的眼睛！』蘇秀想來想去覺得不對頭。大家一起查看朱生豪先生的譯本，上面也是這樣譯的。她實在放心不下，讓翻譯『抱來一本厚厚的大詞典』細細查閱。結果終於查到了 my eyes 作為感歎詞時的釋義：『天哪！』

朱生豪先生是我極為欽佩的翻譯前輩，但正如波普（Alexander Pope）教宗所說：To err is Human（人人難免出錯），何況當時朱先生手邊未必有如今這麼完備的詞典呢。」（周克希，《咬文嚼字》，二〇〇〇年，第四期。）

周克希似在強調查詞典的重要性。他「惋惜」朱生豪之所以犯錯，就在於沒查詞典，或沒詞典可查。周先生的用意是不錯的。

初讀之下，我也覺得很有道理。然而，後來想來想去又覺得不對頭。按理說，如果「my eyes 作為感歎詞時的釋義：『天哪！』」解，即使沒有詞典可查，要讀出這一層意思來也並不難。比如說，當我們看到一幕恐怖的場景時，就極有可能說：「天哪！我真不敢相信自己的眼睛。」由此轉化為「噢，我親愛的眼睛！」這也不失為一種活譯。

為什麼非要有詞典呢？

何況埃德加是在看見父親眼睛上纏著血跡斑斑德布帶後，驚呼道：「Oh, my sweet eyes!」說不定，這裡「哦，我親愛的眼睛！」原指的就是對他父親失去眼睛的痛惜呢。

抱著這樣的想法，我找到了《李爾王》，〈第四幕·第一場、荒野〉。發現其中並沒有 Oh, my sweet eyes，只有 Bless thy sweet eyes, they bleed。我的猜想沒有錯，sweet eyes，果然是指格洛斯特伯爵的眼睛。而朱生豪將之譯為「祝福您的可愛的眼睛，它們在流血哩。」譯得也很對。

原來，蘇秀的《李爾王》是電影劇本，本身與朱生豪的譯本無關，只是周克希不讀原著，人云亦云了。

我以為，一個好的翻譯家，並不是非要有詞典才能無錯的，就像我上述指出的那樣，即使一個懂得「浜」原義的人，最終卻也有可能將它譯成一個平淡無奇的「死」。但是，原著卻非精讀不可，並同時極端地信任自己的語言直覺。

世紀名罵

二〇〇二年十二月，一個叫安東尼·亞瑟的作家發表了一本書《文人相輕：從馬克·吐溫到湯姆·伍爾夫》。作者從美國文學史上，精心挑選出最著名的八對文學對頭，他們是：馬克·吐溫與布雷特·哈特、海明威與斯坦因、路易斯與德萊賽、埃德蒙·威爾遜與納博科夫、C·P·斯諾與F·R·李維斯、麗蓮·海爾曼與瑪麗·麥卡錫、杜魯門·卡波特與戈爾·維達爾、以及湯姆·伍爾夫和厄普代克。

文人相輕這個話題並不新鮮，就像狗咬人算不上是新聞一樣。然而，像麗蓮·海爾曼與瑪麗·麥卡錫之間的爭吵，竟讓人會產生這麼持久的興趣倒也少見。或許純粹是個巧合，就在這同一個月裡，一部名叫《假想的朋友》（*Imaginary Friends*）也同時在著名的「百老匯」上演。用董鼎山的話來說：「新劇的情節就是根據她們之間的齟齬。」

一九八〇年一月，在一檔「脫口秀」節目中，瑪麗·麥卡錫重複了她以前指責麗蓮·海爾曼說謊時，曾說過的那句廣為人知的話：「Every word she writes is a lie, including ‘and’ and ‘the’。」「她寫的每一個字都是謊話，包括『和』和『這』。」（《知識分子》，p. 411，江蘇人民出版社，一九九九年九月第一版，楊正潤等譯）。董鼎山將之轉譯為：「她所寫的每一個字，包括『And』與『The』都是謊話。」

海爾曼當時也正在看這個節目，受此刺激，便向法院告瑪麗．麥卡錫誹謗罪，要求賠償二二二．五萬美元。毛姆在總結文學社交圈子現象時，說過一句極為精闢的話：要吹捧一個人或詆毀一個人，莫過於給他（她）起個諢名，或者說一句上口的、易於流行的話。從英文的語境上說來，瑪麗．麥卡錫的話確實酷。And與the都是英文中最常見的詞，當一個人連她寫的虛詞都是不可信任的，其他的話自然談也不要談。從修辭的角度上，這話說不定也是有史以來，對於謊言者最為誇張的一種說法。

在一篇論述修辭「誇張」的文章中，作者黎少銘即以「and和the都是謊言」為標題：「Mary McCarthy有一次大力批評她的對頭作家Lillian Hellman說：『她寫的每一個字都是謊言，包括and和the在內（Every word she writes is a lie, including ‘and’ and ‘the’）。讀我們的報章，黎明自殺、陳健康事件、富豪患癌……真的是連標點也是謊言。」（一九九九年三月十九日《明報》）

二〇〇二年十二月二十六日《耶路撒冷郵報》，在指責巴勒斯坦談判代表Saeb Erekat說謊時，原文作者也提到了這話：「Every word she says is a lie, including ‘and’, ‘but’ and ‘if.’ What Mary McCarthy said of Lillian Hellman, so one could say about Saeb Erekat。」

事隔許多年，在遙遠的地方還有人提起，並且添油加醋地走了原樣。這只能說明「Every word she writes is a lie, including ‘and’ and ‘the’。」確實深入人心，成了一句「世紀名罵。」

然而，無人如何，像這樣的譯文，在中文語境中，是絲毫都不具備一點流行的基礎。雖然從直譯的角度上說，它們都沒有錯：

「她寫的每一個字都是謊話，包括『和』和『這』。」——楊正潤等。

「她所寫的每一個字，包括『And』與『The』都是謊話。」——董鼎山

「她寫的每一個字都是謊言，包括and和the在內。」——黎少銘

一句妙語，在中文裡被糟蹋成了這個樣子！有什麼辦法呢？

離奇的推理

翻譯家傅雷給人的印象是嚴謹與孤傲，但孤傲的人也常是任性的。傅雷把《高老頭》中的femme這個詞分別譯作：「女人、太太、老婆、娘兒們、婆娘、婦女們、小婦人、少女、小嬌娘、老媽子、小媳婦兒、妙人兒等等。想必傅雷先生認為，巴爾札克倘若用中文寫作的話，是會換這許多字眼的。

年輕的許鈞先生譯六十萬字的長篇小說《名士風流》時，則反其道而行之，遇到法文sourire，統統譯為『微笑』或『微微一笑』，決不用莞爾一笑、嫣然一笑、笑吟吟、笑眯眯之類。他的立論是，『法語中關於『笑』的表達也極為豐富，為何波娃只用『sourire』……」。（周克希，《咬文嚼字》，二〇〇〇年第一期。）

孤立起來看，讀者可能會贊賞傅雷的這種活譯，然而，一旦把許鈞的「立論」放在一起看，再細細品味的話，也就不難發現，傅雷這樣的「活譯」，其實不是嘲笑法語femme於這一詞上的貧乏，就是在嘲笑巴爾紮克是一個法語寫作中的低能兒。

一個連母語都不及格的人，「倘若用中文寫作的話，」怎麼可能「會換這許多字眼的」

呢？

這樣的推理是不是也太離譜了!?

偶遇大師

再也找不到大師的名字了。當初，我肯定記下了他的名字，第一個字母依稀是 a。那是去年的七月，一個如此相似的盛夏之夜，我在翻譯「伯林論威爾遜」。嚴格來說，這是我重返自由生活後的第一篇譯文。

我一邊翻譯，一邊用「尋找英譯」的名字，將它掛在「英文」聊天室。當時的我，對網無知而茫然。

這是一篇對話錄。我知道埃德蒙·威爾遜曾娶瑪麗·麥卡錫為妻，並曾將她的臉打出青皮蛋來。而照伯林的說法，埃德蒙與海爾曼似乎還有一腿。「伯林：哦，記得他在她的公寓裡待了幾星期。他說：『不，不，她很好，她相當有素質。我知道你不喜歡她。不，不，她像回事兒，她是一個老朋友了。』」

不久，就有人開始與我交談了。起初用的是英文。我問他：

「He was an American patriot，他是一個美國的愛國者。可以這麼譯嗎？」

他答：「他熱愛美國。小夥子，得活譯，這才有趣。」

「贊成！你怎麼知道我是小夥子呢？小夥子！」

「我除了嘴上的四顆牙是自己的之外，其餘的都不是自己的。」

「那麼 hot girl 呢，怎麼譯？」

「甜妞。」

「不同意，如果是甜妞，sweet girl 又該如何譯呢？」我說。

「對！還有什麼問題？」

「He's a hostile fellow。」

「他渾身有刺！」

「有些道理，那麼 Every word she writes is a lie, including 'and' and 'the' 呢？」

「她謊話連篇，就連標點符號也是。」對方幾乎不假思索，便飛快地打了出來。

「啊？我不得不說你是個大師！」

一年之後，我才發現這其實就是我的網上奇遇。

韓少功的「夏娃與亞當」

「我曾經有一個想像：如果一個人的血緣來自父母兩人，而父母的血緣又來自祖父母一輩的四人，祖父母的血緣又來自太祖父母一輩的八人……照此幾何級數往上推算，只須幾十代，全人類的巨大數目都可統括在先輩的範圍之內，都是每個人共同的祖先。」（《馬橋詞典》，韓少功）。

這個想像很妙，但無論如何看上去總有些別扭，給人以一種怪異之感。恐怕運算不了幾步，我們的頭腦就會發脹、頭大起來。換一種說法呢？

父母兩人生出兩個小孩，小孩長大後，再生出兩個小孩，祖孫三代就有八個人……照此幾何級數往下推算，只須幾十代，全人類的巨大數目都可統括在子孫的範圍之內，都是一個人共同的孩子。

這種說法看上去就舒服得多了，而且，只要假設父母兩人是夏娃與亞當，每個有計算能力的人便都不難得出這麼一個結論。

然而，這樣一種說法與結論看上去似乎也平庸之極。

當韓少功的這個想像最初出現於他頭腦裡時，他肯定無比驚訝，以至於複述時，還稱其為想像，而不是想法，或結論。

其實，這兩種說法在本質上是一樣的，它們都依賴於幾何級數的使用。這讓我想起康德著名的「兩律背後」。想像時間的終結，這對我們每個人說來似乎都是很難的，我們同樣也難以想像，就在我們的此時此刻，有一個無限的時間過去了。而從邏輯上說，既然「時間的開始」對我們說來是自然的，那麼就該設想「時間的終結」才對。

只要我們能夠想像沒有終結的時間，我們同樣也就能夠想像沒有開始的時間！

但不管怎麼說，有些想像在我們看來就是這麼怪裡怪氣。

維根斯坦與胖子的皮帶

據馬爾康姆說，在一堂哲學課上，維根斯坦問在座的各位一個問題：想像地球赤道上箍了一根繩子，如果這根繩子增長了一米，那麼這根繩子將高出海平面多少？

比較起地球赤道的幾萬公裡來，增加區區一米的長度，顯然微不足道，似乎完全可以忽略不計。因而，不難設想，幾乎在座的人都不加思索地認為，繩子高出海平面上的高度難以察覺。

這種想法卻是錯誤的。

維根斯坦的回答：增加的高度不僅不難以察覺，而且大為可觀——繩子將離海平面約有半尺之高！

人們之所以犯錯，是因為他們從經驗出發，做了想「當然地想」。維根斯坦看到了這個「奇蹟」，在於他做了計算。

事實上，這是一個連小學生都會計算的算術題呢。

其實，不做算術題也沒關係。在生活中，胖子的經驗是：雖然他的皮帶只是多扣了區區一小格，可結果連喘氣都有困難。而一個瘦子的皮帶多放了一格，那就有可能連褲子都掉落下來啦。

只是人們一般不習慣於對離散的經驗作比較或聯想罷了。

我的想像與美國

我曾經也有一個想像。

如果說韓少功的想像是積極的，它喚起了「天下一家」的熱情，那麼我的想像就是消極的：它打破了我對於一切古老文明史的熱情。

二千年的文明史是不是很長？當面對種種古老的文明時，是不是總易喚起我們每個人心中對於自己個體經驗短暫的自卑感？

我的這個想像告訴我：大可不必！

假設一個人活了七十歲，在他的經驗中，積累著七十年的文明，那麼，所謂二千年的文明，是不是也就是三十個（70×30＝2100）老人身上所積累著的文明？

你會敬畏三十個老頭的經驗嗎？而所謂的五千年文明史，依次推理，不也就是七十多個（70×70＝4900）「白頭宮女說玄宗」嗎？

讀到這裡，也許有讀者會大笑道：文明史並不只是經驗與故事，它的生命在於創造，這和三十個老人、七十多個白頭宮女的經驗與故事有什麼關系呢？

說得好！

只要一想到美國僅有短暫的二百多年的文明史，我的這個想像立刻看上去也變得怪怪的了。同時，也不無感激之心地想到，幸虧韓少功與大多數讀者都不是邏輯學家，這才有了他妙趣橫生的小說，帶給了人們這麼多的快樂與想像。

一代不如一代的上海人

我曾聽我哥說起過這樣一件事，八十年代末，他在澳洲一家咖啡廠裡打工。工廠裡只有兩個人抽板煙鬥，一個是他，另有一個長的很像克裡斯蒂娜筆下的大偵探波羅的老頭。因為是煙中同道，老頭特來找他聊天，當聽說我哥來自上海時，老頭立即豎起大姆指，連連稱贊！並興奮地說，三十年代，他叔叔就在上海謀事。口氣之得意，就好比在八十年代裡，國人說有一個叔叔在紐約一樣。查三十年代史發現，當時上海有十五萬外國人，比起今天的五萬來，三十年代的上海更像是一個國際大都市。有好事者考證說，其時上海已名列五大國際大都市之一。是不是如此，我不敢肯定，但在我的小時候，上海肯定是中國的「拿莫溫」（洋涇浜，第一名）。以至於我八十年代末期在廣州時，聽《花城》的一個編輯說：「現在廣州是新貴族，上海是老貴族啦」，還一時反應不過來。

這些且不管它了。但從方言的考證上說，總有一種感覺，似乎上海人的自我感覺是一代不如一代了。六十年代上海，當稱贊某事或某個人、某樣東西很好時，上海人喜歡說：「窮嗲」，「赫好」。七十年代時說：「一只鼎」、「頂脫勒」，或者是「乓乓響」。這「窮」、「赫」、「頂」（鼎）都是修辭裡的最高級。「乓乓響」作為一種響聲詞來說，盡管不怎麼雅觀，令人容易聯想到一個赤膊的「癟三」把胸脯拍得海響，但無論如何，這裡總有一種自鳴得意的形象在。八十年代時，我甚至聽到有人說「偉大！」據說，這一說法來自於一部六十年代的老電影《女理髮師》，但總而言之，在那個年代裡的上海人，他們是豪爽與開朗的。

大概是九十年代初期，上海人卻突然改口說「不要太好哦」。最高的肯定句怎麼一下子變成了反疑疑問句啦？而且，一旦流行開來，就達十年之久。

有人說，這是因為上海人越來越與世界接軌，他們更多地懂得徵求對方的看法啦。「幫幫忙！朋友！」有這樣的說法嗎？

「打開司」考

「打」是漢字中使用頻率最高的字之一，有人統計《現代漢語詞典》，發現其中僅以「打」字開頭的詞就有一百六十八個，如打架、打手、打夯、打攪、打秋風、打官司、打交道等。其他的詞有：挨打、吹打、拷打、單打一、驢打滾、大打出手、插科打諢、一網打盡等凡四十八個（傅興嶺、陳章喚主編：《常用構詞字典》）。

《廣雅．釋詁》：「打，擊也」。

若「打」的本義為「擊」，引申義為「攻打」，一個有趣的問題產生了：從這麼一個「殺氣騰騰」的「詞根」中，怎麼會引出這麼多的詞組呢？如果說「言為心聲」的話，這豈非反映出使用漢字的這個民族，從種族無意識上說就是一個尚武的民族？

作為一流文人的歐陽修，不可能不意識到這件事情的嚴重性。他的解決方式倒也簡單，即認為許多「打」字的使用都是世俗誤訛：

「世俗之語之訛，而舉世君子小人皆同謬，惟『打』字耳。其義本謂考擊，故人相毆、以物相擊，皆謂之打。而工造銀器亦可謂之打可矣。蓋有槌擊之義。至於造舟車者曰打船、打車，網雨曰打魚，汲水曰打水，役夫餉飯曰打飯，兵士給衣糧曰打衣糧，從者執傘曰打傘，以糊粘紙曰打糊，以丈尺量地曰打量，舉手試目之昏明曰打試。至於名儒碩學，語皆如此。觸事皆謂之打」（《歸田錄》）。

這段話簡單地翻譯為白話文就是：有一個字，且只有這一個字，全國上下三教九流，就連第一流的博雅之士都概莫能外、以訛傳訛，這就是「打」字。其實，「打」字的本義指相互鬥毆、用物擊打，勉強引申到打造銀器尚可，若還說什麼「打船、打車、打魚、打水、打飯、打衣糧、打飯……」等等，那就是扯淡了。

宋代的吳曾不同意歐陽修的這種觀點，他從字形上分析「打」的意義，認為「打」就是「以手接觸」之義：「予嘗考釋文雲：丁者，當也。打字從手從丁，以手當其事者也。觸事謂之打，於義無嫌矣。夫豈歐公偶忘釋義雲耳？」（《辨誤錄》）。

在這個問題上，我大致贊同吳曾的觀點。簡言之，我以為，凡與手有關的活動，大多可作「打」。

恩格斯認為，勞動創造了人。換言之，人如果沒有手，只有前肢，又豈能稱之為兩足動物呢？「手」的活動既然在人類史上占有這麼重要的作用，出現了這麼多的「打」，也就不足為怪了。

我們說：打乒乓、打撲克、打籃球、打排球、打網球、打羽毛球……可我們從來不說打足球。顯而易見，乒乓、撲克、籃球……都是用手打的，而足球則是用腳來踢的。

用手來完成的動作另還有：打魚、打鐵、打井、打飯、打酒、打包、打毛衣、打肥皂，等等。

或許有人舉例道：說打魚固然不錯，但為什麼同樣用手（也許還包括工具）來完成的事，我們不說「打螃蟹」、「打蝦」，而說「抓螃蟹」、「抓蝦」呢？其實，我們同樣也不說「打白魚」或「打青魚」。這是不是說，當「打」用於手的勞動時，它主要是一種泛指，而不是特指。比起「抓」來，「打」更為抽象化呢？

而從表面上看，「打酒」與「打魚」似乎具有同樣的語法形式，可一旦具體到實處我們便會發現，說「打黃酒」、「打白酒」是正確的，但說「打啤酒」則是錯誤的。這又是為什麼呢？

再比如說，我們說「打井」，但我們能說「打水庫」嗎？我們說「打毛衣」，為什麼不說「打衣服」呢？我們甚至於不說「打象棋」、「打圍棋」，而說「下象棋」、「下圍棋」，這是因為比起「打撲克」來，象棋與圍棋是一種更為高級的腦力活動嗎？

要找到這些問題的答案其實並不難，因為答案往往就在問題之中。難的是該從怎樣的角度出發來提問題。當啤酒作為一種泊來品進入中國後，不僅只是多出了一個「物」，它也以其嶄新的「打酒」方式，威脅到「打酒」這個詞的古義。判「打啤酒」為錯字，在其捍衛古詞的純潔性的同時，卻也把這個詞往古董店裡送了。當滿大街出售的都是瓶裝酒的時候，在今天，還有多少孩子知道「買酒」也曾經被稱之為「打酒」呢？

錢歌川在《誤解》中寫道：「本國人因習慣而發生誤解的，畢竟很少，但因各地方言的不同，動輒就要出亂子，上海人把洗叫作為打，外路人剛來，聽見人家無故喊打，也許就要捏緊拳頭，準備應戰。」大概上海人像其他大多數中國人一樣，在莫名其妙地把許多東西都叫作為「打」之後，自己也覺得不好意思了，在保留「打屁股」的同時，便把「打耳光」叫作「吃耳光」。

如果說，「打耳光」叫為「吃耳光」，那是因為它離嘴巴近，那麼為何又只有「打開司」一說，而無「吃開司」的說法呢？「開司」，Kiss 的「洋涇浜」，「打開司」就是接吻的意思。它指的原本不就是嘴巴的本身行為嗎？

既然從「物」的本身上來說行不通，我便從「話語的權力」這一思路上來考「打開司」。「打開司：接吻。『開司』是英語 Kiss（吻）的譯音。舊時在洋行職員和部分知識分子中使用，以後長期不太有人使用。二十世紀八〇年代初隨著外語教學的全面恢複，首先在一些學生中重新流行。」（《上海話流行語》p. 75）將「打開司」的重新流行定於「二十世紀八〇年代初」與筆者的記憶不相符合。在我的印象中，「打開司」與「阿飛」、「賴三」一同流行於二十世紀七〇年代初。那正是一個「無法無天」的年代，激進的青年們只有被當成「阿飛」或「賴三」送進「局子」裡去「吃官司」的份，而決無在公堂上「打官司」

的絲毫權利！正是在這樣一個「打官司」缺席的年代裡，人們通過「打開司」這個詞的引進，表達出了「化幹戈為玉帛」的美好心願。

考證完畢之後，我很得意，雖然，這種「起源考」就連我自己也不相信。但它是不是還有些意思？

不料，一個小朋友聽了我的這種「考證」，大笑道：你真是臭屁啊，一男一女接吻抱在一起，不就像兩個人扭打在一起嗎？

這個出生於八十年代的小朋友的這番話到是真切地喚起了我的童年記憶。七十年代初，因為房屋奇缺，上海幾乎所有的小弄堂裡，夜幕下都有青年男女摟抱在一起。而這不正是「打開司」的起源嗎？

「要死快勒（天啊），嚇勒（了）我一跳。原來是勒（在）打開司。

這些男女大多是大齡青年，因為單位裡分不到房子，結不了婚，就只好在馬路上做野鴛鴦了。一般說來，上面的話是抱有同情心的上海市民說的。其實，即使遇到不開心的房屋主人，野鴛鴦們的心胸大多也是坦蕩的：「奈勒做啥？」（你們在幹什麼？）「阿拉勒打開司。」（我們在打開司）。沒有什麼不好意思的，盡管他們的行為也許早已越出了接吻的程度。

回憶至此，不僅想到，其實上海話裡的「打開司」，就像七〇年代著名的「外灘情侶牆」一樣，在這表面狂野、浪漫的下面，不無隱藏著物質貧困年代裡的辛酸生活。

何況，以「打」來形容男女之事也不是沒有的，文雅地說有「打情罵俏」，粗俗地說有「打洞」。

小朋友的直覺無疑是對的，盡管也許她會抗議「打洞」一詞的粗俗。但是比起「打」字血淋淋的出生來，這個「打」不還是有一層玫瑰色彩嗎？

滑稽戲

從語言的功用上說，上海人「嚼戲話」的目的是為了逗人高興。

寫到這裡，我突然意識到作為上海人的幸福：上海人不僅可以聽相聲，還可以看滑稽戲。

昨天，我偶爾在電視裡見到侯寶林的一個段子《理髮》，其中講了因誤聽上海話中的「洗」為「打」而引出的笑話。錢歌川在一篇隨筆中也寫到了這種誤解：「上海人把洗叫作打，外路人剛來，聽見人家無故喊打，也許就要捏緊拳頭，准備應戰。」不過，侯寶林相聲中的「我」則是一個溫順的隨遇而安者，聽到「打」字非但不應戰、不跑，反而聽天由命地任其處置。在聽相聲時，遇到這種有悖常理的事情，聽眾一般是不多計較的。使我略感吃驚的是，我竟然發現我們的相聲大師，原來上海話模仿得並不怎麼樣。

以前有過一陣子，大家熱衷於比較上海人。但在我的印象中，好像還從來沒人把上海人最大優點說出來。也許這種優點過於明顯了，反倒容易視而不見，這就是上海人的語言能力。我幾乎有把握地說，每個老上海至少大致能聽得懂十種以上的方言。不信的話，去聽聽上海滑稽戲就能讓你信了。

對一個從沒聽說過滑稽戲的人來說，大概也壓根兒就不會想到，這世界上竟然還會有這麼一個劇種。它「九腔十八調」，幾乎囊括了各地重要方言，如，寧波話、揚州話、四川話、山東話、廣東話……等。

既然單純的方言模仿，也能成為一個劇種的笑料的來源，這無疑也為我們增加了想像上海話中「嚼戲話」的空間。像《理發》中那個「犬儒主義者」，用上海話來說，這種態度就是「伸頭一刀，縮頭一刀。」如果當年侯大師知道在上海還有了這麼一種說法，說不定，便會為這個段子添出許多彩來。

本文既以「刀」開始，最後，我也想以「刀」結束。

《七十二家房客》是滑稽戲的代表作，其中老山東的一段獨白在上海家喻戶曉：「前腳進，斬前腳；後腳進，斬後腳；兩只腳進，兩只腳一起斬。」囉哩囉嗦說了這麼一大段話，其實意思只有一個：打他出去。多出來的話，統統都是廢話，也就是戲話。

幾十年後，到了《新七十二家房客》，老山東老話重提，「前腳進，斬前腳；後腳進，斬後腳……」，不過略微有些變化，就是說到「兩只腳進，兩只腳一起斬」時，舞台上的所有人都跟著一起起哄。當然原因在於這話太有名了，但再仔細想想，這話本來就是一句嚼戲話，起哄原本也就是嚼戲話的一種。

誰在使用語言？

一九三二年一月二十八日，淞滬戰爭爆發。三天後，上海市民地方維持會宣告成立。成立大會上，作為發起人的史量才慷慨陳詞道：「我年近花甲……十九路軍已奮起抗戰，吾人伸頭一刀，縮頭一刀，如果畏縮退避，恐仍不能保得生命財產，不如奮勇向前，抗戰救國。」

史量才出生於上海青浦縣，除少年時代，短暫地求學於杭州外，終其一生都在上海度過。尤其作為「上海文化」的代表《申報》的老板，達三十多年之久。可謂是一個地地道道的上海人。

在如此莊嚴的國難當頭時刻，史量才卻不避俚語「伸頭一刀，縮頭一刀」的粗鄙性，且與雅言「吾人」成套搭配。他如此言說的理由，看來也只有一條：在這個老上海的心中，該詞何鄙之有？

這裡就涉及到了一個根本性的問題：誰在使用語言？究竟是什麼使語言有了生命？「伸頭一刀，縮頭一刀」，意思與北方俚語「死豬不怕開水燙」同義。我們不妨將史量才的話替換一下：「十九路軍已奮起抗戰，吾人死豬不怕開水燙。」效果如何？

這樣做當然是不行的！

如果史量才真這麼說了，他倒更像是一個北方軍閥，而不是報業巨子了。

開眼烏龜

上海話中，稱膽小怕事的人為「縮頭烏龜」。如果將其勉強作為「伸頭一刀，縮頭一刀」的反義詞來看，「伸頭一刀，縮頭一刀」的說法，是不是也同源於烏龜呢？

一旦想殺烏龜，不管其伸頭、還是縮頭也好，總有辦法殺死它。

我見過殺甲魚，辦法是用一根筷子，引其上鉤。甲魚很笨，咬住後就再不松口了，這時，真正是「伸頭一刀，縮頭一刀」，一切悉聽尊便。

死到臨頭的甲魚，兩只綠豆似的眼睛鼓得很大。它看見了自己在劫難逃的命運，卻絲毫不想辦法逃逸。

我想，以這樣的方式也可以殺死烏龜，因而，我也一直以為「開眼烏龜」與「伸頭一刀，縮頭一刀」是同義詞。問周圍的人，包括七老八十的老上海，九人中，居然有十人都不曾聽說過「開眼烏龜」。查錢乃榮所著的《上海方言俚語》：「開眼烏龜：見錢或見物眼開的傢伙」，與我的臆想相去甚遠。不甘心之餘，再查李榮主編的《上海方言詞典》：「開眼烏龜：指妻子有外遇，丈夫熟視無睹」，更是遠開八只腳，勿搭界。

經過一番更深入的考證，我終於搞清楚：「開眼烏龜」的確是一個早已從上海話中消失了的老上海話。期間，我也不無驚喜地發現，該詞曾出現在茅盾、蘇青的筆下。

「盡生姑同乃武去通奸，自己真是變了開眼烏龜了，總得想一妙法。使他們以後，不再發生這般醜事，可以使這項綠頭巾卸掉。」（《楊乃武與小白菜》）

「『可是你要限制她的自由，那你就得看守她，那不是你自己的自由也受了損失麼？所以我的辦法是：寧可各人保持各人的自由。』『呸！你這開眼烏龜！』矮胖太太小聲罵著……」（茅盾：《鍛煉》）

「但男人卻正與女人相反，做開眼烏龜不但不是美德，而是頂倒楣的事。」（蘇青、《好色與吃醋》）

盡管「開眼烏龜」的歷史不清不白，但我還是從直觀上喜歡這個詞，並且繼續固執地認為：「開眼烏龜」與「伸頭一刀，縮頭一刀」是一對同義詞。至少，我希望將這個曾經鮮活的俚語從歷史的陳跡中搶救出來！

難道沒發現嗎？該俚語就像「死豬不怕開水燙」一樣，它們都可以望文生義，而這正是從方言到書面語的一條捷徑。

與此同時，我想我也回答了俚語的生命的問題。

人皆王八，我獨孔方，何也？

王，忘諧音，古德：教、悌、忠、信、禮、義、廉、恥；王八，即忘恥也。龜，舊也。外骨內肉者也。從它（蛇）。龜頭與它（蛇）頭同。天地之性，廣肩無雄、龜鱉之類，以它（蛇）為雄。

——許慎：《說文解字》

甲魚是用來吃的，烏龜則用來觀賞，用來祝壽，更多地，也用來罵人。上海人卻似乎一直龜鱉不分，比方說，上海人罵老人為「老甲魚」或「老不死」，而不是「老烏龜」。聽到上海人說：「儂只縮頭烏龜」，或「格幫烏龜王八蛋」，切不要誤以為是在罵人為「王八」。其實意思不外乎是：「你這個膽小鬼」，「這一群家夥們」。

在上海話裡，甚至於還有「貪財烏龜」、「孔方烏龜」之說。這裡的「烏龜」都與「王八」無關，而只與錢有關。正如我上篇所說，即使茅盾、蘇青皆曰「開眼烏龜」為「王八」，但依然另有「見錢眼開」一說。

一個李敖說的笑話：「抗戰勝利後，當時的中國海軍在西沙群島抓到一只大玳瑁，帶回南京，一時哄傳。各報駐京記者，都發專電報導。天下第一吝嗇鬼成舍我，那時正是北平《世界日報》社長，第二天看到各報報導，都說是玳瑁，只有《世界日報》一家，說是烏龜，於是打電報給世界日報駐京記者，查問真相。為了節省電報費，成舍我只發了十個字，全文曰：『人皆玳瑁，我獨烏龜，何也？』一時傳為笑談。」（《中國性命研究》，p. 123，中國友誼出版公司，一九九三）

對上海方言裡這種「王八」意識的淡漠，我們不妨將之戲仿為：「人皆王八，我獨孔方，何也？」

這莫非是說，早在百年之前，上海就已是一個「笑貧不笑娼」的社會了？而從「開眼烏龜」中的「開眼」兩字，尤可見出上海「王八」們的忍耐力。

嗚呼！

話語，英文discuss，來源於拉丁語discussus，本義為break apart，即分開，分離。

在沒有誤解的地方，是不需要解釋的。對同操一種方言的人說來，要求說話者解釋一個新俚語的意思，這種情況並不常見。比如說，在一次談話中，聽話者第一次聽到有人說「阿詐裡」，一個典型的反應是什麼呢？打斷說話者，要求他解釋該俚語的含義嗎？

人們當然可以這麼做，但一般說來，這樣的插話是反常的。

俚語的這種情景清楚地表明了話語的使用功能。人們並非通過刻意的學習，理性的訓誡學會話語的，而是在成千上百次的話語使用中不自覺地掌握的。

人們總是被迫使用方言！

難以掩飾的鄉音屢屢暴露出外鄉人使用話語的歷史。我有個朋友，娶了一個外鄉人。該外來妹居住上海達十年之久，本人也是個外語教授。不可不說沒有語言的資源與天賦。一天，聽到我的朋友說：「掰儂兩只伲光得得。」（意為：請你吃二記耳光。）大惑不解地問道：前段話她能理解，但為什麼還要加上個「得得」呢？

聞聽此事後，我大笑道。是的，有這樣的困惑是正常的，沒有困惑倒是反常。因為這兩個「得得」，至少在上海的方言中消失了有二十年之久了。

我們每學會一個新的俚語，就是在認識一個新的生活經驗。當我們完整地重複了一個人的口語史，幾乎就是在重述這個人的生活史。異鄉人因為從來不曾與本埠一起長大，他們的口音也就像霍桑筆下的「紅字」一樣，決不可能通過學會新的俚語而消失。

但是，異鄉人回到了自己的家鄉之後，他們也就再沒有自己的口音了。

所有的方言都是平等的，就像家鄉都是相對於個人而言一樣。

講一個錢鍾書女兒學講話的故事

錢媛到了一歲零三個多月還不會叫人，不會說話。剛回國時，見到生人，只會叫「non non」，發小舌音「rrrrr……」。使人感到十分新奇。究其原因：「她從小聽到的語言，父母講的是無錫話，客人講國語，『對門太太』講法語，輪船上更是嘈雜，她不知該怎麼說話。但是沒多久，她聽了清一色的無錫話，很快也學會了說無錫話。」並且「從此她也不會『打花舌頭』了。」（p. 95，楊絳，《我們仨》）。

這是為數不多的而有價值的語言實例，它顯示出語言使用在兒童學習語言中的重要性。

像許多大作家一樣，錢鍾書、楊絳都喜歡在自己的作品中，不時地點綴一些方言。在《我們仨》的附錄二，我甚至於見到這樣一段妙文，是錢鍾書、楊絳寫給他們親家母的，用的是十足的吳語。

「阿奶：長遠勿見，儂好伐，府郎向鬧熱來西，像十四夜個月亮，大團圓則缺一眼眼，伲兩家頭搭儂開心……」

這裡有一點要說明，他們的親家母並不是目不識丁的老太太，而是受過高等教育的。對作家而言，其實使用方言有些像吸食鴉片，一旦寫順了手，就難以剎車。我想，讀得懂這封「方言信」的讀者，一定難以忍心再將它譯為國語。

曾有有心人從方言的角度，比較楊絳寫錢鐘書與他人寫的優劣。「教不會，發恨要打又怕哥哥聽見，只好擰肉，不許鍾書哭。鍾書身上一塊青、一塊紫，晚上脫掉衣服，伯父發現了不免心疼氣惱。」（楊絳，《記錢鍾書與〈圍城〉》）

一個讀者即使不知道無錫話「心疼氣惱」的意思，他也能從上下文讀出這裡的意思。而且，僅從文字上看，「心疼氣惱」也比其他的詞，如「又愛又恨」或「恨鐵不成鋼」之類要來得貼切。

後來，有人從中取材，結果寫成了這樣：

「父親只得背著伯父和其他人，悄悄地體罰他，還不許他哭出聲來，不許讓伯父知道，他就這樣忍著疼不敢哭。後來終於讓伯父知道了，伯父很生氣地把他父親訓斥一番。」（孔慶茂，《錢鍾書傳》）。

魚的啟示

我第一次養金金魚，不到三天，上百條魚苗就通通死了。第二次，差不多的魚苗，三天後有七條魚存活了下來，一星期後，才死了一條。面對水裡悠哉悠哉、漸漸長大中的魚，我突然意識到這最後的六條魚就是達爾文「適者生存」的一個範例。

從語言的進化角度看，「呀呀語」最為符合人的天性。舉凡天下小孩，莫不從這種語言開始。其次為方言，這是一種與我們的身體、周圍的世界密切相關的語言，最後才為書面語。

這是一條經由具體到抽象的語言道路。從人性的角度看，它是一部退化史，只是從文明的角度看，它才是一部進化史。

一旦牽涉到進化、退化之類的字眼，不免容易陷入意識形態之爭。在亞里斯多德時代，遠離動物性是人性進化的標志。只是到了佛洛伊德時代，才有了將文明與人性對立的看法。不過，還是讓我們繼續看水中的魚。這同樣的魚苗，如果養在別人的魚缸裡，最後存活下的還會是我這裡的六條魚嗎？如果「適者生存」意味著總是自身資質最好的魚活下來，那麼不管他人的魚缸裡，存活下來的魚是八條，還是三條，哪怕只活了一條，他人的魚缸裡總活著我的魚。

這是「命定論」的奇蹟。

「命定論」作為一種「本質論」，曾是妨礙達爾文「進化論」思想出現的最大障礙。從魚的例子中可以看到，即使拋棄了「命定論」，替代它的思想也不是普通人所設想的那一種信奉進步的「進化論」，而是帶有極大「偶然性」的「適者生存論」。面對魚缸中存活下的六條魚，一個顯而易見的事實是：脫離外界環境，單純地談論魚的好壞毫無意義，好與壞總是以外界的環境為參照系的。這樣，也就無所謂「優勝劣汰」了，好比是遊戲場上的比賽一樣，冠軍總是相對於某種遊戲規則而言。

語言分離圖：一份「偽科學」研究綱領

長期以來，我始終都是偽科學著作的愛好者。該類作品可謂是「人類心願滿足」的登峰造極之作。「煉丹術」、「心靈學」、「飛碟之謎」便分別代表著人類對於生命、語言、宇宙這三大領域的祕密心願。

我這裡有一份「語言分離圖」，它斷言：約在五萬年前，人類產生了語言。大約三萬五千年前，第一次產生了中國語系與印歐語系的分離。約在一．五萬到二萬年之間，英語和日語從同一種語源上分裂出來。約五千年前，印度語與英語從同一語源中分離；俄羅斯語和英語約在三千年前分離，而作為意大利語的羅馬語和法語，約在二千年到二千五年前與同一語源分離。德語與英語分離得較晚，大約在一千五年前。最晚的是荷蘭語，七百年前才與英語分離。（資料來源：史蒂夫．沃可：《英語發音革命》。上海財經大學出版社，二〇〇三年二月第一版）

在這份「語言分離圖」中，越是與英語分離得早的語言，該語種中的人就越是難以學會英語發音。日本人的英語發音之蹩腳是舉世公認的，因為它近二萬年前就與英語分離。而與英語分離得最晚的荷蘭人，據說，「僅僅通過幾個小時的發音訓練，一個荷蘭人的英語發音就能像任何土生土長的北美人、英國人或澳大利亞人一樣。」（《英語發音革命》，p. 43）。「幾年前，瑞典ABBA（阿巴）演唱組用英語為滿場的觀眾演出，取得驚人成功，原因是瑞典語與英語區別不大。……因為這兩種語言在約二千年前才分開。」（同上書，p.

127）

這裡的奇異之處在於，按理說，早在三萬五千年前，中國語就與印歐語分離，中國人應該是最難學會英語發音的。但事實上，比起日本人來，中國人在這方面卻有著更好的優勢。

一般說來，僅憑一份研究綱領，是很難區別出它是科學的還是偽科學的。這時候，我們往往只能求助於專家的常識與直覺。當看到這份圖表中，充斥著如此繁瑣而明確的對於「語種分離時間」論斷時；尤其是看到它對於中國這個特例的解釋時：「講中國語的人生活在一個三面邊界鄰接著諸多國家的區域，這些鄰接國居住著講歐亞語的人。中國人已經與東方、南方和西方的講歐亞語的人做了幾千的鄰居。」（同上書，p. 45）像這種做結論時的武斷與隨意性，與偽科學有什麼兩樣呢？

而且，與其他眾多的偽科學相比較，這份「語言分離圖」也有著一般偽科學所具有的特色：

一、似是而非的「事實」

比如說，許多人都聽說過「心靈感應」，自己也多少對此有所經驗，但權威性的結論卻又無。我們多少也能感覺到一般日本人的英語發音難聽，但阿拉法特的英語發音又好在哪兒呢？阿巴演唱組的英語固然不錯，但又有多少人去認真調查過這四位歌手的英語背景？何況，就算一個人能夠同時掌握數種語言，可他最初的母語卻只有一個。一個人的母語，就像「心靈感應」一樣，這都是不可重複的經驗。

二、與古老的神話聯姻

一樣東西只要有了年頭，或者是只要我們將之奉為聖物，即使本身荒誕不經，也有可能通過後人「微言大義」的注釋，從而變得真正具有了價值。

維根斯坦曾畫過一輛裝有輪子的車子，他試問：兩千年前，人們也會把它看作為今天的人們所理解的車子嗎？

中國漢代《尚書緯．考靈曜》中言：「地恆動不止，而人不知，如坐閉窗舟中，舟行而人不覺也。」

愛因斯坦百年紀念日，正在義大利訪問的方勵之，就曾因這句話而被邀請到比薩斜塔前面去朗讀。「談到相對論觀念的淵源的時候……我就告訴他們，伽利略那段話還不是最早的，差不多兩千年前，中國就有了。結果……請我到比薩斜塔前面去讀：『舟行而人不覺也。』」（《近代物理學史研究》（一）：複旦大學出版社，一九八三年八月第一版，p. 100）

這是個令人驚異的例子！不論是古人沾了我們的光，還是我們沾了古人的光也好，一旦某種想法與古老的說法有了聯繫，人們都可能產生一種「永恆之真理」的感覺。

這份「語言分離圖」暗合於古老的「通天塔」傳說，是作者的真理之所在呢，還是它正表現出了一般「偽科學」所具有的平庸？

三、心願的滿足

「偽科學」總是以滿足人類的心願為前提。

「煉丹術」滿足了人類長命不死的心願；「心靈學」表達了人與人毫無阻礙的交往以及心靈本身的偉大；「飛碟之謎」意在克服人類在宇宙中的孤獨命運。人類作為一種必須依靠學習才能生存下去的物種，「化繁為簡」正是人們面對學習的勞苦之時的夢想與心願滿足。

然而，不管怎麼說，成功的偽科學研究綱領，總是不僅讀來生趣昂然，同時也充滿著啟示。

二〇〇三年六月二十八日～九月二日 上海

世界如此奇妙

第一節　糾纏粒子

生命磁場

「當年，我們所談、所想到的東西，統統都是真理。」孫伯豪說。

午夜了，我們還在談。凌晨四點，孫伯豪去了廁所。我剛把所有的燈關上，傳來樓上房間裡姑媽的聲音：「梁梁，四點鐘了，你們好睡了。」

孫伯豪是我的姑父，年輕時代，我們常常這樣不眠，通宵長談。只是現在和他長談的時候，我總會不自覺地盤起雙腿。

「還記得當年我們所說的兩只罐頭裡的蜜蜂嗎？把一只蜜蜂打死了，被關在另外罐頭裡的那一只蜜蜂也同時死了。」孫伯豪說。

「這是生命的磁場。人們也可以說，這是心靈感應，另外這一只蜜蜂是被嚇死的。就像一個實驗證明，從高樓上摔下的人，其實，人還沒有著地，就已經被自己嚇死了。」

接著，我說起了一個著名的物理實驗。我說：「有人往地上吐了一口痰，回到家裡，聽貝多芬的交響樂。結果測試儀器發現，他腦電波中所呈現出來的上下起伏，和二十裡之外的那口痰被測試出來的圖案一模一樣。也就是說，這口痰也在聽貝多芬的交響樂。」

孫伯豪笑道：「有些人會進入我們的生命磁場，與我們的磁場發生共振。」

我說：「對啊，有些人就是見面也不相逢，而那些一見鍾情，或者是相見甚歡的人，本來就與我們的生命磁場一致，我們無法割捨。」

「她開心，我也開心，儘管我看不到她。」我若有所思。

孫伯豪笑道：「中國古典文學中的許多詞彙，我現在幾乎都可以一一地向你指出，他們都是一種實實在在的身體現象。」

我讓他舉例。他說：「就說『病入膏肓』吧。膏肓是什麼？物理儀器測試不到，但在中醫裡，它卻是一個實實在在的存在。」

凌晨四點鐘後，睡下去的我開始做夢了。

做了許多、許多個怪夢。

《卜塘二十九天》是我一九八七年七月九日到八月六日，和孫伯豪在安徽山村卜塘以野鶴、雲遊為名記錄下的一本生活實錄。它實際上也奠定了我一生的軌跡，這就是：神祕主義和民間道路。

我很慚愧，當《卜塘二十九天》中的「野鶴」以更大的進取性體驗「神祕主義」的時候，「雲遊」卻再也不相信這是一個有神的宇宙了。

知道，知道！

我好像從小時候起，就知道這一生我究竟要碰到些什麼。這些年來，我所做的一切，似乎只是盡可能地要把這一切說得更清楚而已。

糾纏粒子

我很驚奇，賭王居然已經讀過了《生命磁場》。

我說：「這是上週末晚，你去了賭場後，我和孫伯豪的對話實錄。」

賭王是孫伯豪的哥哥。「哈哈，」賭王說，「如果你們知道了糾纏粒子，就不會用『生命磁場』這種術語了。」

「糾纏粒子？」我有些好奇。

「這是一對特殊的粒子，無論它們距離多遠，一個粒子的變化都會影響另一個粒子的變化。科學實驗已經證明了這種糾纏粒子的存在。」

這時候，我坐在賭王那輛綠色的車上，賭王在開車。

賭王耐心地從薛丁格的貓、談到海森堡的測不準原理、談到EPR弔詭。我越聽越入迷，西邊漸漸地出現了幾朵晚霞。

「上一次，我不是和你談到在實驗室裡，物理學家已經發現了比光速還要快的速度嗎？」

「光子的速度就是光速？」突然，我問了一個傻問題。

「哈哈，」賭王笑道，「那當然，光又不能憑空飛行。」

我還想聽下去，我問道：「我們可不可以在校園裡，繼續開車兜一圈？」

賭王開錯了方向，但既然是在兜圈子，任何方向都無所謂。

糾纏粒子：即愛因斯坦曾經說到過的「在相距遙遠的地方，幽靈般的相互作用。」按照愛因斯坦的相對論，假如一旦超過了光速，時光便會倒流。既然物理學家已經發現了比光速還要快的速度，從任何角度看，我們都有理由相信：無意識的速度必定比光速還要快。也就是說，它是超時空的！

這樣，就很容易解釋預感、心靈感應。我們甚至於可以說，就連一見鍾情這種說法都是錯誤的。事實上，在一對戀人還沒有見面之前，他和她的無意識已經在超時空中相互糾纏，彼此鍾情了。

這些都是人生中幸福的閃電。它們是閃電，因為以後的彼此見面、互送秋波，統統都是遲來的雷聲。

關於預感、心靈感應，一個為人們最熟悉的例子是：當我們把預感、心靈感應在意識上明確的時候，預感和心靈感應就往往被證明為錯誤的了。

無意識是閃電，作為雷聲的意識，怎麼可能趕得上無意識呢？

第二節　尋道記

在與老菲苾重逢的前一天，我找到了一張有老菲苾的照片，可以理解為一種超時空的「幸福的閃電」。第二天，她在雪地裡迷路了，這是榮格所謂的「共時性現象」——Synchronicity，一種有意味的巧合。「往事一樁」中，強烈而明確的預感，可以理解為一種「心靈感應」。

就在我寫《幸福的閃電》的時候，偏偏又有一樁事情發生了。

臨出奧克蘭「亞洲圖書館」的時候，衝著書名：《尋道記》，我立即把它取了下來。

作者是日本的著名女作家三浦綾子，著有《冰點》。這是她的一本自傳。該書以一種近乎完美的方式，呈現了榮格意義上的「共時性」（Synchronicity）。

作者纏綿病榻十多年。一個深夜，像往常一樣，三浦綾子睡在石膏床上。突然，遠在幾百米之外的、她的男友——也是一名病患，與她曾經交往過的一幕幕情景，就像放電影一樣，一張張影像，清清楚楚地從她的眼簾滑過。

為了男友早日康複，作為一個基督徒，三浦綾子每晚九點都為他祈禱。但偏偏就在那一天忘記了。當越來越多的逼真影像，不斷地湧現在她眼前的時候，她對著天花板，終於忍受不住，放聲大哭。

這是午夜一點十四分。第二天獲悉，此時此刻，她的男友去世了。

以後，還有更多不可思議的「共時性現象」，越來越神奇了。你只能把它當作日常生活中司空見慣的事情接受，否則，這樣的一本「傳奇」之書，如何讀下去呢？

與夢一起生活

當下是沒有思維的，除非我正在思考之中，我把我所思考中的東西都叫做思維。當下只有感覺和情緒，假如我不想把那個令我們感到神祕的東西——直覺，在這裡就引入的話。

藝術作品就是感覺和情緒，但藝術批評家們卻還想在這背後尋找更多的東西，比如思想。他們有他們這樣做的理由，因為每一種感覺、每一種情緒都是短暫的、個別的，而思想卻是相對持久的、普遍的，也是可以相互交流的。

面對抽象藝術崛起的二十世紀，英國藝術批評家克萊夫·貝爾把藝術定義為「有意味的形式」。我們也同樣可以把藝術定義為「有思想的形式」，這也沒什麼不對，因為這就是現實主義的定義。

思想家奮鬥在時代的潮流之中，不能說他們沒有天才。因為我們的語言、我們的讀者都是由時代規定和提供的。凡我們能說出來的東西，都需要具備一定的持久性與普遍性的特點，為此，就不得不損失「這一個」。像維根斯坦就曾認真地考慮過「私有語言」的可能性，也只有像他這樣的天才，才會去這樣思考。

凡在一起所發生的事物都是有意味的。

我是一個極端重視夢的人。這不是說，我一定非要去分析我的夢不可。我只是從結果上看，儘管每個人的夜晚，做夢的時間才二個多小時。但以夢中的圖像與情緒，或清晰或強烈的程度上看，沒有理由可以認為，夢比我們昨天遇到的一個人或一件事情，更不值得我們去重視。

夢的一個顯著缺陷是它的非連續性。

但我也曾經做過一系列連續性的夢。在我的少年時代，就曾不止一次地夢見自己走在一個到處都是生滿鐵鏽的工廠裡。每當我走在一座獨木橋上的時候，就會從這個惡夢裡醒來。那時候，我還根本不知道，這個世界上還有佛洛伊德，還有榮格呢。

有些書，我們是一讀就能讀懂的，我們只能說：他們提前說出了我們從小就知道了的真理。

賽艇

一艘賽艇邀請我加入，但我根本沒有學過，就連怎麼划槳都不知道。一個聲音說：沒關係，這艘賽艇已經進入了前幾名，他們邀請你，自有他們的道理。

我甩開膀子，在一條擠滿著賽艇、有著海一般藍的河上奮力划槳。我在右邊划，一個人。左邊有兩個人在划，我想：我一個業餘選手怎麼可能趕得上左邊兩個專業選手的臂力呢？

我開始運氣，氣從丹田而出。

我們的艇越划越快，磕磕絆絆，終於超過了所有的賽艇。一條藍色的大河，筆直地在我們的眼前鋪展開來。這時候，我聽到一個聲音說：這不僅僅是比賽，還意味著金錢。當知道一旦獲得第一名後，就有大筆的金錢，我不禁站在賽艇上，大聲地叫喊了起來：「我就是金錢！我就是金錢的一部分！」

我被自己夢裡的大喊大叫吵醒了。

醒來後，我有一種羞愧難當的感覺。我問自己：我怎麼會變得這麼俗氣了呢？竟會在大庭廣眾面前，大喊大叫道：「我就是金錢！我就是金錢的一部分！」哪怕這只是在夢裡。

我決定認真分析這個夢。最簡單的思路是：金錢＝財富。假如我在夢裡，大喊大叫道：「我就是財富！我就是財富的一部分！」醒來後，我會有一種羞愧難當的感覺嗎？但夢就是夢，夢是我們心靈的真正自白。而我在夢裡分明喊的是：「我就是金錢！我就是金錢的一部分！」

這是一個令我感到困惑的夢：賽艇；像大海一樣藍的河，賽艇上，左邊兩個划手，右邊一個划手。這些都讓我感到謎一般的困惑。

啊！當我散步，從大海邊歸來，我想到這一切，其實都和賭王昨天從澳大利亞給我打來的一個電話有關。如此一看，這個夢裡的所有疑點都迎刃而解了。這時候，我不禁輕輕地笑了起來。

夢，是真的可以解釋的。

偶然：一次美麗的邂逅

我最早對命運這個觀念獲得啟蒙，是從電影《印度之行》開始的。

一個英國紳士對一個印度哲學教授說：你們所說的命運，不就是說，一切皆是前世注定！

印度人瞪了瞪眼睛說：我的真正意思是說，想做盡管做，結果一個樣。

西方哲學中，有個觀念叫「自由意志」，這可能是所有哲學的核心。假如人是沒有行動自由的，還有什麼值得去思考人生呢？而「想做盡管做，結果一個樣。」既保留人的自由，又說出了行動的結果。

很多年來，我一直以為這是一個完美的答案。

榮格曾寫過一本書，叫《Synchronicity: An Acausal Connecting Principle》（共時性：非因果關係原理）。這是一本反駁所謂的「偶然性」的書。因為所謂的偶然，只是相對於因果性而言。在人們看到偶然性的地方，榮格看到的則是共時性。這本書裡，一個經典例子是：在一個晚宴上，人們隨便入座，結果發現這種看上去的隨意性，在星相學上卻充滿了意味，其精確程度遠遠超過了人為的刻意安排。

我從不相信，遇上一個人，並愛上一個人，是一種偶然。

昨夜的星辰閃耀，今夜又墜落，我們讀不出其中的意味，那不是蒼天無眼，只能說明人類的知識有限。而所謂的「偶然」，就是掩蓋這種無知的一個蒼白的字眼。儘管，偶然——一次美麗的邂逅，這種說法，在感動著人們，尤其感動著藝術家們。

我還在思考。在明天的太陽升起來之前，也許，到了黎明，一朝醒來，也就什麼都忘記了。

相似事物以群聚方式湧現

那時候，我還在無錫上班。一天，我從工廠的浴室裡走出來，迎面遇到一個滿臉雀斑的人。接著，在拐彎處，又遇到了一個臉上長滿了雀斑的人。這是我從浴室裡走出來後，唯一遇到的兩個人。這是一家普通的工廠，在這種場合，接連遇到兩個臉上有雀斑的人，似乎有些不同尋常。我想：該不會馬上就要遇到一個麻子吧。正在這麼想著的時候，一個麻子就真的微笑著向我走來了。

相似事物往往以群體方式集中向我們湧現。如果那時候，我就是一個懂得以「共時性」思維方式思考的人，也許我就可能去琢磨其中所包含著的意味。只是那時候，我什麼也不懂。

共時性原理的「共時性現象」

共時性是榮格發明的詞，用以描述兩個或多個事物之間的非因果連接。這個概念的靈感源自於他的一個病人。一個晚上，病人夢見一只金龜子。第二天，病人正在對榮格講述這個夢的時候，一只昆蟲撲打著榮格壁櫥的窗戶，榮格捉住了它，吃驚地發現，這正是一只這個季節非常罕見的金龜子。

面向窗外

週末，懷著希望，我走進了阿拉米達圖書館，借了幾本有關共時性（Synchronicity）方面的書。

如果說我還懷念上海的話，最懷念的其中就有我在西渡吃到過的「蘭州拉麵」了。但在舊金山的日子裡，我就是想盡一切辦法也不曾吃到過一次。紐約的唐人街不曾給過我這種機會，台灣更沒有。

從圖書館拐出街角，走了沒多久，一張廣告吸引了我，上面赫然演繹著一系列的「蘭州拉麵」制作過程。

「啊，幸福的共時性！」想也不用想，我走了進去。

「蘭州拉麵加清湯」——中碗：六．九九美元；大碗：十二．九九美元。這還用問嗎？當然是大碗。假如有特大碗的話，當然是特大碗，這還用問嗎？

為了慶祝，我叫了一杯葡萄酒。一會兒，女招待走過來說，大碗會時間很長。我說，沒關係，我可以等。一邊喝茶、喝酒，一邊懷著喜悅的心情，我翻開了從圖書館借來的書。

神祕主義者大多有些蠢，對任何事情迷戀太深的人大都有些蠢。但讓我沒有想到的是，這一本講述Synchronicity的書，竟然會寫得這麼乏味。開卷無益，一陣陣的蠢氣向我撲面而來。

再換一本，稍微好些。

大後天就是Memorial day了，這是美國的「清明節」。星期六，星期天，再加上星期一，這是一個長假。我合上書本，向窗外望去。街道上，熙熙攘攘。

大約四十分鐘後，一大碗拉麵終於上來了。

我曾寫到過：有的女人是消滅一切女人的。這一碗拉麵，也把我所有對於蘭州拉麵的美好記憶都埋葬了。

完人

所謂的完人，就是斯賓諾莎意義上的通曉所有宇宙真理的人。在中國古代哲學中，與真人、聖人意義接近。斯賓諾莎相信有這樣的人存在。面對西方科學的巨大成就，費耶阿本德嘲笑道：宇宙的真理，為什麼非要讓我們，這個昔日的小爬蟲——人類，知道不可呢？

我吃驚地發現：所謂的「糾纏粒子」，最早的提出者也是愛因斯坦。我對賭王說：「看來愛因斯坦真的了不起，他懂得宇宙的奧祕。」

「何以見得呢？」賭王淡淡地問道。

「噢，噢，」我背過身去。

也許賭王是對的，他是個數學家，儘管他不是一個物理學家。

我說：「這是不是說，因為愛因斯坦太聰明了，迄今為止，人們還只好在他的智力範圍內，回答他所提出的問題，而這些問題或許和宇宙的奧祕根本就無關？」

賭王不置可否地笑了。

接著，我向他問起霍金，賭王翹起一根大拇指，說：「他很棒！」

第三節　奇蹟文本

米哈伊爾皇帝的故事

一九一六年，一個長著淡褐色胡子、身材高大的陌生老頭，走進了莫斯科火車司機別洛夫的家裡，對司機的妻子說道：

「佩拉格婭！你有個一歲的兒子。為上帝好好保護他。時間一到，我會再來。」說完就走了。這個老頭是誰？誰也不知道。

這個小孩維克多長大後，成了一個安靜的、聽話的、虔信的人，他常常看見天使和聖母的幻影。一九三六年，已學會了開汽車的維克多應徵入伍。在部隊裡，有個姑娘愛上了他。但維克多的排長也在追求這個姑娘。一次，布柳赫爾元帥前來他們的部隊視察，恰好這時候，他的司機得了重病，這個排長便把自己的這個情敵塞給了元帥。於是，維克多為布柳赫爾開車。在布柳赫爾被捕後，維克多進了克里姆林宮汽車隊，最後成了赫魯雪夫的司機。

一九四三年，那時候，維克多已不為赫魯雪夫開車，在汽車場當司機，住在母親那裡。一天，門開了。一個長著白鬍鬚、身材高大的陌生老頭走了進來。他對著聖像畫了十字，威嚴地看了維克多一眼說：「你好，米哈伊爾，上帝祝福你。」

維克多說：「我是維克多。」

老頭堅持說：「你將成為米哈伊爾——神聖俄羅斯的皇帝！」

這時候，去外面接水的母親回來了，一見到老頭就嚇軟了，把桶裡的水濺了一地。她認出了這個二十七年前曾經來過的老頭，雖然鬍鬚已經發白了，但正是他！

老頭說：「讓上帝保佑你吧，佩拉格婭，你把兒子保全了。」

說完，就同維克多——未來的皇帝，去一旁密談。就像總主教扶持他登基一樣。他告訴這個驚震不已的年輕人說：一九五三年將要改朝換代，他將成為全俄羅斯的皇帝。

請記住，史達林正是死於一九五三年，而那時候，還是一九四三年。

為此，在一九四八年便應當開始積聚力量，白鬍子老頭說。但沒有教他，該怎樣積聚力量就走了。

為什麼非要等到一九四八年呢？等不到一九四八年，一九四三年的秋天，維克多以米哈伊爾皇帝的名義，寫了自己的第一個告俄國人民的宣言，並念給了石油人民委員部汽車隊的四名工作人員聽。這幾個人讀了宣言，都表示贊同。但他自己感到，過早了！過早了！於是就把宣言燒了。

一九四四年秋天，他又寫了一個宣言，給十個人——司機和鉗工讀了。大家都贊同！

幾個月後，他把這個天機又透露給了和他一起工作的兩個姑娘聽。這兩個姑娘告發了他。他被捕了。

審問他的一個中校，嘻嘻哈哈地分析著號召書的內容：「陛下：您這裡寫著：『我將諭令我的農業大臣開春以前解散集體農莊』——但是怎樣分配農具呢？您在這裡沒有明確規定……然後您寫道：『我要加強住宅建設，讓每個人住到他工作地點附近，提高工人工資……』陛下，您哪兒來的本錢？票子全靠在機器上印吧？您又把公債廢除了！……還有：『把克里姆林宮全部鏟平。』但您把自己的政府安頓在什麼地方呢？譬如說，大盧賓卡的房子您還滿意嗎？想不想去瞧瞧？……」

年輕的偵查員們也跑來嘲笑全俄的皇帝。

「他們除了可笑的東西外，什麼也沒有察覺。」

索忍尼辛寫道。「我們在監室裡也不是總能克制住微笑。澤・夫向我們擠眉弄眼說：『我希望到了一九五三年您不會忘記我們吧？』」

索忍尼辛聽到這個「米哈伊爾皇帝的故事」是在一九四五年四月，在他被關在五十三號監獄裡時。當時，除了澤・夫，和他一起同被關著的還有愛沙尼亞著名的律師蘇濟。

剛剛走進牢房的維克多，當時「不安地問：『哪一號監室？』」

「五十三號。」

他戰慄了一下。

「所以五十三號監獄那麼使他吃驚！」當獲知這個故事後，索爾仁尼琴寫道。

一九六二年，索爾仁尼琴發表了中篇小說《伊萬・傑尼索維奇的一天》，他也因而一舉成名。當他見到了赫魯曉夫後，立即想到了這個「米哈伊爾皇帝的故事」。只是因為還有其他更重要的關於「古拉格群島」的事情，才沒有來得及講給赫魯曉夫聽。事後，索爾仁尼琴幽默地寫道：這個故事沒錯，只是把開車的人和坐車的人位置說錯了。

關於奇蹟的文本

所有牽涉到奇蹟的文本，我們首先遇到的、也是最大的問題是：我們該不該信任這個文本？經驗主義者、懷疑論哲學家休謨曾寫道：當聽到有人對你說，鄰村有個婦女生下了一只兔子。休謨說：不要相信它，講這個故事的人不是一個白癡，就是一個騙子。

但索忍尼辛既不是一個白癡，也不是一個騙子，他是一個無比受人尊敬的偉大作家。「米哈伊爾皇帝的故事」，即來自於他的巨著《古拉格群島》中第一部分的第五章：「最初的監室——最初的愛」。在這本描述了無數苦難的囚犯們的書裡，「米哈伊爾皇帝的故事」是其中相對輕鬆的一頁：

「我們在監室裡也不是總能克制住微笑。

……

大家取笑他……

白眉毛的、傻裡傻氣的、雙手長滿老繭的維克多・阿列克謝維奇收到他那倒霉的母親佩拉格婭送來的土豆，就不分你我地請我們吃：『吃吧，吃吧，同志們……』他靦腆地微笑。他很清楚，這是多麼不合時宜和可笑——當全俄的皇帝。但是，有什麼辦法呢，如果上帝的選擇落到了他的身上？」

——《古拉格群島》

在這個故事裡，絲毫看不到任何渲染神祕主義情緒的筆墨。或許索爾仁尼琴在寫它的時候，也根本就沒有注意到其中所包含著的奇蹟成分。

直到被捕前，索爾仁尼琴都是一個天真的馬克思主義者。古拉格，才是索爾仁尼琴人生中的第一所真正的大學，而蘇濟就是他最初的啟蒙老師之一。這也就是索爾仁尼琴所謂的

「最初的監室——最初的愛」。然而，這個故事肯定在索爾仁尼琴的腦海裡留下了極其深刻的印象，要不，在見到赫魯曉夫時，也不會立即就想到了這個可憐的難友：「米哈伊爾皇帝」。

一個普通火車司機的兒子的故事，有什麼必要對赫魯曉夫，這個「新沙皇」講呢？這就是「米哈伊爾皇帝的故事」令人感到撲朔迷離的地方之一，因為維克多偏偏就曾經不可思議地、一度成了赫魯曉夫的司機。另一個令我們著迷的地方是：早在十年前，那個陌生的老頭就正確地預言了改朝換代的日子：一九五三年。這正是史達林的死期。

一九五三年三月六日，剛到流放地的索爾仁尼琴，聽到了史達林死於昨天的廣播。「亞洲的獨裁者死掉了！這個惡棍『蹬腿兒』了！啊！這時刻在我們那裡，在特種勞改營，會發出什麼樣的公開歡呼啊！」（《古拉格群島》）

這個陌生的老頭是誰？他先後只在維克多家中出現二次。第一次，他長著淡褐色的鬍子，二十七年後，當他第二次現身的時候，胡子已經白了。這就是說，歲月也在這個老頭的身上留下了痕跡。

歷史上，米哈伊爾是俄羅斯的第一位沙皇。他本人並不願意做沙皇，但全俄縉紳大會選舉了他，那一年，米哈伊爾才十六歲。

進入荒野的無知

每年有幾十名怪人走進阿拉斯加，其中一些死了，包括克里斯。

克里斯的死除了令人惋惜之外，還使不少阿拉斯加當地人感到憤怒，因為他們認為克里斯死於無知。對具有拓荒傳統的美國人、尤其是處於惡劣環境中的阿拉斯加人說來，準備不足而魯莽行事，這種無知簡直是一種令人無法原諒的傲慢。當年採訪「克里斯之死」的《戶外》記者克拉庫爾，在他後來一本據此發展而成的克里斯傳記《進入荒野》裡，其中不少篇幅專為克里斯辯護：

一個年輕人，僅靠著十磅米，便在阿拉斯加生存了一百多天，這難道不是一種勝利嗎？

克拉庫爾有力地辯護道。

從地圖上看，一百多公里處就是國家公園，那裡的遊客們絡繹不絕。距克里斯餓死約十公里方圓之內，也有三個私人小屋，裡面存放著糧食。

但是，克里斯卻是一個不帶地圖的旅人。因為不帶地圖，他自以為生存在荒野，結果也就真的餓死了。他曾經打死一頭六、七百磅的麋鹿，但由於煙燻技術太差，結果燻肉長蛆，最後只好扔給狼吃。其實，克里斯只要簡單地把鹿肉切成薄片，把它們放在風裡風乾就是了。

導致克里斯餓死的直接起因，據他本人的日記記載，是誤食了野土豆籽。這是克里斯無知的又一個見證。

克里斯是四月過河進入阿拉斯加叢林的，七月等他想返回時，發現由於冰雪融化、河水已經暴漲，水性不好的克里斯再也無法過河了。假如克里斯有一點地理知識呢？

《進入荒野》是一本令人痛心的書，裡面存在著太多的「如果」，歸根結柢，克里斯可能真的死於無知。

克里斯在他大學畢業那一年，把銀行存摺上的兩萬四千多美元全部捐給了一家反飢餓慈善機構——最後他本人死於飢餓，隨後又燒掉了身上的現金，扔掉汽車，開始徒步旅行。

阿拉斯加是他計劃中的最後一站，那時，他已四處流浪近二年。也許這一切都可以歸之於運氣不好。在克里斯「荒野生存」的一百多天裡，從他的日記裡，絲毫看不到有人曾路過他身旁的跡象——他住在一輛惹眼的被廢棄的公共汽車裡，而在他走投無路時，也曾向路人發出求救的紙條，但在他死後的十多天後，在同一天裡，卻有六個人走過這輛公共汽車，這時，他的屍體已經腐爛，發出惡臭。

七月，克里斯遠在千里之外的母親突然午夜夢醒，淚水滾下她的雙頰：

「I wasn't dreaming. I didn't imagine it. I heard his voice! He was begging, 'Mom! Help me!'」

（「我沒有在做夢，也不是想像。我聽到他的聲音！他在哀求：『媽媽！幫我！』」）

根據推算，克里斯當死於八月十八日，但七月份時，他已發現自己身陷絕境。

克里斯一直與雙親失和，流浪途中，始終隱姓埋名，自稱「超級遊民亞歷山大」，同時也拒絕透露自己的一切家庭情況，包括家庭地址，只是最後一次，在求救的字條上，第一次寫上了自己真正的名字。

當預感到大限來臨時，這位二十四歲的年輕人爬進了媽媽親自為他縫成的睡袋，拉上拉鍊，靜靜地等待著死神。

舊書市的傑作與通靈者

我在台灣買了一本《進入荒野》的中文版，忘了帶回來，結果在阿拉米達舊書市上買到了它的英文原版：*Into the Wild*。無論如何，這都是一種愉快的「失而復得。」

在阿拉米達小島上，每年春天和秋天都會有一次舊書市，書的來源均為讀者所捐。第一天，門票五美元，會員免費。每一本書二美元至五美元；三天後，即最後一天大甩賣，每箱四美元或每包三美元。我書櫥和地板上約七、八百本書，除了少數剛來美國時在圖書館門前撿的，其餘大多數都是這兩次書市所得。

這些天在整理這些舊書的過程中，發現其中有不少書相當值得介紹給中文讀者。像艾耶爾的《我的部分生活：一個哲學家的回憶錄》（*Part of My Life: The Memoirs of a Philosopher*），埃德蒙・威爾遜《三十年代》（*The Thirties*）、一本附有論《瓦爾登湖》真實性的書《瓦爾登和公民不服從》（*Walden and Civil Disobedience*），托馬斯・貝恩哈德的《修正》（*Correction*），Witold Gombrowicz 的《日記・卷一》。

一些還是不久前的暢銷書，如 James Frey 的《稀巴爛》（*A Million Little Pieces*），二〇〇三年出版，我手上這本是二〇〇四年版，當年銷量超過一百萬冊，僅次於《哈利波特》。Kathryn Harrison 的《親吻》（*The Kiss*），上了《紐約時報》排行榜。這兩本書已有中譯本：《百萬碎片》，吉林文史出版社；《罪之吻》，台灣先智出版社。

The Kiss 講的是作者與親身父親亂倫的往事，估計大陸出版商還不敢出。這兩本書都以自傳的名義出版，不過，已有人證實 *A Million Little Pieces* 中有虛構成分。這是一個壞得不能再壞的，關於無可救藥的酒鬼戒酒的故事。

正如有人問社會學家哈羅德・布魯範德：「你如何定義城市傳奇？」答：可以「把它定義為『好得令人難以置信』」。而 James Frey 後來通過這本書所取得的驚人成功，不由得使人懷疑這個故事本身就是一種「城市傳奇」。《瓦爾登湖》（台譯《湖濱散記》）的情況有些類似，是一本好得不能再好的書，在一些人的心中，其地位僅次於《聖經》。實際上，《瓦爾登湖》七易其稿，在每個新版本裡，梭羅都會往裡頭添加一些新東西，有時還將現在時誤當作過去時來使用。

不過，就算《瓦爾登湖》的虛構問題解決了，可能最終還是什麼問題也沒解決。就像維根斯坦所說：即使人們證實了《聖經》中的虛構，人們還是相信。也許真偽問題本來就只對懷疑論者有所作用。張愛玲在《赤地之戀》自序中寫道：「我有時候告訴別人一個故事的輪廓，人家聽不出好處來，我總是辯護似地加上一句：『這是真事。』彷彿就立刻使它身價十倍。」

托馬斯·貝恩哈德的 *Correction* 是一部全書只有兩個段落的長篇小說，其人物原型則是維根斯坦的侄子。對這種將真實當成虛構來寫的故事，人們當然用不著去懷疑，而 Kathryn Harrison 的 *The Kiss* 迄今為止還無人出面指出它的虛構性，我想原因或許在於，這種故事本身已經糟糕透頂，就算作者靠它成功了，人們也不會將它往「城市傳奇」方面去想。

其他一些書則十分有趣，像維拉姆·小小熱月亮（Willam Least Heat Moon）的《藍色高速公路》、亞裔電影明星瑪格麗特·周的《我是我所欲》（*I'm the One that I Want*）。周以前是黃段子脫口秀明星，書中披露了不少舊金山性宴、特別是同性戀光怪陸離的細節，對於像我這樣的門外漢兼膽小鬼來說，假如沒有這本書，就算一百次走過舊金山，或許也無法發現這麼一張地圖。只是令人有些遺憾，它是一張八十年代的老地圖，而這也正是哲學大師傅柯跨過金門橋、在狂歡中最終命喪黃泉的年代。不過，當我走出「城市之光」書店——詩人金斯堡上世紀六十年代最初「嚎叫」的地方，四周圍的脫衣舞廳還是令人不由地想到另外一張地圖的存在。

兩本星相學家寫的書尤其發噱，一本是 Jeane Dixond《我的生活和預言》（*My Life and Prophecies*），另一本是 Alan Vaughan 的《明天之緣》（*The Edge of Tomorrow*），兩人都是美國通靈者中的翹楚，但因分別出版於一九六九年和一九八二年，在已可證實的今天看來，有些預言也就特別顯得荒唐可笑。比如說，Jeane Dixond 曾預言卡斯楚將於七十年代初垮台，越南戰爭將沒完沒了，而我們今天正差不多生活在俄國的統治之下。像互聯網、蘇聯解體、恐怖主義這種上世紀末最重要的事情，在他們的「大預言」中，連一點點邊都沾不上。

Alan Vaughan 曾在舊金山地鐵（Bart）裡遭遇過一個小奇蹟，並預言了一次小地震，不對，對地震本為家常便飯的舊金山灣區說來，也很難說明什麼。然而，就在我對 Jeane Dixond 大感失望之際，接下來的一本書卻改變了我對通靈現象的看法。

Peggy Noonan 女士是雷根總統的特別助理，她所著的《我在革命中所看到東西》（*What I Saw at the Revolution*）不是那種我今天想讀的書，我只是隨便翻開一頁，以便對書進行分類，卻突然跳出 Peggy Noonan 評價 Jeane Dixond 的話：

「Either she's an excellent reporter or–she's psychic!」（她不是一個出色的記者，就是一個通靈者。）

問題不在於 Peggy Noonan 似乎暗示了 Jeane Dixond 可能真的是一個通靈者，而在於我隨手就翻到了 Jeane Dixond 這個名字。起初我想，也許在這本書裡有許多地方都涉及到了。我查了索引，卻發現實際上這是絕無僅有的一次。它在 p. 291。

而我至今不疑的是，住在舊金山灣區的作家譚恩美，可能就是一個通靈者。我相信她散文中的那些通靈故事都是真的，作為《喜福會》的作者，她的文學才華如此光芒照人，根本就不值得她為此去拿自己的文學前途冒險。

有關簡奈的「幸運」

《天藍藍》寫到五十二節後，就再也寫不下去了。但它巧好是 Casino 裡一副去掉大怪、小怪後的撲克牌數字。這是一個所有賭徒們都太熟悉的數字了：它意味著一次輪迴的開始與結束。

研究共時性給我帶來一種不舒服的感覺。我一直以為，在我年輕時代，差一點成為一個神祕主義者是我一生中的不幸之一。如果人是注定的前世延續，那麼像這樣的今世，是不值得去探究的。我靈魂中的阿修羅開始反抗了。

不久前，也就是我停筆寫《天藍藍》的兩個星期裡，我接到了一張名片。

「啊哈！」

那上面的電話號碼最後三個數字竟然是「911」。我想，這個電話號碼倒好記，自從「911」後，誰會記不住911呢？

幾天後，我做了一個夢：我拿了一張一排二十七座的電影票，走進電影院，但找不到座位。忽然想起電影院的座位是以奇、偶數左右排開的。於是，我就走到左邊，但那裡還是沒有一排二十七座。這怎麼可能呢？焦慮中，我醒來了。

左右兩排的一排二十七座，可以勉強地湊合成「911」。想著這個夢，我就想把這個夢隨手記下。就像大衛的那本「紅色筆記」——裡面塞滿了「奇蹟」，其中最可貴的，它們都是大衛隨手記下的東西。

我想起書架上自己也有一本筆記本，只是它們還沒有寫下過一個字。我想效仿大衛，便把它取了下來。沒想到，這卻是一個模樣相似的東西。這是一本書：*Fortunate: A Personal Diary of 9/11*（《幸運：911私人日記》），作者Janette Mackinlay。

911？Janette？兩年前，鼠年前的最後一個除夕夜，我曾在Carolyn的家裡見到過作者，而且親耳聽她說起過這本書。為什麼偏偏就在這個時候，我找到了這本書？更不可思議的是，為什麼偏偏這本書會出現在我的書架上？當我在想著911的時候……

阿拉米達每年有兩個「賣書」日，每箱四美元，一箱約可裝二十~三十本。我去淘書時，只要看到感覺中可以的書，我就立刻把它扔進紙箱裡。毫無疑問，Fortunate就是這樣到了我的書架上。

第四節　我和大衛的共時性

我和大衛的第一次見面，似乎就有些神祕，具有一種共時性（Synchronicity）的味道。

當我們三個人，大衛、索倫還有我剛剛在一家小酒館裡坐下，一個和尚進來了。在這種場合遇到和尚，對我說來，這還是生平第一次。大衛寫道：

Let us begin with an anecdote, my first meeting with Liji in January 2003. A simple meeting. An anecdote is so personal, it is impossible to record, because it sucks everything else into it. 讓我們從一則軼事開始，二〇〇三年一月，我第一次見到里紀。一次單純的約會。

這則軼事太私人化了，根本無法記錄，因為它還把周圍的一切都帶了進來。

But let us try. 但還是讓我們試試看。

The scene: a café in Shanghai. Liji orders some beer for his foreign guest, David, from Denmark. 場景：上海的一家咖啡館。里紀為他的外國客人、來自丹麥的大衛點了些啤酒。

Shortly after, a Buddhist monk enters, handing them each a gift, a small golden medallion of the Buddha, and then the monk quickly exits, to continue on his Way. 一會兒後，一個和尚進來了。和尚給他們每個人一份禮物：一枚印有佛陀的小金卡，隨後，和尚很快離開，繼續他的路。

早在大衛見我前，他已讀過了我的丹麥譯文〈走向道的內心呼喚〉。

I printed out Liji's article "The Inner Call of the Tao" and began to read. I have to confess I cried a little when I read it, curled up in my bed with a glass of cold beer. The funny sad fact of reading synchronicity by a complete stranger thousands of miles away I was to one day meet. (my ex-wife thinking my tears had something to do with missing her). 我打印出了里紀的文章〈走向道的內心呼喚〉，我不得不坦白道：讀的時候，拿著一杯冰啤酒，蜷縮在床上，我留下了眼淚。悲哀而有趣的事實是：讀到了一個我將有一天會見到的、遠在千里外的陌生人關於同步性的文章（我的前妻以為我的眼淚是對她的淚灑想思）。

這是一個大大的世界

大衛有激動地流下眼淚的理由。這麼多年來，他一直以為自己的思考是孤獨的，卻突然發現在遙遠的中國，也有這麼一個和他的思考如此相似的人。更重要的是，幾天後，他就要來中國了。這是二〇〇二年的秋天，正是在那時候，他遇到了京不特，並因而讀到了我的〈走向道的內心呼喚〉，最終遇到了我。

We now call synchronicity, has still been neglected in art until recently, at the turn of the 21st century, a writer called Liji from Shanghai began to take a deep interest in it. 迄今為止，藝術還一直忽視我們現在所說的共時性。在世紀之交，一個叫里紀的上海作家開始深深地迷戀上了它。

That evening after our meeting, Jimbut sent me a Danish translation of Liji's article, "The Inner Call of the Tao". As I read it, I realized that I had found a person who shared some of the same beliefs as me. And the wonderful thing was, that I was leaving for China in a few days, to meet with the very author I had been searching for, like a long lost brother. 我們相遇的那個晚上，京不特寄給了我里紀的〈走向道的內心呼喚〉的丹麥文。讀的時候，我意識到自己已經找到了一個和我的信仰相似的人。奇妙的是，幾天後我就要去中國，將會見到我一直在尋找著的一個活生生的作家，好像是一個失散了多年的兄弟。

這是大衛第二次來中國。二〇〇一年，他曾短暫地在武漢華中科技大學教過三星期的書。他有個學生叫露比，在他離校前的最後一個晚上，邀請他去聽一場音樂會。在音樂會上，這個漂亮的女孩，抱著吉它唱了一首歌：〈這是一個大大的世界〉（It's a Big Big World）。大衛回到丹麥後，露比來信說：她整天都在為他祈禱，祈禱他還能回到中國。大衛不認為他們之間有絲毫的愛情成分，也不可能發展，因為露比有男朋友，在大衛眼裡，他們過的很幸福。大衛就回信揶揄她。露比生氣地寄來了一張她在祈禱中的照片，證明她是認真的。

二〇〇三年一月，又在華中科技大學任教的大衛，利用寒假來上海看我，住了一星期。回去後，開始寫〈路遇里紀〉（Meeting Liji on the Way）。在寫作的日子裡，一天，他從學校的電腦房回來，進廚房前，隨手打開了收音機。裡面傳來了這首歌：It's a Big Big World。How many millions of pop songs are there being played on the radio in the west. Why this one song at this one time as I click on the switch? 收音機裡有成千上萬首西方流行歌，為什麼在我打開按鈕的時候，偏偏就是這首歌呢？

大衛沉思道：Her prayers have since been answered, because without her prayers I would never be sitting here in China now, writing about my curious meeting with Liji.

她的祈禱有了回報，因為沒有她的祈禱，我永遠不會像現在一樣，坐在這裡，在中國，寫下我和里紀的奇遇。

大衛的 Synchronicity 之旅

一

一九八一年，在英國劍橋教書的大衛，從自行車上摔了下來。眼鏡的碎玻璃片紮進了他的眼睛。在醫院裡躺了幾星期後，他的眼睛痊愈了，卻不急於回學校教書。他想給自己一次機會，就在為他做手術的眼科手術室找了一份工作。這是一家醫學院的附屬醫院，古老到可以溯至牛頓時代，其中牛頓的一個朋友就是這家醫院的創始人之一。英國作家福斯特甚至在他的小說《最漫長的旅行》（*The Longest Journey*）中都提到過它：「造得就像一座威尼斯宮殿。」（「built like a venetian palace」。）

工作是愉快的。其中工作之一是：在需要的時候，大衛就給前來實習的年輕學生護士一杯水喝，讓她們保持清醒。大衛的另一份工作是：在眼科手術室和醫院的其他部門之間傳遞信息。

當穿梭在各部門之間時，大衛不禁想起羅馬神話中為天上的神、給地上傳遞消息的信使墨丘利（Mercury）……後來有一天，他發現醫院床上用的毯子就是墨丘利公司製造的（MERCURIUS WORKS）。出於好玩，大衛開始研究起這個小天使。在希臘神話裡，這個信使又叫赫密士（Hermes）。

大衛愛上了一個叫海倫的助理護士。海倫有精神分裂症，每天都會花很長時間，對著鏡子裡的自己說話。大衛絕望而無助地守護著這份愛。

一天，大衛對海倫說起墨丘利—赫密士（Mercury-Hermes）。海倫將它比作為美國歷史上的保羅．里維爾（Paul Revere）。在美國，保羅．里維爾是個家喻戶曉的人。當年，當他獲知英國人正在波士頓大屠殺時，他一路狂奔，後來又騎上了一匹快馬，向人們報道這一噩耗。由於這位信使的出現，許多人因此逃過一劫。

第二天，大衛和海倫收到了一封來自波士頓的明信片，上面印著的就是一幅保羅．里維爾的雕像。

大衛寫道：「似乎在收到明信片前，在海倫的頭腦裡，就預先出現了保羅．里維爾的畫像。這次巧合促使我開始在日記裡，記錄下我的想像以及我每天與這個新信使原型相處的經驗，還有我所發現的榮格的共時性概念。」（It is as if Helen had a premonition of the picture of Paul Revere in her mind before the postcard arrived. This coincidence led me to start noting down in my diary the intermingling of my imagination and this new messenger archetype with the experiences in my everyday life and I discovered Jung's concept of synchronicity.）

二

那是一段快樂的日子。以前，大衛去圖書館是為第二天備課，現在，他可以悠哉悠哉地想讀什麼就什麼了。一天晚上，在圖書館裡，他驚喜地發現了榮格正是用 Mercury 來象徵集體無意識。

在英文裡，Mercury 是信使的意思，也是水銀的意思。而榮格晚年最輝煌的成就之一就是對「煉金術」的研究。水銀，這種既是液體也是固體的物體，充滿著奇異之光。

為了慶祝這一新發現，大衛走進了附近的一家酒吧。正當他一邊喝著啤酒、一邊在他的小紅色筆記本上寫下隨想的時候，無意中，大衛聽到有兩個人說起了赫密士（Hermes 和 Mercury 同義）。似乎有些不可思議！來這裡的人，不是談女人、天氣、就是談工作或籃球。怎麼會有人在談赫密士呢？大衛站了起來，走到吧臺前，向這兩個正在輕聲交談的人，禮貌地問道：為什麼會談起赫密士？他們笑了，解釋道：有一家酒吧才開張，老闆是個希臘人，他打算將它起名為赫密士。

在集體無意識裡，墨丘利／赫密士（Mercury/Hermes）也是自我的象徵。

這是一次共時性的見證。這讓我想起自己的一段往事，那還是我剛發現榮格不久，一個姑娘帶著我走進了魯迅公園對面的天鵝賓館，去喝咖啡。像這麼高檔的地方，在那個年代裡，對我說來，還是罕見的禮遇。而我認識她，是因為有人介紹我，說我會算命。我當然不會算命。這是我和她的第二次見面，正當我高談闊論，談到共時性的時候，我們兩個人的耳朵都豎了起來。

「昨天，我卜了一卦。」

旁邊的一張桌子上，有個人突然大聲地說道。我們不約而同地笑了起來。

當時，大衛住在古老、美麗的劍橋大學城，有許多作家前來這裡演講。一天晚上，還是一個文學青年的大衛聽了英國作家安東尼婭．巴爾特（Antonia Byatt）的演講。演講後，安東尼婭．巴爾特和大衛聊了聊，並鼓勵他寫出更多的東西。遇到一位職業作家，使大衛激動。第二天早上，他走進城裡的書店，去尋找她的書。從書架上，大衛找到了一本安東尼婭．巴艾特的書《花園裡的處女》（*The Virgin in the Garden*），隨便翻開一頁，大衛驚呆了。

在這一頁上，「她引用了卡爾．榮格論墨丘利原型。我顫抖不已，輕輕地歎了一口氣。我感到了一個偏執狂肯定會有的感覺，但只有我知道自己沒有發瘋、偏執。我似乎感到深深地埋在我想像中的東西，從我的生命裡被拉了出來。從那天起，我開始隨意塗鴉、作更多的探索，感到自己更加瘋狂了，不再明白自己為什麼會這樣寫作。」（There on the page, before my very eyes, staring at me at the very first opened page of this unknown novel, she was quoting Carl Jung on the archetype Mercury. I literally trembled, a slight gasp on my lips.

I felt the way a paranoiac must feel, only I knew I was not crazy or paranoiac. I just seemed to be drawing elements of my life outside me which were deeply constellated in my imagination. From that day I began scribbling, doding more research, feeling myself more crazy, not understanding why I was writing this way.）

三

大衛在《路遇里紀》講的一則關於Synchronicity的故事，是一個經典的故事。像這樣的「共時性」（Synchronicity）：一種有意味的巧合（我們暫且如此定義），在我的生活裡，僅在我和我的老朋友阿鐘之間，至少就不少於一打。像這樣的事情如此司空見慣，人們怎麼可以視而不見呢？

先把我的一則故事放在這裡，僅僅因為我當年就記錄下了它。

二〇〇三年三月十四日傍晚，上海下起了一場罕見的大雨。「『在與不在』畫展詩歌朗誦會」在即，而我卻依然站在大雨的路邊。

我從浦東乘「地鐵二號線」，在「人民廣場站」後的第一個地鐵站下。但這裡具體地說是哪兒？我的感覺只是一個雨越下越大、路燈金黃、人群熙熙攘攘的鬧市。如果乘不到出租車，我是找不到方向的。

半小時過去了，但我還是沒有等到一輛出租車。雨變小了。我想，也許我等的不是地方，於是，便走到馬路對面。剛在丁字路口的路燈下站穩腳跟，一輛出租車嗖地在我身旁停了下來。聽到車裡有一個聲音大聲地向我喊道：「王一梁！」我順著聲音望去，看到車上坐著的竟然是阿鐘！

他也乘「地鐵二號線」從浦東趕來，就好像我們約好似的，我在丁字路口站了不到半分鐘。是的，肯定不到半分鐘，因為站在街道上，我的手上沒有傘，在我的衣衫還沒有被細雨淋濕前，阿鐘所乘的出租車就在我面前停了下來。

「朗誦會」期間，我把這段「奇遇」告訴給坐在我身旁的青年詩人韓博聽。韓博笑了。他說，差不多的時候，他也在馬路上等出租車，但等了半小時，最後只好乘公交車趕來了。

下面是大衛的故事。

在醫院期間，他認識了一個丹麥姑娘，大衛娶了她，並因此移民丹麥。「有時候，陌路人成了上帝的天使。」（And sometimes complete strangers become angels of God.）一天，大衛要參加丹麥文考試，為了不耽誤考試，大衛特地在路上叫了一輛出租車。司機是一個沒有刮鬍子、長相難看的老人。他開錯了地方，大衛知道怎麼走，但這個司機偏偏就固執地再也不肯繼續往下開了。一般說來，大衛會堅持，但最後他還是付了錢，走出了汽車。就在那一刻，他遇到了十年前在英國一起共事的一個護士。

「大衛，你在丹麥幹什麼？」

大衛和她這些年來一直都沒有聯繫，護士問道。更巧的是，這個護士晚上正好有個晚餐，立即邀請了大衛。

「為此，究竟是什麼讓這個出租車司機突然決定把我放在一個錯誤的地點？——僅僅因為它不是一個錯誤的地點，這個沒有刮鬍子的、愚蠢的司機立即在我的面前展現出了他是一個天使。」「And what, for that matter, had made the taxi driver suddenly decide to drop me off at the wrong stop? – only it was far from being the wrong stop and the stupid unshaven driver had instantly revealed to me that he was an angel.」

二〇一〇年八月～二〇一一年四月　阿拉米達

尾聲

二〇一五年五月二十八日，張博樹為我的泰國之行餞行。

我那時在紐約布朗克斯的一幢大樓裡做管理員，距張博樹做訪問學者的哥倫比亞大學一一六街不遠。在去地鐵站前，我發現了一個有趣的現象。我住的地方門牌號碼是一三二〇，而我將去接張博樹的地鐵車站是地鐵一號線的二三一街。從數學意義上說，二三一與〇二三一是一樣的，但是如果你反過來讀呢？它就是一三二〇，正與我的門牌號相同！

這一瞬間裡，我被籠罩在一片我所熟悉的神祕氣氛裡。

這是一種我與生俱來就熟悉的氣息。

到了我的房間後，我對張博樹講起了一樁往事：「三年前，你要來舊金山，你出錢讓我定一家旅館，到時候可以讓我倆一起住。可是，可是……」

我站起身來，張博樹笑眯眯地喝著啤酒。在我的朋友圈裡，張博樹待我就像張桂華、一平待我一樣，屬於大哥型。

「我是一個 Homeless 無家可歸者。」

那時候，我沒有家。我白天晚上都跑賭場，中途就睡在賭王離開美國前，一千美元賣給我的車上。這是一輛非常漂亮的綠色韓國車。

「我不能對你說我身無分文啊！雖然有一筆款子很快就會寄到，你讓我預定的旅館錢，見面後你很快也會給我，可是，那時候不能說啊。」

「哈哈……於是，我走上了賭場。」

結果是一個不可思議的美妙收穫。

二〇一六年四月 泰國

文學終歸是美

與哲學不一樣，說到底，文學首先是美，最終的歸宿還是美。這讓我想起有關威廉·巴雷特的一段軼事。他是美國存在主義的代表性人物。據說，年輕時候，並不喜歡存在主義，只是到了德國留學後，才發現原來海德格的作品，所使用的語言幾乎和當地普通百姓日常生活中所說的話一模一樣。蘇格拉底是真正意義上的第一個哲學家。他是個「市場哲學家」，在雅典城裡，不厭其煩地和街道上遇到的形形色色的人，認真地、偶爾，還會有些惡作劇地和那些所謂的「智者」討論何為真、何為美、何為正義。他所使用的語言是什麼呢？當然，只可能是雅典方言！

蘭波說：「詩……就是語言的煉金術。」

付秀瑩說：「自日常語言到文學語言的轉換中，一定是經歷了一段稱得上冒險的旅程，其間的種種崎嶇，坎坷，幽暗未明，顛沛流離，都會在最終的文字中慢慢沉澱，並呈現出應有的品質。」

那就把這一場語言的煉金術大煉特煉下去吧。文學，這是一條從真到美的漫漫天涯路。絕望而美好。（二〇一〇年四月八日）

除了雨季，加州永遠天藍藍，而天空的顏色就是大海的顏色。

當幸福和靈感像嘩啦啦的雨滴一樣，擋也擋不住地掉落下來的時候，我決定寫一本關於我自己的書。這本書也許會很厚，也許。

從風格上說，我倒是希望這本書寫得像尼采的自傳《瞧，這個人！》，至少在篇幅上。結局呢？我喜歡一個類似於《齊瓦哥醫生》結尾。喏，這裡還有一本，那裡還有一本……這是兩個生前好友在整理死者的遺物。

窗外的暮色在悄悄降臨。

今年是虎年。昨天，我突然做了一個夢。夢裡，我駕駛著賭王的那輛綠色車子，帶著我的老同學去加州的家，但汽車開始往上海跑。我對老同學說：今年是我的本命年，有人說今年我命犯太歲，容易出交通事故，最好不要開車。老同學說：你沒犯太歲，你犯的是太歲坎。

前天，在電話裡，有人真的對我這麼說了。只是還有一句：過了冬春季節，到了夏天就好了。有些不可思議。更不可思議的是，從這個夢裡醒來後，我的心中卻是一片晴朗。

寫作是驅魔？是招魂？是心理治療？是心靈自我成長？通通都是，但我害怕的是寫作中的預言。《葉甫蓋尼・奧涅金》，這是我中學時代最喜歡的一本書之一。後來，普希金死去，和書中描寫的幾乎一模一樣。傑克・倫敦的《馬丁・伊頓》算不上，這是自我模仿。作家既然寫得出，同樣，在行為中也做得到。

除了詩，我的第一篇、也是唯一的習作是部未完成的中篇小說《除夕之夜》。

那是大三，我還在安徽讀書。我每天寫，狂轟亂炸地寫。寫完後，看也不看就跑到郵筒跟前，往上海寄。寫到第七天，也沒有收到上海朋友們的回信。我寫不下去了。

後來才知道，其實，朋友們讀後都開心壞了。郝力克讀到一半便往樓梯下奔，去買酒。

回上海後，他見到我就罵：「儂只棺材，哪能弗寫下去啦？」（「你這傢伙，怎麼不寫了？」）

我說：「當時，你們怎麼一點反應也沒有，害得我寫不下去。」

說來奇怪，這場寫作竟然緣於讀了蘭波的《沉醉的迷船》。讀的是詩，寫出來的卻是小說。

說它是習作，因為當我從狂熱的寫作狀態醒來後，我幾乎可以到處分析道：喏，這句來自郭沫若，那句是郁達夫的，這一句還是來自郭沫若。但從此以後，我知道了什麼叫無意識寫作、什麼叫自動寫作，儘管當時冒出來、寫出來的大多是別人的句子。

直到寫《阿修羅家族》，除了那篇習作外，我再也沒有寫過任何一部作品。但我在寫，不停地寫。我在寫信！給朋友們寫，給初戀情人寫。

這就是為什麼我的寫作是寫信風格。為什麼當現代主義和後現代主義像大腸桿菌一樣汙染八十年代文學，從地下文學到官方文學的時候，我絲毫沒有感染上一點。就像蘇格拉底用雅典方言、孔子用山東話一樣，我也在用最質樸的語言寫作。

回到上海後，當沒人寫信的時候，我就給自己寫。而給自己寫信，就是為自己寫作，它是一種無意識的寫作。我寫呵寫，一有空就拚命地寫，寫完後就扔。於是，有一天，當地下刊物《木偶》向我，也是第一次有人向我約稿的時候，《阿修羅家族》誕生了。

多年後的今天，老戰士、詩人阿鐘在他的《同是醉鄉夢裡客》中回憶道：「《阿修羅家族》，這篇作品給我的印象是衝擊性的，語言質樸而犀利，是當時少見的作品。我常常想，如果我們國家有一個健康的、寬鬆自由的出版制度，類似《阿修羅家族》這樣的作品能及時獲得出版機會，我們的文學史一定改寫，王一粱們的個人命運也一定改寫。」《阿修羅家族》能給阿鐘帶來這樣的衝擊，並不使我感到意外。雖然，這篇小說表面上充滿著理性的色彩，也可能是我最理性的一部作品，但它卻是一次真正意義上的無意識寫作。其中，我預言了一些東西，留下了一些我至今自己也讀不懂的。但依靠它的「語言質樸而犀利」，我知道，它早晚會對我們的文化產生更大的衝擊力。

那一年，我二十四歲。年輕而俊美！（二〇一落年四月十二日）

美是神祕的。

這句話太乾巴巴了，因為，似乎也同樣可以說：人生是神祕的，或者宇宙是神祕的。這不是等於什麼也沒有說嗎？但我現在不這樣認為了，因為並不是每個人都能感到、或體驗到這個世界的神祕性。我們也不是時時刻刻感受到這種神祕性的存在。

我喜歡這樣的寫作，每一個字、每一個句子都被清清楚楚地敲打出來，但寫著、寫著，就忽然感到有什麼地方不對勁了，我們開始不再理解自己都在寫什麼。理性，已被我們遠遠地拋在了後面。這就是說：作品本身開始對我們說話了，這時，我們除了感覺，更多的是直覺，我們不再需要、也找不到其他的寫作拐杖。

這砂一般的小船
不能到達彼岸
轉眼就要消失，就要沉沒

人們可以在海灘上建造出一艘純粹的砂之船，但你能讓這艘砂之船駛向大海嗎？換言之，在你的一生中，可曾真實地在大海上看到一艘砂之船？

像這樣一艘神奇的船，只可能存在於我們的想像之中。

說宇宙是神祕的，這毫無意義，因為它本來就是這個樣子存在著。說人生是神祕的，這也毫無意義，除非你把它看做為神祕的，就像所有的神祕主義者所做的那樣。但說美是神祕的，這卻是有意義的，因為神祕只存在於人與世界的相互作用之間。

假如沒有人，就不存在美；假如沒有這個世界，人也無所謂美不美。

二〇一〇年五月二十日　阿拉米達

跋：命運之書

自由有嗎？有的。當我們去寫、去讀一本「自由筆記」時，我們就看到了自由。例如，從卡夫卡的「自由筆記」中，我們讀到這樣一段孤零零存在著、自身判定其存在的句子：「一下筆就是十全十美了，如他朝窗外望出去，這個句子就是十全十美的。」

為什麼卡夫卡會有這種自信？為什麼這個句子就是十全十美的？「自由筆記」沒有為我們解釋、提供理解它們的線索和義務。對寫作者而言，這樣的自信，這樣的判斷，出現了就出現了；對我們來說，這裡所包含的美、啟發性，我們碰到了就碰到了。

因為，「自由筆記」沒有義務去問，去回答這一瞬間的想法從何處來。這種意志高揚的瞬間之後，我們這顆沉默的心又要往何處去。因此，我們感到在「自由筆記」中，每一個思想、感覺、意志、感情都是新的、都是自由的。彷彿我們期待著這一本書就是一本無限之書。

因為寫一本「自由筆記」，就是去忠實於我們自己的每一個瞬間。我們的生活怎樣，我們的心靈怎樣，「自由筆記」就會怎樣。

無數本未名的「寫作札記」、「隨想錄」、「沉思錄」、「格言錄」、「宣言書」、「通靈書」、「祈禱書」、「神學筆記」……

從這樣一本書中，我們讀不到人的命運。「自由筆記」只是一本始源之書，它的道路可能通向「現實作品」，也可能只是輕輕地呼喚了一下，便永久地歸於沉默。自由的種子沒有全部開花結果。但「命運之書」卻不是這樣的，它是在我們已經寫完了「現實作品」之後，情不自禁地高喊著：凡我該去做的事情，我都做了。凡我所寫下的東西，每一篇都寫得非常及時，它們是在恰恰正好的時候才誕生的！

從這樣一本書中，我們將會看到：除了「自由筆記」之外，實際上再無自由的寫作，自由的人生了。要知道在這背後，始終存在著一種命運的設計。就像「歷史」、「傳記」、「思想評論」、「作品的後記與前言」等等這些在「現實作品」結束的地方才會必然誕生出來的書。哪怕就是以宣揚「自由選擇學說」著稱的哲學家沙特，也必須去寫下這樣的一本「命運之書」。

「無法預料的事也許只是一種幻覺，新奇的事也許只是曇花一現，人類的需要通過促使我誕生而安排好了一切……我，這個命中早就注定好了一切的人……我的不幸也許只是一些考驗，目的是要寫一本書。」

「我並無新聞。我發現我曾對之採取行動的東西和我曾預言過的東西都完好無缺。只有一個差別，我不知不覺地、不置一詞地、盲目地實現了一切。」

我的寫作啊，在它開始的時候多麼自由！而在它結束的時候，我發現自己又是多麼地命中注定！

沒有自由就沒有命運，也沒有命運的自由，它們其實從來就不是「我」的自由。

一九九五年 上海

王一梁生平年表

一九六二年12月18日	出生於父母工作所在地河南洛陽。
一九七〇—一九七二年	江蘇省常州戚墅堰鐵路機車廠職工小學上學。
一九七二年	回祖籍上海，居楊浦區外婆家生活並就近讀書。
一九七六—一九八〇年	入復旦附中初中三年，高中二年。
一九八〇年9月—一九八四年7月	合肥工業大學電氣工程系電機專業。
一九〇八年代中—九〇年代末	以《亞文化啟示錄》、《朋友的智慧》、《薩波卡秋的道路》三冊手稿成為上海地下文學重要文獻。
一九九六年	獲首屆「傾向文學獎」。
一九九七年夏	居北京圓明園、東壩河、首都師範大學等處，應邀與朋友合撰數十集電視連續劇。
二〇〇〇年	因參加「中國文化復興運動」被上海警方以「傳播、偷看色情影帶」等莫須有罪名勞教二年。

二〇〇二年	加入獨立中文筆會（Independent Chinese PEN Center），成為早期中國國內會員。
二〇〇三年	因生活困頓和警方持續監視，在貝嶺及美國筆會努力下，獲邀經洛杉磯前往墨西哥城參加國際筆會年會，在上海虹橋機場被限制出境。
二〇〇四年4月	經貝嶺安排，受邀參加波士頓詩歌節，獲赴美簽證，他與井娃輾轉抵達波士頓，終獲自由。
二〇〇四年11月	主譯哈維爾的《獄中書：致妻子奧爾嘉》（*Letters to Olga*）由傾向出版社出版。
二〇〇五年	獲美國政治庇護，移居加州及三藩市。
二〇〇五年—二〇一三年	擔任獨立中文筆會《自由寫作》網刊執行編輯。
二〇〇六年—二〇一二年	在社區學院研修英文、亞裔美國人史、心理學、政治學、哲學。
二〇〇八年四月	經貝嶺安排，首踏台灣，參加由中國自由文化運動主辦，貝嶺策劃的「中國苦難文學暨戒嚴與後戒嚴時代台灣文學國際研討會」，發表〈文學三重奏：論地下文學、流亡文學與文學博

客〉。

二〇一〇年	入籍成為美國公民。
二〇一二年	移居紐約。
二〇一三年12月初	與貝嶺飛往斯德哥爾摩，加入12月10日斯德哥爾摩音樂廳諾貝爾獎頒獎典禮外裸奔抗議行動。
二〇一四年	先後在柏林和哥本哈根短居，期間遊歷歐洲多國。
二〇一五年	移居台灣，在花蓮力行禪寺掛褡，同年轉台北短居，其後再往泰國。
二〇一六年3月	與李毓（白夜）移居泰國曼谷。
二〇一六年4月	受菲律賓文化總署邀請，攜李毓參加第七屆菲律賓國際文學節（7th Philippine International Literary Festival）。
二〇一六年7月	購房，與李毓在香港登記結婚。
二〇一六年10月	與妻子李毓定居泰國清邁。
二〇一六年10月	再踏台灣，參加獨立中文筆會創會15週年紀念活動及獨立中文筆會「孟浪日」研討會等。

二〇一七年　開始榮格心理學著作翻譯，并與台灣身心靈權威出版社「心靈工坊」結緣。

二〇一八年　因妻子李毓的泰國簽證問題在尼泊爾、越南、馬來西亞、柬埔寨等東南亞國家旅居一年。同年返回清邁。

二〇一九年12月　譯著《遇見榮格：1946-1961談話記錄》，由心靈工坊出版。

二〇二〇年6月　突感食難下咽，經清邁大學醫院診斷為食道癌晚期。

二〇二〇年7月　譯著《榮格的最後歲月：心靈煉金之旅》由心靈工坊出版。

二〇二一年1月4日　因食道癌末期引發肺炎，終因身心衰竭，於泰國北部邊城美賽（Maesai）醫院病逝。

二〇二一年7月　譯著《幽靈、死亡、夢境：榮格取向的鬼文本分析》，由心靈工坊出版。

二〇二三年1月　王一梁文集兩冊《不自由筆記》、《我們到這個世界上是來玩的》由心靈工坊出版。《裸奔記》由傾向出版社與心靈工坊聯合出版。

Living 027

不自由筆記

王一梁──著

李毓—合作出版者

出版者—心靈工坊文化事業股份有限公司
發行人—王浩威　總編輯—徐嘉俊　責任編輯—饒美君
通訊地址—10684 台北市大安區信義路四段 53 巷 8 號 2 樓
郵政劃撥—19546215　戶名—心靈工坊文化事業股份有限公司
電話—02）2702-9186　傳真—02）2702-9286
Email—service@psygarden.com.tw　網址—www.psygarden.com.tw

製版・印刷—中茂製版印刷股份有限公司
總經銷—大和書報圖書股份有限公司
電話—02）8990-2588　傳真—02）2290-1658
通訊地址—248 新北市五股工業區五工五路二號
初版一刷—2022 年 1 月　ISBN—978-986-357-231-2　定價—500 元

國家圖書館出版品預行編目資料

不自由筆記 / 王一梁著 . -- 初版 . -- 臺北市 : 心靈工坊文化事業股份有限公司 , 2022.01
面；　公分 . -- (Living ; 27)

ISBN 978-986-357-231-2（平裝）

848.7　　110022517